Christian Jacq

RAMSES

O FILHO DA LUZ

Volume 1 da série Ramsés

Tradução de
MARIA D. ALEXANDRE

8ª edição

EDIÇÕES
BestBolso
RIO DE JANEIRO – 2016

CIP-Brasil. Catalogação-na-fonte
Sindicato Nacional dos Editores de Livros, RJ.

J19r Jacq, Christian, 1947-
v.1 Ramsés: O filho da luz / Christian Jacq; tradução de Maria D. Alexandre.
8ª ed. – 8ª edição – Rio de Janeiro: BestBolso, 2016.

Tradução de: Ramsès: Le fils de la lumière
Continua com: Ramsés: O templo de milhões de anos
ISBN 978-85-7799-006-1

1. Ramsés II, Rei do Egito - Ficção. 2. Egito - História - Até 332 a.C. - Ficção.
I. Alexandre, Maria D. II. Título. III. Título: O filho da luz.

07-2507
CDD – 843
CDU – 821.133.1-3

Ramsés: O filho da luz, de autoria de Christian Jacq.
Título número 007 das Edições BestBolso.
Oitava edição impressa em dezembro de 2016.

Título original francês:
RAMSÈS: LE FILS DE LA LUMIÈRE

www.edicoesbestbolso.com.br

Ilustração de capa: Mateu Velasco, a partir da imagem da capa publicada pela Editora Bertrand Brasil (Raul Fernandes, 1998).
Design de capa: Carolina Vaz

Impresso no Brasil

ISBN 978-85-7799-006-1

EDIÇÕES BESTBOLSO

Ramsés: O filho da luz

Christian Jacq nasceu em Paris no ano de 1947 e vive na Suíça. Doutor em Estudos Egípcios pela Universidade de Sorbonne, o autor não é apenas um egiptologista que escreve romances sobre o Egito Antigo. Sua ligação com a civilização egípcia é muito mais profunda, o que o motivou a criar o Instituto Ramsés, dedicado a reconstruir fotograficamente os sítios arqueológicos ameaçados do Egito. Em 1995 Christian Jacq se consagrou internacionalmente ao publicar cinco romances históricos de grande sucesso sobre a saga do faraó Ramsés:

Volume 1: O filho da luz
Volume 2: O templo de milhões de anos
Volume 3: A batalha de Kadesh
Volume 4: A dama de Abu-Simbel
Volume 5: Sob a acácia do Ocidente

Prefácio

"Ramsés, o maior dos vencedores, o Rei Sol guardião da Verdade": é nestes termos que Jean-François Champollion, que abriu as portas do Egito ao decifrar os hieróglifos, descreve o faraó Ramsés II, ao qual dedicava um verdadeiro culto.

É verdade que o nome de Ramsés atravessou os séculos e venceu o tempo; por si só, engloba o poder e a grandeza do Egito faraônico, mãe espiritual das civilizações ocidentais. Durante 67 anos, de 1279 a 1212 a.C., Ramsés, "o Filho da Luz", levará ao apogeu a glória do seu país e fará brilhar sua sabedoria.

Na terra do Egito o viajante reencontra Ramsés a cada passo – sua marca está presente em um número incalculável de monumentos, quer construídos pelos seus mestres-de-obras, quer restaurados durante o seu reinado. E todos pensam nos dois templos de Abu-Simbel, onde para sempre reina o par formado por Ramsés divinizado e Nefertari, grande esposa real, na imensa sala de colunas do templo de Karnak, no colosso solidamente assentado e sorridente do templo de Luxor.

Ramsés não é herói de um só romance, mas de vários romances, de uma verdadeira epopéia que nos conduz desde sua iniciação na função faraônica sob a orientação de seu pai Sethi, de estatura tão impressionante como a do filho, até os últimos dias de um monarca que teve de enfrentar múltiplas provas. Foi por isso que lhe consagrei esta série romanesca composta por cinco volumes, para poder evocar as extraordinárias dimensões de um destino do qual participaram personagens inesquecíveis como Sethi, sua esposa Touya, a sublime Nefertari, Iset a Bela, o poeta Homero, o encantador de serpentes Setaou, o hebreu Moisés e tantos outros que reviverão ao longo destas páginas.

A múmia de Ramsés foi conservada. Das feições do enorme ancião desprende-se uma espantosa sensação de poder. Muitos visitantes da sala das múmias, no Museu do Cairo, tiveram a impressão de que ele iria sair de seu sono. O que a morte física recusa a Ramsés, a magia do romance tem o poder de lhe conceder. Graças à ficção e à egiptologia, é possível partilhar suas angústias e esperanças, viver seus fracassos e sucessos, reencontrar as mulheres que amou, sofrer com as traições que suportou e rejubilar-se com as amizades indefectíveis, lutar contra as forças do mal e procurar essa luz de onde tudo brotou e à qual tudo regressa.

Ramsés, o grande... Que companheiro de jornada para um romancista! Desde o seu primeiro combate contra um touro selvagem até a sombra serena da acácia do Ocidente – marcas do destino de um grande faraó, que se revela com a história do Egito, o país amado pelos deuses. Uma terra de água e de sol, onde as palavras retidão, justiça e beleza faziam sentido e eram parte do cotidiano. Uma terra onde o além e o mundo dos homens estavam permanentemente em contato, onde a vida podia renascer da morte, onde a presença do invisível era palpável, onde o amor à vida e à imortalidade abria o coração dos homens, tornando-os alegres e felizes.

 Na realidade, o Egito de Ramsés.

MAPA DO EGITO

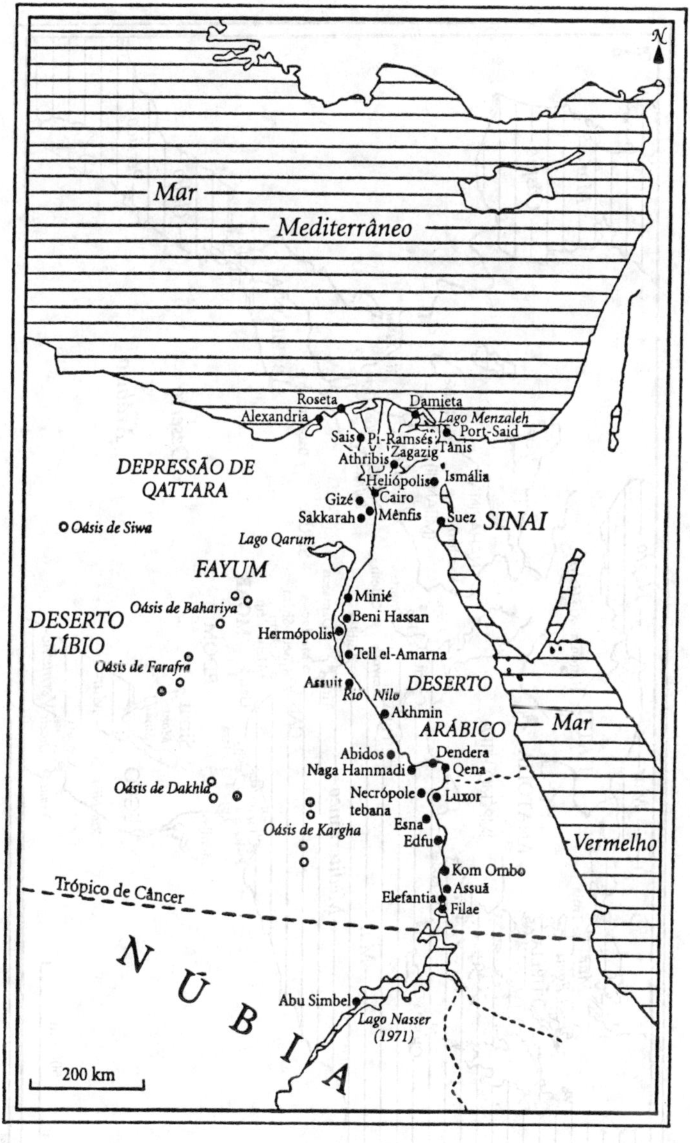

MAPA DO ANTIGO ORIENTE PRÓXIMO
ou Novo Império

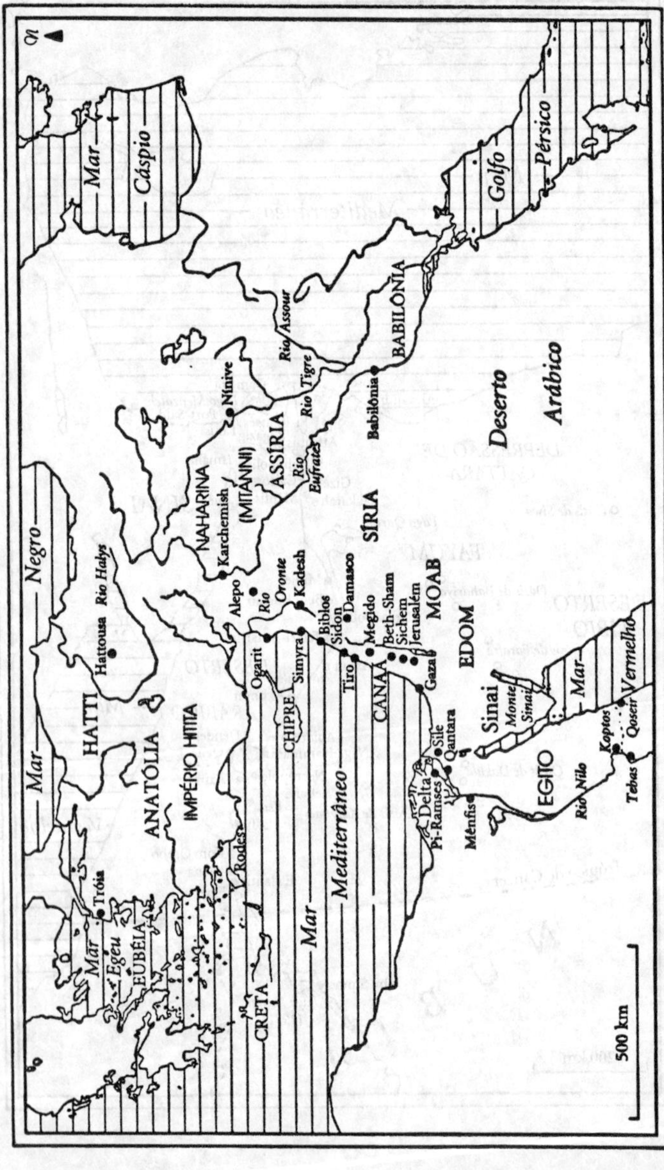

1

O touro selvagem, imóvel, fixava o jovem Ramsés.

O animal era monstruoso: as patas grossas como colunas, com longas orelhas pendentes, uma barbicha rala no maxilar inferior, a pelagem castanha e preta, ele havia sentido a presença do rapaz.

Ramsés estava fascinado pelos chifres do touro: próximos e largos na base antes de se curvarem para trás e se direcionarem para cima, formando uma espécie de capacete e terminando em pontas afiadas, capazes de rasgar a carne de qualquer adversário.

O rapaz nunca tinha visto um touro tão grande.

O animal pertencia a uma raça temível, que os melhores caçadores hesitavam em desafiar; calmo, no meio do seu clã, protegia os de sua espécie, feridos ou doentes, atento ao crescimento dos mais jovens, tornando-se terrivelmente agressivo quando perturbavam sua tranqüilidade. Enfurecendo-se à mínima provocação, partia com velocidade surpreendente e não desistia antes de ter abatido o seu adversário.

Ramsés recuou um passo.

O rabo do touro selvagem chicoteava o ar; ele lançava um olhar feroz ao intruso que ousara aventurar-se em suas terras, em suas pastagens, próximas de um pântano onde cresciam altos juncos. Não longe dali, uma vaca espreitava, junto às suas companheiras de rebanho.

Na solidão da margem do Nilo, o grande macho reinava sobre sua manada e não tolerava qualquer presença estranha.

O jovem pensara estar oculto pela vegetação, mas os olhos aguçados do touro, afundados nas órbitas, não se desviavam dele. Ramsés teve então certeza de que não lhe escaparia.

Lívido, voltou-se lentamente para o pai.

Sethi, o Faraó do Egito, aquele a quem chamavam "o touro vitorioso", mantinha-se a uma dezena de passos atrás do filho. Dizia-se que a sua simples presença paralisava seus inimigos; a sua inteligência, afiada como o bico do falcão, dominava tudo e a todos, e não havia nada que lhe passasse despercebido. Elegante, de rosto severo, testa alta, nariz adunco e feições salientes, Sethi era a autoridade personificada. Venerado e temido, o monarca devolvera ao Egito a sua glória de outrora.

Ao completar 14 anos, Ramsés, já com a estatura de um adulto, encontrara o pai pela primeira vez.

Até então tinha sido educado no palácio por um preceptor, incumbido de ensiná-lo a tornar-se um homem de qualidade que, por ser filho do rei, passaria dias felizes ocupando um alto cargo. Mas Sethi arrancara-o da aula de hieróglifos e o conduzira para o campo aberto, longe de qualquer aldeia. Nem uma palavra pronunciada.

No local onde a vegetação se tornara excessivamente densa, o rei e o filho desceram do carro puxado por dois cavalos e penetraram na mata fechada. Atravessado o obstáculo, tinham desembocado no território do touro.

Qual era o mais assustador, o animal selvagem ou o Faraó? Tanto um quanto o outro desprendiam uma força que Ramsés sentia-se incapaz de dominar. Os historiadores não afirmavam que o touro era um animal celestial, animado pelo fogo do outro mundo, e que o

Faraó confraternizava com os deuses? Apesar da sua elevada estatura, robustez e da sua recusa ao medo, o jovem encontrava-se entre duas forças quase cúmplices.

– Ele me descobriu – disse ao pai, com uma voz que tentava manter firme.

– Tanto melhor.

As duas primeiras palavras proferidas pelo pai soaram como uma condenação.

– Ele é enorme...

– E você, o que é?

A pergunta surpreendeu Ramsés. Com a pata dianteira esquerda, o touro escavou furiosamente o solo; garças-reais levantavam vôo, como se abandonassem o campo de batalha.

– Você é um covarde ou o filho de um rei?

O olhar de Sethi atravessava-lhe a alma.

– Gosto de combater, mas...

– Um verdadeiro homem vai até o limite das suas forças, um rei passa além delas; se não é capaz, não herdará o meu trono, e nunca mais nos veremos. Nenhuma prova deve abalá-lo. Se quer partir, parta; caso contrário, domine-o.

Ramsés ergueu os olhos e sustentou o olhar do pai.

– Você está me enviando para a morte.

– Seja um touro poderoso, de eterna juventude, com coração firme e chifres afiados, e nenhum inimigo poderá vencê-lo – disse-me o meu pai. – Você, Ramsés, saiu do ventre de sua mãe como um autêntico touro e deve se transformar num sol radioso, que espalhará seus raios para o bem de seu povo. Você se escondia na minha mão como uma estrela; hoje, abro os dedos. Brilhe ou desapareça.

O touro soltou um mugido; o diálogo dos intrusos irritava-o. Ao redor, os sons dos campos extinguiam-se; do roedor ao pássaro, todos se apercebiam da iminência do combate.

Ramsés encarou o animal.

Em luta de mãos limpas já havia vencido adversários mais pesados e mais fortes do que ele, graças aos truques que o preceptor lhe ensinara. Mas que estratégia devia adotar perante um animal daquele porte?

Sethi entregou ao filho uma longa corda com nó corrediço.

– A força dele está na cabeça; segure-o pelos chifres e você será o vencedor.

O jovem recuperou a esperança; por ocasião dos torneios náuticos, no lago do palácio, tinha se exercitado bastante no manejo dos cordames.

– Assim que o touro ouvir o som do seu laço – avisou o Faraó – ele vai atacá-lo; não falhe, porque você não terá uma segunda oportunidade.

Ramsés rememorou o gesto em pensamento e ganhou coragem em silêncio. Apesar da pouca idade, media mais de 1,70 metro e exibia a musculatura de um perfeito atleta. Como o irritava o caracol infantil, preso por uma fita à altura da orelha – esse ornamento ritual era formado com seus magníficos cabelos louros! Logo que tivesse um posto na corte, seria autorizado a usar outro penteado.

Mas o destino lhe daria tal oportunidade? É verdade que muitas vezes, e não sem alguma fanfarronice, o impetuoso jovem tinha desejado provas dignas de sua capacidade, mas nem desconfiava que o Faraó em pessoa responderia aos seus desejos de maneira tão brutal.

Irritado por causa do cheiro do homem, o touro não esperou mais tempo. Ramsés apertou a corda; quando o animal fosse capturado, teria de despender uma força colossal para imobilizá-lo. Visto que ainda não a possuía, iria ultrapassá-lo, mesmo que o coração lhe arrebentasse.

Não, não desiludiria o Faraó.

Ao fazer tal promessa, girou então o laço: o touro disparou com os chifres em riste.

Surpreendido pela velocidade do animal, o jovem afastou-se, dando dois passos para o lado; estendeu o braço direito e atirou o laço, que ondulou como uma serpente e bateu nas costas do touro. Concluindo o movimento, Ramsés escorregou no solo úmido e caiu no momento em que os chifres se preparavam para espetá-lo. Mas apenas roçaram-lhe o peito, sem que ele fechasse os olhos.

Ansiara por ver a morte de perto.

Irritado, o touro continuou a corrida até os juncos e se voltou de repente; Ramsés, que havia se levantado, cravou seu olhar no dele. Ele o desafiaria até o último momento para provar a Sethi que um filho de rei sabia morrer com dignidade.

De repente o touro estacou; a corda que o Faraó segurava com firmeza prendia-lhe os chifres. Sacudindo a cabeça com movimentos furiosos, o animal tentou em vão libertar-se; Sethi utilizava-se de sua força descontrolada para voltar-se contra ele.

– Agarre-o pelo rabo! – ordenou o Faraó.

Ramsés correu e agarrou-lhe o rabo liso (apenas com um tufo de crinas na extremidade), rabo que o Faraó usava preso à cintura da sua tanga, como senhor absoluto do poder do touro.

Exausto, o animal acalmou-se, contentando-se em apenas bufar e resfolegar. O rei largou-o, depois de ter feito sinal a Ramsés para se colocar atrás dele.

– Essa espécie é indomável; um macho como esse ataca pelo fogo e pela água, e sabe se esconder atrás de uma árvore para melhor surpreender seu inimigo.

O animal voltou a cabeça de lado e olhou por instantes o adversário. Depois, como num gesto de impotência perante o Faraó, afastou-se para o seu território com passo tranqüilo.

– Você é mais forte do que ele!

– Já não somos adversários; fizemos um pacto.

Sethi tirou um punhal da bainha de couro e, com gesto rápido e preciso, cortou o caracol da infância.

– Meu pai...

– A sua infância está morta; a vida começa amanhã, Ramsés.

– Não venci o touro.

– Mas venceu o medo, o primeiro dos inimigos no caminho da sabedoria.

– Há muitos outros?

– Muito mais do que os grãos de areia do deserto.

A pergunta queimava os lábios do rapaz.

– Então devo entender... que o senhor me escolheu como seu sucessor?

– Você acha que somente a coragem basta para governar os homens?

2

Sary, o preceptor de Ramsés, percorria o palácio em todas as direções, em busca de seu aluno. Não era a primeira vez que o jovem escapava da aula de matemática para se entreter com os cavalos ou participar de uma disputa de natação com seu grupo de amigos, irresponsáveis e rebeldes.

Jovem, porém barrigudo, pois detestava exercícios físicos, Sary zangava-se constantemente com o discípulo, mas ficava aflito à sua menor extravagância. Seu casamento com uma mulher muito mais jovem, a irmã mais velha de Ramsés, permitira-lhe ocupar o invejado posto de preceptor do príncipe.

Invejado... É porque eles não conheciam o caráter obstinado e impossível do filho mais novo de Sethi! Se não tivesse uma paciência inata e uma persistência enorme para abrir o espírito de um garoto muitas vezes insolente e bastante seguro de si, Sary teria renunciado à tarefa. De acordo com a tradição, o faraó não se ocupava da educação dos filhos quando eram pequenos; aguardava o momento de o adolescente chegar à vida adulta para encontrá-lo e testá-lo, a fim de saber se seria digno de reinar. Só que no momento, a decisão estava tomada há muito tempo: Chenar, o irmão mais velho de Ramsés, subiria ao trono. Mas era necessário canalizar a fogosidade do mais novo para que ele se tornasse um bom general, no melhor dos casos, ou um animado cortesão, no pior deles.

No vigor dos seus 30 anos, Sary passaria de boa vontade o tempo à beira do lago da sua *villa*, na companhia da esposa de 20 anos; mas não acabaria por se aborrecer? Graças a Ramsés, um dia nunca era igual ao anterior. A sede de viver daquele rapaz era inextinguível, a sua imaginação sem limites; tinha cansado vários preceptores antes de aceitar Sary. Apesar da freqüência com que se desentendiam, o perceptor acabava por atingir seus objetivos: abrir o espírito do jovem a todas as ciências conhecidas e praticadas por um escriba. Sem que o confessasse, aguçar a inteligência perspicaz de Ramsés, dotado de intuições por vezes excepcionais, era realmente um prazer.

Já fazia algum tempo que o jovem vinha mudando. Ele, que não suportava um minuto de inatividade, detinha-se nas *Máximas* do velho sábio Ptah-hotep; Sary tinha-o mesmo surpreendido a sonhar olhando o bailado das andorinhas à luz da manhã. O amadurecimento tentava realizar a sua obra; em muitos seres, falhava. O preceptor perguntava a si mesmo de que material seria feito o homem Ramsés, se o fogo da juventude se transformaria em outro fogo, menos indisciplinado, mas igualmente potente.

Como não se inquietar perante tantos dotes? Na corte, como em qualquer outro segmento da sociedade egípcia, os medíocres, cuja perpetuação estava assegurada, tinham aversão e olhavam com ódio aqueles cuja personalidade os fazia sentir-se ainda mais insignificantes. Embora a sucessão de Sethi não gerasse problemas e Ramsés não tivesse que se preocupar com as inevitáveis intrigas fomentadas pelos homens de poder, o futuro talvez fosse menos risonho do que aparentava ser. Alguns pensavam já em afastá-lo das funções principais do Estado, a começar pelo seu próprio irmão. Em que se transformaria ele, enviado para uma província distante? Iria se habituar a uma existência rural e ao simples ritmo das estações?

Sary não tinha ousado revelar as suas preocupações à irmã de seu discípulo, cuja tagarelice receava. Quanto a abrir-se com Sethi, impossível; sobrecarregado de trabalho, o Faraó estava muito ocupado em governar o país, cada dia mais florescente, para prestar atenção aos estados de espírito de um lacaio. Era bom que pai e filho não tivessem nenhum contato; perante alguém tão poderoso como Sethi, Ramsés não teria outra escolha a não ser a revolta ou o aniquilamento. Decididamente, a tradição tinha aspectos positivos; os pais não eram as pessoas mais indicadas para educar seus filhos.

A atitude de Touya, a grande esposa real e mãe de Ramsés, mostrava-se muito diferente; Sary era um dos poucos a constatar a sua nítida preferência pelo filho mais novo. Culta e requintada, conhecia as qualidades e os defeitos de cada cortesão. Reinava como uma autêntica soberana na casa real, velava pelo respeito rigoroso da etiqueta e gozava tanto da estima dos nobres como da do povo. Mas Sary tinha medo de Touya; se a importunasse com receios tolos, seria destituído da função. A rainha não apreciava os faladores; considerava uma acusação infundada tão grave quanto uma mentira. Mais valia calar-se do que se passar por um profeta de mau augúrio.

Apesar da sua repugnância, Sary dirigiu-se às estrebarias; tinha medo dos cavalos e dos seus coices, detestava a companhia dos palafreneiros e mais ainda a dos cavaleiros, fascinados por proezas inúteis. Indiferente às piadas que soltaram ao passar por eles, Sary procurou em vão o seu discípulo; ninguém o tinha visto nos últimos dois dias, e todos se surpreendiam com essa ausência.

Durante horas, esquecendo o almoço, Sary tentou encontrar Ramsés. Esgotado, coberto de pó, resignou-se a regressar para o palácio ao cair da noite. Em breve teria que comunicar o desaparecimento de seu aluno e provar que realmente não sabia do acontecido. Mas como enfrentar a irmã do príncipe?

Carrancudo, o preceptor esqueceu-se de cumprimentar os colegas que saíam da sala de estudo; a partir do dia seguinte, de manhã, interrogaria (sem grandes esperanças) os melhores amigos de Ramsés. Se não conseguisse nenhuma pista, teria de admitir a terrível realidade.

Que falta contra os deuses teria cometido Sary para assim ser torturado por um gênio mau? Ver a sua carreira destruída seria de uma injustiça gritante; seria escorraçado da corte, a esposa o repudiaria, e ele seria reduzido à condição de lavadeiro! Aflito com a idéia de sofrer tal desgraça, Sary sentou-se na posição de escriba no local de costume.

Habitualmente, Ramsés estava à sua frente, algumas vezes atento, outras sonhador, e sempre capaz de lhe dar uma resposta inesperada. Com 8 anos, conseguira traçar os hieróglifos com a mão firme e calcular o ângulo de inclinação de uma pirâmide... porque havia gostado do exercício.

O preceptor fechou os olhos, para guardar na memória os melhores momentos da sua ascensão social.

– Está doente, Sary?

Aquela voz... Aquela voz, grave e autoritária!

– É você? É você realmente?

– Se estava dormindo, continue, senão, olhe.

Sary abriu os olhos.

Era, na verdade, Ramsés, também coberto de pó, mas com os olhos brilhantes.

– Precisamos nos lavar; por onde você andou?

– Em lugares infectos, como as estrebarias.

– Estava à minha procura?

Estupefato, Sary ergueu-se e andou em torno de Ramsés.

– O que fez com o caracol da infância?

– Foi meu pai que o cortou.

– Impossível! O ritual exige que...

– Está duvidando da minha palavra?

– Desculpe.

– Sente-se e escute, Sary.

Impressionado pelo tom de voz do príncipe, que não era mais o de uma criança, Sary obedeceu.

– Meu pai me fez passar pela prova do touro selvagem.

– Não... não é possível!

– Não saí vencedor, mas enfrentei o animal e acho que meu pai me escolheu como futuro sucessor!

– Não, meu príncipe; seu irmão mais velho foi o escolhido.

– Ele passou pela prova do touro?

– Sethi queria simplesmente confrontá-lo com o perigo de que você tanto gosta.

– Teria desperdiçado o seu tempo por tão pouco? Tenho certeza de que foi a mim que ele chamou!

– Não se deixe embriagar e renuncie a essa loucura.

– Loucura?

– Há muitas personalidades influentes na corte que não apreciam nada em você.

– O que estão censurando?

– Por você ser assim, ser você mesmo, entendeu?

– Você aconselharia então que eu me mantivesse no meu lugar?

– A razão assim o exige.

– A razão não tem a força de um touro.

– Os jogos do poder são mais cruéis do que imagina; a bravura não basta para vencê-los.

– Pois bem, você me ajudará.

– Como?

– Conhece bem os hábitos da corte; identifique meus amigos e inimigos, e me aconselhe.

– Não me peça tanto... Sou apenas o seu preceptor.

– Esqueceu que minha infância está morta? Ou se torna mais que meu preceptor, ou nos separaremos.

– Você me obriga a enfrentar riscos desnecessários e não está preparado para o poder supremo; seu irmão mais velho está se empenhando para isso há muito tempo. Se você provocá-lo, ele o destruirá.

3

Finalmente, a grande noite.

Era lua nova, a noite estava convenientemente escura. Ramsés tinha marcado um encontro decisivo com todos os condiscípulos, educados como ele por preceptores reais. Seriam capazes de escapar à vigilância dos guardas e se encontrar no centro da cidade para tratar do essencial, dessa pergunta que lhes queimava o coração e ninguém ousava formular?

Ramsés saiu do seu quarto pela janela e saltou do primeiro andar; a terra fofa do jardim florido amorteceu o choque, e o jovem avançou, encostado ao prédio. Os guardas não o assustavam; uns dormiam, outros jogavam dados. Se tivesse o azar de encontrar um que desempenhasse corretamente a sua missão, iria convencê-lo com uma lábia ou o espancaria.

Na euforia, tinha esquecido de um guardião que não se descuidava: um cão amarelo-dourado, de tamanho médio, forte e musculoso, de orelhas caídas e rabo em espiral. Parado no meio do caminho, não ladrou, mas impediu-lhe a passagem.

Instintivamente, Ramsés procurou o seu olhar; o cão sentou-se sobre as patas traseiras, e a cauda agitou-se cadenciadamente. O jovem aproximou-se e fez festa; a amizade foi imediata entre os dois. Sobre a coleira de couro pintada de vermelho, um nome: "Vigilante".

– E se você me acompanhasse?

Vigilante aprovou com um ligeiro movimento do focinho curto, encimado por uma trufa negra. Guiou o seu novo dono até a saída do prédio onde eram educados os futuros notáveis do Egito.

APESAR DA HORA tardia, várias pessoas ainda perambulavam pelas ruas de Mênfis, a mais antiga capital do país que, apesar da riqueza de Tebas, a meridional, ainda mantinha o prestígio de outrora. As grandes universidades estavam situadas em Mênfis, e era ali que os filhos da família real e os que eram considerados dignos de aspirar às mais altas funções recebiam uma rigorosa e exigente educação. Ser admitido no *Kap*, "o lugar fechado, protegido e inspirador", provocava muita inveja, mas os que lá residiam desde a infância, como Ramsés, não desejavam outra coisa senão escapar do local!

Envergando uma túnica de mangas curtas de pouca qualidade, que o igualava a qualquer transeunte, Ramsés chegou à célebre casa da cerveja, no bairro da Escola de Medicina, onde os futuros terapeutas gostavam de passar alguns bons momentos depois de duros dias de estudo. Como Vigilante não o largava, o príncipe não o enxotou e entrou com ele no estabelecimento proibido aos "garotos do *Kap*".

Porém, Ramsés não era mais garoto e tinha conseguido sair da prisão dourada.

A casa da cerveja, com sua grande sala de paredes caiadas, esteiras e tamboretes, acolhia os animados clientes, amantes de cerveja forte, vinho e licor de palma. O patrão exibia com prazer as sua ânforas provenientes do Delta, dos oásis ou da Grécia, e se gabava da qualidade dos seus produtos. Ramsés escolheu um lugar sossegado, de onde podia vigiar a porta de entrada.

– O que deseja? – perguntou um servo.

– No momento, nada.

– Os desconhecidos pagam adiantado.

O príncipe estendeu-lhe um bracelete de cornalina.

– Isto basta?

O servo observou o objeto.

– Serve. Vinho ou cerveja?

– A melhor cerveja que tiver.

– Quantas taças?

– Ainda não sei.

– Vou trazer o jarro... Quando tiver certeza, trago-lhe as taças.

Ramsés percebeu que ignorava o valor das coisas; o homem, sem dúvida, o estava roubando. Já estava na hora, portanto, de sair da escola, extremamente protegida do mundo exterior.

Com Vigilante aos pés, o príncipe fixou a entrada da casa da cerveja. Quem, entre os seus companheiros de estudo, ousaria tentar a aventura? Fez apostas, eliminou os mais fracos e os mais carreiristas, e acabou por ficar com três nomes. Esses não recuariam diante do perigo.

Sorriu quando Setaou franqueou a soleira da porta do estabelecimento.

Entroncado, viril, com músculos salientes, a pele trigueira, a cabeça quadrada de cabelos negros, Setaou era filho de um marinheiro com uma núbia. A sua excepcional resistência, bem como os seus dons para a química e o estudo das plantas, tinham atraído a atenção do seu professor; os mestres do *Kap* não lamentavam ter-lhe aberto as portas do ensino superior.

Pouco conversador, Setaou sentou-se ao lado de Ramsés.

Os dois rapazes nem tiveram oportunidade de falar, porque entrou Ameni, pequeno, magro e frágil; com a sua tez pálida e os cabelos já escassos apesar da pouca idade, revelava-se incapaz de praticar esporte ou carregar muito peso, mas ultrapassava todos os alunos do seu nível na arte de escrever os hieróglifos. Trabalhador infatigável, dormia apenas três ou quatro horas por noite e conhecia mais os grandes autores que o seu professor de literatura. Filho de um estucador, tornara-se o herói da família.

– Consegui sair – exclamou ele, orgulhosamente oferecendo o meu jantar a um dos guardas.

Ramsés também o esperava; sabia que Setaou usaria a força, e Ameni, a esperteza.

O terceiro a chegar surpreendeu o príncipe; nunca teria suposto que o rico Acha se arriscasse assim. Filho único de nobres abastados, a estadia no *Kap* era, para ele, uma passagem natural e obrigatória antes de iniciar uma carreira de alto funcionário. Elegante, de membros esguios, rosto comprido, tinha um pequeno e bem tratado bigode e lançava sobre os outros um olhar sempre desdenhoso. A voz doce e os olhos brilhantes de inteligência enfeitiçavam seus interlocutores.

Sentou-se à frente do trio.

– Espantado, Ramsés?

– Confesso que sim.

– Juntar-me a vocês por uma noite não me desagrada; acho a vida muito monótona.

– Estamos nos arriscando a sofrer punições.

– Eles acrescentarão sal a este prato inédito; já estão todos aqui?

– Será que o seu melhor amigo o traiu?

– Ele virá.

Irônico, Acha mandou servir a cerveja... Ramsés não a tocou; a inquietação e a decepção apertavam-lhe a garganta. Teria se enganado a tal ponto?

– Aí está ele! – exclamou Ameni.

Alto, de ombros largos, cabeleira cheia, um colar de barba emoldurando-lhe o queixo, Moisés parecia muito mais velho do que aparentavam seus 15 anos. Filho de trabalhadores hebreus instalados no Egito há várias gerações, tinha sido admitido no *Kap* desde os primeiros anos devido às suas notáveis faculdades intelectuais. Como a força física era igual à de Ramsés, os dois rapazes não tinham tardado a enfrentar-se em todos os campos, antes de estabelecerem um pacto de não-agressão e passarem a apresentar uma frente comum aos seus professores.

– Um velho guarda quis impedir-me de sair; como não queria lhe bater, tive de convencê-lo dos bons motivos da minha expedição.

Todos se cumprimentaram e esvaziaram suas taças, cujo conteúdo tinha o gosto inimitável do proibido.

– Tentemos responder à única questão importante – exigiu Ramsés. – Como se atinge o verdadeiro poder?

– Pela prática dos hieróglifos – respondeu imediatamente Ameni. – A nossa língua é a dos deuses, os sábios a utilizaram para transmitir os seus preceitos. "Imita os teus antepassados", está escrito, "porque eles conheceram a vida antes de ti. O poder é dado pelo conhecimento, e apenas a escrita o imortaliza."

– Tolices de letrados – objetou Setaou.

Ameni enrubesceu.

– Nega que o escriba detém o verdadeiro poder? O porte, a delicadeza, a educação, a pontualidade, o respeito pela palavra dada, a repulsa à desonestidade e à inveja, o controle de si próprio, a arte do silêncio para melhor conceder o primeiro lugar à escrita são as qualidades que quero desenvolver.

– Insuficiente – considerou Acha. – O poder supremo é o da diplomacia. É por isso que em breve partirei para o estrangeiro a fim de aprender as línguas dos nossos aliados e dos adversários, para compreender como funciona o comércio internacional, quais são as reais intenções dos outros dirigentes, para assim poder manipulá-los.

– Aí está a ambição de um homem da cidade que perdeu todo o contato com a natureza – lamentou Setaou. – A cidade é o verdadeiro perigo que nos espreita!

– Não fale de sua conquista de poder – fez notar Acha, desabrido.

– Há um único caminho, no qual se misturam constantemente a vida e a morte, a beleza e o horror, o remédio e o veneno: o das serpentes.

– Está brincando?

– Onde vivem as serpentes? No deserto, nos campos, nos pântanos, nas margens do Nilo e dos canais, nas plantações de trigo, nos abrigos dos pastores, nos currais de gado e mesmo nos recantos sombrios e frios das casas! As serpentes estão por todo lado e possuem o segredo da criação. Consagrarei a minha existência a roubá-lo.

Ninguém se atreveu a criticar Setaou, que parecia ter preparado maduramente a sua decisão.

– E você, Moisés? – interrogou Ramsés.

O jovem hebreu hesitou.

– Eu os invejo, meus amigos, porque sou incapaz de responder. Agitam-me estranhos pensamentos, o meu espírito vagueia, mas o meu destino permanece obscuro. Talvez me dêem um posto importante num grande harém,*

*No Egito Antigo, um harém não era uma prisão dourada para lindas mulheres, mas uma grande instituição econômica que será descrita mais adiante.

e estou preparado para aceitar, enquanto aguardo uma aventura mais estimulante.

Por fim, o olhar dos quatro jovens voltou-se para Ramsés, que declarou:

– Existe apenas um único e verdadeiro poder, meus amigos: o de Faraó!

4

– Você não consegue nos espantar – lamentou Acha.

– Meu pai me fez passar pela prova do touro selvagem – revelou Ramsés. – Por que o faria se não fosse para me preparar para ser Faraó?

Aquelas palavras deixaram sem voz os quatro companheiros do príncipe. Acha foi o primeiro a recuperar o controle.

– Sethi não designou seu irmão mais velho para suceder ao trono?

– Nesse caso, por que não o obrigou ao encontro com o touro selvagem?

Ameni estava radiante.

– É maravilhoso, Ramsés! Ser amigo de um futuro faraó é um milagre!

– Não se entusiasme – recomendou Moisés. – Sethi talvez ainda não o tenha escolhido.

– Estarão comigo ou contra mim? – perguntou Ramsés.

– Contigo até a morte! – respondeu Ameni.

Moisés balançou a cabeça afirmativamente.

— A pergunta exige reflexão — considerou Acha. — Se verificar que suas chances aumentam, deixarei pouco a pouco de acreditar em seu irmão mais velho. Caso contrário, não apoiarei um derrotado.

Ameni apertou os punhos.

— O que você merecia...

— Talvez eu seja o mais sincero de todos aqui — afirmou o futuro diplomata.

— Isso muito me espantaria — retorquiu Setaou. — A única posição realista é a minha.

— E vai expô-la?

— As palavras bonitas não me interessam; apenas os atos contam. Um futuro rei deve ser capaz de enfrentar as serpentes. Na próxima noite de lua cheia, quando todas tiverem saído das suas tocas, levarei Ramsés ao seu encontro. Veremos se está à altura das suas ambições.

— Recuse! — implorou Ameni.

— Aceito — disse Ramsés.

O ESCÂNDALO fez tremer a venerável instituição do *Kap*. Nunca, desde a sua fundação, os alunos mais brilhantes da instituição se tinham atrevido a violar assim o regulamento interno. Contra a vontade, Sary foi encarregado pelos colegas de convocar os cinco culpados e de lhes infligir pesadas sanções penais. Poucos dias antes das férias de verão, a tarefa parecia-lhe ainda mais impossível dados os postos que acabavam de ser atribuídos aos cinco jovens, coroando seus esforços e capacidades. Para eles, a porta do *Kap* escancarava-se para a vida ativa.

Ramsés brincava com o cão, que rapidamente se habituava aos alimentos compartilhados com o dono. A louca correria atrás de uma bola de trapo atirada pelo príncipe pareceu interminável ao preceptor, mas seu aluno real não admitia que interrompessem as distrações do animal, muito maltratado, segundo ele, pelo dono anterior.

Arquejante, de língua de fora, cansado, Vigilante lambeu a água de uma tigela de barro.

– Ramsés, a sua conduta merece um castigo.

– Por que motivo?

– Essa ultrajante escapadela...

– Não exagere, Sary; sequer estávamos bêbados.

– Escapadela ainda mais estúpida, já que seus camaradas terminaram seu tempo.

Ramsés agarrou Sary pelos ombros.

– Boa notícia, vinda de você! Conta depressa!

– As sanções...

– Veremos isso mais tarde! E Moisés?

– Foi nomeado intendente-adjunto do grande harém de Mer-Our, no Fayoum;* pesada responsabilidade para um ombro tão jovem.

– Ele vai abalar os velhos funcionários enquistados em seus privilégios. E Ameni?

– Entrou para o gabinete dos escribas do palácio.

– Perfeito! E Setaou?

– Receberá o rolo dos curandeiros e encantadores de serpentes e será encarregado da colheita do veneno para a preparação de remédios. A menos que estas punições...

– E Acha?

– Depois de ter aperfeiçoado o seu conhecimento do líbio, do sírio e do hitita, partirá para Biblos e ocupará o seu primeiro posto de intérprete. Mas todas estas nomeações estão bloqueadas!

---

 *Cerca de 100 quilômetros ao sudoeste do Cairo.

– Por quem?

– Pelo diretor do *Kap*, pelos professores e por mim mesmo. A conduta de vocês foi vergonhosa.

Ramsés refletiu.

Se o caso piorasse, subiria ao vizir e depois a Sethi; rica maneira, na verdade, de provocar a cólera real.

– Não se deve sempre procurar ser justo em tudo, Sary?

– Certamente.

– Então castiguem o único culpado: eu!

– Mas...

– Fui eu que organizei a reunião, marquei o lugar de encontro e forcei meus colegas a me obedecerem. Se eu usasse outro nome, teriam recusado.

– É provável, mas...

– Anuncie-lhes as boas notícias e acumule sobre a minha cabeça os castigos previstos. E como o caso está resolvido, deixe-me dar um pouco de alegria a este pobre cão.

SARY AGRADECEU aos deuses; graças à idéia de Ramsés, escapava de uma situação delicada. O príncipe, que angariava pouca simpatia entre os professores, foi condenado a residir no espaço do *Kap* durante as festas do período da cheia, a aprofundar os seus conhecimentos matemáticos e literários e a não freqüentar a estrebaria. No ano-novo, em julho, o irmão mais velho se exibiria ao lado de Sethi, quando o Faraó celebrasse o renascimento da cheia; a ausência de Ramsés provaria a sua insignificância.

Antes do período de isolamento, que apenas o cão amarelo-dourado alegraria, Ramsés foi autorizado a despedir-se dos companheiros.

Ameni mostrou-se caloroso e otimista; colocado em Mênfis, perto do amigo, pensaria todos os dias nele e arranjaria uma maneira de lhe fazer chegar às mãos algumas guloseimas. Depois da sua libertação, o futuro se anunciaria radioso.

Moisés contentou-se em abraçar Ramsés; o afastamento, em Mer-Our, surgia-lhe como uma prova que tentaria enfrentar da melhor maneira. Andava obcecado por determinados sonhos, mas só falaria deles mais tarde, quando seu amigo tivesse saído do castigo.

Acha mostrou-se frio e distante; agradeceu ao príncipe por sua atitude e prometeu retribuí-la assim que surgisse uma oportunidade, do que ele duvidava; os seus destinos não teriam mais oportunidade de se cruzarem.

Setaou lembrou a Ramsés que o desafiara a encontrar as serpentes e que promessa era promessa; aproveitaria aquele inconveniente contratempo para escolher o local mais favorável a esse confronto. Não escondia a felicidade por poder exercer seus talentos longe das cidades e de estar todos os dias em contato com o verdadeiro poder.

Para surpresa de seu preceptor, Ramsés aceitou sem protestar o castigo da solidão. Num período em que os jovens da sua idade saboreavam os prazeres da estação da cheia, o príncipe dedicava-se à matemática e aos velhos autores; apenas dava alguns passeios no jardim, em companhia do cão. As conversas com Sary versavam sobre os temas mais austeros; Ramsés revelou uma espantosa capacidade de concentração, acompanhada por uma memória excepcional. Em poucas semanas, o rapaz transformara-se num outro homem. Em breve o ex-preceptor nada mais teria a ensinar-lhe.

Ramsés mergulhara nesse período de retiro forçado com o mesmo entusiasmo que sentiria num combate de mãos nuas em que o adversário era ele próprio. Depois do confronto com o touro selvagem, tinha vontade de lutar com mais um. Por ser pretensioso, muito seguro de si, impaciente e desorganizado, esse combate, assim como o primeiro, não seria menos perigoso.

Ramsés pensava constantemente no pai.

Talvez nunca mais o encontrasse, talvez devesse contentar-se com essa recordação e com a imagem de um faraó que ninguém poderia se igualar. Depois de ter largado o touro, Sethi permitira-lhe segurar as rédeas do carro durante alguns instantes. Em seguida, sem uma palavra, agarrara-se nelas. Ramsés não se atrevera a perguntar nada; ter vivido perto dele, mesmo por algumas horas, fora um privilégio.

Tornar-se faraó? Essa questão não tinha sentido. Entusiasmara-se, como de hábito, dando asas à sua imaginação.

No entanto, tinha sido submetido à prova do touro, um velho ritual caído em desuso; ora, Sethi não agia levianamente.

Em vez de ficar interrogando-se no escuro, Ramsés decidira completar as suas lacunas e progredir à altura do amigo Ameni. Fosse qual fosse a sua futura função, coragem e entusiasmo não bastariam para cumpri-la. Sethi, como os outros faraós, tinha seguido o caminho do escriba.

E a louca idéia assaltava-o de novo! Voltava como uma onda, apesar dos seus esforços para afastá-la. No entanto, Sary informara-o que o seu nome era quase ignorado na corte; não tinha adversários, pois o sabiam condenado a um exílio dourado numa capital de província.

Ramsés não respondia nada, orientando a conversa para o triângulo sagrado, que permitia construir a parede de um templo, ou para a regra das proporções necessárias a fim de criar um edifício de acordo com a lei de Maât, a frágil e maravilhosa deusa da harmonia e da verdade.

Ele, que tanto gostava de andar a cavalo, nadar ou lutar de mãos limpas, esqueceu a natureza e o mundo exterior, sob a batuta de um Sary encantado por estar formando um sábio; mais alguns anos de perseverança e o antigo se mostraria digno das obras-primas do passado! A falta cometida por Ramsés e o castigo sofrido tinham colocado o jovem no bom caminho.

Na véspera da libertação, o príncipe jantou com Sary no terraço da sala de estudo. Sentados em esteiras, beberam cerveja fresca e saborearam peixe seco e favas com especiarias.

– Felicito-o, os seus progressos são notáveis.

– Falta um pormenor: que lugar me foi atribuído?

O preceptor pareceu atrapalhado.

– Bem... deve pensar em descansar, depois de todo esse esforço.

– Por que está mudando de assunto?

– É um tanto delicado, mas... um príncipe pode gozar de sua posição.

– Qual é o meu futuro lugar, Sary?

O preceptor evitou o olhar do aluno.

– No momento, nenhum.

– Quem tomou essa decisão?

– Seu pai, o rei Sethi.

5

Promessa é promessa – declarou Setaou.

– Você? É realmente você?

Setaou havia mudado. Mal barbeado, sem peruca, estava vestido com uma pele de antílope com inúmeros bolsos, não se assemelhando em nada ao estudante admitido na melhor universidade do Egito. Se um dos guardas do palácio não o tivesse reconhecido, teria sido posto para fora sem contemplações.

– O que aconteceu?

– Faço o meu trabalho e mantenho a minha palavra.

– Aonde vai me levar?

– Já vai ver... A menos que você esteja com medo e desista.

O olhar de Ramsés brilhou.

– Ora, vamos.

Montados em burros, atravessaram a cidade, saíram pelo sul, seguiram ao longo do canal e depois viraram para o deserto, na direção de uma antiga necrópole. Era a primeira vez que Ramsés saía do vale para entrar num mundo inquietante, onde a lei dos homens não imperava.

– Esta noite é de lua cheia! – afirmou Setaou com olhos excitados. – Todas as serpentes comparecerão ao encontro.

Os burros seguiram uma pista que o príncipe nunca teria sido capaz de acertar; com passo firme e andar seguro, penetraram no cemitério abandonado.

Ao longe, o azul do Nilo e o verde das plantações; aqui, a areia estéril a perder de vista, o silêncio e o vento. Ramsés compreendeu na carne por que as pessoas do templo chamavam o deserto de "a terra vermelha de Seth", o deus da tempestade e do fogo cósmico. O deus tinha queimado o solo naquelas regiões solitárias, mas também purificado os humanos do tempo e da corrupção. Graças a ele, puderam construir moradas da eternidade onde as múmias não apodreciam.

Ramsés respirou o ar revigorante.

O faraó era o soberano daquela terra vermelha, tal como da terra negra, fértil e lodosa, que dava ao Egito alimentos em profusão; devia conhecer os seus segredos, utilizar a sua força e dominar os seus poderes.

– Se quiser, ainda está em tempo de desistir.

– Que a noite venha depressa.

UMA SERPENTE de dorso avermelhado e ventre amarelo passou perto de Ramsés e desapareceu entre duas pedras.

– Inofensiva – esclareceu Setaou. – Essa espécie pulula perto dos monumentos abandonados. Habitualmente, durante o dia refugiam-se neles. Siga-me.

Os dois jovens desceram uma encosta inclinada que conduzia a um túmulo em ruínas. Ramsés hesitou antes de entrar nele.

– Já não há nenhuma múmia; o lugar é fresco e seco, verá. Nenhum demônio vai lhe agredir.

Setaou acendeu um lampião de azeite.

Ramsés descobriu uma espécie de gruta, com o teto e as paredes talhadas de forma grosseira; talvez o local nunca tivesse sido ocupado. O encantador de serpentes havia instalado diversas mesas baixas sobre as quais estavam uma pedra de afiar, uma navalha de bronze, um pente de madeira, uma cabaça, tabuinhas de madeira, uma prancheta de escriba e grande quantidade de potes contendo ungüentos e pomadas.

Conservava em jarros os ingredientes necessários à preparação dos remédios: asfalto, limalha de cobre, óxido de chumbo, ocre vermelho, alúmen, argila e numerosas plantas, entre as quais briônia, anata, rícino e valeriana.

Caía a noite, o sol tornava-se vermelho, o deserto era uma extensão dourada percorrida por véus de areia que o vento transportava de uma duna a outra.

– Tire a roupa – ordenou Setaou.

Quando o príncipe ficou nu, o amigo untou-o com uma mistura à base de cebola que tinha esmagado e diluído em água.

– As serpentes têm horror a este cheiro – explicou. – Que função lhe confiaram?

– Nenhuma.

– Um príncipe ocioso? Mais uma má jogada do seu preceptor!

– Não, foi uma ordem do meu pai.

– Talvez você tenha falhado na prova do touro.

Ramsés não aceitava essa evidência; no entanto, ela explicaria ter sido deixado de lado.

– Esqueça a corte, suas intrigas e golpes baixos; venha trabalhar comigo. As serpentes são inimigas temíveis, mas, pelo menos, não mentem.

Ramsés estava perturbado. Por que o pai não lhe tinha dito a verdade? Troçara dele, sem lhe deixar a mínima chance de provar o seu valor.

– E agora, uma verdadeira prova; para ficar imunizado você tem que engolir uma bebida desagradável e perigosa, à base de tubérculos de plantas urticáceas. Torna mais lenta a circulação do sangue, às vezes a ponto de fazê-la parar... Se vomitar, morrerá. Não é uma experiência que eu proporia a Ameni, mas a sua robusta constituição deve suportá-la. Depois disso, resistirá à mordedura de um bom número de serpentes.

– Não de todas?

– Para as maiores é necessário injetar todos os dias uma pequena dose de sangue de cobra diluído. Caso se torne um homem da profissão, terá direito a esse tratamento excepcional. Beba.

O gosto era horrível.

Um frio percorreu as veias de Ramsés, que sentiu o coração vir-lhe à boca.

– Agüente firme.

Vomitar a dor que o corroía, vomitar, estender-se e dormir...

Setaou agarrou o pulso de Ramsés.

– Agüente! Agora abra os olhos!

O príncipe dominou-se; Setaou nunca o vencera numa luta. O estômago descontraiu-se, e a sensação de frio atenuou-se.

– Você é realmente forte, mas não tem qualquer chance de vir a reinar.

– Por quê?

– Porque confiou em mim; podia tê-lo envenenado.

– Você é meu amigo.

– Como sabe?

– Eu sei.

– Eu só confio nas serpentes. Obedecem à sua natureza e não a traem; com os homens é diferente. Passam a vida fazendo trapaças e beneficiando-se das suas patifarias.

– Você também?

– Eu abandonei a cidade e vivo aqui.

– Se a minha vida estivesse em perigo, não me trataria?

– Vista a túnica e saiamos; você é menos estúpido do que parece.

No deserto, Ramsés viveu uma noite inesquecível. Nem as risadas sinistras das hienas, nem o ladrar dos chacais, nem os mil e um sons estranhos provenientes de um outro mundo perturbaram o seu deslumbramento. A terra vermelha de Seth era portadora das vozes dos ressuscitados, substituía o encanto do vale pelo poder do Além.

O verdadeiro poder... Setaou não o descobrira na solidão assombrada do deserto?

Ao redor dos dois ouviam-se ciciares.

Setaou ia à frente, batendo no chão com uma comprida vara. Dirigia-se para um pequeno monte de pedras que o brilho da lua cheia transformava em castelo de espíritos. Seguindo o seu guia, Ramsés já não pensava no perigo; o especialista tinha-lhe pendurado na cintura saquinhos com os remédios de primeiros socorros, em caso de picada.

Mais adiante parou junto à elevação.

– Meu mestre vive ali – revelou Setaou. – Talvez não se mostre, porque não gosta de estranhos. Sejamos pacientes e roguemos ao invisível para nos conceder a sua presença.

Setaou e Ramsés sentaram-se na posição dos escribas. O príncipe sentia-se leve, quase etéreo, e saboreava o ar do deserto como uma guloseima. O céu com milhares de estrelas tinha substituído as paredes da sala de estudo.

Uma forma elegante e sinuosa destacou-se do centro da elevação.

Uma cobra negra, com 1,5 metro de comprimento, de escamas luzidias, saiu da sua toca e ergueu-se, majestosa. A lua concedia-lhe uma aura prateada, ao mesmo tempo que a cabeça oscilava, pronta para atacar.

Setaou avançou, a língua da cobra emitiu um assobio. Com um gesto da mão, o encantador de serpentes fez sinal a Ramsés para se aproximar.

Intrigado, o réptil balançava-se; qual dos intrusos atacaria primeiro?

Avançando dois passos, Setaou ficou a quase um metro da cobra; Ramsés imitou-o.

– És a senhora da noite e fecundas a terra para que ela seja fértil – disse Setaou com a sua voz mais grave, muito lentamente, destacando cada sílaba.

Repetiu o encantamento uma dezena de vezes, pedindo a Ramsés que o imitasse também. A melodia das palavras pareceu acalmar a serpente; por duas vezes distendeu-se para morder, mas estacou bem perto do rosto de Setaou. Quando este pousou a mão sobre a cabeça da cobra, ela se imobilizou. Ramsés supôs captar um brilho vermelho em seus olhos.

– É a sua vez, príncipe.

O jovem estendeu o braço; o réptil atacou.

Ramsés julgou sentir a picada, mas a boca da cobra não se fechara, porque o forte cheiro de cebola incomodara a agressora.

– Pouse-lhe a mão sobre a cabeça.

Ramsés não tremeu; a cobra pareceu recuar. Os dedos unidos tocaram o alto da cabeça da serpente negra; durante alguns instantes, a senhora da noite estava dominada pelo filho do rei.

Setaou puxou Ramsés para trás; o bote da cobra perdeu-se no vazio.

– Estava abusando, amigo; esqueceu que as forças das trevas nunca são vencidas? Uma cobra, a uraeus, ergue-se mesmo em frente do Faraó; se ela não tivesse aceitado, o que esperava?

Ramsés deu um suspiro e contemplou as estrelas.

– Você é imprudente, mas tem sorte; contra a picada dessa serpente não existe qualquer remédio.

6

Ramsés lançou-se sobre a jangada formada por feixes de troncos de papiros atados com fios; frágil, o modesto flutuador não resistiria à décima corrida de velocidade do dia, que o príncipe travava contra um batalhão de nadadores, excitados com a idéia de o vencerem, sobretudo na presença de um cortejo de moças que, da margem do canal, observavam a competição. Na esperança de ganhar, os rapazes traziam ao pescoço amuletos: uma rã, uma coxa de boi, um olho protetor; Ramsés estava nu, sem o auxílio de qualquer magia, porém nadava mais rápido do que os outros.

A maior parte dos atletas era encorajada pela musa dos seus pensamentos; o filho mais novo de Sethi só competia por si mesmo, para provar que podia sempre ir além das suas forças e chegar primeiro à margem.

Ramsés terminou a corrida com mais de 5 metros de vantagem em relação ao segundo lugar; não sentia a mínima fadiga e teria continuado a nadar durante horas. Despeitados, os adversários felicitaram-no com frieza. Todos conheciam o caráter orgulhoso do jovem príncipe, afastado para sempre dos caminhos do poder e condenado a tornar-se um letrado ocioso que em breve residiria no Grande Sul, longe de Mênfis e da capital.

Uma linda morena de 15 anos, já mulher, aproximou-se dele e ofereceu-lhe um pedaço de pano.

– O vento está fresco, aqui tem com que se enxugar.

– Não preciso.

A moça – por sinal muito teimosa – tinha os olhos de um verde intenso, o nariz pequeno e reto, os lábios finos e o queixo ainda pouco definido; graciosa, viva e requintada, usava um vestido de linho transparente saído de uma loja de luxo. Presa na fita da cabeça, uma flor de lótus.

– Isso faz mal; até os mais fortes adoecem.

– Não tenho medo de doença.

– Chamo-me Iset. Esta noite, organizo uma pequena festa com algumas amigas. Aceita ser meu convidado?

– Com certeza não.

– Se mudar de opinião, será bem-vindo.

Sorridente, partiu sem olhar para trás.

SARY, O PRECEPTOR, dormia à sombra de um grande sicômoro plantado no centro do jardim; Ramsés andava de um lado para outro em frente à irmã Dolente, estendida num sofá. Nem feia nem bonita, apenas se interessava pelo seu conforto e bem-estar; a posição do marido abria-lhe a perspectiva de uma vida agradável, protegida das preocupações do dia-a-dia. Excessivamente gorda, eternamente cansada, tinha uma pele gordurosa sobre a qual aplicava ungüentos ao longo do dia. A irmã mais velha de Ramsés gabava-se de conhecer bem os segredos da alta sociedade.

– Você deveria me visitar mais vezes, querido irmão.

– Ando muito ocupado.

– Pelo que me consta você é bastante ocioso.

– Pergunte ao seu marido.

– Você não veio aqui apenas pelo prazer de me admirar.

– Na verdade, não. Eu preciso de um conselho.

Dolente ficou encantada; Ramsés detestava ficar devendo favores a qualquer pessoa.

– Estou ouvindo; se a minha intuição me aconselhar, eu lhe responderei.

 – Conhece uma tal Iset?

– Descreva-a para mim.

O príncipe assim fez.

– Iset a Bela! Temível, provocadora. Apesar da pouca idade, seus pretendentes são inúmeros. Há quem a considere a mulher mais bonita de Mênfis.

– Quem são seus pais?

– Ricos, influentes, pertencem a uma família ligada ao palácio há várias gerações. Será que Iset a Bela apanhou-o também na sua rede?

– Convidou-me para uma recepção.

– Não há perigo de ser o único! Essa moça dá festas todas as noites. O que sente por ela...?

– Provocou-me.

– Dando o primeiro passo? Não seja antiquado, querido irmão! Iset a Bela achou-o a seu gosto, é tudo!

– Não compete a uma moça...

– E por que não? Estamos no Egito, não entre os bárbaros atrasados. Não a aconselho como esposa, mas...

– Não diga mais nada.

– Não quer saber mais sobre Iset a Bela?

– Obrigado, querida irmã; não preciso mais de suas informações.

– Não demore muito em Mênfis.

– Por que esse aviso?

– Aqui você não é ninguém; se permanecer, vai definhar como uma flor que não é regada. Na província, vão respeitá-lo. Não sonhe em levar Iset a Bela para lá; ela não gosta dos derrotados. Ouvi dizer que o seu irmão, o futuro rei do Egito, não é indiferente aos seus encantos. Afaste-se dela depressa, Ramsés, ou a sua pobre vida correrá na direção de graves perigos.

NÃO ERA UMA recepção vulgar; várias jovens de excelentes famílias, ensaiadas por uma coreógrafa profissional, tinham decidido mostrar os seus dons para a dança. Ramsés chegara tarde, pois não queria participar do banquete; por acaso, encontrou-se na primeira fila dos numerosos espectadores.

As 12 dançarinas tinham escolhido exibir o seu talento nas margens do vasto espelho d'água onde desabrochavam lótus brancos e azuis; archotes presos na ponta de longos suportes iluminavam a cena.

Vestidas com uma rede de pérolas sob uma curta túnica, com uma peruca de três fileiras de tranças, adornadas com longos colares e pulseiras de lápis-lazúli, as jovens esboçaram gestos lascivos; leves, bem coordenadas, inclinaram-se para o solo, estenderam os braços a invisíveis pares e os enlaçaram. Os movimentos eram de uma lentidão deliciosa, e os espectadores continham a respiração.

De repente, tiraram a peruca, a túnica e a rede; com os cabelos presos num *chignon*, seios nus, vestidas apenas com uma tanga curta, martelaram o chão com o pé direito e depois, formando um conjunto perfeito, executaram um salto para trás que provocou exclamações. Curvando-se e inclinando-se graciosamente, realizaram outras acrobacias igualmente espetaculares.

Quatro delas destacaram-se do grupo, e as outras cantaram e marcaram o compasso batendo com as mãos. As solistas, arrastadas por uma antiga canção, louvaram os quatro ventos saídos dos pontos cardeais. Iset a Bela encarnava o doce vento do norte que nas noites tórridas permitia aos seres vivos respirar. Eclipsou suas companheiras, visivelmente satisfeita por captar todos os olhares.

Ramsés não resistiu ao fascínio; ela era realmente magnífica e não tinha rival. Utilizava o corpo como um instrumento, cujas melodias ela dominava com uma espécie de distanciamento, como se contemplasse a si própria sem pudor. Pela primeira vez, Ramsés olhava uma mulher sentindo o desejo de tê-la nos braços.

Quando a dança terminou, afastou as filas de espectadores e sentou-se a um canto, próximo do estábulo dos burros.

Iset a Bela divertira-se em provocá-lo; sabendo que iria casar com seu irmão, dava-lhe o golpe de misericórdia para melhor firmar a sua exclusão. Ele, que tinha sonhado com um destino grandioso, sofria humilhações sobre humilhações. Tinha de sair daquele ciclo infernal e libertar-se dos demônios que travavam seus passos. A província? Pois que fosse. Provaria o seu valor de qualquer maneira; em caso de fracasso, iria se unir a Setaou e se submeteria às mais perigosas serpentes.

– Está preocupado?

Iset a Bela tinha se aproximado silenciosamente e sorria-lhe.

– Não, estou apenas meditando.

– Uma meditação muito profunda... já que todos os convidados partiram, e meus pais e os criados estão dormindo.

Ramsés não notara o passar do tempo; apressado, ergueu-se.

– Desculpe-me, vou sair imediatamente.

– Alguma mulher já lhe disse o quanto você é belo e sedutor?

Com os cabelos soltos, os seios nus, e uma chama perturbadora no fundo dos olhos, Iset barrou-lhe o caminho.

– Não está noiva do meu irmão?

– Um filho de rei dá ouvidos a rumores? Amo quem

eu quero e não amo seu irmão; é você quem eu desejo, e o quero agora.

– Filho de rei... Será que ainda sou?

– Faça amor comigo.

Desataram as tangas ao mesmo tempo.

– Venero a beleza, Ramsés, e você é a própria beleza.

As mãos do príncipe transformaram-se em carícias, não deixando a mínima iniciativa à jovem; queria dar sem nada receber, oferecer à sua amante o fogo que se apoderara de todo o seu ser. Conquistada, ela se abandonou; com um instinto incrivelmente seguro, Ramsés descobriu os pontos secretos do seu prazer e, apesar da sua fogosidade, soube prolongar os momentos com ternura.

Ela era virgem, como ele; na doçura da noite, ofereceram-se um ao outro, inebriados por um desejo que renascia a cada momento.

7

Vigilante tinha fome.

Com uma língua decidida, o cão amarelo-dourado lambeu o rosto do dono que dormia há um bom tempo. Ramsés acordou sobressaltado, ainda mergulhado num sonho onde abraçava o corpo amoroso de uma mulher com seios semelhantes a maçãs, pequenos lábios ternos como o doce orvalho, pernas ágeis como plantas trepadeiras.

Um sonho... Não, não era um sonho! Ela existia, chamava-se Iset a Bela, entregara-se a ele e fizera-o descobrir o prazer.

Vigilante, indiferente às recordações do príncipe, deu uns latidos de desespero. Ramsés compreendeu finalmente a urgência da situação e conduziu-o às cozinhas do palácio, onde o cão devorou o que lhe deu. Quando a tigela ficou vazia, levou-o para um passeio, na direção das estrebarias.

Ali se reuniam magníficos cavalos, gozando de uma rigorosa higiene e de tratamento permanente. Vigilante desconfiava daqueles quadrúpedes com patas altas e reações inesperadas; prudentemente, ia trotando atrás do dono.

Os palafreneiros faziam troça de um aprendiz que carregava com grande dificuldade uma alcofa cheia de excrementos. Um deles passou-lhe uma rasteira, e o bode expiatório deixou cair a alcofa, cujo conteúdo se espalhou à sua frente.

– Apanha! Ordenou o torturador, um qüinquagenário de rosto grosseiro.

O infeliz voltou-se, e Ramsés o reconheceu:

– Ameni!

O príncipe saltou, empurrou os palafreneiros e levantou o amigo, todo trêmulo.

– Por que está aqui?

Traumatizado, o rapaz gaguejou uma resposta incompreensível. Uma mão impertinente tocou os ombros de Ramsés.

– Ei, você... Quem é você e quem lhe deu permissão para vir nos incomodar?

Com uma cotovelada no peito, Ramsés afastou o palafreneiro, que caiu para trás. Furioso por ter sido ridicularizado, o serviçal, com os lábios contraídos de ódio, chamou os companheiros.

– Vamos ensinar boas maneiras a estes dois insolentes...

O cão amarelo-dourado ladrou e mostrou os dentes.

– Corra! – ordenou Ramsés a Ameni.

O escriba foi incapaz de se mover.

Os agressores sabiam da vantagem que levavam sobre Ramsés – seis contra um – e, convencidos da vitória fácil, deram ao príncipe uma pequena chance de se safar daquela situação. O mais corpulento lançou o punho contra ele, só encontrando o vácuo. Sem compreender o que acontecia, o agressor sentiu-se erguido no ar, caindo pesadamente de costas, o mesmo aconteceu com dois dos seus aliados.

Ramsés congratulou-se por ter sido um aluno sério e aplicado na escola de luta; contando apenas com a força bruta e querendo ganhar muito depressa, aqueles homens não sabiam lutar. Vigilante, mordendo os tornozelos de um deles, afastou-se rapidamente para não ser apanhado por um pontapé. Ameni tinha fechado os olhos, de onde corriam lágrimas.

Os palafreneiros reagruparam-se, hesitantes, reconhecendo que só o filho de um nobre podia conhecer aqueles golpes.

– De onde você saiu?

– Estão com medo? São seis contra um.

O mais exaltado brandiu uma faca, gritando:

– Você tem um rosto bonito, mas um acidente vai desfigurá-lo.

Ramsés nunca enfrentara um homem armado.

– Um acidente, com testemunhas... E até o frangote estará de acordo conosco para salvar a pele.

O príncipe manteve os olhos fixos na faca de lâmina curta; o palafreneiro divertia-se fazendo círculos para assustá-lo. Ramsés não se mexeu, deixando o homem girar ao seu redor; o cão quis defender o seu dono.

– Deitado, Vigilante!

– Ah, gosta daquele bicho horrível... É tão feio que não merece viver.

– Ataque os que são mais fortes do que você.

– É muito pretensioso!

A lâmina roçou o rosto de Ramsés que, com um pontapé, tentou desarmar o palafreneiro, mas só lhe tocou de raspão.

– É valente... Mas está sozinho!

Os outros puxaram suas facas.

Ramsés não sentiu medo; crescia dentro de si uma força até então ignorada, uma raiva contra a injustiça e a covardia.

Antes de seus adversários se organizarem, bateu em dois e derrubou-os, escapando ileso às suas lâminas vingativas.

– Parem, camaradas! – gritou um palafreneiro.

Uma luxuosa cadeira com 12 carregadores acabava de ultrapassar o pórtico das estrebarias. O seu importante e requintado ocupante estava com as costas apoiadas num alto recosto, os pés aninhados num tamborete, os antebraços colocados nos apoios da cadeira, a cabeça protegida por um guarda-sol, e limpava a testa com um lenço perfumado. O nobre personagem tinha cerca de 20 anos, rosto redondo, bochechas rechonchudas, pequenos olhos castanhos, lábios grossos e gulosos; sua boa alimentação tornava-o avesso a qualquer exercício físico, o que pesava duramente sobre os ombros dos 12 carregadores, bem remunerados em troca de sua boa eficiência.

Os palafreneiros desapareceram; Ramsés encarou o recém-chegado, enquanto o cão lambia a perna de Ameni para acalmá-lo.

– Ramsés! Outra vez nas estrebarias... Decididamente, os animais são os seus melhores companheiros.

– O que meu irmão Chenar vem fazer nesses lugares de má reputação?

– Inspeciono, como o Faraó me pediu; um futuro rei não deve ignorar nada do seu reino.

– Então foi o céu que o enviou.

– Acha?

– Hesitaria em reparar uma injustiça?

– Do que se trata?

– Deste jovem escriba, Ameni; foi arrastado à força para cá por seis palafreneiros e martirizado.

Chenar sorriu.

– Meu pobre Ramsés, você anda mal informado! Será que seu jovem amigo não fugiu da punição que sofreu?

O príncipe voltou-se para Ameni, incapaz de falar.

– Esse escriba principiante pretendeu corrigir o erro de um superior, que se queixou imediatamente de tal arrogância; considerei que uma boa temporada nas estrebarias faria muito bem a esse pequeno convencido. Transportar excrementos e forragem fará curvar a sua espinha.

– Ameni não tem força para tal castigo.

Chenar ordenou aos carregadores que colocassem a cadeira no chão. O portador de sandálias colocou imediatamente uma banqueta, calçou-lhe os pés e o ajudou a descer.

– Vamos caminhar – exigiu Chenar. – Tenho que lhe falar em particular.

Ramsés deixou Ameni sob a guarda de Vigilante.

Os dois irmãos deram alguns passos num alpendre calcetado, ao abrigo do sol, que Chenar, de pele muito branca, detestava.

Como imaginar dois jovens tão diferentes? Chenar era baixo, atarracado, corpulento, e já se assemelhava àqueles nobres muito gordos devido à mesa farta. Ramsés era alto, esguio e musculoso, com todo o esplendor de uma juventude triunfante. A voz do primeiro era macia e flutuante; a do segundo, grave e clara. Entre eles não havia qualquer ponto em comum. Exceto serem filhos do Faraó.

– Anule a sua decisão – exigiu Ramsés.

– Esqueça essa bobagem e encaremos problemas sérios. Não deveria sair da capital em breve?

– Ninguém me pediu.

– Pois bem, assim será feito.

– Por que haveria de lhe obedecer?

– Esqueceu a minha posição e a sua?

– Deveria me parabenizar por sermos irmãos?

– Não se faça de esperto comigo e contente-se em correr, nadar e fazer musculação. Um dia, se o meu pai e eu quisermos, talvez lhe arranjemos um lugar no exército, já que defender o nosso país é uma nobre causa. Para um rapaz como você, a atmosfera de Mênfis é nociva.

– Nessas últimas semanas começava a me habituar com a idéia.

– Não se meta numa luta inútil e não me obrigue a provocar uma intervenção brutal do nosso pai. Prepare a sua partida sem espalhafato e desapareça. Daqui a duas ou três semanas eu lhe indicarei o seu destino.

– E Ameni?

– Já lhe disse para esquecer o seu miserável espiãozinho, e detesto ter de repetir as coisas novamente. Uma última observação: não tente tornar a ver Iset a Bela. Esqueceu que ela despreza os derrotados?

8

As audiências da rainha-mãe Touya tinham sido extenuantes; na ausência do marido, que tinha partido para inspecionar as linhas de defesa da fronteira ao nordeste, recebera o vizir, o diretor do Tesouro, dois governadores de província e um escriba dos arquivos. Todos apresentaram problemas com necessidades de soluções imediatas tentando-se evitar cometer erros.

Sethi estava cada vez mais preocupado com a permanente agitação das pequenas comunidades da Ásia e da Sírio-Palestina, que os hititas* incitavam à revolta; em geral, bastava uma visita protocolar do Faraó para acalmar os reizinhos de "língua solta".

Filha de oficial, Touya não descendia de uma linhagem real nem tinha nobre ascendência, mas rapidamente se impusera à corte e ao país por seus próprios méritos. Sua elegância era natural: um corpo esguio, um rosto de grandes olhos amendoados, severos e penetrantes, um nariz fino e reto, que lhe conferiam ar altivo. Tal como o marido, impunha respeito e não tolerava qualquer intimidade. O esplendor da corte do Egito era a sua principal preocupação. A grandeza do país e o bem-estar de seu próprio povo dependiam do exercício de suas responsabilidades.

Quando soube que receberia Ramsés, o filho preferido, toda a fadiga desapareceu. Embora tivesse escolhido o jardim do palácio como lugar para a entrevista, permanecera com o longo vestido de linho orlado de ouro, uma capa curta plissada sobre os ombros, um colar com seis fileiras de ametistas e uma peruca de madeixas torcidas, paralelas e da mesma espessura, ocultando as orelhas e a nuca. Como adorava passear por entre as acácias, os salgueiros e as romãzeiras, onde também cresciam miosótis, malmequeres e esporas-bravas! Não havia criação mais bela do que um jardim onde todas as criaturas vegetais cantavam, ao longo das estações, hinos aos deuses. De

---

*Povo que habitava, na época, a região onde hoje é a atual Turquia.

manhã e à tarde, Touya, antes de se preocupar com os deveres do seu cargo, concedia a si própria alguns minutos de sonho naquele paraíso.

Quando Ramsés dirigiu-se a ela, a rainha ficou espantada. Em alguns meses tornara-se um homem de beleza notável. Ao vê-lo, impunha-se uma sensação de poder. É verdade que existiam ainda alguns traços de rebeldia no andar e nas atitudes, mas a descontração de criança havia desaparecido.

Ramsés inclinou-se perante a mãe.

– O protocolo o proíbe de me beijar?

O jovem apertou-a nos braços por uns instantes – como lhe parecia frágil!

– Lembra-se do sicômoro que plantou quando tinha 3 anos? Pois venha admirá-lo, está uma maravilha.

Touya constatou rapidamente que não conseguiria acalmar a cólera surda do filho; aquele jardim, onde tinha passado tantas horas cuidando das árvores, tornara-se estranho para ele.

– Sei que sofreu uma dura prova.

– Do touro selvagem ou da solidão do verão passado? Pouco me importa, porém, visto que a coragem é ineficaz frente à injustiça.

– Tem alguma queixa a fazer?

– O meu amigo Ameni foi injustamente acusado de insubordinação e injúria a um superior. Graças à intervenção do meu irmão, foi despedido do gabinete do escriba onde trabalhava e condenado a trabalhos pesados nas estrebarias. Ele não tem estrutura para isso; esse castigo iníquo vai matá-lo.

– São acusações graves, e você sabe que não aprecio bisbilhotices.

– Ameni não me mentiu: é um homem correto e puro. Deve morrer por que é meu amigo e provocou a raiva de Chenar?

– Detesta o seu irmão mais velho?

– Ignoramo-nos, apenas.

– Ele tem medo de você.

– Ele me ordenou que deixasse Mênfis o mais depressa possível.

– Não o provocou tornando-se amante de Iset a Bela?

Ramsés não dissimulou a sua surpresa.

– Você já sabe?

– Não é esse o meu dever?

– Quer dizer que estou sendo vigiado?

– Por um lado, você é filho do rei; por outro, Iset a Bela é bastante faladora.

– Por que ela se gabaria de ter oferecido a sua virgindade a um derrotado?

– Certamente por que acredita em você.

– Uma simples aventura para irritar o meu irmão.

– Não estou tão certa disso. Você a ama, Ramsés?

O jovem hesitou.

– Amo o seu corpo, desejo tornar a vê-la, mas...

– Pensa em casar com ela?

– Casar?

– É a ordem natural das coisas, meu filho.

– Não, ainda não...

– Iset a Bela é uma jovem muito teimosa; se o escolheu, não vai desistir tão facilmente.

– O meu irmão não é o melhor partido?

– Não parece ser a opinião dela.

– A menos que tenha decidido nos seduzir, a ambos!

– Você acha que uma moça tão jovem poderia ser tão astuciosa assim?

– Depois da infelicidade de Ameni, como posso confiar mais em alguém?

– Já não serei também digna da sua confiança?

Ramsés agarrou a mão direita da mãe.

– Mãe, eu sei que você nunca me trairá.

– Quanto ao caso de Ameni, existe uma solução para ele.

– Qual?

– Torne-se escriba real; assim poderá escolhê-lo como seu secretário.

COM UMA OBSTINAÇÃO que causava admiração em Ramsés, Améni suportava os esforços físicos que lhe impunham. Receando outra intervenção do filho mais novo de Sethi, cuja identidade tinham descoberto, os palafreneiros já não o torturavam. Um deles, arrependido, carregava menos alcofas para dar uma ajuda ao debilitado rapaz que, no entanto, enfraquecia dia após dia.

Quando Ramsés se apresentou ao concurso de escriba real, não estava preparado. O exame realizara-se no pátio ao lado dos gabinetes do vizir; os carpinteiros haviam construído pequenas colunas de madeira e colocado toldos para proteger os concorrentes do sol.

Ramsés não se beneficiava de nenhum privilégio; nem o pai nem a mãe poderiam intervir em seu favor, sob pena de violarem a lei de Maât. Ameni teria tentado fazer esse concurso mais cedo ou mais tarde; Ramsés não possuía nem os conhecimentos nem o talento do amigo, mas lutaria por ele.

Um velho escriba, apoiado numa bengala, fez uma preleção aos cinqüenta jovens que esperavam conseguir os dois lugares de escriba real propostos pela administração central.

– Estudaram para conseguir um cargo real que lhes permitirá exercer um poder? Sabem como deverão comportar-se? Então escutem: mantenham o vestuário limpo, as sandálias imaculadas, velem pelo seu rolo de papiros e desfaçam-se da preguiça! Que suas mãos escrevam sem hesitação, que as suas bocas profiram as palavras justas e não se cansem de estudar sempre. Obedeçam às ordens do seu superior e tenham apenas um ideal: praticar corretamente a sua profissão; sejam úteis aos outros. Não sejam indisciplinados: um macaco compreende o que lhe dizemos, um leão pode ser domesticado, mas não há estúpido maior do que um escriba distraído. Há um único remédio contra a ociosidade: o pau! Guardem bem as minhas palavras e coloquem as idéias no lugar certo. Agora, ao trabalho!

Entregaram aos candidatos uma prancheta de madeira de sicômoro coberta por uma camada de gesso endurecido; no centro, uma cavidade com os juncos que seriam usados para escrever. Cada um deles dissolveu os blocos de tinta vermelha e preta em um pouco de água, e todos invocaram o grande sábio Imhotep, patrono dos escribas, derramando gotas de tinta em oferenda à sua memória.

Durante um bom tempo tiveram que copiar inscrições, responder a perguntas de gramática e vocabulário, resolver problemas de matemática e geometria, redigir um modelo de carta, recopiar os clássicos. Vários candidatos desistiram; a outros faltou a concentração. A última prova veio sob a forma de enigmas.

No quarto enigma, porém, Ramsés esbarrou: como pode o escriba transformar a morte em vida? Não imaginava que um letrado dispusesse de tal poder! Não lhe ocorria nenhuma resposta satisfatória. Essa falha, adicionada a inevitáveis erros em detalhes, podia eliminá-lo. A sua insistência foi inútil: a resposta escapava-lhe.

Mesmo que falhasse, não abandonaria Ameni. Ele o levaria para o deserto, junto de Setaou e das suas serpentes; mais valia arriscar-se a morrer a cada instante a sobreviver como um prisioneiro.

Um babuíno desceu de uma palmeira e entrou na sala de exame. Os vigilantes não tiveram tempo de intervir, e ele saltou para os ombros de Ramsés, que se manteve calmo. O macaco murmurou algumas palavras no ouvido do jovem e logo desapareceu por onde tinha vindo.

Por alguns instantes, o filho do rei e o animal sagrado do deus Thot, o criador dos hieróglifos, tinham formado um único ser; os pensamentos de ambos tinham-se fundido, o espírito de um guiara a mão do outro.

Ramsés leu a resposta que lhe tinha sido ditada: o raspador de argila fina, com o qual o escriba retirava a camada de gesso sobre a qual tinha escrito, para substituí-la por uma nova camada, permitia-lhe fazer passar a prancheta da morte à vida, tornando-a de novo utilizável, como nova.

AMENI ESTAVA tão doente que já não conseguia erguer a alcofa; os ossos pareciam prestes a quebrar-se, e a nuca e o pescoço estavam mais rígidos que um tronco seco. Mesmo que lhe batessem, não teria forças para continuar. Como a sorte lhe era cruel! Ler, escrever, traçar hieróglifos, ouvir as palavras dos sábios, recopiar os textos que tinham criado a civilização. Que maravilhoso futuro havia planejado! Uma vez mais tentou deslocar a pesada carga, porém uma mão forte encarregou-se de fazê-lo.

– Ramsés!

– O que pensa deste objeto? – perguntou o príncipe.

A seguir, mostrou ao amigo um porta-pincéis de madeira dourada, em forma de coluna, encimada por um lírio de cabeça cônica que servia para polir uma inscrição.

– É magnífico!

– É seu, se decifrar a inscrição.

– "Que o babuíno de Thot proteja o escriba real..." Não tem dificuldade nenhuma, Ramsés!

– Eu, Ramsés, na qualidade de escriba real, contrato-o como meu secretário particular.

9

A cabana de juncos, construída na beira de um campo de trigo, estava abandonada à noite; era ali, portanto, que Iset a Bela e Ramsés abrigavam os seus encontros amorosos, sob a proteção de Vigilante, pronto a afastar um curioso inoportuno.

A sensualidade dos jovens combinava-se maravilhosamente: inventivos, apaixonados, incansáveis, um proporcionava ao outro horas de prazer sem trocarem uma palavra.

Naquela noite, lânguida e satisfeita, com a cabeça aninhada sobre o peito do amante, Iset a Bela cantarolou.

– Por que resolveu ficar comigo?

– Porque se tornou escriba real.

– Uma pessoa da sua condição não tem em mente um casamento melhor?

– Partilhar a minha vida com um filho de Sethi... O que posso esperar de mais fabuloso?

– Casar com Chenar, o futuro faraó.

A jovem fez uma careta.

– Pensei nisso... Mas ele não me agrada: demasiado gordo, demasiado pesado, demasiado manhoso. Repugna-me só ser tocada por ele; assim, decidi amar você.

– Decidiu?

– Cada ser humano possui uma força de amor: uns deixam-se seduzir, outros seduzem. Eu nunca serei o brinquedo de um homem, mesmo que ele seja rei. Escolhi você, Ramsés, e você me escolherá, porque somos da mesma raça.

Ainda febril pela noite de paixão vivida nos braços da amante, Ramsés atravessou o jardim da sua casa, quando Ameni surgiu bruscamente do escritório que dava para um canteiro de lírios, cortando-lhe o caminho.

– Tenho que lhe falar!

– Estou com sono... Pode esperar?

– Não, não! É muito importante.

– Nesse caso, dê-me algo para beber.

– Leite, pão fresco, tâmaras e mel: o desjejum principesco está pronto. Antes, porém, o escriba real Ramsés deve saber que está convidado, na companhia dos seus colegas, para uma recepção no palácio.

– Quer dizer... na casa do meu pai?

– Só existe um único Sethi, Ramsés.

– No palácio, como convidado! Não é uma de suas brincadeiras estúpidas?

– Comunicar-lhe as notícias importantes faz parte da minha função.

– No palácio...

Ramsés sonhava reencontrar o pai, e como escriba real teria, sem dúvida, direito a uma curta entrevista. O que lhe diria? Revoltar-se, pedir explicações, protestar contra a sua atitude, saber o que exigia dele, perguntar que sorte lhe reservava... Tinha tempo para refletir.

– Há outra notícia, menos agradável.

– Explique-se.

– Dos blocos de tinta preta que ontem me entregaram, dois são de muito má qualidade. Tenho mania de experimentá-los antes de usar e não me arrependo.

– Isso é assim tão dramático?

– É um erro grosseiro! Tenho intenções de investigar, e em teu nome. Um escriba real não pode aceitar semelhante procedimento.

– Como quiser. Posso ir dormir agora?

SARY APRESENTOU suas felicitações ao antigo aluno. De agora em diante, Ramsés não teria mais necessidade de um preceptor que, reconheceu, não o preparara para o difícil concurso de escriba real. O êxito do aluno, no entanto, tinha sido parcialmente atribuído ao mestre, pois este tinha sido nomeado administrador do *Kap*, nomeação que lhe garantia uma carreira tranqüila.

– Confesso que você me espantou, mas não se entusiasme com essa proeza. Não foi ela que lhe permitiu reparar uma injustiça e salvar Ameni? E isso não foi suficiente?

– Não o estou compreendendo.

– É simples. Cumpri a missão que você me pediu: identificar seus amigos e inimigos. Na primeira categoria, só vejo o seu secretário. O seu golpe de sorte provocou ciúmes, mas não interessa: o essencial é você deixar Mênfis e instalar-se no Sul.

– Foi meu irmão que o mandou?

Sary pareceu contrariado.

– Não fique imaginando falsas maquinações... Peço-lhe também que não vá ao palácio. Essa recepção não lhe diz respeito.

– Sou um escriba real.

– Acredite-me: a sua presença não é desejada nem desejável.

– E se eu teimar em ir?

– Continuará a ser um escriba real... mas sem colocação. Não se oponha a Chenar, pois está cavando a sua própria desgraça.

SEISCENTAS SACAS de trigo e de fermento tinham sido trazidas ao palácio real para o preparo de alguns milhões de bolos e pãezinhos de diversos tipos, a serem comidos acompanhados por cerveja doce e vinho dos oásis. Graças ao trabalho do copeiro real, os convidados à recepção oferecida em honra dos escribas reais poderiam saborear as obras-primas dos pasteleiros e dos padeiros, antes mesmo do aparecimento da primeira estrela no céu noturno.

Ramsés foi um dos primeiros a se apresentar à grande porta aberta na cerca, vigiada noite e dia pela guarda particular do Faraó. Embora os soldados tivessem reconhecido o filho mais novo de Sethi, examinaram o seu diploma de escriba real antes de o deixarem entrar no vasto jardim com centenas de árvores, entre as quais velhas acácias que se refletiam na água de um lago de recreio. Por entre as árvores estavam dispostas mesas enfeitadas com cestos de bolos, pães e frutos, e estantes cobertas com ramos de flores armados. Os dispenseiros serviam o vinho e a cerveja em taças de alabastro.

O príncipe tinha olhos apenas para o prédio central onde ficavam as salas de audiências, de paredes revestidas de cerâmicas envernizadas, cujas cores brilhantes deslumbravam os visitantes; antes de se tornar interno no *Kap*, tinha brincado nos apartamentos reais e até mesmo se aventurado nos degraus da sala do trono, não sem uma repreensão de sua ama, que o havia amamentado até os 4 anos. Lembrava-se da cadeira do Faraó, colocada sobre um estrado que simbolizava a retidão de Maât.

Ramsés esperava que o monarca recebesse os escribas no interior do palácio, mas teve que render-se à evidência: Sethi contentar-se-ia em aparecer numa das janelas que dava para um grande pátio onde eles estariam reunidos, pronunciando então um breve discurso destinado a marcar bem, uma vez mais, a dimensão dos seus deveres e responsabilidades como escribas reais.

Como seria possível, nessas condições, falar-lhe a sós? Às vezes, o rei misturava-se com alguns dos seus súditos e felicitava pessoalmente o mais brilhantes de todos. Ora, Ramsés, autor de um trabalho sem erros, tinha sido o único a resolver o enigma da prancheta ressuscitada; por isso, preparou-se para enfrentar o pai e para protestar contra o seu silêncio. Se devia deixar Mênfis e resignar-se a um papel obscuro de escriba de província, queria receber essa ordem unicamente do Faraó e de mais ninguém.

Os escribas reais, as famílias e inúmeros mundanos, que não faltavam a uma recepção daquela importância, bebiam, comiam e tagarelavam. Ramsés provou o vinho espesso do oásis e depois a cerveja forte; ao esvaziar a sua taça, notou um casal sentado num banco de pedra ao abrigo de um caramanchão.

O casal era formado por seu irmão Chenar e por Iset a Bela.

Ramsés aproximou-se com grandes passadas.

– Não acha, minha bela, que seria necessário você fazer uma escolha definitiva?

A jovem sobressaltou-se, mas Chenar manteve a calma.

– Você é muito indelicado, querido irmão, mas não terei o direito de conversar com uma dama de tão nobre qualidade?

 – E ela é?

– Não seja grosseiro.

Enrubescida, Iset a Bela fugiu, deixando os dois irmãos frente a frente.

– Você está insuportável, Ramsés. O seu lugar não é aqui.

– Não sou escriba real?

– Mais uma piada! Você não assumirá qualquer posto sem a minha permissão.

– O seu amigo Sary preveniu-me.

– O meu amigo?... Diga antes o seu! Tentou evitar-lhe um novo erro.

– Não se aproxime mais daquela mulher.

– Como ousa me ameaçar?!

– Se não sou nada perante você, o que tenho a perder?

Chenar encerrou a discussão. A sua voz tornou-se macia:

– Tem razão. É bom que uma mulher seja fiel. Deixemos que ela decida, concorda?

– Aceito.

– Divirta-se, então, já que está aqui.

– Quando o rei usará da palavra?

– Ah... esqueci-me de dizer! O Faraó está no Norte e encarregou-me de felicitar os escribas reais em seu lugar. O seu êxito merece a recompensa prevista: uma caçada no deserto.

Chenar afastou-se.

Irritado, Ramsés esvaziou de uma vez uma taça de vinho. Não veria, portanto, o pai, e Chenar o provocara para melhor o humilhar. Bebendo mais do que devia, o príncipe recusou misturar-se aos pequenos grupos cujas conversas fúteis o aborreciam. Com a mente turva, chocou-se com um elegante escriba.

– Ramsés, que alegria revê-lo!

– Acha... ainda está em Mênfis?

– Parto depois de amanhã para o Norte. Você não sabe da grande novidade? A guerra de Tróia teve uma evolução decisiva. Os bárbaros gregos não conseguiram se apoderar da cidade de Príamo, e diz-se que Aquiles matou Heitor: a minha primeira missão, acompanhando emissários importantes, será confirmar ou desmentir esses fatos. E você... em breve estará à frente de uma grande administração?

– Ainda não sei.

– O seu recente sucesso provocou elogios e inveja.

– Hei de me acostumar.

– Não sente vontade de partir para o estrangeiro? Ah, desculpe-me! Esqueci o seu casamento para breve. Não poderei assistir, mas estarei com você de todo o coração.

Um embaixador tomou Acha pelo braço e puxou-o para o lado – a missão do aprendiz de diplomata já havia começado.

Ramsés sentiu uma embriaguez perturbadora invadi-lo; parecia um remo partido, uma casa cujas paredes oscilassem. Enraivecido, atirou a taça para longe, jurando a si próprio que nunca mais se deixaria cair em semelhante degradação.

10

O grupo de caçadores partiu de madrugada para o deserto do oeste. Ramsés confiara o seu cão a Ameni, decidido a decifrar o enigma dos blocos de tinta falsificados. Durante o dia interrogaria os responsáveis pela produção, para descobrir a pista que o conduziria ao autor de tal erro.

Chenar, do alto da sua cadeira com carregadores, saudara a partida para a caçada da qual não participaria, contentando-se em evocar a proteção dos deuses para aqueles homens corajosos responsáveis pela caça.

Membro do grupo de um carro ligeiro conduzido por um antigo soldado, Ramsés reencontrou o deserto com alegria. Ali vivia uma fauna variada de íbex, búfalos, órix, leopardos, leões, panteras, veados, avestruzes, gazelas, hienas, lebres, raposas... que temiam apenas os ataques organizados pelo homem.

O mestre de caça não deixara nada ao acaso; cães bem treinados seguiam os carros, alguns dos quais carregados de provisões e de jarros que mantinham a água fresca. Tinham mesmo preparado tendas, para o caso de a perseguição a uma boa presa se prolongar até a noite. Os caçadores dispunham de laços, arcos novos e de muitas de flechas.

– O que prefere? – perguntou o condutor do carro – matar ou capturar? – Capturar – respondeu Ramsés.

– Então sirva-se do laço, eu fico com o arco. Matar é uma necessidade para sobreviver, e ninguém lhe pode fugir. Sei que você é filho de Sethi, mas perante o perigo somos iguais.

– Errado.

– Você se considera muito superior, não é?

– Você é que é, por causa da experiência; para mim, está é a primeira caçada.

O veterano encolheu os ombros.

– Chega de conversa. Observe e me avise se vir alguma presa.

Nem uma raposa assustada nem um gerbo prenderam a atenção do veterano, que os deixou para os outros grupos. Em pouco tempo o compacto grupo de caçadores se dispersara.

O príncipe detectou uma manada de gazelas.

– Magnífico! – exclamou o seu companheiro, lançando-se em sua perseguição.

Três delas, mais velhas ou doentes, separaram-se das suas companheiras e meteram-se pelo leito de um *ued*,* que serpenteava entre duas paredes rochosas.

O carro parou.

– Temos de ir a pé.

– Por quê?

– O solo é bastante irregular, e as rodas se partiriam.

– Mas as gazelas já estarão longe!

– Não se preocupe, eu conheço este lugar. Elas vão se refugiar numa gruta, onde as abateremos com facilidade.

Seguiram a pé, durante mais de três horas, com o espírito fixo no seu objetivo, indiferentes ao peso das armas e das provisões.

Quando o calor se tornou intenso, pararam à sombra de um degrau de pedra, coberto por plantas viçosas, para restaurarem as forças.

– Cansado?

– Não.

– Então você possui a natureza do deserto: ou ele lhe corta as pernas, ou lhe dá uma energia sempre renovada em contato com a areia escaldante.

Pedaços de rocha quebravam-se e rolavam pelas paredes, caindo no cascalho que cobria o fundo da torrente seca. Como imaginar que no seio daquela terra vermelha e estéril havia um rio fértil, com árvores e campos cultivados? O deserto era o outro mundo presente no coração dos homens. Ramsés sentiu então a insignificância da sua

*Ued – curso d'água temporário das regiões desérticas. (*N. da T.*)

existência e, ao mesmo tempo, a sensação de poder transmitida pelos elementos à alma do silencioso. Os deuses haviam criado o deserto para que o homem se calasse e ouvisse a voz do fogo secreto.

O veterano verificou as flechas com ponta de sílex; duas asinhas de bordo arredondado serviam de contrapeso na extremidade da haste.

– Não são das melhores, mas ficaremos com elas.

– A gruta ainda fica longe?

– Cerca de uma hora. Quer voltar atrás?

– Em frente.

Nem serpentes nem escorpiões... Nem um único animal vivo parecia habitar naquela desolação. Com certeza enfiavam-se na areia ou por baixo das rochas, esperando a brisa da noite para aparecer.

– Dói-me a perna esquerda – queixou-se o companheiro de Ramsés. – É um antigo ferimento que está voltando. É melhor pararmos para descansar.

Quando a noite caiu, o homem ainda continuava com dores.

– Durma – recomendou a Ramsés. – A dor me manterá acordado. Se começar a sentir sono, eu lhe aviso.

PRIMEIRO FOI uma carícia e depois, muito rapidamente, uma queimadura. O sol dedicava ao amanhecer um leve afago apenas. Saindo vencedor do seu combate contra as trevas e o dragão devorador da vida, manifestava a sua vitória com tal potência que os seres humanos tinham de se proteger.

Ramsés acordou.

O seu companheiro havia desaparecido. O príncipe estava só, sem comida e sem arma, a várias horas de caminho do local onde os caçadores haviam se dispersado. Pôs-se imediatamente a caminho com passo regular, para não desperdiçar energia.

O condutor o abandonara na esperança de que não sobrevivesse àquela marcha forçada. A quem obedeceria ele? Quem seria o mandante daquela cilada que transformaria um assassinato premeditado num acidente de caça? Todos conheciam a impetuosidade do jovem que, lançando-se na perseguição de uma presa, teria esquecido toda a prudência e se perdera no deserto.

Chenar... Só podia ser Chenar, o irmão velhaco e rancoroso! Como o irmão havia se recusado a deixar Mênfis, o canalha o enviara para uma cilada fatal. Com a raiva fervendo por dentro, Ramsés recusou-se a aceitar o seu destino. Dotado de uma memória perfeita, lembrou o caminho percorrido e avançou com a determinação de um conquistador.

Uma gazela disparou à sua frente, logo seguida de um órix de chifres recurvados, que o fitou longamente antes de fugir. A presença do animal significaria a proximidade de alguma fonte ou poça d'água que o companheiro do príncipe não lhe tivesse mostrado? Então pensou: ou continuava pelo mesmo caminho, arriscando-se a morrer de sede, ou confiava nos animais.

O príncipe optou pela segunda alternativa.

Quando viu o íbex, as gazelas e o órix, e, ao longe, uma balanita com cerca de 10 metros de altura, prometeu a si mesmo obedecer sempre ao seu instinto. A árvore, de abundante ramagem e casca acinzentada, estava enfeitada com pequenas flores perfumadas de um amarelo-esverdeado, e fornecia um fruto comestível de forma oval, de polpa doce e macia, que podia atingir os 4 centímetros de comprimento, chamado pelos caçadores de "tâmara do deserto"; dispunha também de armas temíveis: longos espinhos compridos, de ponta verde-clara. A magnífica árvore fazia sombra a uma dessas nascentes misteriosas que brotam das entranhas do deserto com a bênção do deus Seth.

Sentado, com as costas apoiadas no tronco, um homem comia pão.

Ramsés aproximou-se e o reconheceu: o chefe dos palafreneiros que tinham maltratado o seu amigo Ameni.

– Que os deuses lhe sejam favoráveis, meu príncipe. Por acaso está perdido?

Com os lábios secos, a língua endurecida, a cabeça em fogo, Ramsés tinha os olhos apenas para um odre cheio de água fresca que estava encostado próximo à perna do palafreneiro.

– Está com sede? Pior pra você. Por que hei de desperdiçar esta boa água, tão preciosa, dando-a a um homem que vai morrer?

O príncipe estava a poucos passos da sua salvação.

– Você me humilhou porque é filho do rei! Agora, os meus subordinados fazem troça de mim...

– É inútil mentir. Quem te pagou?

O palafreneiro esboçou um sorriso maldoso.

– O útil uniu-se ao agradável... Quando o seu companheiro de caça me ofereceu cinco vacas e dez peças de linho para se livrar de você, aceitei imediatamente a oferta. Sabia que você viria até aqui, porque continuar no mesmo caminho sem matar a sede seria um suicídio. Achou que as gazelas e o órix lhe salvariam a vida, quando na verdade eles lhe transformaram em caça.

O homem levantou-se, armado com uma faca.

Ramsés leu o pensamento do adversário: este contava com um combate idêntico ao precedente, ou seja, o de enfrentar um lutador treinado para os combates dos nobres.

Porém, desarmado, fatigado, sedento, o jovem oporia uma fraca técnica à força bruta.

Assim, não restava outra opção ao príncipe senão utilizá-la também.

Com um grito de raiva, e dando vazão a toda a sua energia, Ramsés lançou-se sobre o palafreneiro. Surpreendido, este não teve tempo de utilizar a faca; desequilibrando-se e caindo de costas, foi espetar-se nos espinhos da balanita, que penetraram em seu corpo como mortíferos punhais.

OS CAÇADORES estavam contentes – tinham capturado vivos um íbex, duas gazelas e um órix, este último seguro pelos chifres. Os animais, já mais calmos, iam avançando quando lhes batiam suavemente na barriga. Um homem levava um filhote de gazela às costas, e outro segurava pelas orelhas uma lebre assustada. Uma hiena, presa pelas patas a uma vara, estava sendo carregada por dois acompanhantes. Aqueles animais seriam entregues a domadores, depois de terem observado os seus hábitos. Embora a engorda de hienas, destinadas à obtenção de *foie gras*, tivesse dado poucos resultados, alguns ainda teimavam em fazê-la. Numerosas outras vítimas da caçada iriam fornecer os talhos dos templos; outras, depois de serem oferecidas aos deuses, alimentariam os seres humanos.

Os caçadores tinham chegado ao ponto de encontro, com exceção do príncipe Ramsés e do seu carreiro; inquieto, o escriba responsável pela expedição em vão procurou por informações. Era impossível esperar; teriam de mandar um carro em busca dos dois, mas... em que direção? Em caso de algum incidente, a responsabilidade seria sua, arriscando-se a ter a carreira brutalmente interrompida. Apesar de o príncipe Ramsés não estar destinado a um futuro brilhante, o seu desaparecimento não passaria despercebido.

Ele e dois outros caçadores esperaram até o meio da tarde, enquanto os seus companheiros, obrigados a regressar pelo vale com as presas de caça, alertariam um esquadrão de guardas do deserto.

Nervoso, o escriba redigiu um relatório sobre uma tábua, mas logo raspou a camada de gesso e iniciou uma nova redação, e então desistiu; não podia esconder-se atrás de fórmulas estereotipadas. Fosse qual fosse o estilo adotado, faltavam duas pessoas, e uma delas era Ramsés, o filho mais novo do Faraó!

Quando o sol brilhava no meio do firmamento, pareceu-lhe distinguir um vulto que se movia lentamente na luz. No deserto, as miragens não eram raras, o que fez o escriba pedir a confirmação de dois caçadores. Também eles ficaram convencidos de que uma figura humana avançava em sua direção.

Regressando são e salvo, o vulto assumiu completamente a sua forma.

Ramsés escapara da cilada!

11

Chenar estava entregue ao seu manicuro e ao seu pedicuro, especialistas notáveis formados na escola do palácio. O filho mais velho de Sethi preocupava-se muito com a sua aparência, pois sendo homem público e futuro soberano de um país rico e poderoso, devia mostrar-se sempre deslumbrante. Não seria o requinte a característica maior de uma civilização que dava a maior importância à higiene, aos cuidados do corpo e ao seu embelezamento? Apreciava muito aqueles momentos em que se ocupavam dele como de uma estátua preciosa, principalmente quando lhe perfumavam a pele antes de o cabeleireiro entrar em ação.

Vozes exaltadas perturbaram a calma da grande *villa* de Mênfis. Chenar abriu os olhos.

– O que está acontecendo? Não admito que...

Ramsés irrompeu na luxuosa sala de banhos.

– Diga-me a verdade, Chenar. E quero-a já!

Chenar dispensou o manicuro e o pedicuro.

– Acalme-se, meu querido irmão. De que verdade você está falando?

– Você pagou alguém para me matar?

– Mas que imaginação a sua! Esses pensamentos ferem-me o mais profundo do meu ser!

– Dois cúmplices... O primeiro está morto, o segundo desapareceu.

– Peço-lhe que me explique. Esqueceu que sou seu irmão?

– Se você é o culpado, eu hei de saber.

– Eu... Culpado... Você tem consciência das palavras que está proferindo?

– Tentaram eliminar-me durante a caçada no deserto para a qual você me convidou.

Chenar segurou Ramsés pelos ombros.

– Ramsés, somos muito diferentes um do outro, eu admito, e não nos apreciamos particularmente, mas por que temos de discordar sempre em vez de admitirmos a realidade e aceitarmos a nossa sorte, tal como foi determinada? Desejo a sua partida, é verdade, porque considero o seu caráter incompatível com as exigências da corte. Mas não tenho qualquer intenção de lhe causar o menor aborrecimento e odeio a violência. Acredite-me, suplico-lhe; não sou seu inimigo.

– Nesse caso, ajude-me a conduzir o inquérito. É preciso encontrar o homem que me empurrou para uma ratoeira.

– Pode contar comigo, Ramsés.

AMENI VELAVA pelo seu material de escriba com extremo cuidado; lavava o godê com água e os pincéis duas vezes em vez de uma, raspava a prancheta até obter uma superfície perfeitamente lisa, mudava de raspador e de borracha assim que perdiam a utilidade. Apesar das facilidades que lhe dava o estatuto de secretário de escriba real, economizava o papiro e utilizava poções de calcário para rascunhos. Numa velha carapaça de tartaruga misturava os pigmentos minerais a fim de obter um vermelho vivo e um negro profundo.

Quando por fim Ramsés reapareceu, Ameni explodiu de alegria:

– Eu sabia que você estava são e salvo! E mesmo que não soubesse, eu o sentiria. E não perdi meu tempo... Devia estar orgulhoso de mim.

– O que descobriu?

– A nossa administração é complexa, as suas repartições numerosas e os diretores bastante suscetíveis... Mas o seu nome e o seu título abriram muitas portas. Talvez não gostem de você, mas lhe têm medo!

A curiosidade de Ramsés aguçou-se.

– Seja mais exato.

– Os blocos de tinta são uma matéria-prima essencial no nosso país; sem eles não há escrita, e sem escrita não há civilização!

– Você deu agora para citar máximas?

– Como supunha, os controles são muito rigorosos; nenhum bloco de tinta sai dos entrepostos sem ter sido verificado. É impossível misturar as qualidades.

– Então...

– Então há tráfico e fraude.

– O excesso de trabalho não lhe estará perturbando um pouco a cabeça?

Ameni amuou como um garoto.

– Você não me leva a sério!

– Fui obrigado a matar um homem, ou ele me mataria.

Ramsés contou a trágica aventura. Ameni continuou de cabeça baixa.

– Você me acha ridículo com os meus blocos de tinta... Foram os deuses que o protegeram! Nunca o abandonarão.

– Que eles o ouçam!

UMA NOITE tépida envolvia a cabana de juncos; à beira do canal, muito próximo, coaxavam as rãs. Ramsés tinha decidido esperar por Iset a Bela durante toda a noite; se não viesse, nunca mais a veria novamente. Recapitulou a cena na qual havia defendido sua vida, atirando o palafreneiro contra os espinhos da balanita; a reflexão não tivera qualquer papel no seu gesto; um fogo contínuo dominara-o, triplicando as suas forças. Seria proveniente de um mundo misterioso? Seria a manifestação do poder do deus Seth, do qual seu pai usava o nome?

Até então, Ramsés sempre acreditara que seria o senhor absoluto da sua existência, capaz de desafiar os deuses e os homens, saindo vencedor de qualquer combate. Mas tinha esquecido o preço a pagar e a presença da morte, essa morte de que fora o pivô. Mesmo sem remorso perguntava a si mesmo se aquele drama poria fim aos seus sonhos ou constituiria a fronteira de um país desconhecido.

Um cão selvagem ladrou; alguém se aproximava.

Ramsés não teria se mostrado imprudente? Enquanto o carreiro que pagara ao palafreneiro não fosse descoberto, estaria em perigo permanente. Talvez ele tivesse seguido o príncipe; com certeza estaria armado e decidido a surpreendê-lo naquele local isolado.

Ramsés sentia a presença do agressor; mesmo sem o ver, sabia exatamente a que distância se encontrava. Poderia descrever cada um dos seus gestos e sabia o tamanho dos seus passos silenciosos. Logo que o sentiu perto da entrada da cabana, o príncipe saltou de dentro e o atirou ao chão.

– Que violência, meu príncipe!

– Iset! Por que veio como uma ladra?

– Esqueceu o nosso pacto? A discrição acima de tudo.

A jovem pôs os braços em volta do pescoço do amante, cujo desejo já era perceptível.

– Continue a agredir-me, eu lhe suplico.

– Já escolheu?

– A minha presença não é uma resposta?

– Tornará a ver Chenar?

– Por que não pára de falar?

Iset a Bela não trazia qualquer outra peça de roupa além de uma longa túnica, sob a qual estava nua. Abandonou-se e se ofereceu às carícias do homem por quem se apaixonara loucamente, a ponto de esquecer os projetos de casamento com o futuro senhor do Egito. A beleza de Ramsés não era suficiente para explicar a sua paixão; o jovem príncipe tinha dentro de si uma força que nem ele próprio conhecia, uma força que a fascinava a ponto de fazer perder a capacidade de raciocinar. De que forma a utilizaria? Agradar-lhe-ia destruir? Chenar teria o poder, mas como parecia velho e rabugento! Iset a Bela amava demasiado o amor e a juventude para se deixar amansar antes da hora.

A madrugada encontrou-os abraçados. Com uma ternura inesperada, Ramsés acariciou os cabelos da amante.

– Dizem que você matou um homem na caçada.

– Ele tentou me matar primeiro.

– Por quê?

– Vingança.

– Ele sabia que você é filho do rei?

– Sabia, mas o carreiro que me acompanhava tinha-lhe pago com muita generosidade.

Inquieta, Iset a Bela ergueu-se.

– O carreiro foi preso?

– Ainda não; porém, dei o meu depoimento, e a guarda real anda à procura dele.

– E se...

– Um complô? Chenar negou e pareceu-me sincero.

– Tome cuidado; seu irmão é covarde e inteligente.

– Está segura da escolha que fez?

Em resposta, ela o beijou com a violência do sol nascente.

O GABINETE de Ameni estava vazio; sequer deixara algumas palavras explicando a sua ausência. Ramsés estava convencido de que o seu secretário não desistiria até resolver o enigma dos blocos de tinta falsificados; obstinado e teimoso, não tolerava semelhante imperfeição e não pararia enquanto não descobrisse a verdade e conseguisse o castigo para o culpado. Era inútil tentar aplacar seu ímpeto; apesar da sua frágil constituição, Ameni era capaz de desenvolver uma surpreendente atividade para atingir sua meta.

Ramsés procurou o chefe da guarda, que coordenava os esforços dos seus colegas, infelizmente infrutíferos: o sinistro carreiro tinha desaparecido, e as forças da ordem não dispunham de qualquer pista importante. O príncipe não dissimulou a sua irritação, embora o alto funcionário lhe prometesse intensificar as investigações.

Desiludido, Ramsés decidiu, ele próprio, investigar. Dirigiu-se à caserna de Mênfis onde estavam reunidos numerosos carros de guerra e de caça que necessitavam de permanente manutenção. Na qualidade de escriba real, o príncipe pediu para ver um dos escribas encarregado do inventário dos preciosos veículos. A seguir, perguntou se o carreiro fugitivo tinha trabalhado naquele estabelecimento e o descreveu minunciosamente.

O funcionário orientou-o para um tal Bakhen, controlador das estrebarias.

O controlador examinava um potro cinzento, muito novo para ser atrelado, e ao mesmo tempo repreendia um carreiro, acusando-o de crueldade. Bakhen, com cerca de 20 anos, era um homem robusto, de rosto quadrado e pouco atraente, ornado com uma curta barba; em volta dos bíceps usava duas pulseiras de cobre. Com voz grave e rouca, martelava palavras de violenta repreensão.

Quando o carreiro se afastou, Bakhen acariciou o cavalo, que o olhou grato.

O jovem interpelou o controlador:

– Sou o príncipe Ramsés.

– Bom para você.

– Preciso de uma informação.

– Vá procurar a guarda pessoal do Faraó.

– Só você pode me ajudar.

– Muito me admira isso.

– Ando à procura de um carreiro.

– Eu trato dos cavalos e dos carros.

– Esse homem é um criminoso fugitivo.

– Não é problema meu.

– Deseja que escape?

Bakhen lançou um olhar enfurecido a Ramsés.

– Está me acusando de cumplicidade? Príncipe ou não, é melhor desaparecer da minha frente!

– Não espere que eu lhe implore.

Bakhen começou a rir.

– Ainda está aí?

– Você sabe de alguma coisa e vai me dizer.

– Não te falta descaramento.

Um cavalo relinchou; Bakhen, inquieto, correu na direção do esplêndido animal, de pelagem castanho-escura, que com coices desesperados tentava libertar-se da corda que o prendia.

– Calma, meu lindo, calma!

A voz de Bakhen pareceu acalmar o cavalo, e ele conseguiu aproximar-se do animal cuja beleza provocou admiração em Ramsés.

– Qual o nome dele?

– "O deus Amon decretou a sua valentia." É o meu cavalo preferido.

Não fora Bakhen que respondera a Ramsés, mas sim uma voz atrás dele, uma voz que lhe fez gelar o sangue.

Ramsés voltou-se e inclinou-se perante o pai, o faraó Sethi.

12

– Vamos partir, Ramsés.

O príncipe não queria crer no que ouvia, mas não podia pedir ao pai para repetir as três palavras mágicas que acabava de pronunciar; a sua felicidade foi tão intensa que fechou os olhos por instantes.

Sethi dirigiu-se para o seu cavalo, que tinha recuperado uma calma absoluta; o Faraó desprendeu o animal, que o seguiu e se deixou atrelar a um carro leve. À porta principal da estrebaria, a guarda pessoal do monarca aguardava.

O príncipe subiu até o lado esquerdo do pai.

– Segure as rédeas.

Com o orgulho de um conquistador, Ramsés conduziu o carro real até o embarcadouro onde estava ancorada uma flotilha, de partida para o sul.

RAMSÉS NÃO tivera tempo de avisar a Ameni; e que pensaria Iset a Bela, constatando sua ausência no encontro de amor na cabana de juncos? Mas que importância tinha tudo isso, se ele gozava a sorte inesperada de viajar a bordo do barco real que, impelido por um forte vento do norte, avançava a toda velocidade!

Como escriba real, Ramsés estava encarregado de relatar a expedição e de manter um diário de bordo, sem omitir o mínimo detalhe. Cumpriu sua função com zelo, deslumbrado pelas paisagens que descobria. Oitocentos quilômetros separam Mênfis de Gebel Silsileh, objetivo da viagem. Durante os 17 dias de navegação, o príncipe não parou de se maravilhar com a beleza das margens do Nilo, a paz das aldeias construídas sobre colinas à margem do rio, a cintilação das águas. O Egito oferecia-se-lhe, imutável, apaixonado pela vida, capaz de transcender as suas formas mais humildes.

Durante todo o trajeto Ramsés não viu o pai. Os dias escoaram-se como num passe de mágica, o diário de bordo afogou-o. Naquele sexto ano do reinado de Sethi, mil soldados, pedreiros e marinheiros desembarcaram em Gebel Silsileh, região onde eram exploradas as principais pedreiras de arenito do país. Naquele local, as margens, circundadas por colinas, aproximavam-se para criar uma passagem relativamente estreita; o rio formava perigosos redemoinhos, responsáveis por naufrágios e afogamentos.

À proa do seu navio, Sethi observou as idas e vindas dos integrantes da expedição; sob a orientação dos chefes de equipe, transportavam caixas contendo utensílios e provisões. Cantavam, encorajaram-se uns aos outros, mas trabalhavam em ritmo acelerado.

Antes do fim do dia, um mensageiro real anunciou que Sua Majestade gratificaria cada trabalhador com cinco libras de pão por dia, uma boa quantidade de legumes, uma porção de carne assada, óleo de sésamo, mel, figos, uvas, peixe seco, vinho e dois sacos de cereais por mês. O aumento das rações deu ânimo ao trabalho, e cada um prometeu dar o melhor de si.

OS PEDREIROS extraíam os blocos de arenito um a um, depois de terem aberto pequenas fendas para os separar da rocha-mãe. O seu trabalho nada tinha de improvisado; os chefes de equipe detectavam os veios da pedra e colocavam marcas para servirem de pontos de referência aos executantes. Às vezes, para conseguir blocos muito grandes, enfiavam com o martelo cunhas de madeira molhada em

 entalhes dispostos horizontalmente; ao secar, as cunhas

exerciam uma pressão tão forte que a pedra se soltava com uma única pancada.

Alguns blocos eram logo confiados aos canteiros; outros, colocados em rampas muito inclinadas cobertas de lama, que desciam até a margem. Barcos transportavam-nos até os canteiros de obras do templo ao qual estavam destinados.

Ramsés não sabia para onde se voltar; como descrever a atividade incessante daqueles técnicos e inventariar a sua produção? Decidido a cumprir a sua missão sem falhas, ia-se familiarizando com os hábitos do canteiro de obras; simpatizou com aqueles homens rudes que evitou importunar, aprendeu a sua linguagem e os sinais distintivos da sua confraria. Quando o puseram à prova, confiando-lhe um maço e um cisel, talhou a sua primeira pedra com tal habilidade que surpreendeu os menos amáveis. Há muito que o príncipe havia abandonado o seu luxuoso traje de linho por um rústico avental de cabedal: nem o calor nem o suor o incomodovam. O mundo dos canteiros agradava-lhe mais do que o da corte; o contato com aqueles seres verdadeiros, a quem a matéria não permitia trapacear, libertava-o das suas vaidades de estudante rico.

Sua decisão estava tomada: ficaria ali, iniciar-se-ia com os canteiros nos seus segredos e partilharia a sua existência. Longe da cidade e dos luxos inúteis, aumentaria a sua força escolhendo blocos de arenito para os deuses.

Era aquela a mensagem que seu pai queria lhe transmitir: esquecer uma infância dourada, uma educação artificial, e descobrir a sua verdadeira natureza sob o sol implacável da pedreira. Enganara-se ao julgar que o encontro com o touro selvagem o orientava para a realeza; Sethi tinha quebrado suas ilusões, colocando-o perante as suas reais capacidades.

Ramsés não tinha qualquer desejo de levar a existência de um notável, enquistado em seu conforto e em seus hábitos; nesse papel, Chenar estaria muito mais à vontade do que ele. Sereno, adormeceu na ponte do barco com os olhos perdidos nas estrelas.

UMA CALMA anormal reinava na pedreira, de onde, na véspera, tinham sido extraídos numerosos blocos. Geralmente, de madrugada, os canteiros começavam a trabalhar para aproveitarem o frescor matinal. Por que estavam ausentes os chefes de equipe; por que não tinham chamado os seus operários ao trabalho?

Cedendo à magia do local, o príncipe aventurou-se pelas aléias silenciosas ladeadas de falésias de arenito. Atualmente, faziam parte do seu ser; nunca conheceria outro horizonte a não ser aquele, cuja calma saboreava antes de ser perturbado pelo canto das ferramentas.

Penetrando no labirinto, Ramsés guiou-se pelas marcas dos canteiros gravadas na pedra para delimitar o território de cada equipe. Tinha pressa de abandonar os seus hábitos de escriba real para viver no mesmo ritmo dos companheiros, compartilhar suas dores e alegrias, esquecer para sempre o seu comportamento de nobre ocioso.

No extremo da pedreira, havia uma capela, cravada na rocha. À esquerda da entrada encontrava-se uma estela com um texto de veneração ao sol nascente. Diante da pedra sagrada, o faraó Sethi erguia as mãos, com as palmas abertas, e celebrava o renascimento da luz, cujos raios começavam a iluminar a pedreira.

Ramsés ajoelhou-se, ouvindo as palavras pronunciadas por seu pai.

Terminada a oração, Sethi voltou-se para o filho.

– O que veio procurar aqui?

– O caminho da minha vida.

– Os deuses realizaram quatro ações perfeitas – declarou o Faraó. – Pôs no mundo os quatro ventos, para que cada ser respire durante a sua existência; imaginou a água e a cheia, para que o pobre se beneficie tanto dela como o poderoso; criou cada homem semelhante ao seu próximo; por fim, gravou no coração humano a recordação do Ocidente e do Além, para que os sacrifícios fossem oferecidos ao invisível. Mas os homens transgrediram a palavra dos deuses e não procuraram senão desnaturar a sua obra. Você faz parte desse grupo?

– Eu... eu matei um homem.

– Destruir é o sentido da vida?

– Defendi-me, houve uma força superior que me guiou.

– Nesse caso, assuma seu ato e não tenha pena de si mesmo.

– Quero encontrar o verdadeiro culpado.

– Não se perca em futilidades. Está preparado para sacrificar-se ao invisível?

O príncipe assentiu com a cabeça.

Sethi entrou na capela e tornou a sair com um cão amarelo-dourado nos braços. Um grande sorriso iluminou o rosto de Ramsés.

– Vigilante?

– É o seu cão?

– Sim, mas...

– Agarre uma pedra, esmague-lhe a cabeça e o ofereça ao espírito dessa pedreira; assim ficará purificado da sua violência.

O Faraó largou o animal, que correu para o seu dono, celebrando o reencontro com grandes saltos.

– Pai...

– Aja.

Os olhos de Vigilante pediam carícias e ternura.

– Recuso-me.

– Tem consciência do que implica sua resposta?

– Desejo entrar na corporação dos canteiros e nunca mais regressar ao palácio.

– Seria capaz de renunciar à sua condição por um cão?

– Ele me deu a sua confiança, devo-lhe proteção.

– Siga-me.

Seguindo por um estreito caminho no flanco da colina, Sethi, Ramsés e Vigilante subiram até o promontório rochoso que dominava a pedreira.

– Se tivesse assassinado o seu cão, teria sido o mais vil dos destruidores; com a sua conduta, ultrapassou uma nova etapa.

Ramsés sentiu-se inebriado de alegria.

– Aqui eu provarei o meu valor!

– Engana-se.

– Sou capaz de trabalhar duramente!

– Pedreiras como esta garantem a perenidade de nossa civilização. Um rei deve visitá-las freqüentemente, assegurar-se de que os canteiros e talhadores de pedra continuam a trabalhar de acordo com as regras, a fim de que as casas das divindades sejam embelezadas e permaneçam na face da Terra. É em contato com os homens da profissão que se constitui o sentido de governar. A pedra e a madeira não mentem. O Faraó é construído pelo Egito, e o Egito constrói o Faraó que, por sua vez, constrói e continua a construir, pois construir o templo e o povo é o maior ato de amor.

Cada uma das palavras de Sethi fulgurava como uma luz que abria o espírito de Ramsés, tal como um viajante sequioso matando a sua sede numa nascente de água fresca.

– Por isso, o meu lugar é aqui.

– Não, meu filho. Gebel Silsileh é apenas uma pedreira de arenito. O granito, o alabastro, o calcário, outras pedras e outros materiais exigem a sua presença. Você não pode gozar de nenhum refúgio, nem mesmo o de uma corporação. É hora de partirmos novamente para o norte.

13

No vasto gabinete de que dispunha, Ameni classificava suas informações. Depois de ter fuçado por todos os lados e de ter interrogado alguns pequenos funcionários mais ou menos faladores, o secretário particular de Ramsés alegrava-se com os resultados obtidos. Com instinto de cão de caça, sentia que a verdade estava ao seu alcance. Não havia dúvida de que houvera fraude, mas quem estava se beneficiando dela? O jovem escriba, se obtivesse uma prova, iria até o fim e condenaria o culpado.

Enquanto relia as notas tomadas numa prancheta de madeira, Iset a Bela irrompeu no prédio de Ramsés e forçou a porta do gabinete de seu secretário.

Pouco à vontade, Ameni ergueu-se; como deveria comportar-se perante aquela moça tão bonita, consciente da sua posição?

– Onde está Ramsés? – interrogou, agressiva.

– Não sei.

– Não acredito em você.

– Mas é a verdade.

– Dizem que Ramsés não tem segredos para você.

– Somos amigos, mas ele saiu de Mênfis sem me avisar.

– Impossível!

– Não mentiria mesmo que fosse para lhe dar satisfação.

– Não parece preocupado.

– Por que haveria de estar?

– Sabe onde ele está e se recusa a me dizer!

– Acusa-me sem razão.

– Sem ele você não teria nenhuma proteção.

– Ramsés voltará, pode ter certeza. Se lhe tivesse acontecido qualquer coisa, eu sentiria. Entre mim e ele existem laços invisíveis, é por isso que não estou inquieto.

– Está troçando de mim!

– Ele voltará.

NA CORTE circulavam informações vagas e contraditórias; uns pressupunham que Sethi havia exilado Ramsés mandando-o para o sul; outros, que o príncipe fora enviado a serviço para verificar o estado dos diques antes da próxima cheia. Iset a Bela não conseguia acalmar-se: o seu amante a tinha ridicularizado e troçado dela! Encontrando vazia a cabana de juncos onde ia encontrar-se com ele, pensara numa brincadeira e inutilmente chamara Ramsés; escorpiões, serpentes e cães selvagens pareceram-lhe de repente pulular em redor, e ela fugira, assustada.

Ridícula aos seus próprios olhos por causa daquele jovem príncipe insolente... mas tão inquieta por causa dele! Se Ameni não mentira, Ramsés tinha caído numa nova cilada.

Um homem, apenas um, conhecia a verdade.

CHENAR ACABAVA de almoçar; a qualidade da codorna assada deliciara o seu paladar.

– Querida Iset! Que prazer vê-la... Quer partilhar o meu purê de figos? Sem querer me gabar, é o melhor de Mênfis.

– Onde está Ramsés? Onde se escondeu?

– Terna e querida amiga... Como posso saber?

– Um futuro rei permite-se ignorar esse tipo de detalhe?

Chenar sorriu, intrigado.

– Aprecio a sua sutileza de espírito.

– Fale, eu lhe peço.

– Sente-se e saboreie este purê, está uma delícia.

A jovem acomodou-se numa confortável cadeira, com uma almofada verde.

– O destino nos proporciona uma posição privilegiada; por que não havemos de reconhecer a nossa sorte?

– Não o compreendo.

– Entendemo-nos maravilhosamente, não acha? Em vez de se unir ao meu irmão, deveria refletir melhor e pensar no seu futuro.

– Qual imagina que seja?

– Uma brilhante existência a meu lado.

Iset a Bela observou o filho mais velho do rei com atenção. Pretendia ser elegante, atraente, sério, já desempenhava o seu futuro papel, mas nunca possuiria o magnetismo e a beleza selvagem de Ramsés.

– Deseja realmente saber onde se encontra o meu irmão?

– É esse o meu desejo.

– Receio entristecê-la.

– Corro o risco.

– Concedei-me a sua confiança e lhe evitarei uma desilusão.

– Julgo-me suficientemente forte para enfrentá-la.

Chenar pareceu desolado.

– Ramsés foi contratado como escriba da expedição que partiu para as pedreiras de arenito de Gebel Silsileh. Competia-lhe redigir um relatório e prestar contas dos trabalhos. Uma tarefa de extrema mediocridade, que o condenará a permanecer longos meses com os canteiros e a instalar-se no Sul. O meu pai, uma vez mais, demonstrou o seu conhecimento dos seres humanos: colocou o meu irmão no seu devido lugar. E se agora pensássemos no nosso futuro comum?

– Estou exausta, Chenar, eu...

– Eu a preveni.

O príncipe ergueu-se e agarrou-lhe a mão direita.

Aquele contato repugnou a jovem. Sim, Ramsés estava eliminado da cena; sim, Chenar seria o senhor absoluto. Ser amada por ele proporcionaria à feliz eleita glória e fortuna; não sonhavam dezenas de nobres jovens em se casar com o herdeiro da coroa?

Ela se afastou com brusquidão.

– Deixe-me!

– Não estrague sua sorte.

– Amo Ramsés.

– Que importância tem o amor? Ele não me interessa, e você acabará por esquecê-lo. Apenas peço que seja bela, me dê um filho e se torne a rainha do Egito. Recusar seria insensato.

– Considere-me então uma louca.

Chenar estendeu-lhe os braços.

– Não parta! Senão...

– Senão o quê?

O rosto lunar de Chenar tornou-se inquietante.

– Vamos nos tornar inimigos, que aborrecimento.. Faço um apelo à sua inteligência.

– Adeus, Chenar. Siga o seu caminho, que o meu já está traçado.

MÊNFIS ERA uma cidade barulhenta e animada. Ao seu porto, em permanente atividade, chegava grande número de barcos de mercadorias, vindos do sul ou do norte; as partidas eram organizadas com precisão pelas autoridades administrativas encarregadas do tráfego fluvial e os carregamentos controlados por um exército de escribas. Num dos numerosos entrepostos havia material de escriba, inclusive blocos de tinta.

Ameni, na qualidade de secretário do filho mais novo do Faraó, estava autorizado a examiná-los. Concentrou-se nos produtos de primeira qualidade cujo preço era mais elevado; as suas investigações foram infrutíferas.

Adentrando por ruelas apinhadas de gente e de burros carregados de frutos, legumes ou sacos de cereais, Ameni aproveitou a sua reduzida estatura e frágil compleição para se esgueirar até o bairro próximo do templo de Ptah, que Sethi mandara aumentar: na parte da frente da colunata, com a largura de 75 metros, colossos reais em granito rosa assinalavam a presença do sagrado. O jovem escriba gostava da velha capital fundada por Menés, o unificador do norte e do sul – não era parecida com um cálice colocado sob a proteção da deusa de ouro? Como era bom contemplar aqueles lagos cobertos de lótus e respirar o perfume das flores que envolvia as suas praças; como era bom repousar sentando-se preguiçosamente à sombra da folhagem e admirar o Nilo! Mas a hora não era para deambulações. Afastando-se dos arsenais onde eram armazenadas as armas destinadas às diversas categorias das forças armadas, Ameni chegou à porta de um ateliê onde eram preparados blocos de tinta para as melhores escolas da cidade.

O acolhimento foi muito frio, mas o nome de Ramsés permitiu-lhe passar pela porta e interrogar os artesãos; próximo da aposentadoria, um deles cooperou bastante e lamentou a negligência de certos fabricantes que, no entanto, tinham recebido apoio do palácio. Persuasivo, Ameni conseguiu obter uma direção no bairro ao norte, para lá da antiga cidadela de paredes brancas.

O jovem escriba evitou os cais, apinhados de gente, e atravessou o bairro de Ankh-taoui, "a via das duas terras".* Seguiu ao longo de uma das casernas e aventurou-se numa zona muito povoada, onde as grandes *villas* se encontravam lado a lado com pequenas construções e tendas de artesãos. Perdeu-se por várias vezes, mas, graças à ajuda das donas-de-casa que discutiam enquanto varriam as ruelas, acabou por descobrir a fábrica que queria visitar. Fosse qual fosse o peso da fadiga, Ameni havia de explorar Mênfis, persuadido de que a solução do enigma se encontrava na fonte de produção dos blocos de tinta.

À entrada, encontrava-se um homem de meia-idade, peludo, armado com um pau.

– Eu o saúdo! Posso entrar?

– É proibido.

– Sou o secretário particular de um escriba real.

– Siga o seu caminho, rapaz.

– Esse escriba real chama-se Ramsés, filho de Sethi.

– A fábrica está fechada.

---

*Isto é, o Alto e o Baixo Egito. Situada na sua junção, Mênfis encarnava o pólo de equilíbrio do país.

– Mais uma razão para que me permita inspecioná-la.

– Tenho ordens.

– Caso se mostrasse conciliador, evitaria uma queixa oficial.

– Vá embora!

Ameni lamentou ser pouco robusto; se fosse Ramsés, não teria qualquer dificuldade em erguer aquele homem grosseiro e atirá-lo em um canal. Fraco, o jovem escriba teria que utilizar a astúcia.

Cumprimentou o guarda, fingiu afastar-se e utilizou uma escada para subir no telhado de um celeiro próximo, nos fundos da fábrica. Ao cair da noite, uma trapeira permitiu-lhe entrar lá. Pegando um archote que se achava sobre uma prateleira, explorou o armazenamento. A primeira fila de blocos de tinta desiludiu-o: eram de excelente qualidade. Mas os da segunda, apesar de estarem gravados com a marca de controle "primeira qualidade", apresentavam alterações: tamanho reduzido, cor irregular, peso insuficiente. Uma experiência de escriba bastou para convencer Ameni: acabava de descobrir o centro de produção da fraude.

Entregue à sua alegria, o escriba não ouviu aproximar-se o guarda, que lhe desferiu uma pancada com o pau, lançou o corpo inanimado para cima do ombro e o abandonou numa lixeira vizinha, vazadouro coletivo onde se acumulavam detritos que eram queimados de madrugada.

O curioso não teria oportunidade de falar.

14

Arrastando pela mão a filhinha ainda mal desperta, o encarregado do lixo avançava em passo lento pelas ruas adormecidas do bairro ao norte de Mênfis. Antes da madrugada tinha que deitar fogo às lixeiras espalhadas por entre os amontoados de casas; queimar cotidianamente restos e dejetos era um bom processo de sanear e respeitar as regras de higiene impostas pela administração. O trabalho era repetitivo, mas muito bem pago e dava-lhe a sensação de ser útil aos seus concidadãos.

O encarregado conhecia as duas famílias mais sujas da área; depois de ter feito algumas advertências, não constatara qualquer melhoria e seria obrigado a multá-las. Resmungando contra a preguiça inerente ao gênero humano, apanhou a boneca de trapos que a menina tinha deixado cair e a consolou. Quando acabasse o trabalho, iria oferecer-lhe um copioso desjejum e dormiriam à sombra de uma tamarga, num jardim próximo do templo da deusa Neith.

Felizmente, a lixeira não estava muito cheia; com sua tocha, o encarregado acendeu diversas fogueiras, para que a combustão fosse rápida.

– Papai... Quero a boneca grande.

– O que está dizendo?

– A boneca grande, ali.

A menina estendeu a mão para uma forma humana; um braço emergia dos detritos. A fuligem ocultou-o.

– Eu quero, papai!

Intrigado, o homem entrou na lixeira, com risco de queimar os pés.

Um braço... Um braço jovem! Com cuidado, libertou o corpo inerte do rapaz. Na nuca havia sangue seco.

DURANTE A viagem de regresso, Ramsés não voltara a ver o pai. Não faltaria nenhum pormenor em seu diário de bordo, e o texto seria passado para os anais reais que relatavam os grandes feitos do sexto ano do reinado de Seth. O príncipe, pondo de lado o seu vestuário e o material de escriba, confraternizava com a tripulação e participava das manobras; aprendeu a fazer nós, a içar as velas e até a usar o leme. E, sobretudo, familiarizou-se com o vento; não diziam que o misterioso deus Amon, do qual nenhum ser conhecia a forma, revelava a sua presença inchando as velas dos barcos e levando-os a bom porto? O invisível manifestava-se, embora continuasse invisível.

O capitão do navio aceitou o jogo, dado que o filho do rei esquecia a sua condição e recusava privilégios; obrigou-o, portanto, às mil e uma tarefas da vida de um marinheiro. Ramsés não reagiu: lavou a ponte e se instalou no banco dos remadores com grande determinação. Dirigir-se para o Norte implicava um bom conhecimento das correntes e uma tripulação corajosa. Sentir o barco deslizar sobre a água e estar em harmonia com ela para conseguir aumentar a velocidade conferiram-lhe um intenso prazer.

O regresso de uma expedição era motivo de grande festa. No cais do porto principal de Mênfis, que tinha o nome sugestivo de "boa viagem", amontoava-se uma grande multidão. Logo que os pés tocaram novamente o solo do Egito, os marinheiros receberam colares de flores e taças de cerveja fresca; todos cantaram e dançaram em sua honra, celebraram a sua coragem e a bondade do rio que os guiara.

Mãos gentis colocaram em volta do pescoço de Ramsés um colar de aciano.

– Bastará esta recompensa para um príncipe? – perguntou Iset a Bela, com ar malicioso.

Ramsés não se esquivou.

– Você deve estar furiosa.

Tomou-a nos braços, e ela fez menção de resistir.

– Acha que vê-lo basta para apagar a sua falta de delicadeza?

– Por que não, se eu não tenho culpa?

– Mesmo no caso de uma partida precipitada, podia ter-me prevenido.

– Executar uma ordem do Faraó não permite qualquer demora.

– Quer dizer que...

– O meu pai levou-me com ele a Gebel Silsileh, e não se tratava de um castigo.

Iset a Bela enterneceu-se.

– Longos dias de viagem em sua companhia... Gozou das suas confidências.

– Não se iluda, trabalhei como escriba, canteiro e marinheiro.

– Por que o obrigou a viajar?

– Só ele sabe.

– Fui até o seu irmão, que me informou de sua queda; segundo ele, você se instalaria no sul para ocupar um lugar medíocre.

– Aos olhos de meu irmão, tudo é medíocre, exceto ele próprio.

– Mas você voltou para Mênfis e eu sou sua.

– Você é bela e inteligente, duas qualidades indispensáveis para uma grande esposa real.

– Chenar não desistiu de se casar comigo.

– Por que hesita? Não é prudente recusar um destino grandioso.

– Não serei prudente, mas estou apaixonada por você.

– O futuro...

– Apenas o presente me interessa. Os meus pais estão no campo, a *villa* está vazia... Não será mais confortável lá do que na cabana de juncos?

SERIA AMOR aquele prazer louco que partilhava com Iset a Bela? Ramsés interrogava-se em vão. Bastava-lhe viver uma paixão carnal, saborear aqueles momentos inebriantes em que os seus corpos se ajustavam tão bem que formavam um único ser, arrastados por um turbilhão. Com as suas carícias, a amante sabia provocar-lhe o desejo e despertá-lo de novo, sem nunca conseguir esgotá-lo. Como era difícil abandoná-la, nua e lânguida, com os braços estendidos para retê-lo, o amante!

Pela primeira vez, Iset a Bela falara de casamento. O príncipe, rebelde, não mostrou qualquer enstusiasmo; sua companheira agradava-lhe tanto quanto o irritava a idéia formal de casal. É verdade que, apesar da pouca idade, eram já homem e mulher, e ninguém se oporia à sua união. Mas Ramsés não se considerava preparado para se lançar em tal aventura. Iset não lhe fez qualquer censura, mas prometeu a si mesma convencê-lo; quanto mais o conhecia, mais acreditava nele. Fosse qual fosse a conduta que sua razão lhe ditasse, daria ouvidos ao seu instinto. Um ser que dava tanto amor era um tesouro insubstituível, mais precioso do que qualquer riqueza.

RAMSÉS DIRIGIU-SE ao centro da cidade, para o bairro do palácio. Ameni devia estar aguardando o seu regresso com impaciência. Teria continuado a sua investigação e obtido resultados?

Um guarda armado guardava a entrada dos apartamentos do príncipe.

– O que aconteceu?

– Você é o príncipe Ramsés?

– Sim, sou eu.

– O seu secretário foi vítima de uma agressão e me ordenaram que velasse por ele.

Ramsés correu até o quarto do amigo.

Ameni estava estendido na cama, com a cabeça envolta em ataduras; à cabeceira encontrava-se uma enfermeira.

– Silêncio – exigiu. – Ele está dormindo.

Levou o príncipe para fora do quarto.

– O que lhe aconteceu?

– Encontraram-no numa lixeira do bairro do norte; parecia morto.

– Vai sobreviver?

– O médico está otimista.

– Falou alguma coisa?

– Apenas algumas palavras, incompreensíveis. As drogas suprimem a dor, mas fazem o paciente mergulhar num sono profundo.

Ramsés falou com o auxiliar do chefe da guarda, pois este fora escalado para uma visita de inspeção ao sul de Mênfis. Aborrecido, o funcionário não lhe forneceu qualquer informação; ninguém no bairro em questão presenciara a agressão. Apesar de interrogatórios intensivos, não fora descoberto qualquer indício. O mesmo se verificava em relação ao caso do carreiro que, sem sombra de dúvida, tinha desaparecido e talvez até deixado o Egito.

De volta para casa, o príncipe assistiu ao despertar de Ameni. Ao ver Ramsés, seu olhar ferido iluminou-se.

– Você voltou... Eu sabia!

A voz era trêmula, mas clara.

– Como se sente?

– Consegui, Ramsés, consegui!

– Se continuar assim correndo risco, vai acabar quebrando os ossos.

– São sólidos, como você pode constatar.

– Quem o agrediu?

– O guarda de uma fábrica onde estão armazenados os blocos de tinta falsificados.

– Então, conseguiu realmente.

O orgulho animou o rosto de Ameni.

– Indique-me o lugar – exigiu Ramsés.

– É perigoso... não vá lá sem a guarda real.

– Não se preocupe e descanse; quanto mais depressa estiver de pé, mais depressa você me ajudará.

GRAÇAS ÀS indicações de Ameni, Ramsés encontrou sem dificuldade a fábrica indicada; o sol já se erguera há três horas, a porta ainda estava fechada. Intrigado, o príncipe vagueou pelo bairro, mas não percebeu qualquer movimento suspeito. O armazém parecia abandonado.

Receando uma cilada, Ramsés esperou até a noite. Apesar de inúmeras idas e vindas, ninguém entrou no edifício.

Interrogou um carregador de água que seguia em direção aos artesãos.

– Conhece essa fábrica?

– É onde fazem blocos de tinta.

– Por que está fechada?

– A porta está fechada há uma semana, o que é estranho.

– O que aconteceu com os proprietários?

– Não sei.

– Quem são?

– Aqui só víamos os operários, mas nunca o patrão.

– E a quem entregavam os produtos?

– Isso não me diz respeito.

O carregador de água afastou-se.

Ramsés adotou a mesma estratégia de Ameni: subiu a escada e passou pelo telhado do celeiro para conseguir entrar no edifício.

A sua inspeção foi rápida: o armazém estava vazio!

NA COMPANHIA dos outros escribas reais, Ramsés foi convocado para o templo de Ptah, o deus que havia criado o mundo pelo verbo; cada um compareceu perante o grande sacerdote e fez um relatório sucinto das suas recentes atividades. O mestre dos artesãos recordou-lhes que deviam trabalhar a palavra como um material e modelar o seu discurso de acordo com os ensinamentos dos sábios.

Terminada a cerimônia, Sary felicitou o antigo aluno.

– Estou orgulhoso por ter sido o seu preceptor. Apesar das más línguas, parece que está seguindo o caminho do saber. Não deixe de aprender sempre e virá a ser um homem considerado.

– Será isso mais importante do que conseguirmos encontrar a verdade do nosso ser?

Sary não ocultou a sua contrariedade.

– No momento em que finalmente toma juízo, ouvi desconcertantes rumores a seu respeito.

– Quais?

– Diz-se que você anda à procura de um carreiro que fugiu, e que o seu secretário particular foi gravemente ferido.

– Não são boatos.

– Deixe as autoridades agirem e esqueça esses problemas. A guarda real é mais competente do que você. Acredite-me, eles acabarão por encontrar os culpados. Você tem muitas outras coisas a fazer. O mais importante é respeitar sua categoria.

ALMOÇAR FRENTE a frente com a mãe era um raro privilégio a que Ramsés dava justo valor. Muito ocupada com a gestão do Estado, da qual participava de forma ativa por meio de rituais cotidianos e sazonais, sem falar dos seus numerosos cargos na corte, a grande esposa real dispunha de muito pouco tempo livre para si própria e para os seus.

Os pratos de alabastro tinham sido colocados sobre mesas baixas, sob um alpendre com colunas de madeira que produzia uma sombra agradável. Saindo de um conselho consagrado à nomeação das cantoras principais do deus Amon, responsáveis pela parte musical dos rituais, Touya usava um longo vestido de linho plissado, adornado com um largo colar de ouro. Ramsés sentia por ela um afeto sem limites, misturado a uma crescente admiração. Nenhuma mulher lhe podia ser comparada, nenhuma mulher ousava comparar-se a ela; apesar de suas raízes modestas, nascera rainha. Só ela podia provocar o amor de Seth e governar o Egito a seu lado.

De entrada, alface, pepinos, uma costeleta de vaca, queijo de cabra, um bolo redondo de mel, bolinhos de trigo e um vinho do oásis diluído com água. A rainha apreciava o momento do almoço, para o qual não convidava nem importunos nem pedintes; a calma do seu jardim privado, disposto em redor de um pequeno lago, alimentava-a tanto quanto as iguarias escolhidas com cuidado por seu cozinheiro.

– Como decorreu sua viagem a Gebel Silsileh?

– Convivi com a força dos canteiros e dos marinheiros.

– Nem uma nem outra o retiveram.

– Meu pai não o quis.

– É um senhor exigente, que lhe pedirá mais do que aquilo que você pode dar.

– Sabe o que decidiu a meu respeito?

– Hoje você está com pouco apetite.

– É indispensável que me deixem na ignorância?

– Receia o Faraó ou tem confiança nele?

– O medo não habita o meu coração.

– Empenhe-se de todo o seu coração no combate a que você se propôs, não olhe para trás, ignore as saudades e os remorsos, não seja invejoso nem ciumento. E saboreie cada segundo que passar com o seu pai como uma oferta celestial. Que importa o resto?

O príncipe saboreou a costeleta, bem grelhada e temperada com alho e ervas aromáticas. No céu, de um azul perfeito, passou um grande íbis.

– Preciso da sua ajuda; a guarda troça de mim.

– É uma grave acusação, meu filho.

– Considero-a verdadeira.

– Tem provas?

– Nenhuma, e é por isso que estou me dirigindo a você.

– Eu não estou acima das leis.

– Se exigir um verdadeiro inquérito, ele será feito. Ninguém procura o homem que pagou ao meu agressor, ninguém quer identificar quem manda fabricar blocos de tinta de má qualidade, vendidos aos escribas como produtos de primeira qualidade. Por ter descoberto a fábrica, Ameni quase morreu, mas o criminoso esvaziou o armazém, e nenhum habitante do bairro se atreve a testemunhar contra ele. Nesse caso, deve ser alguém importante, tão importante que aterroriza as pessoas.

– Em quem está pensando?

Ramsés calou-se.

– Vou agir – prometeu Touya.

15

O barco do Faraó navegava para o norte. Tendo partido de Mênfis, seguira o curso principal do Nilo antes de se enfiar por um dos seus canais que penetrava profundamente no coração do Delta.

Ramsés estava deslumbrado.

De onde observava, não havia deserto; a água era poderosa nessa paisagem que pertencia a Hórus, enquanto Seth* reinava sobre o vale em que o rio abria uma passagem entre as duas margens, lutando contra a aridez do solo. A parte selvagem do Delta assemelhava-se a um imenso pântano, povoado de milhares de aves, florestas de papiros e peixes. Nem uma cidade, nem mesmo aldeias. Apenas algumas cabanas de pescadores no topo de colinas emersas. A luz não era imóvel, como no vale; um vento vindo do mar fazia dançar os juncos.

Flamingos negros, patos, garças e pelicanos partilhavam aquele imenso domínio por onde se perdiam canais sinuosos; aqui, uma gineta devorava os ovos de um ninho de maçarico; mais adiante, uma serpente esgueirava-se num maciço em redor do qual esvoaçavam borboletas multicores. O homem não conquistara ainda aquele território.

O barco avançava cada vez mais lentamente, sob o comando prudente de um capitão habituado aos caprichos deste dédalo. A bordo, vinte marinheiros experientes e o senhor do país, de pé, à proa. O filho observava-o sem ser visto, fascinado pela sua imponência; Sethi encarnava o

---

*Hórus e Seth, os deuses irmãos que partilhavam o universo e o Egito em função do julgamento dos deuses.

Egito, era o Egito, herdeiro de uma linhagem milenária, consciente da grandeza divina e da pequenez humana. Aos olhos do seu povo, o Faraó continuava a ser um personagem misterioso, cuja verdadeira pátria era o céu estrelado; a sua presença na terra mantinha uma ligação com o Além, o seu olhar abria as portas para o seu povo. Sem ele, a barbárie em breve invadiria as duas margens; com ele, o futuro era uma promessa de eternidade.

Embora ignorasse a finalidade, Ramsés escrevia também o relato daquela expedição. Nem o seu pai nem a equipe de bordo tinham querido falar nisso. O príncipe notava uma inquietação latente, como se perigos ocultos ameaçassem o barco. A qualquer momento poderia surgir um monstro e devorar a embarcação.

Tal qual a sua primeira viagem, Sethi não dera ao filho tempo de prevenir Iset a Bela, nem Ameni. Ramsés imaginava a fúria da amante e a inquietação do amigo, mas nenhum motivo, fosse o amor ou a amizade, o impediria de seguir o pai para onde ele quisesse levá-lo.

Abriu-se um canal; a progressão tornou-se mais fácil, e o barco acostou a uma ilhota coberta de vegetação, na qual erguia-se uma estranha torre de madeira. Utilizando uma escada de corda, o rei desceu do barco; Ramsés imitou-o. O Faraó e o filho subiram à parte mais alta da torre, oculta por uma paliçada. Lá de cima, apenas se via o céu.

Sethi estava tão concentrado que Ramsés não ousava fazer-lhe qualquer pergunta.

De repente, o olhar do Faraó iluminou-se.

– Olhe, Ramsés, olhe bem!

Bem alto, no azul que parecia tocar o sol, um bando de aves migratórias, dispostas em V, dirigia-se para o sul.

– Vêm de todos os mundos conhecidos – revelou Sethi – de uma imensidão onde os deuses criam a vida a cada instante. Quando estão no universo de energia, têm a forma de aves com cabeça humana e alimentam-se de luz; quando franqueiam as fronteiras da terra, adotam a forma de uma andorinha ou de outra ave migratória. Não se esqueça de contemplá-las; porque são os nossos antepassados ressuscitados, que intercedem junto ao sol para que o seu fogo não nos destrua. São elas que inspiram o pensamento de um faraó e lhe traçam um caminho que os olhos humanos não vêem.

Quando a noite caiu e as estrelas cintilaram, Sethi mostrou o céu ao filho. Revelou-lhe o nome das constelações, o movimento dos infatigáveis planetas, do sol e da lua, e o significado dos decanos. Não devia o Faraó estender o seu poder aos limites do cosmo, de forma que seu braço não fosse retido por qualquer terra?

Com os ouvidos e o coração abertos, Ramsés ouvia-o; saciava-se com o alimento assim oferecido, não perdendo sequer uma migalha. A madrugada surgiu muito depressa.

DEVIDO À abundância de vegetação, o barco real não podia avançar. Sethi, Ramsés e quatro marinheiros, armados com lanças, arcos e varas com nós, subiram em um barco leve de papiro, e foi o próprio Faraó que indicou a direção aos remadores.

Ramsés sentiu-se transportado para um outro mundo, sem nenhum ponto comum com o vale. Nesta parte não havia qualquer sinal de atividade humana; atingindo a altura de oito metros, os papiros chegavam a ocultar o sol. Se a sua pele não tivesse sido coberta com uma espessa camada de ungüento gorduroso, o príncipe teria sido devorado por milhares de insetos cuja agitação provocava um ruído ensurdecedor.

Depois de terem atravessado uma floresta aquática, o barco deslizou para uma espécie de lago no centro do qual se encontravam duas ilhotas.

– As cidades santas de Pe e de Dep – revelou o Faraó.

– As cidades? – espantou-se Ramsés.

– São destinadas às almas dos justos; a sua cidade é toda a natureza. Quando a vida brotou do oceano das origens, manifestou-se sob a forma de uma colina de terra emergindo das águas. Estes são dois outeiros sagrados que, reunidos no seu espírito, formam o único país onde os deuses gostam de residir.

Na companhia do pai, Ramsés tocou no solo das "cidades santas" e recolheu-se defronte a um modesto santuário, uma simples cabana de juncos frente à qual estava espetado um bastão com a extremidade talhada em forma de espiral.

– Este é o símbolo da função – afirmou o rei. – Cada um deve encontrar a sua e cumpri-la, antes de se preocupar consigo mesmo. A do Faraó é a de ser o primeiro servidor dos deuses, pois, se pensasse em servir-se a si próprio, não passaria de um tirano.

EM REDOR deles pairavam inúmeras forças inquietantes; era impossível sentir-se em paz naquele caos onde todos permaneciam sempre alertas. Apenas Sethi parecia inacessível a qualquer forma de emoção, como se aquela natureza indecifrável se curvasse perante a sua vontade. Se uma certeza tranqüila não existisse no seu olhar, Ramsés teria a certeza de se perder no meio dos papiros gigantes.

De repente, o horizonte desanuviou-se. O barco deslizou sobre uma água esverdeada que banhava uma margem habitada por pescadores. Nus, peludos, viviam em cabanas rudimentares, utilizavam redes, linhas e armadilhas, abriam os peixes com longas facas, esvaziavam-nos e deixavam-nos secar ao sol. Dois deles seguravam uma perca do Nilo, tão grande que fazia vergar a vara na qual a tinham pendurado.

Surpreendidos por aquela visita inesperada, os pescadores pareciam atemorizados e hostis; apertando-se uns contra os outros, brandiram as facas.

Ramsés avançou; os olhares agressivos convergiam para ele.

– Inclinem-se perante o Faraó.

As facas baixaram, os dedos descontraíram-se, as armas caíram no solo esponjoso. Depois, os súditos de Sethi prostaram-se perante o soberano, antes de o convidarem a partilhar sua refeição.

Os pescadores conversaram com os soldados, que lhes ofereceram dois jarros de cerveja. Quando o sono os venceu, Sethi dirigiu-se ao filho, à luz das tochas cuja chama afastava insetos e animais selvagens:

– Estes são os mais pobres dos homens, mas cumprem a sua função e esperam o seu apoio. Faraó é aquele que socorre o fraco, protege a viúva, alimenta o órfão, responde a todos os que necessitam; o corajoso pastor que vela, noite e dia, o escudo que protege o seu povo. Aquele que os deuses escolheram para preencher a função suprema a fim de que digam dele: "Ninguém teve fome no seu tempo." Não há tarefa mais nobre do que tornar-se o *ka* do Egito, meu filho, o alimento de todo o país.

RAMSÉS FICOU durante algumas semanas com os pescadores e apanhadores de papiros. Aprendeu a conhecer numerosas espécies de peixes comestíveis e a fabricar barcos ligeiros, desenvolveu o instinto de caçador, perdeu-se e encontrou-se no dédalo dos canais e dos pântanos, ouviu as descrições dos homens que tinham arrancado da água peixes enormes depois de várias horas de luta.

Apesar da dureza da sua existência, eles não desejavam mudar; a dos habitantes do vale parecia-lhes monótona e sem sabor. Bastavam-lhes curtas estadias nessa paisagem bastante civilizada; depois de terem saboreado a ternura das mulheres e devorado carne e legumes, regressavam aos pântanos do Delta.

O príncipe alimentou-se da sua força; apurou o olhar e o ouvido, endureceu-se em contato com eles, não se queixou quando a fadiga lhe rasgou a carne e esqueceu mais uma vez os privilégios da sua posição. A sua força e destreza fizeram maravilhas: sozinho, mostrou-se tão eficaz como três destemidos pescadores. Mas essa proeza provocou mais ciúme do que admiração, e o filho do rei em breve foi colocado de lado.

Quebrou-se um sonho: o de se tornar diferente, de renunciar à força misteriosa que o animava para se assemelhar aos outros e viver uma juventude semelhante à dos canteiros, marinheiros ou pescadores. Sethi tinha-o conduzido à fronteira do país, a esses locais perdidos onde o mar, tão próximo, começava a absorver a terra, para que ele tomasse consciência do seu verdadeiro ser, liberto das ilusões da infância.

O pai o havia abandonado. Mas na noite que precedera a sua partida, não lhe traçara um caminho para a realeza? As suas palavras eram dirigidas a ele, Ramsés, e a ninguém mais.

Um sonho, um momento de graça, nada mais. Sethi falava ao vento, à água, à imensidão do Delta; o filho servia-lhe apenas como catalisador. Levando-o ao extremo do mundo, aniquilara sua vaidade e seus fantasmas. A vida de Ramsés não seria a de um monarca.

No entanto, sentia-se próximo de Sethi, embora a personalidade do pai fosse esmagadora e inacessível; queria ouvir os seus ensinamentos, provar a sua capacidade, superar a si próprio. Não, não era um fogo vulgar que ardia dentro dele; o pai compreendera isso, e era da função de rei que lhe revelava pouco a pouco os segredos.

Ninguém o viria buscar; pela posição, teria que ser dele a iniciativa de partir.

Ramsés deixou os pescadores antes do amanhecer, quando eles ainda dormiam, acomodados em redor do fogo. Com dois pangaios, fez a sua canoa de papiro avançar em direção ao Sul a bom ritmo. A observação das estrelas permitiu-lhe tomar a direção certa, e ele, confiando no seu instinto, alcançou um braço maior do rio. O vento norte impeliu-o; infatigáveis, os seus braços continuaram a remar. Orientado para o seu objetivo, concedendo a si próprio breves paragens e alimentando-se do peixe seco que tinha trazido, Ramsés aliou-se à corrente em vez de lutar contra ela. Os alcatrazes sobrevoaram-no, e o sol envolveu-o em seus raios.

Ao longe, no extremo do Delta, a muralha branca de Mênfis.

16

O calor tornava-se sufocante. Homens e animais trabalhavam devagar, aguardando a cheia, sinônimo de um longo período de repouso para aqueles que não quisessem empregar-se como operários nos canteiros de obras do Faraó. Terminadas as colheitas, a terra parecia prestes a morrer de sede; mas a cor do Nilo tinha mudado e o seu tom acastanhado anunciava a subida próxima das águas benfeitoras, das quais dependia a riqueza do Egito.

Nas grandes cidades, as pessoas procuravam as sombras; nos mercados, os comerciantes abrigavam-se sob grandes toldos estendidos entre estacas. Tinha começado o período por todos receado: o dos cinco últimos dias do ano, não incluídos no calendário harmonioso que compreendia doze meses de trinta dias. Aqueles cinco dias fora do ciclo regular constituíam o domínio de Sekhmet, a aterradora deusa com cabeça de leão que, rebelando-se contra a luz, teria massacrado a humanidade se os deuses não interviessem uma última vez em seu favor, fazendo crer à fera divina que estava bebendo sangue humano quando, na realidade, estava absorvendo uma cerveja vermelha à base de joio. Todos os anos, no mesmo período, Sekhmet ordenava às suas hordas de doenças e miasmas que se espalhassem pelo país e encarniçava-se em libertar a terra da presença dos seres humanos maus, covardes e conspiradores. Nos templos, as pessoas cantavam dia e noite litanias destinadas a acalmar Sekhmet, e o Faraó em pessoa dirigia uma liturgia secreta que permitia uma vez mais, se o rei fosse justo, transformar a morte em vida.

Durante esses temíveis cinco dias, a atividade econômica quase era interrompida; adiavam-se projetos e viagens, os barcos ficavam no cais, muitos campos permaneciam vazios. Alguns retardatários apressavam-se em reforçar os diques que exigiam últimos reforços, receando o aparecimento de ventos violentos, testemunho do furor da leoa vingativa. Sem a intervenção do Faraó, o que restaria do país, devastado por um desencadear de potências destruidoras?

 O chefe da segurança do palácio de Mênfis também

teria gostado de permanecer no seu gabinete e esperar pela festa do primeiro dia do ano, em que os corações, libertos do medo, se abririam com uma alegria transbordante. Mas acabava de ser chamado pela rainha Touya e não conseguia deixar de interrogar-se sobre o motivo de tal atitude. Habitualmente, não tinha contato direto com a grande esposa real e recebia ordens do seu camareiro – por que este procedimento fora do normal?

A grande dama atemorizava-o, como a muitos notáveis; muito ligada ao caráter exemplar da corte do Egito, não suportava a mediocridade. Desagradar-lhe era uma falta imperdoável.

Até agora, o chefe da segurança do palácio levava uma carreira tranqüila, sem louvores nem censuras, subindo os vários escalões da hierarquia sem incomodar ninguém. Tinha a arte de passar despercebido e de se incrustar no lugar que ocupava. Desde que exercera suas funções, nenhum incidente tinha perturbado a serenidade do palácio.

Nenhum incidente, exceto aquele chamado.

Algum dos seus subordinados o teria caluniado, almejado seu lugar? Algum íntimo da família real tramaria sua perda? De que erro seria acusado? Estas perguntas afligiam-no e provocavam-lhe uma insuportável enxaqueca.

Trêmulo, aflito com um tique que o fazia pestanejar, o chefe da segurança entrou na sala de audiências onde estava a rainha. Embora mais alto do que ela, Touya pareceulhe imensa.

Prostou-se.

– Majestade, que os deuses lhe sejam favoráveis e que eles...

– Esqueçamos as formalidades; sente-se.

A grande esposa real indicou-lhe uma cadeira confortável; o funcionário não se atreveu a erguer os olhos para ela. Como podia uma mulher tão pequena possuir tal autoridade?

– Você sabe, suponho, que um palafreneiro tentou eliminar Ramsés.

– Sim, majestade.

– E sabe também que é procurado o carreiro que acompanhava Ramsés à caça e que talvez seja o mandante do crime.

– Sim, majestade.

– Está com certeza informado sobre como avança o inquérito.

– Arrisca-se a ser longo e difícil.

– "Arrisca-se"... Surpreendente expressão! Receia descobrir a verdade?

O chefe da segurança ergueu-se, como se picado por uma vespa.

– Claro que não! Eu...

– Sente-se e escute-me com atenção. Tenho a sensação de que desejam abafar esse problema e reduzi-lo a um simples caso de legítima defesa. Ramsés sobreviveu, o seu agressor está morto e o mandante desapareceu. Por que investigar mais? Apesar da insistência do meu filho, não há nenhum elemento novo. Estaremos reduzidos à condição de um principado bárbaro onde a noção de justiça deixou de ter significado?

– Majestade! Conheceis a dedicação da guarda real...

– Constato a sua ineficácia e espero que seja apenas passageira; se alguém estiver bloqueando o inquérito, eu descobrirei. Mais exatamente, será você que o identificará.

– Eu? Mas...

– A sua posição é a melhor para prosseguir em investigações rápidas e discretas. Encontre o carreiro que conduziu Ramsés a uma cilada e coloque-o diante de um tribunal.

– Majestade, eu...

– Alguma objeção?

Arrasado, o chefe da segurança sentiu-se trespassado por uma das flechas de Sekhmet. Como satisfazer a rainha sem assumir riscos nem descontentar fosse quem fosse? Se o verdadeiro responsável pela agressão fosse um personagem altamente colocado, talvez se mostrasse mais feroz do que Touya... Mas esta não suportaria um fracasso.

– Não, claro que não... Mas não vai ser fácil.

– Você já o disse; e se lhe faço este apelo, não é para um trabalho de rotina. Além disso, confio-lhe uma segunda tarefa, muito mais fácil.

Touya falou dos blocos de tinta falsificados e da misteriosa fábrica onde eram feitos. Graças às pistas fornecidas por Ramsés, identificou a localização e exigiu o nome do proprietário.

– Os dois casos estão ligados, majestade?

– É pouco provável, mas quem sabe? As duas deligências vão esclarecer-nos.

– Pode ter certeza disso.

– Fico encantada. Agora, à luta!

A rainha retirou-se.

Abatido, com enxaqueca, o chefe da segurança se perguntou se o seu único recurso não seria a magia.

CHENAR RESPLANDECIA.

Em torno do filho mais velho do Faraó, numa das salas de recepção do palácio, dezenas de comerciantes vindos do mundo inteiro, cipriotas, fenícios, egeus, sírios, libaneses, africanos, orientais de pele amarelada, homens de rosto muito pálido vindos das brumas do norte, tinham respondido ao seu apelo. O esplendor internacional do Egito de Sethi era tal que um convite para a corte era considerado uma honra; apenas faltavam os representantes do Estado hitita, cada vez mais hostis à política desenvolvida pelo Faraó.

Para Chenar, o comércio internacional era o futuro da humanidade. Nos portos da Fenícia, em Biblos e em Ougarit, já acostavam barcos vindos de Creta, da África ou do longínquo Oriente. Por que o Egito haveria de manter-se reticente quanto à expansão desse tráfego, sob o pretexto de preservar a sua identidade e tradições?

Chenar admirava o pai, mas censurava-lhe não ser um homem do progresso. No seu lugar, teria procedido à drenagem da maior parte do Delta e à criação de numerosos portos de mercadorias na costa mediterrânea. Tal como os seus antepassados, Sethi estava obcecado pela segurança das Duas Terras; mas, em vez de desenvolver um sistema defensivo e preparar o exército para uma guerra, não seria melhor estabelecer um comércio com os hititas e, se necessário, pacificar os mais belicosos, enriquecendo-os?

Quando subisse ao trono, Chenar aboliria a violência. Odiava o exército, os generais e os soldados, o espírito limitado dos militaristas dos quatro costados, o domínio pela força bruta; não era assim que se exercia o poder com as melhores probabilidades de o fazer perdurar. Um dia, um povo vencido tornava-se vencedor e revoltava-se contra o ocupante. Porém, aprisioná-lo numa rede de leis econômicas que apenas uma pequena casta compreendia e dominava, eliminaria rapidamente qualquer tentativa de resistência.

Chenar agradecia ao destino ter-lhe proporcionado a posição de filho mais velho do rei e sucessor imediato do trono; com a certeza de que não havia de ser Ramsés, agitado e incompetente, quem o impediria de realizar os seus sonhos de grandeza. Uma rede comercial à escala do mundo civilizado, do qual seria o senhor absoluto; alianças à medida de seus interesses; uma única nação onde desapareceriam os particularismos e os hábitos... Haveria projeto mais excitante?

Pouco lhe interessava o Egito... Servir-lhe-ia de base de partida, é verdade, mas em breve seria demasiado pequeno; o Sul, mergulhado nas suas tradições, não tinha qualquer futuro. Quando Chenar, porém, tivesse vencido, iria se instalar num país acolhedor, de onde controlaria o seu império.

Habitualmente, os comerciantes estrangeiros não eram recebidos na corte; com o seu acolhimento, o sucessor de Sethi destacava a importância que lhes conferia. Assim, preparava um futuro que desejava próximo. Convencer Sethi a modificar a sua atitude não seria fácil; mas um soberano, por muito que respeitasse Maât, não devia submeter-se aos imperativos do momento? Chenar julgava-se capaz de utilizar os argumentos certos.

A recepção foi um grande sucesso. Os comerciantes estrangeiros prometeram a Chenar oferecer-lhe os mais belos vasos confeccionados pelos seus artesãos; enriqueceria, assim, a sua coleção, famosa em todo o Oriente Próximo e até em Creta. O que não seria ele capaz de sacrificar para adquirir um objeto perfeito, de curvas delicadas e cores harmoniosas? O prazer de possuir era completado pela avidez do olhar; só em frente dos seus tesouros Chenar se sentia preenchido por um prazer que ninguém lhe poderia roubar.

Um dos seus informantes aproximou-se depois de ele ter terminado uma conversa animada com um negociante asiático.

– Um aborrecimento – murmurou o informante.

– De que gênero?

– A sua mãe não se contenta com os resultados das investigações oficiais.

Chenar fez uma careta.

– Um simples capricho?

– Muito mais do que isso.

– Quer ser ela a investigadora?

– Convocou o chefe da segurança do palácio.

– Um incapaz.

– Encostado à parede, pode tornar-se incômodo.

– Vamos deixá-lo agitar-se.

– E se conseguir resultados?

– É pouco provável.

– Não seria bom avisá-lo?

– Receio uma reação imprevisível, pois os imbecis são inacessíveis ao raciocínio. Além disso, não descobrirá nenhuma pista concreta.

– Quais são as suas ordens?

– Observar e manter-me informado.

O informante eclipsou-se e Chenar voltou para junto dos convidados. Apesar da irritação, fez boa figura.

17

A guarda fluvial vigiava permanentemente o acesso ao porto setentrional de Mênfis; as idas e vindas dos barcos eram regulamentadas de forma a evitar acidentes. Cada unidade estava identificada e, em caso de obstrução, tinha que esperar antes de atingir o seu lugar.

O encarregado do canal principal observava-o com olhar quase distraído; à hora do almoço, o tráfego era escasso. Do alto da torre branca, esmagada sob um sol ardente, o guarda contemplava, não sem orgulho, o Nilo, os canais e os campos verdejantes, cuja vastidão anunciava o nascimento do Delta. Dentro de menos de uma hora, quando o Sol começasse a descer no zênite, voltaria para casa, na parte sul da cidade, e tiraria um cochilo reparador antes de brincar com os filhos.

O estômago reclamava de fome e ele ia mastigando um pedaço de sanduíche com salada, que tinha sido colhida nessa mesma manhã. O seu trabalho era mais fatigante do que parecia; e não é verdade que exigia uma grande capacidade de concentração?

De repente, um estranho espetáculo.

Primeiro, julgou ser uma miragem provocada pelos efeitos da luz de verão sobre o azul do rio; depois, esquecendo a pequena sombra que o protegia do sol, fixou o olhar numa embarcação incrível que se insinuava entre dois lanchões carregados de ânforas e de sacos de cereais.

Era uma canoa de papiros... A bordo, um jovem atleta manejava o remo num ritmo infernal.

Em geral, aquele tipo de embarcação não saía do labirinto aquático do Delta... E, sobretudo, não estava inscrito na lista dos barcos autorizados a circular naquele dia! Utilizando um espelho, o guarda fez um sinal ótico urgente ao grupo de intervenção.

Três barcos rápidos, movidos por equipes de remadores bem treinados, interceptaram o intruso, obriando-o a parar: O príncipe Ramsés desembarcou entre dois guardas fluviais.

ISET A BELA deixou explodir sua fúria.

– Por que Ramsés se recusa a me receber?

– Não sei – respondeu Ameni, cuja cabeça ainda estava dolorida.

– Está doente?

– Espero que não.

– Falou a meu respeito?

– Não.

– Você devia falar mais, Ameni!

– Não é esse o papel de um secretário particular.

– Voltarei amanhã.

– Como quiser.

– Tente ser mais conciliador; se me abrir a porta dele, você será recompensado.

– Estou satisfeito com o meu salário.

A jovem encolheu os ombros e retirou-se.

Ameni estava perplexo; desde o seu regresso do Delta, Ramsés fechara-se no quarto e não pronunciara uma palavra. Comia sem apetite as refeições que o amigo lhe trazia, relia as máximas do sábio Ptah-hotep ou ficava na varanda, contemplando a cidade e as longínquas pirâmides de Gizé e de Sakkarah.

Sem conseguir despertar seu interesse, Ameni informara-o do resultado das suas investigações. Não havia dúvida, de acordo com os rascunhos de documentos, que a oficina suspeita pertencia a um personagem importante que empregava diversos artesãos, mas Ameni esbarrava em uma parede de silêncio que não tinha como quebrar.

Louco de alegria, Vigilante fez grande festa ao dono e nunca mais o deixou; pedindo carinho ou deitado aos pés do príncipe, o cão amarelo-dourado, de orelhas pendentes e cauda em espiral, desempenhava sem uma falha o seu papel de protetor. Apenas ele recebia as confidências de Ramsés.

Na véspera do ano-novo e da festa da cheia, Iset a Bela perdeu a paciência e, apesar da proibição do amante, foi falar com ele à varanda onde meditava na companhia do cão. Vigilante mostrou os dentes, rosnou e endureceu as orelhas.

– Acalme esse animal!

O olhar gelado de Ramsés impediu-a de se aproximar.

– O que se passa? Fala, suplico-lhe!

Ramsés voltou-lhe as costas, indiferente.

– Não tem o direito de me tratar assim... Tive medo por você, amo-o, e você nem um olhar se digna a dirigir-me!

– Deixe-me só.

Iset a Bela, ajoelhou-se suplicante.

– Finalmente, uma palavra!

Vigilante pareceu menos hostil.

– O que quer de mim?

– Olha o Nilo, Iset.

– Posso aproximar-me de você?

Ele não respondeu, e ela se atreveu; o cão não interferiu.

– A estrela Sothis vai sair das trevas – indicou Ramsés. – Amanhã ela vai se erguer a leste com o sol e anunciará o aparecimento da cheia.

– Mas não é assim todos os anos?

– Não compreende que este ano não será igual a nenhum outro?

A gravidade do tom impressionou Iset a Bela; não teve coragem para mentir.

– Não, não compreendo.

– Olha o Nilo.

Ternamente, ela pendurou-se no seu braço.

– Não seja tão enigmático, eu não sou sua inimiga. O que lhe aconteceu no Delta?

– O meu pai me colocou perante mim mesmo.

– O que quer dizer com isso?

– Não tenho o direito de fugir; será inútil esconder-me.

– Acredito em você, Ramsés, seja qual for o seu destino.

Docemente, ele lhe acariciou os cabelos. Ela o contemplou, sem tocá-lo. A provação vivida lá longe, nas terras do norte, havia-o transformado.

O adolescente tornara-se um homem.

Um homem de beleza fascinante, um homem por quem ela estava perdidamente apaixonada.

OS ESPECIALISTAS na densidade do Nilo não tinham se enganado ao anunciar o dia em que a cheia subiria de assalto às margens de Mênfis.

A festa organizou-se imediatamente. Por todo lado clamavam que a deusa Ísis, ao fim de longa procura, havia reencontrado e ressuscitado Osíris. Pouco depois da madrugada, o dique que barrava o principal canal que abastecia a cidade foi aberto, e a onda da cheia avançou com fúria; para que se espalhasse sem causar destruição, milhares de estatuetas foram lançadas ao rio. Representavam Hâpy, a força fecundadora do Nilo, simbolizada por um homem de seios pendentes, um tufo de papiros na cabeça e transportando pratos carregados de víveres. Todas as famílias conservariam uma cabaça de louça com água da cheia, cuja presença garantiria a prosperidade.

Havia agitação no palácio; em menos de uma hora seria organizada a procissão que iria até o Nilo, com o Faraó à frente, a fim de realizar um ritual de oferenda. E todos se interrogavam sobre o lugar que ocupariam na hierarquia revelada aos olhos do povo.

CHENAR ANDAVA de um lado para o outro. Interrogou o camareiro pela décima vez:

– O meu pai já confirmou a minha posição?

– Ainda não.

– É insensato! Informe-se junto ao ritualista.

– Será o próprio rei a indicar a ordem à frente da procissão.

– Todos a conhecem!

– Perdoe-me, não sei de mais nada.

Nervoso, Chenar verificou as pregas do seu longo traje de linho e ajustou o colar de três voltas de pérolas de cornalina; teria desejado mais luxo, mas não devia fazer sombra ao pai. Além do mais, verificavam-se os rumores: Sethi tinha intenção de modificar algumas disposições do protocolo, de acordo com a rainha. Mas por que não estava ele a par do segredo também? Se o casal real o mantinha assim de fora, alguma desgraça se perfilava no horizonte. E quem poderia ser o instigador, senão o ambicioso Ramsés?

Chenar tinha certamente feito mal em subestimar o irmão mais novo; aquela serpente não parava de jogar contra ele nos bastidores e acreditava ter-lhe desferido um golpe decisivo, caluniando-o. Touya tinha dado ouvidos às suas mentiras e influenciado o marido.

Sim, esse era o plano de Ramsés: ocupar o primeiro lugar atrás do casal real por ocasião de uma grande cerimônia pública e provar que conseguira ultrapassar o irmão mais velho.

Chenar solicitou audiência à mãe.

Duas secerdotisas acabavam de vestir a grande esposa real, cujo toucado, uma coroa encimada por duas altas plumas, lembrava que ela era a encarnação do sopro da vida que fecundava todo o país. Com a sua presença, a seca seria vencida, e a fecundidade regressaria.

Chenar inclinou-se diante da mãe.

– Por que tanta indecisão a meu respeito?

– De que se queixa?

– Não deveria ser eu a secundar o meu pai durante o ritual das oferendas ao Nilo?

– Ele é quem decide.

– Não está informada da sua decisão?

– Perdeu a confiança no seu pai? Em geral, você é o primeiro a elogiar a sabedoria das suas decisões.

Chenar ficou silencioso, lamentando a sua iniciativa. Sentia-se pouco à vontade diante da mãe; sem agressividade, mas com uma temível precisão, ela trespassava a sua couraça e tocava no ponto certo.

– Continuo a aprová-las, pode ter certeza.

– Nesse caso, por que se inquieta? Sethi agirá da melhor maneira para o interesse do Egito. Não é isso o essencial?

PARA OCUPAR as mãos e o espírito, Ramsés recopiava em papiros uma máxima do sábio Ptah-hotep: "Se és um guia encarregado de dar diretivas a um grande número", preconizava, "procura todas as ocasiões para ser eficiente, de forma que a tua maneira de governar não tenha erros." O príncipe deixava-se penetrar por aquele pensamento, como se o velho autor, à distância de séculos, se dirigisse diretamente a ele.

Dali a menos de uma hora, um ritualista viria buscá-lo e lhe indicaria seu lugar na procissão. Se o seu instinto não o enganava, ocuparia o lugar geralmente reservado a Chenar. A razão queria que Sethi não alterasse a ordem estabelecida; mas por que o protocolo deixava pairar um mistério sobre a hierarquia que seria revelada à imensa multidão amontoada às margens do Nilo? O Faraó preparava um golpe teatral. E esse golpe seria a substituição de Chenar por Ramsés.

Nenhuma lei obrigava o rei a designar o filho mais velho como sucessor, nem era obrigado a escolhê-lo entre os notáveis. Muitos faraós e rainhas tinham pertencido a famílias modestas ou sem contato com a corte; a própria Touya não passava de uma provinciana sem fortuna.

Ramsés relembrava os episódios vividos com o pai; nenhum era obra do acaso. Bruscamente, com tomadas de consciência brutais, Sethi despojara-o das suas ilusões para deixar a descoberto a sua verdadeira natureza. Tal como um leão nascia para ser rei, Ramsés sentia-se nascido para reinar.

Ao contrário do que havia pensado, não dispunha da mínima liberdade: o destino traçava o caminho, e Sethi velava para que ele não se desviasse.

NUMEROSOS ESPECTADORES comprimiam-se na beira da estrada que ia do palácio ao rio; esse dia de festa que marcava o nascimento do novo ano e o regresso da cheia era uma das raras ocasiões em que todos podiam ver o Faraó, a esposa, os filhos e os principais dignitários.

Da janela dos seus aposentos, Chenar observava os curiosos que, dentro de alguns minutos, assistiriam à sua derrota. Sethi sequer lhe concedera a possibilidade de defender a sua causa e demonstrar que Ramsés era incapaz de se tornar rei. Revelando falta de lucidez, o monarca votava por uma decisão arbitrária e injusta.

Muitos cortesãos não estariam de acordo; competia a Chenar saber reuni-los e fomentar uma oposição cuja influência Sethi não pudesse ignorar. Muitos notáveis tinham confiança em Chenar; se Ramsés desse qualquer passo em falso, o irmão mais velho recuperaria rapidamente a supremacia. E se ele não o desse, Chenar se encarregaria de preparar as armadilhas às quais o jovem não escaparia.

O ritualista chefe pediu ao filho mais velho do rei que o seguisse: a procissão estava prestes a iniciar-se.

RAMSÉS SEGUIU o ritualista.

A procissão estendia-se desde a porta do palácio até a saída do bairro dos templos. O príncipe foi conduzido para a parte inicial, onde se encontrava o casal real, precedido pelo encarregado de abrir caminho. Os sacerdotes de crânio raspado, vestidos de branco, viram passar o filho mais novo de Sethi, e o seu porte distinto os surpreendeu. Alguns consideravam-no ainda um adolescente interessado apenas em jogos e divertimentos constantes, destinado a uma existência fácil e apagada.

Ramsés avançou.

Passou por alguns cortesãos influentes e grandes damas com suntuosas indumentárias; o príncipe mais novo aparecia pela primeira vez em público. Não, não tinha sonhado; no próprio dia de ano-novo, o pai ia anunciá-lo para o trono.

Mas o avanço interrompeu-se de repente.

O ritualista pediu-lhe para tomar lugar atrás do grande sacerdote de Ptah, atrás e longe do casal real, atrás e longe de Chenar que, à direita do pai, continuava a apresentar-se como o sucessor designado de Sethi.

18

Durante dois dias, Ramsés recusou-se a comer e não quis falar com ninguém.

Ameni, consciente da imensa decepção do amigo, soube calar-se e permanecer silencioso; como uma sombra, velava pelo príncipe sem o incomodar. É verdade que Ramsés tinha saído do anonimato e figurava a partir de agora entre as personalidades da corte habilitadas a participar dos rituais do Estado, mas o lugar que lhe fora atribuído fazia dele um simples figurante. Chenar continuava a ser o herdeiro da coroa.

O cão amarelo-dourado, de orelhas penduradas, compreendeu a tristeza do seu dono e não lhe solicitou nem passeios nem brincadeiras. Graças a ele, o príncipe saiu da prisão onde se encerrara; ao dar de comer a Vigilante, resolveu finalmente tomar a refeição que o seu secretário particular lhe oferecia.

– Sou um imbecil e um vaidoso, Ameni. O meu pai deu-me uma boa lição.

– De que serve se torturar?

– Julgava-me menos estúpido.

– Será o poder assim tão importante?

– O poder não, mas realizarmos a nossa verdadeira natureza, sim! E eu estava convencido de que a minha verdadeira natureza exigia reinar. Meu pai me afastava do trono, e eu, completamente cego.

– Vai aceitar o seu destino?

– Ainda terei algum?

Ameni receava uma loucura. O desespero de Ramsés era tão profundo que podia arrastá-lo para uma aventura insensata em que acabaria por se destruir. Apenas o tempo atenuaria a sua decepção, mas a paciência era uma virtude que o príncipe ignorava.

– Sary convidou-nos para uma pescaria – murmurou Ameni. – Aceita essa distração?

– Como quiser.

O jovem escriba dissimulou o seu impulso de alegria; se Ramsés saboreasse de novo os prazeres cotidianos, em breve estaria curado.

O EX-PRECEPTOR de Ramsés e a esposa haviam reunido brilhantes representantes da juventude culta para iniciá-los no sutil prazer da pesca com linha, num lago onde abundavam peixes criados em viveiros. Cada participante dispunha de uma tripeça e de uma vara de pesca de madeira de acácia; o mais hábil seria proclamado vencedor do concurso e ganharia um esplêndido papiro relatando as aventuras de Sinouhe, um romance clássico que gerações de letrados haviam apreciado.

Ramsés deu o seu lugar a Ameni, que apreciou bastante aquela distração inédita. Como podia ele compreender que nem a sua amizade nem o amor por Iset a Bela conseguia apagar o fogo que lhe devorava a alma? O tempo não faria mais do que atiçar aquela chama insaciável à qual tinha que oferecer alimento. O que quer que dissesse o seu destino, não aceitaria uma vida medíocre. Apenas dois seres o fascinavam: o pai, o rei, e a mãe, a rainha. Era a visão que ele teria querido partilhar, e nenhuma outra.

Afetuosamente, Sary pousou a mão no ombro do seu antigo aluno.

– Este jogo lhe aborrece?

– A sua recepção está muito boa.

– A sua presença garante o êxito.

– Está se tornando irônico?

– Não é essa a minha idéia. A sua posição está agora bem definida, e muitos cortesãos o acharam soberbo por ocasião do cortejo.

– O jovial Sary pareceu-lhe sincero e o foi arrastando para um quiosque onde serviam cerveja fresca.

– A sua função de escriba real é a mais invejável possível – declarou com entusiasmo. – Você conquista a confiança do rei, tem acesso aos tesouros e aos celeiros, recebe uma bela parte das oferendas depois de terem sido consagradas no templo, anda bem vestido, possui cavalos e um barco, vive numa bela *villa*, recebe os rendimentos dos seus campos e há zelosos servidores que se preocupam com o seu bem-estar. Seus braços não se cansam, as mãos permanecem macias e brancas, as suas costas são vigorosas, não carrega pesadas cargas, não maneja nem a enxada nem a picareta, escapa às tarefas pesadas, e suas ordens são executadas com rapidez. A sua prancheta, os seus cálamos e o seu rolo de papiro lhe garantem prosperidade e fazem de você um homem rico e respeitado. E a glória? – você me pergunta. Mas você a terá! Os contemporâneos dos sábios escribas caíram no esquecimento, enquanto a posteridade entoa louvores aos que escreveram.

– Seja escriba – recitou Ramsés com uma voz neutra – porque um livro é mais duradouro do que uma estela ou uma pirâmide; preservará o teu nome melhor do que qualquer construção. Como herdeiros, os escribas têm os seus livros de sabedoria; os sacerdotes que celebram seus rituais funerários são seus escritos. O seu filho é a prancheta sobre a qual escrevem, e a pedra coberta de hieróglifos a sua esposa. Os edifícios mais resistentes desmoronam e desaparecem, mas a obra dos escribas atravessa gerações.

– Esplêndido! – exclamou Sary. – Não perdeu uma migalha do que lhe ensinei.

– É o ensinamento dos nossos pais.

– Claro, claro... Mas fui eu que lhe transmiti.

– Presto-lhe as minhas homenagens.

– Estou cada vez mais orgulhoso de você! Seja um bom escriba real e não sonhe com mais nada.

Os outros convidados exigiram as atenções do dono da casa. As pessoas conversavam, bebiam, pescavam com linha, trocavam falsas confidências, e Ramsés aborrecia-se, estranho àquele pequeno mundo satisfeito com sua mediocridade e seus privilégios.

A irmã mais velha agarrou-o ternamente pelo braço.

– Está feliz? – perguntou Dolente.

– Não está evidente?

– Estou bonita?

Afastou-a um pouco e a olhou. O vestido era bastante exótico, com um excesso de cores vivas, a peruca demasiado complicada, mas parecia menos cansada do que habitualmente.

– Está uma perfeita dona-de-casa.

– Um cumprimento vindo de você... É tão raro!

– Portanto, mais precioso ainda.

– A sua apresentação foi muito elogiada por ocasião do ritual de oferendas ao Nilo.

– Permaneci imóvel e não pronunciei uma palavra.

– Justamente... Uma excelente surpresa! A corte previra outra reação.

– Qual?

No olhar vivo de Dolente passou um brilho mau.

– Um protesto... Talvez mesmo uma agressão Quando você não consegue o que quer, mostra-se geralmente muito mais violento. Será que o leão se transformou em cordeiro?

Ramsés apertou os punhos para não esbofeteá-la.

– E você sabe o que eu desejo, Dolente?

– Aquilo que possui o seu irmão e que você nunca terá.

– Engana-se, não sou invejoso. Procuro a minha verdade e nada mais.

– Chegou o tempo das férias, e Mênfis torna-se sufocante; nós vamos para a nossa casa do Delta. Venha conosco, a família reúne-se tão raras vezes! Você nos ensinará a andar de barco, nadaremos e pescaremos grandes peixes.

– A minha função...

– Venha, Ramsés! Visto que atualmente tudo está esclarecido, preste atenção aos que lhe são próximos e aproveite o seu afeto.

O vencedor do concurso de pesca com linha deu um grito de alegria; a dona da casa foi obrigada a ir felicitá-lo, ao mesmo tempo em que o marido lhe entregava o papiro relatando as aventuras de Sinouhe.

Ramsés fez um sinal a Ameni.

– A minha linha partiu-se – confessou o jovem escriba.

– Vamos embora.

– Já?

– O jogo acabou, Ameni.

Chenar, suntuosamente vestido, dirigiu-se a Ramsés.

– Lamento chegar tão tarde, não pude admirar a sua técnica.

– Ameni substituiu-me.

– Fadiga passageira?

– Tire as conclusões que quiser.

– Muito bem, Ramsés, cada dia você toma mais consciência dos seus limites. No entanto, esperava um agradecimento.

– Por quê?

– Você só foi admitido naquela magnífica procissão graças à minha intervenção. Sethi queria deixá-lo de fora. Receava, com razão, um comportamento impróprio. Felizmente, você se portou muito bem. Continue assim e nos manteremos em boas relações.

Seguido por uma corte de zeladores, Chenar afastou-se. Sary e a esposa inclinaram-se diante dele, encantados com a sua presença inesperada.

RAMSÉS ACARICIAVA a cabeça do cão; em perfeito êxtase, Vigilante fechava os olhos. O príncipe contemplava as estrelas circumpolares, consideradas imortais; segundo os sábios, formavam no Além o coração do Faraó ressuscitado, uma vez que ele havia sido reconhecido como a "voz da justiça" pelo tribunal divino.

Nua, Iset a Bela pendurou-se em seu pescoço.

– Esqueça um pouco esse cão... Vou acabar tendo ciúmes dele. Faz amor comigo e me abandona!

– Você adormeceu, e eu não tinha sono.

– Se me beijar, vou lhe revelar um segredinho.

– Detesto a chantagem.

– Consegui fazer-me convidar pela sua irmã mais velha; assim estará menos só com a sua querida família e daremos razão aos boatos segundo os quais já somos casados.

Tornou-se tão meiga e felina que o príncipe não pôde ignorar as suas carícias; tomou-a nos braços, atravessou a varanda, depositou-a sobre a cama e deitou-se sobre ela.

AMENI ESTAVA contente: Ramsés reencontrara o seu feroz apetite.

– Está tudo pronto para a partida – anunciou orgulhosamente. – Verifiquei eu próprio as bagagens. Estas férias vão nos fazer bem.

– Você bem que a merece. Vai dormir muito?

– Quando começo um trabalho, não consigo parar.

– Na casa da minha irmã não terá que fazer nada.

– Receio que não; a sua posição implica o conhecimento de numerosos dossiês e...

– Ameni! Você ainda sabe se distrair?

– Tal patrão, tal servidor.

 Ramsés agarrou-o pelos ombros.

– Você não é meu servidor, mas meu amigo. Siga o meu conselho: repouse alguns dias.

– Vou tentar, mas...

– Alguma preocupação?

– Aqueles blocos de tinta falsificados, aquela fábrica suspeita... Quero saber a verdade.

– Estará ao nosso alcance?

– Nem o Egito nem nós mesmos podemos tolerar semelhante fraude.

– Terá a cobertura de um homem do Estado?

– Você pensa como eu. Tenho certeza.

– Pedi à minha mãe que nos ajudasse.

– É... é maravilhoso.

– Até o momento, nenhum resultado.

– Haveremos de conseguir.

– Estou pouco me importando com esses blocos de tinta ou com essa fábrica, mas quero ter à minha frente o homem que tentou lhe matar e o que deu a ordem.

A determinação de Ramsés fez estremecer o seu secretário particular.

– A minha memória é fiel, Ameni.

SARY TINHA fretado um elegante barco, onde cerca de trinta pessoas podiam se acomodar à vontade. Deliciava-se com a idéia de navegar no verdadeiro mar formado pela inundação e chegar a uma confortável residência situada no topo de uma colina, rodeada de palmeiras. Ali, o calor seria mais suportável e os dias passariam, preguiçosos e encantadores.

O capitão estava com pressa de partir; a guarda fluvial acabava de dar-lhe autorização para sair do porto. Se falhasse na sua vez, teriam que esperar duas ou três horas.

– Ramsés está atrasado – lamentou a irmã mais velha.

– No entanto, Iset a Bela já está a bordo – fez notar Sary.

– E as suas bagagens?

– Embarcaram de madrugada, antes da canícula.

Dolente bateu os pés.

– Aí vem o seu secretário!

Ameni corria, parando de vez em quando; pouco habituado a esse tipo de exercício, teve que tomar fôlego antes de falar.

– Ramsés desapareceu - revelou.

19

Acompanhado por um cão amarelo-dourado de orelhas caídas, o viajante transportava nos ombros uma esteira enrolada, presa por uma correia; na mão esquerda levava um saco de cabedal com uma tanga e sandálias, e na direita um cajado. Quando parava para repousar, estendia a esteira à sombra de uma árvore e adormecia, sob a proteção do fiel companheiro.

O príncipe Ramsés fizera a primeira parte da viagem de barco e a segunda a pé. Infiltrando-se pelos caminhos estreitos traçados sobre as colinas emersas, atravessara muitas aldeias e restaurara as forças com os camponeses. Cansado da cidade, descobria um mundo sereno, eternamente semelhante a si próprio, vivendo ao ritmo das estações e das festas.

Ramsés não avisara a Ameni, nem a Iset a Bela; desejava viajar só, como qualquer egípcio que partisse de visita aos membros da sua família ou se dirigisse para um dos muitos canteiros de obras abertos no período da cheia.

Entre algumas povoações, tinha recorrido a um barqueiro que transportava pobres e aqueles que não tinham barco, mesmo rudimentar; sobre a gigantesca toalha de água cruzavam-se dezenas de embarcações de diversos tamanhos, algumas carregadas de crianças que, à força de gesticularem, caíam na água e se lançavam em corridas desenfreadas.

O tempo do repouso, das brincadeiras e das viagens... Ramsés detectava a respiração do povo do Egito, a sua alegria forte e serena, baseada na confiança que depositava no Faraó. Aqui e acolá ouvia falar de Sethi com respeito e admiração; o filho sentiu orgulho e jurou a si mesmo ser digno dele, mesmo que continuasse a ser um simples escriba real, um encarregado de controlar a entrada de cereais ou fazer o registro dos decretos.

À entrada de Fayum, província verdejante onde reinava Sobek, o deus-crocodilo, o harém real de Mer-Our, "o grande amor", estendia-se por vários hectares cultivados por jardineiros de elite. Uma rede de canais sabiamente traçada percorria o vasto domínio que alguns consideravam o mais belo do Egito, onde nobres damas de idade gozavam de uma modelagem tranqüila, admirando as lindíssimas jovens admitidas para o trabalho nos ateliês de tecelagem e nas escolas de poesia, música e dança. Especialistas em esmaltes aperfeiçoavam a sua técnica ao lado das criadoras de jóias. Verdadeira colméia, o harém zumbia com tantas atividades.

Antes de se apresentar à porta de entrada do domínio, Ramsés mudou de tanga, calçou as sandálias e sacudiu a poeira do cão. Considerando-se apresentável, abordou um dos guardas de aspecto desagradável.

– Venho ver um amigo.

– Onde está a sua carta de apresentação, meu rapaz?

– Não preciso.

O guarda esticou o pescoço.

– E qual a razão dessa pretensão?

– Sou o príncipe Ramsés, filho de Sethi.

– Está troçando de mim! Um filho de rei desloca-se com escolta.

– O meu cão me basta.

– Siga o seu caminho, rapaz, pois já não estou gostando da brincadeira.

– Ordeno-lhe que se afaste.

A firmeza da voz e o olhar penetrante surpreenderam o guarda.

"Deveria repelir aquele impostor ou tomar qualquer precaução", pensou Ramsés.

– Como se chama o seu amigo?

– Moisés.

– Espere aqui.

Vigilante sentou-se sobre as patas traseiras, à sombra de um alpendre. O ar estava perfumado, centenas de aves faziam ninho nas árvores do harém – poderia a vida ser mais agradável?

– Ramsés!

Empurrando o guarda, Moisés correu para Ramsés; os dois amigos abraçaram-se e depois entraram pela porta, seguidos de Vigilante, que não sabia para onde virar o focinho, por lhe parecerem agradáveis os odores vindos da cozinha do posto da guarda.

Moisés e Ramsés entraram por uma alameda empedrada, que serpenteava por entre os sicômoros e terminava em um espelho de água onde abundavam os lótus brancos de largas folhas espalmadas, e sentaram-se num banco formado por três blocos de calcário.

– Que agradável surpresa, Ramsés! Você foi nomeado para cá?

– Não, apenas tive vontade de voltar a vê-lo.

– Veio só, sem escolta?

– Está chocado?

– É mesmo coisa sua! O que fez, desde que o nosso pequeno grupo se desmembrou?

– Tornei-me escriba real e convenci-me de que meu pai me tinha escolhido como seu sucessor.

– Com o consentimento de Chenar?

– Não passava de um sonho, claro, mas eu sou teimoso. Quando meu pai me renegou publicamente, a ilusão dissipou-se, mas...

– Mas...

– Mas uma força, essa mesma força que me fez ultrapassar as minhas aptidões, continua a animar-me. O que me incomoda é a idéia de esmorecer como um inútil. O que devemos fazer da nossa vida, Moisés?

– Tem razão, essa é a única pergunta que importa.

– E como a responde?

– Tão mal como você. Sou um dos assistentes do chefe desse harém, trabalho num ateliê de tecelagem, controlo o trabalho dos oleiros, disponho de uma casa de cinco divisões, de um jardim e de boa alimentação. Graças à biblioteca do harém, aqui estou eu, o hebreu, instruído em toda a sabedoria dos egípcios! O que posso desejar de melhor?

– Uma mulher bonita.

Moisés sorriu.

– Não faltam aqui. Já se apaixonou?

– Talvez.

– Por quem?

– Iset a Bela.

– Digna de um rei, dizem; já está me fazendo inveja... Mas por que diz "talvez"?

– Ela é maravilhosa, entendemo-nos maravilhosamente, mas não sou capaz de afirmar se a amo. Imaginava o amor de outra maneira, mais intenso, mais louco, mais...

– Não se torture e saboreie o momento presente: não é esse o conselho dos harpistas que deliciam os nossos ouvidos durante os banquetes?

– E você, encontrou o amor?

– Sim, muitos amores... Mas nenhum me satisfaz. Também sinto queimar-me um fogo a que não sei dar nome. O que será melhor: esquecê-lo ou fazê-lo crescer?

– Não temos possibilidade de escolha, Moisés; se fugirmos, vamos sumir como sombras nefastas.

– Você pensa que este é um mundo de luz?

– A luz *está* neste mundo.

Moisés ergueu os olhos para o céu.

– Ela não se oculta no coração do sol?

Ramsés obrigou o amigo a baixar os olhos.

– Não o olhe de frente ou ele o cegará.

– Ainda hei de descobrir o que está oculto.

Um grito de terror interrompeu o diálogo; numa aléia paralela, duas tecelãs fugiam a toda velocidade.

– É a minha vez de surpreendê-lo – disse Moisés. – Vamos castigar o demônio que assusta essas infelizes.

O causador dos problemas não tentara sumir; com um joelho no chão, apanhava um réptil de um verde-escuro muito bonito e o metia-o num saco.

– Setaou!

O especialista em serpentes não manifestou a mínima emoção. Como Ramsés se admirasse por vê-lo ali, explicou que a venda de veneno ao laboratório do harém garantia a sua independência; além disso, a perspectiva de passar alguns dias na companhia de Moisés dava-lhe grande satisfação. Como nem um nem outro se preocupavam com regras morais muito rigorosas, levariam uma bela vida, até que seus caminhos se separassem de novo.

– Ensinei a Moisés alguns rudimentos da minha arte. Feche os olhos, Ramsés.

Quando o príncipe recebeu o sinal para abri-los, Moisés, bem firme nas pernas, segurava na mão direita uma vara castanho-escura muito fina.

– Não é uma grande façanha.

– Olhe melhor – reconheceu Setaou.

A vara animou-se e ondulou; Moisés então deixou cair no chão uma serpente de bom tamanho que Setaou recuperou imediatamente.

– Não é um lindo passo de magia natural? Um pouco de sangue-frio e é possível surpreender a qualquer pessoa, mesmo o filho de um rei!

– Muito bem, ensine-me a manejar esse tipo de cajado.

– Por que não?

Os três amigos isolaram-se num pomar onde Setaou iria educar os seus companheiros: manipular um réptil vivo exigia habilidade e precisão.

ALGUMAS JOVENS ensaiavam uma dança bem acrobática; envergando uma tanga estreita e semilonga, presa por tiras cruzadas no peito e nas costas, os cabelos erguidos para o alto atrás da cabeça num rabo-de-cavalo em cuja ponta estava presa uma pequena bola de madeira, lançavam-se em movimentos complicados, realizados com perfeita noção de conjunto.

Ramsés observava o espetáculo graças à cumplicidade de Moisés, muito apreciado pelas dançarinas, mas cuja disposição se tornava cada vez mais sombria. Setaou não partilhava dos tormentos dos dois amigos; o convívio assíduo com as serpentes, que podiam causar uma morte súbita e sem apelo, dava suficiente sentido à sua vida. Moisés teria gostado de viver uma paixão como aquela, mas continuava prisioneiro de uma rede de tarefas administrativas que, aliás, executava com rigor tão perfeito que parecia lhe estar destinada em pouco tempo a direção de um harém.

– Um dia – prometeu a Ramsés – abandonarei isso tudo.

– Que quer dizer?

– Eu mesmo não sei, mas esta vida é cada vez mais insuportável para mim.

– Partiremos juntos.

Uma dançarina de corpo perfumado roçou pelos dois amigos sem conseguir alegrá-los. Quando a demonstração terminou, deixaram-se, no entanto, convencer a participar de uma conversa com as jovens, sentadas junto ao lago de águas azuladas. O príncipe Ramsés teve que responder a diversas perguntas sobre a corte, a sua função de escriba real e os futuros projetos; grosseiro, quase áspero, mostrou-se evasivo. Decepcionadas, suas interlocutoras renderam-se a um concurso de citações poéticas, provando assim a sua vasta cultura.

Ramsés notou que uma delas permanecia silenciosa; mais jovem do que as companheiras, cabelos muito negros e brilhantes, olhos verde-azulados, era encantadora.

– Como se chama ela? – perguntou a Moisés.

– Nefertari.

– Por que aquela timidez?

– Veio de uma família modesta e acaba de entrar no harém; foi notada por causa das suas qualidades de tecelã. Conquistou o primeiro lugar do seu grupo em todas as matérias; as filhas de famílias ricas não a perdoam.

Novamente, diversas dançarinas tentaram chamar a atenção do príncipe Ramsés; havia boatos de um casamento com Iset a Bela, mas não era o coração de um filho de rei maior do que o dos outros homens? O príncipe não ligou para as provocações e foi sentar-se perto de Nefertari.

– A minha presença a incomoda?

A agressividade da pergunta desarmou-a; ergueu olhos inquietos para Ramsés.

– Desculpe a minha impertinência, mas vejo-a tão sozinha...

– É que... estava pensando.

– Que preocupação ocupa o seu espírito?

– Temos que escolher uma das máximas do sábio Ptah-hotep e comentá-la.

– Venero esse texto. Qual deles irá escolher?

– Ainda estou em dúvida.

– A que trabalho foi destinada, Nefertari?

– À arte floral. Gostaria de compor ramos para os deuses e permanecer no templo o máximo de tempo possível ao longo do ano.

– Não é uma vida austera?

– Gosto da meditação; é nela que encontro a minha força. Não está escrito que o silêncio faz crescer a alma como uma árvore em flor?

A vigilante das dançarinas pediu-lhes que se reunissem e fossem mudar de roupa antes de se dirigirem para a aula de gramática. Nefertari levantou-se.

– Um momento... Aceita fazer-me um favor?

– A vigilante é severa e não admite nenhum atraso.

– Que máxima irá escolher?

O sorriso da jovem teria acalmado o guerreiro mais exaltado.

– "Uma palavra perfeita está mais oculta que a pedra verde; no entanto, pode encontrar-se junto dos servos que trabalham na mó."

E afastou-se rapidamente, aérea, luminosa.

20

Ramsés ficou uma semana no harém de Mer-Our, mas não teve oportunidade de tornar a ver Nefertari. Moisés, sobrecarregado de trabalho pelo seu superior hierárquico, que se aproveitava da sua rapidez de execução, pouco tempo pôde dedicar ao amigo. No entanto, encontraram nos seus diálogos uma força nova e prometeram mutuamente não mergulhar no sono da consciência.

Em breve a presença do filho mais novo de Sethi se transformou num acontecimento; nobres damas mais maduras insistiram em conversar com ele e algumas quase o sufocaram com suas recordações e conselhos. Muitos artesãos e funcionários solicitaram a sua benevolência. O diretor do estabelecimento não cessava de lhe coneceder grande atenção, para que ele falasse ao pai da sua gestão perfeita. Conseguir esconder-se num jardim para ler em paz os escritos dos Antigos tornou-se uma verdadeira proeza. Ao sentir-se prisioneiro naquele paraíso, o príncipe agarrou o seu saco de viagem, a sua esteira e o seu cajado, e abandonou o local sem avisar ninguém – Moisés compreenderia.

Vigilante havia engordado; alguns dias de caminhada, e ele voltaria à boa forma.

O CHEFE da segurança do palácio estava esgotado. Nunca, ao longo da sua carreira, tinha trabalhado tanto, correndo de um lado para o outro, convocando dezenas de responsáveis, insistindo em verificar todo e qualquer detalhe, recomeçando os interrogatórios e ameaçando seus interlocutores com terríveis punições.

Tinham bloqueado as investigações, ou a máquina administrativa havia emperrado por si própria? Estava difícil de descobrir. Bem que tinham tentado exercer algumas pressões sobre o alto funcionário, mas ele não conseguira determinar a sua origem, e a rainha assustava-o mais do que qualquer cortesão, por mais enfezado que ele fosse.

Quando teve a certeza de ter esgotado as suas possibilidades e de não poder avançar mais, apresentou-se a Touya.

– Posso garantir a Vossa Majestade a minha inteira dedicação.

– É a sua eficácia que me interessa.

– Tinha-me pedido, majestade, para descobrir a verdade, fosse ela qual fosse.

– Exatamente.

– Vossa Majestade deveria ficar decepcionada porque...

– Deixe o julgamento para mim e vamos aos fatos.

O chefe da segurança hesitou.

– Devo dizer que a minha responsabilidade...

O olhar da rainha o impediu de concluir a sua própria justificativa.

– A verdade, majestade, é por vezes difícil de se ouvir.

– Estou ouvindo.

O homem engoliu a seco.

– Pois bem, anuncio-vos duas catástrofes.

AMENI RECOPIAVA cuidadosamente os decretos dos quais todo escriba real devia tomar conhecimento. Embora a falta de confiança de Ramsés o tivesse magoado, sabia que o príncipe regressaria. Continuava, portanto, o seu trabalho de secretário particular como se nada tivesse acontecido.

Quando Vigilante saltou para seus joelhos e lambeu suas faces com a língua doce e úmida, Ameni esqueceu as censuras e saudou a volta de Ramsés com entusiasmo.

– Estava certo de que encontraria o seu gabinete vazio – confessou o príncipe.

– E quem teria mantido os dossiês em dia?

– No seu lugar, eu não aceitaria um abandono assim.

– Mas você está no seu, e eu no meu. Os deuses assim o quiseram, e sinto-me satisfeito.

– Desculpe-me, Ameni.

– Jurei-lhe ser fiel e manterei a minha palavra, caso contrário os demônios dos infernos me cortarão o pescoço! Como pode constatar, estou agindo egoisticamente. Fez uma viagem agradável?

Ramsés falou-lhe do harém, de Moisés e de Setaou, mas omitiu o breve encontro com Nefertari. Um momento de graça que a sua memória guardaria como uma jóia.

– Chegou no momento exato – revelou Ameni. – A rainha quer vê-lo o mais depressa possível, e Acha convidou-nos para jantar.

ACHA RECEBEU Ramsés e Ameni na residência oficial que o Ministério dos Negócios Estrangeiros acabava de lhe atribuir no centro da cidade, pouco distante do departamento administrativo de que ele dependia. Apesar da pouca idade, parecia já um diplomata experiente, com maneiras delicadas e tom conciliador. Preocupado com a sua apresentação, seguia a última moda menfita, mistura de classicismo nas formas e exuberância nas cores. À sua inata elegância aliava-se agora uma descontração que Ramsés não conhecia. Era evidente que Acha encontrara o caminho certo.

– Parece satisfeito com a sua sorte – notou Ramsés.

– Fui bem orientado, e a sorte sorriu-me. O meu relatório sobre a guerra de Tróia foi considerado o mais exato.

 – De que trata, afinal?

– A derrota dos troianos é inevitável. Contrariamente àqueles que acreditam na clemência de Agamenon, prevejo um massacre e a destruição da cidade. No entanto, não interviremos; o Egito não tem nada a ver com aquele conflito.

– Manter a paz é o maior desejo de Sethi.

– É precisamente por isso que ele está tão preocupado.

Ramsés e Ameni fizeram a mesma pergunta angustiada ao mesmo tempo:

– Receia um conflito?

– Os hititas começaram a se agitar.

Logo no primeiro ano de seu reinado, Sethi tivera que enfrentar uma revolta dos beduínos. Incitados pelos hititas, invadiram a Palestina e proclamaram um reino independente, onde, de imediato, as facções tinham começado a matar-se umas às outras. Restabelecida a paz, o Faraó partira em campanha a fim de pacificar Canaan, anexar o sul da Síria e controlar os portos fenícios. No terceiro ano do reinado, todos tinham acreditado num choque frontal com as forças hititas, mas os exércitos, frente a frente, tinham acampado nas suas posições antes de regressarem às bases da retaguarda.

– O que sabe de concreto? – perguntou Ramsés.

– São informações confidenciais; embora seja escriba real, você não pertence aos serviços diplomáticos.

Com o indicador direito, Acha alisou o bigodinho impecavelmente cortado. Ramsés perguntou a si mesmo se ele estava falando sério, mas um brilho de ironia nos olhos do amigo acalmou-o.

– Os hititas fomentam perturbações na Síria. Alguns príncipes fenícios, em troca de uma confortável retribuição, estão prontos a ajudá-los. Os conselheiros militares do rei preconizam uma intervenção rápida e, de acordo com as últimas informações, Sethi a considera indispensável.

– Você fará parte da expedição?

– Não.

– Já caiu em desgraça?

– Não exatamente.

O delicado rosto de Acha crispou-se ligeiramente, como se as perguntas de Ramsés lhe parecessem inconvenientes.

– Confiaram-me outra missão.

– Do que se trata?

– Desta vez, sou mesmo obrigado a controlar a língua.

– Uma missão secreta! – exclamou Ameni. – Fascinante, mas... perigosa.

– Estou a serviço do Estado.

– Não pode realmente nos contar nada?

– Parto para o sul e não me perguntem mais nada.

VIGILANTE APRECIAVA satisfeito o privilégio concedido: uma copiosa refeição servida no jardim da rainha. Touya, divertida, recebera manifestações de ternura, expressas por uma língua adequadamente afetuosa. Impaciente, Ramsés mordia uma hastezinha.

– Você tem um bom cão, meu filho; é uma grande felicidade. Aprecie-a.

– Queria ver-me, aqui estou.

– Como decorreu a sua estada no harém de Mer-Our?

– Você sempre sabe tudo!

– Não é meu dever ajudar o Faraó a reinar?

– E as investigações?

– O chefe da segurança mostrou-se mais eficaz do que eu supunha. Avançamos, mas as notícias não são excelentes. O carreiro que levou você para uma cilada foi encontrado, mas estava morto. O cadáver jazia numa propriedade abandonada, ao sul de Mênfis.

– Como ele chegou até lá?

– Não há nenhum testemunho concreto. Quanto à fábrica de blocos de tinta, é impossível identificar-lhe o proprietário: o papiro com o nome dele foi destruído no serviço de arquivos.

– Somente um notável poderia cometer semelhante delito!

– Tem razão. Um notável suficientemente rico e poderoso para comprar cumplicidades.

– Essa corrupção enoja-me... Não podemos ficar por aqui.

– Supõe-me covarde?

– Minha mãe!

– Agrada-me a sua revolta; nunca aceite a injustiça.

– Como poderemos agir agora?

– O chefe da segurança não é capaz de ir mais longe. Daqui em diante eu me encarrego do caso.

– Estou à sua disposição. Ordene, e eu obedecerei.

– Estaria disposto a um sacrifício desses para obter a verdade?

O sorriso da rainha era simultaneamente sarcástico e terno.

– Eu sequer sou capaz de descobrir o que tenho dentro de mim.

Ramsés não se atreveu a fazer mais confidências para não tornar-se ridículo aos olhos de Touya.

– Um verdadeiro homem não se contenta em esperar: age!

– Mesmo quando o destino lhe é adverso?

– Compete-lhe então modificá-lo; se não é capaz, contente-se com a sua própria mediocridade e não acuse outros da sua pouca sorte.

– Supõe que seja Chenar o mentor que tentou me eliminar.

Uma expressão de tristeza vincou o rosto da rainha.

– É uma acusação terrível.

– A suspeita também a atingiu?

– Vocês são meus dois filhos e amo os dois. Mesmo não tendo o mesmo caráter, mesmo se a sua ambição é declarada, como pode admitir que seu irmão seja tão vil?

Ramsés ficou perturbado; o seu desejo de reinar o teria deixado cego a ponto de imaginar uma conspiração mais sinistra do que aquela?

– O meu amigo Acha receia que a paz esteja ameaçada.

– Está bem informado.

– O meu pai está decidido a combater os hititas?

– A situação o obriga a isso.

– Quero partir com ele e lutar pelo meu país.

21

Na aléia do palácio reservada a Chenar, os empregados e o corpo de funcionários estavam de mau humor. Encostavam-se pelas paredes e realizavam o seu trabalho levando apenas em conta o que lhes era pedido; nem risos nem conversas alteravam aquela atmosfera pesada.

A notícia tinha caído como uma bomba no princípio da manhã: mobilização imediata de dois regimentos de elite para uma intervenção urgente. Em suma, a guerra contra os hititas! Chenar estava aterrado; aquela reação violenta comprometia a política comercial que começara a desenvolver e da qual em breve colheria os primeiros frutos.

Aquele estúpido confronto iria criar um sentimento de insegurança, prejudicial às transações; como muitos dos seus predecessores, Sethi ia enfiar-se num atoleiro. Sempre aquela moral ultrapassada, aquele desejo de preservar o território egípcio, de afirmar a grandeza de uma civilização desperdiçando uma energia que poderia ser tão útil em outras coisas! Chenar não tivera tempo de destruir a reputação dos conselheiros militares do rei nem de provar sua ingenuidade; esses cabos-de-guerra só pensavam em inventar uma, tomando-se por conquistadores perante os quais todos os povos deviam se inclinar. Se a expedição fosse um desastre, Chenar prometia a si mesmo expulsar esses incapazes do palácio.

Quem dirigiria o país durante a ausência do Faraó, do seu primeiro-ministro e do general-chefe? A rainha Touya, é evidente. Mesmo sendo as suas entrevistas com Chenar cada vez mais espaçadas e muitas vezes azedas, a rainha sentia pelo filho mais velho um afeto verdadeiro. Chegara, porém, a hora de terem uma conversa franca e clara; não só Touya havia de compreendê-lo, como poderia influenciar Sethi a manter a paz. Insistiu, portanto, cm vê-la o mais rapidamente possível, apesar da sua sobrecarregada utilização do tempo.

Touya recebeu-o no meio da tarde, na sala de audiência.

– Que ambiente tão solene, minha mãe!

– Aposto que o que pretende não é de caráter privado.

– Adivinhou, como de hábito. De onde provém esse sexto sentido?

– Um filho não deve lisonjear a mãe.

– Não lhe agrada a guerra, não é verdade?

– E a quem agrada?

– A decisão do meu pai não é um tanto apressada?

– Considerá-lo capaz de agir sob a ação de um impulso?

– Claro que não, mas as circunstâncias... os hititas...

– Aprecia os belos trajes?

Chenar ficou confuso.

– Com certeza, mas...

– Venha comigo.

Touya levou o filho mais velho a uma sala anexa. Lá, havia sobre uma mesa baixa uma peruca comprida com madeixas onduladas, uma camisa de mangas largas, uma longa saia plissada ornada de franjas e uma echarpe cruzada que passaria nos quadris e prenderia a indumentária à cintura.

– Esplêndido, não acha?

– Um trabalho admirável.

– Essa indumentária é destinada a você. O seu pai o escolheu como porta-insígnias à sua direita, para a próxima campanha da Síria.

Chenar empalideceu.

O porta-insígnias, à direita do rei, empunharia um bastão encimado por uma cabeça de carneiro, um dos símbolos de Amon, o deus das vitórias – o filho mais velho do Faraó iria assim para a campanha com o pai e estaria na primeira fila do combate.

RAMSÉS ESTAVA impaciente.

Por que Ameni tardava tanto em trazer o decreto que mencionaria as principais personalidades do palácio que Sethi levaria consigo? O príncipe estava ansioso para saber para que cargo fora nomeado. Pouco lhe importava o título pomposo que lhe seria atribuído, pois o essencial seria combater.

– Até que enfim! Então, é essa a lista?

Ameni baixou a cabeça.

– Por que está tão aborrecido?

– Leia.

Por decreto real, Chenar era nomeado porta-insígnias à direita do Faraó; quanto ao nome de Ramsés, sequer fora mencionado.

TODAS AS casernas de Mênfis estavam em pé de guerra. A partir do dia seguinte, a infantaria e os carros tomariam o caminho da Síria, sob o comando do próprio rei.

Ramsés passou o dia no pátio da caserna principal; quando o pai saiu do conselho de guerra, ao cair da noite, atreveu-se a abordá-lo.

– Posso lhe dirigir uma súplica?

– Estou ouvindo-o.

– Desejo partir com você.

– O meu decreto é definitivo.

– Não me interessa ser oficial, apenas desejo combater o inimigo.

– Por isso, a minha decisão foi correta.

– Eu... eu não compreendo!

– Um desejo inverossímil não passa de futilidade; para combater um inimigo é preciso ter aptidão para fazê-lo. Não é o seu caso, Ramsés.

UMA VEZ superadas a cólera e a decepção, Chenar não ficou descontente com a sua nova função, à qual juntava-se uma enfiada de honrarias; em suma, era impossível ser herdeiro do trono sem ter evidenciado qualidades de guerreiro. Desde a era dos primeiros reis de Tebas, o rei devia provar a sua capacidade de preservar a integridade do território e repelir os invasores. Chenar vergava-se a uma tradição deplorável, mas essencial, aos olhos do povo, e quase lhe pareceu divertida quando cruzou o seu olhar com o olhar irritado de Ramsés, à passagem da guarda avançada de que o porta-insígnias fazia parte.

A partida do exército para a campanha, como qualquer acontecimento fora do vulgar, era acompanhada de uma festa. A população beneficiava-se de um dia transformado em feriado e não deixava de afogar as suas preocupações em cerveja. Mas quem duvidava da vitória de Sethi?

Apesar do seu triunfo pessoal, Chenar não deixava de sentir uma certa angústia; num combate, o melhor soldado pode sofrer um mau golpe. Imaginar-se ferido, diminuído ou impotente apertava-lhe o coração; na frente, pensaria sobretudo em se resguardar, deixando as tarefas perigosas aos especialistas.

Uma vez mais a sorte ser-lhe-ia favorável; durante a campanha, teria ocasião de conversar com o pai e de esboçar o seu futuro. Essa perspectiva merecia bem um esforço, embora ver-se afastado do conforto do palácio fosse uma rude provação.

A decepção de Ramsés era um excelente estimulante.

O CONTINGENTE de provincianos desagradava Bakhen. Quando surgia a ameaça de uma guerra, eram formados futuros soldados, jovens que se alistavam voluntariamente sonhando com proezas em terras distantes; entretanto, esse bando de camponeses boçais não passaria dos arredores de Mênfis e regressaria rapidamente aos campos. Encarregado das estrebarias do reino, dotado de uma força pouco vulgar, rosto quadrado orlado por uma curta barba, Bakhen estava também encarregado da instrução dos novos recrutas.

Com a voz grave e rouca, ordenou-lhes que levantassem um saco carregado de pedras, que o colocassem sobre o ombro direito e seguissem as paredes da caserna correndo até que ele os mandasse parar.

A eliminação foi cruel e rápida: a maior parte dosou mal o esforço; sem fôlego, arriaram a carga. Bakhen agüentou mais algum tempo e interrompeu a prova quando restavam na corrida cerca de cinqüenta candidatos.

Espantado, pareceu-lhe reconhecer um dos soldados aprendizes; mais alto do que a maior parte dos seus camaradas uns 20 centímetros, revelava uma surpreendente tranqüilidade.

– Príncipe Ramsés! O seu lugar não é aqui.

– Desejo fazer esse treino e obter um diploma de aptidão.

– Mas... você não tem necessidade! Bastará que...

– Não é a minha opinião nem a sua; afinal, não se forma um soldado com papiros!

Apanhado desprevenido, Bakhen fez girar as correias de cabedal que salientavam a largura dos seus bíceps.

– É delicado...

– Está com medo, Bakhen?

– Eu, medo? Alinhe-se com os outros!

Durante três intermináveis dias, Bakhen perseguiu os homens até o extremo limite das suas forças. Selecionou os vinte mais resistentes: Ramsés era um deles.

No quarto dia, iniciou-se o manejo das armas: mocas, espadas curtas e escudos. Bakhen contentou-se em dar alguns conselhos e depois lançou os jovens para treinarem entre si.

Quando um deles ficou ferido no braço, Ramsés pousou a espada no chão. Os seus camaradas imitaram-no.

– O que é que deu em vocês?! – berrou Bakhen. – Retomem o exercício. Senão, desapareçam!

Os recrutas obedeceram às exigências do instrutor; os lentos e os desajeitados foram excluídos. Do contingente inicial subsistiam apenas 12 voluntários considerados aptos para se tornarem soldados de profissão.

Ramsés prosseguiu; dez dias de exercícios intensivos não haviam esgotado o seu entusiasmo.

– Preciso de um oficial – declarou Bakhen na manhã do décimo-primeiro dia.

Com exceção de um deles, os candidatos revelaram idêntica habilidade com o arco de madeira de acácia que atirava flechas a uma distância de 50 metros em tiro direto.

Agradavelmente surpreendido, Bakhen mostrou-lhes um arco muito grande, cuja parte frontal era coberta de chifre, e depois colocou um lingote de cobre a 150 metros dos arqueiros.

– Peguem essa arma e furem aquele alvo.

A maior parte não conseguiu retesar o arco; dois conseguiram atirar, mas as flechas não ultrapassaram nem 100 metros.

Ramsés apresentou-se em último lugar, sob o olhar carrancudo de Bakhen. Tal como seus camaradas, tinha direito a três flechas.

– Um príncipe deveria evitar o ridículo; outros mais fortes do que você falharam.

Concentrado, Ramsés estava preocupado apenas com o alvo; nada mais existia.

Retesar o arco exigia um esforço inaudito; com os músculos doendo, Ramsés controlou a corda de tensão feita de tendão de boi.

A primeira flecha passou à esquerda do alvo, e Bakhen gracejou.

Ramsés expirou o ar, bloqueou a respiração e atirou quase de imediato a segunda flecha, que voou por cima do lingote de cobre.

– Última tentativa – anunciou Bakhen.

O príncipe fechou os olhos durante mais de um minuto e visualizou o alvo dentro de si mesmo; convenceu-se de que estava próximo, que ele se transformava na flecha, e esta sentia o intenso desejo de se unir ao lingote.

A terceira flechada foi uma libertação. A flecha fendeu o ar como um zangão agressivo e atravessou o lingote de cobre.

Os outros recrutas aclamaram o vencedor. Ramsés devolveu o grande arco a Bakhen.

– Vou acrescentar mais uma prova – disse o instrutor. – Uma luta de mãos nuas comigo.

– Faz parte das regras?

– É o meu regulamento pessoal. Tem medo de me enfrentar?

– Dê-me o meu diploma de oficial.

– Lute, prove que é capaz de enfrentar um verdadeiro soldado!

Ramsés era mais alto do que Bakhen, mas menos musculoso e muito menos treinado; restava-lhe então contar com a vivacidade dos seus reflexos. O instrutor atacou de surpresa, o príncipe esquivou-se, mas o punho de Bakhen roçou-lhe o ombro esquerdo. Cinco vezes sucessivas os golpes do instrutor passaram no vazio; envergonhado, conseguiu agarrar a perna esquerda do adversário e fazê-lo desequilibrar-se. Com um pontapé no rosto, o príncipe libertou-se e, com a mão em cutelo, bateu na nuca de Bakhen.

Ramsés julgou ter ganho o duelo, mas, num arroubo de orgulho, Bakhen ergueu-se e, jogando a cabeça para a frente, bateu no peito do príncipe.

ISET A BELA untou o torso do amante com um bálsamo tão eficaz que a dor logo abrandou.

– Não tenho mãos que curam?

– Fui estúpido – murmurou Ramsés.

– Aquele monstro podia tê-lo matado.

– Ele fazia o seu trabalho, eu é que me convenci de que o tinha vencido; se me atingisse na testa, estaria morto.

A mão de Iset a Bela tornou-se mais doce e mais audaciosa.

– Estou tão feliz que tenha ficado! A guerra é um horror.

– Às vezes é necessária.

– Você ignora o quanto o amo.

A jovem estendeu-se sobre o amante com a leveza de uma haste de lótus.

– Esqueça os combates e a violência; não sou preferível a eles?

Ramsés não a afastou e deixou-se invadir pelo prazer que ela lhe oferecia; no entanto, sentia uma felicidade mais intensa de que não lhe falaria: a de ter recebido o seu diploma de oficial.

22

O regresso do exército egípcio foi celebrado com grande júbilo. No palácio, haviam acompanhado o seu avanço com ansiedade. Os libaneses revoltados tinham resistido apenas alguns dias, protestando logo a seguir a sua eterna lealdade e a vontade indefectível de serem fiéis súditos do Faraó. Sethi exigiria, em contrapartida, uma grande quantidade de cedro da melhor qualidade, para erigir novos mastros na frente da fachada dos templos e mandar fazer várias barcas divinas que seriam levadas em procissão. Em coro, os príncipes do Líbano proclamaram que o Faraó era a encarnação de Rá, a luz divina, e que lhes dava a vida.

Graças à rapidez da sua intervenção, Sethi penetrara na Síria sem encontrar resistência. O rei hitita, Mouwattali, não tivera tempo de reunir os soldados experientes e preferira observar de longe a situação. Por isso a cidade fortificada de Kadesh, símbolo do poderio hitita, abrira as suas portas; apanhada desprevenida, não teria resistido a sucessivos assaltos. Sethi, para surpresa dos seus generais, contentara-se em erguer uma estela no interior de Kadesh em vez de arrasar a fortaleza. Surgiriam críticas veladas, e todos se interrogavam sobre a finalidade daquela inacreditável estratégia.

Quando o exército egípcio se afastou de Kadesh, Mouwattali, comandando um poderoso exército, atacou a fortaleza, de novo sob o domínio hitita.

Começaram então as negociações. Para evitar um confronto sangrento, os dois soberanos, por intermédio dos seus embaixadores, assinaram um acordo segundo o qual os hititas não fomentariam mais nenhuma agitação no Líbano ou nos portos fenícios, e os egípcios não atacariam mais Kadesh nem aquela região.

Era a paz, certamente precária, mas paz.

COMO SUCESSOR nomeado e novo chefe de guerra, Chenar presidiu o banquete ao qual compareceram mais de mil convidados, encantados por saborearem pratos requintados, beberem vinho excepcional, datado do segundo ano do reinado de Sethi, e contemplarem as formas perfeitas de jovens dançarinas nuas, evoluindo com a melodia das flautas e harpas.

O rei fez apenas uma breve aparição, cedendo ao filho mais velho a glória de uma expedição vitoriosa. Como antigos alunos do *Kap* destinados a um brilhante futuro, Moisés, Ameni e mesmo Setaou, vestido para a ocasião com uma suntuosa túnica oferecida por Ramsés, faziam parte dos convidados.

Ameni, teimoso como sempre, conversava com os notáveis de Mênfis e fazia perguntas anódinas sobre as fábricas de blocos de tinta fechadas recentemente. A sua perseverança não foi coroada de êxito.

Setaou foi chamado com urgência pelo intendente de Chenar devido à presença de uma serpente na reserva de jarras de leite. O jovem observou o buraco suspeito, meteu alho dentro dele e o tapou com um peixe. O infeliz réptil nunca mais sairia da sua toca. A satisfação do intendente, que Setaou achou muito presunçoso, foi de curta duração, quando o especialista fez surgir uma serpente vermelha e branca, com as presas implantadas na parte de trás do osso do maxilar, o pretensioso fugiu a toda velocidade. "Imbecil", pensou Setaou. "É evidente que esta raça é inofensiva."

Moisés estava rodeado de lindas mulheres que apreciavam o seu porte e a sua virilidade; a maior parte delas teria gostado de se aproximar de Ramsés, mas Iset a Bela estava colada a ele. A reputação dos dois jovens melhorava a olhos vistos; prometiam a Moisés elevadas funções administrativas e se interessavam pela coragem de Ramsés, que, sem dúvida alguma, obteria no exército o lugar que lhe recusavam na corte.

Os dois amigos conseguiram escapar no intervalo de duas danças e se reencontraram no jardim, sob uma pérgola.

– Ouviu o discurso de Chenar?

– Não, a minha doce noiva tem outras preocupações.

– O seu irmão mais velho afirma para quem queira ouvir que é o grande vencedor desta campanha. Graças a ele, as perdas egípcias foram reduzidas ao mínimo, e a diplomacia sobrepôs-se à força. Além disso, murmura que

Sethi parecia muito cansado, que o poder desgasta e a sua nomeação como regente não deve tardar. Já está estabelecendo um programa de governo: prioridade ao comércio internacional, recusa de qualquer conflito, alianças econômicas com nossos piores inimigos.

– Isso me dá nojo.

– O indivíduo não é brilhante, concordo, mas os seus projetos merecem atenção.

– Estenda a mão aos hititas, Moisés, e eles lhe cortarão o braço.

– A guerra não resolve nada.

– Chenar fará do Egito um país submisso e arruinado. A terra dos faraós é um mundo à parte; sempre que se mostrou fraca ou ingênua os asiáticos invadiram-na; foi preciso muita coragem para expulsar o ocupante e mandá-lo para longe das nossas fronteiras. Se depusermos as armas, seremos exterminados.

O entusiasmo de Ramsés surpreendeu Moisés.

– São palavras de um chefe, admito, mas será essa a boa orientação?

– Não há outra para preservar a integridade do nosso território e permitir aos deuses que residam nesta terra.

– Os deuses... Existem os deuses?

– O que quer dizer?

Moisés não teve tempo de responder. Um grupo de moças interpôs-se entre Ramsés e ele, fazendo mil e uma perguntas sobre o seu futuro. Iset a Bela não tardou a intervir para libertar o amante.

– O seu irmão mais velho queria impedir-me de sair – confessou-lhe.

– Com que propósito?

– Não renuncia à idéia de se casar comigo. A corte é formal, e os boatos apontam no mesmo sentido: Sethi está prestes a colocar Chenar no trono e propõe que me torne a grande esposa real.

Verificou-se, então, um fenômeno estranho: o espírito de Ramsés abandonou bruscamente Mênfis e voou até o harém de Mer-Our para contemplar uma linda e estudiosa moça, recopiando as máximas de Ptah-hotep à luz de lamparinas de azeite.

Iset a Bela notou a perturbação do amante.

– Sente-se mal?

– Fique sabendo que ignoro a doença – respondeu ele com secura.

– Parece tão distante...

– Refletia. Você aceitou?

– Já respondi.

– Receba minhas felicitações, Iset; serás a minha rainha, e eu o seu servidor.

A jovem bateu-lhe no peito com os punhos fechados; Ramsés agarrou-lhe os pulsos.

– Eu o amo, Ramsés, e quero viver com você. O que devo fazer para que compreenda isso?

– Antes de me tornar um marido e um pai, preciso de uma visão mais clara do caminho que desejo seguir. Dême tempo.

Na noite perfumada, o silêncio impôs-se pouco a pouco; músicas e dançarinas haviam-se retirado, assim como os cortesãos de mais idade. Aqui e ali, no vasto jardim do palácio, trocavam-se informações e tramavam-se conspirações irrisórias para subir na hierarquia afastando um rival.

Do lado das cozinhas, um grito dilacerante perturbou a serenidade do momento.

Ramsés foi o primeiro a chegar ao local. Com um atiçador, o intendente batia num velho, que protegia o rosto com as mãos. O príncipe apertou o pescoço do agressor até o sufocar; este deixou cair a arma, e o velho correu, procurando refúgio entre os lavadores de louça.

Moisés interveio.

– Você vai matá-lo!

Ramsés largou o intendente que, com o rosto já avermelhado, retomou o fôlego com dificuldade.

– Esse velho era apenas um prisioneiro hitita – explicou.– Tenho que educá-lo.

– É esta a sua maneira de tratar seus empregados?

– Só os hititas!

Chenar, cujos adornos de uma riqueza imensa eclipsavam as indumentárias mais elegantes, afastou os curiosos.

– Afastem-se, eu trato disso.

Ramsés agarrou o intendente pelo pescoço e o atirou ao chão.

– Acuso este covarde de tortura.

– Calma, calma, meu querido irmão! Não fique nervoso... O meu intendente é por vezes um pouco severo, mas...

– Faço queixa e testemunharei perante o tribunal.

– Você, que detesta os hititas?

– O seu empregado já não é um inimigo; trabalha em nossa casa e deve ser respeitado. É o que exige a lei de Maât.

– Deixe de grandes frases! Esqueça esse incidente e lhe ficarei grato.

– Eu também testemunharei – declarou Moisés. – Nada pode justificar semelhante procedimento.

– É necessário dramatizar a situação?

– Leve o intendente – pediu Ramsés a Moisés – e confie-o ao nosso amigo Setaou; amanhã pedirei um processo com urgência.

– É um seqüestro!

– Compromete-se a apresentar o seu intendente perante o tribunal?

Chenar cedeu. Havia muitas testemunhas de peso... Mais valia não iniciar um combate perdido de antemão. O culpado seria condenado ao exílio no oásis.

– A justiça é muito bonita – concluiu Chenar, complacente.

– Respeitá-la é a base da nossa sociedade.

– Quem diz o contrário?

– Se governar o país com estes métodos, encontrará em mim um adversário firme.

– Mas o que está imaginando?

– Não imagino, observo. Grandes desígnios podem coexistir com o desprezo pelo outros?

– Não perca a cabeça, Ramsés, você me deve respeito.

– O nosso soberano, o senhor do Alto e do Baixo Egito, ainda é Sethi, julgo eu.

– A brincadeira tem limites; amanhã você terá de me obedecer.

– Amanhã ainda está longe.

– De tanto se enganar, você ainda vai acabar mal.

– Tem intenção de me tratar como um prisioneiro hitita?

Irritado, Chenar foi embora.

– O seu irmão é um homem poderoso e perigoso – observou Moisés. – Acha necessário desafiá-lo assim?

– Ele não me mete medo. O que queria dizer a propósito dos deuses?

– Já nem eu mesmo sei. Há estranhos pensamentos que me atravessam a mente e me perturbam. Enquanto não conseguir penetrar no seu mistério, não terei paz.

23

Ameni não desistiu. Como secretário particular do escriba real Ramsés, tinha acesso a numerosos serviços administrativos e soube fazer amigos que o ajudaram nas suas pesquisas. Pôde, assim, verificar a lista das fábricas que faziam blocos de tinta e obteve o nome dos seus proprietários; como a rainha Touya dissera a Ramsés, os arquivos relacionados à fábrica suspeita efetivamente haviam desaparecido.

Dado que aquela pista estava cortada, Ameni iniciou um trabalho de formiga: identificar os notáveis diretamente relacionados com a atividade dos escribas e consultar o inventário dos seus bens, esperando descobrir a fábrica. Longos dias de procura resultaram em fracasso.

Só restava uma hipótese: a investigação sistemática das lixeiras, começando por aquela em que Ameni quase morrera. Antes de notar um dado qualquer no papiro, um escriba consciencioso utilizava um pedaço de calcário como rascunho, que era lançado, com milhares de outros, num grande buraco preenchido de acordo com o avanço dos trabalhos da administração.

Ameni sequer tinha certeza de que existisse uma duplicata da ata de propriedade da fábrica; no entanto, lançou-se nessa investigação, por duas horas todos os dias, recusando-se a pôr em dúvida suas chances de êxito.

ISET A BELA via com maus olhos a amizade entre Moisés e Ramsés. O hebreu, atormentado e instável, exercia má influência sobre o egípcio; para o evitar, a jovem arrastou o amante para um turbilhão de divertimentos, tendo o cuidado de não voltar a falar no seu desejo de casamento.

Ramsés deixou-se apanhar na armadilha; de *villa* em *villa*, de jardim em jardim, de recepção em recepção, estava levando a vida ociosa de um nobre, deixando ao seu secretário particular o cuidado de tratar do expediente dos assuntos correntes.

O Egito era um sonho realizado, um paraíso que todos os dias oferecia as suas maravilhas com a generosidade de uma mãe inesgotável. A felicidade corria em ondas para aqueles que sabiam apreciar a sombra de um palmar, o mel de uma tâmara, a canção do vento, a beleza do lótus ou o perfume dos lírios. Quando a tudo isso se aliava a paixão de uma mulher amorosa, não seria isso a perfeição?

Iset a Bela acreditou que o espírito de Ramsés lhe pertencia; o seu amante andava alegre, com uma vivacidade extraordinária. Os jogos de amor não tinham interrupção, e o prazer partilhado animava-os; quanto a Vigilante, desenvolvia seus talentos de gastrônomo, saboreando os pratos preparados pelos cozinheiros das melhores famílias de Mênfis.

Era evidente que o destino havia traçado o caminho dos dois filhos de Sethi: para Chenar, os assuntos de Estado; para Ramsés, uma existência vulgar e brilhante. Iset a Bela sentia-se perfeitamente satisfeita com essa distribuição de tarefas.

Uma manhã, encontrou o quarto vazio. Ramsés levantara-se antes dela. Inquieta, correu para o jardim sem qualquer maquiagem e chamou pelo amante. Como não ouvisse resposta, assustou-se; encontrou-o por fim, sentado perto do poço, meditando no meio de um canteiro de lírios.

– O que tem você? Quase morri de medo!

Ajoelhou-se junto dele.

– Que nova preocupação o aflige?

– Não fui feito para a vida que você está me fazendo levar.

– Engana-se. Não temos sido felizes?

– Essa felicidade não me basta.

– Não exija muito da vida, porque ela acabará voltando se contra você.

– Que belo confronto em perspectiva.

– O orgulho é uma virtude?

– Se for exigência e vontade de vencer a si próprio, sim. Devo ter uma conversa com meu pai.

DESDE O estabelecimento da trégua com os hititas, as críticas emudeceram. Todos concordavam que Sethi tivera razão em não provocar uma guerra de resultado incerto, mesmo certo de que o exército egípcio seria capaz de vencer as tropas inimigas.

Apesar da propaganda feita por Chenar, ninguém acreditava no papel decisivo que ele atribuía a si mesmo. Segundo os oficiais superiores, o filho mais velho do rei não tinha participado de nenhuma ação, contendo-se apenas em observar os ataques a boa distância.

O Faraó ouvia e trabalhava.

Ouvia os conselheiros, alguns dos quais eram honestos, recolhia as informações, distinguia o trigo do joio e não tomava nenhuma decisão apressada.

Trabalhava no seu amplo gabinete do palácio principal de Mênfis, iluminado por três grandes janelas a *claustra*; as paredes eram brancas, sem nenhum decoração que as alegrasse. Simples e austero, o mobiliário era composto por uma grande mesa, uma enorme cadeira de espaldar reto para o monarca, cadeiras comuns empalhadas para os visitantes e um armário para os papiros.

Era ali, na solidão e no silêncio, que o Senhor das Duas Terras orientava o futuro do Estado mais poderoso do mundo e tentava mantê-lo na via de Maât, a encarnação da Regra universal.

De repente o silêncio foi perturbado por berros provenientes do pátio interior, onde estavam estacionados os carros reservados ao rei e seus conselheiros.

De uma das janelas do gabinete, Sethi constatou que um cavalo enfurecera de súbito; depois de quebrar a corda que o prendia a um marco, galopava em todas as direções, ameaçando quem pretendesse aproximar-se. Com um coice derrubou um membro do serviço de segurança e com outro um escriba velho que não conseguiu abrigar-se a tempo.

No momento em que o animal parou para tomar fôlego, Ramsés surgiu de trás de um pilar, saltou para seu dorso e apertou as rédeas.

O cavalo empinou e tentou, em vão, libertar-se do cavaleiro vencido; soprou, relinchou e acabou por acalmar-se.

Ramsés saltou para o chão; um soldado da guarda real aproximou-se.

– Seu pai quer vê-lo.

Pela primeira vez o príncipe foi admitido no gabinete do Faraó. A simplicidade dos aposentos surpreendeu-o; esperava um luxo extraordinário e descobriu um compartimento quase vazio, sem qualquer atrativo. O rei estava sentado com um papiro desenrolado à sua frente.

Sem saber como devia se comportar, Ramsés parou a dois metros do pai, que não o convidou a se sentar.

– Arriscou-se muito.

– Sim e não. Conheço bem aquele cavalo, não é mau; o sol deve tê-lo irritado.

– Seja como for, correu muitos riscos; minha guarda o teria dominado.

– Julguei fazer o melhor.

– Procurando fazer-se notar?

– Bem...

– Seja sincero.

– Dominar um cavalo enfurecido não é uma tarefa fácil.

– Devo concluir então que você mesmo armou o incidente para se beneficiar dele?

Ramsés corou de indignação.

– Meu pai! Como pode...

– Um faraó deve ser um estrategista.

– Teria apreciado essa estratégia?

– Na sua idade, teria visto nela uma duplicidade que deixaria entrever um mau futuro; mas sua reação convenceu-me da sua sinceridade.

– E, no entanto, procurava um meio de lhe falar.

– A propósito de quê?

– Na época da sua partida para a Síria, reprovou-me quanto à minha capacidade para combater como soldado. Durante a sua ausência completei essa lacuna. Sou atualmente titular de um diploma de oficial.

– Adquirido numa grande luta, segundo me disseram.

Ramsés disfarçou mal a sua surpresa.

– O senhor... o senhor sabia?

– Portanto, você agora é um oficial.

– Sei montar a cavalo, lutar com uma espada, uma lança ou um escudo e atirar com arco.

– Gosta da guerra?

– Não é por vezes necessária?

– A guerra provoca muitos sofrimentos, quer aumentá-los?

– Há outro meio para garantir a liberdade e a prosperidade do nosso país? Nós não agredimos ninguém, mas quando nos ameaçam, respondemos. E assim deve ser.

– No meu lugar, teria arrasado a fortaleza de Kadesh?

O jovem refletiu.

– Com que dados posso me pronunciar? Nada sei da sua campanha, a não ser que a paz foi mantida e que o povo de Egito respira livremente. Dar uma opinião desprovida de qualquer fundamento seria prova de estupidez.

– Não deseja abordar outros assuntos?

Ramsés interrogara-se dias e noites, contendo sua impaciência com dificuldade: devia falar ao pai do seu conflito com Chenar e lhe revelar que o sucessor designado se gabava de uma vitória não conquistada? O príncipe saberia utilizar as palavras justas e manifestar a sua indignação com tal veemência que o pai compreenderia, por fim, que chocava uma serpente em seu seio.

Todavia, diante de um faraó tal ação pareceu-lhe irrisória e provocativa. Ele, representar o papel de um delator, ter a presunção de ser mais lúcido do que Sethi!

Mas não teve a covardia de mentir.

– É verdade, queria lhe dizer...

– Por que essa hesitação?

– O que sai da nossa boca pode sujar-nos.

– Não saberei mais do que você?

– O que eu teria dito, o senhor já sabe; se não é o caso, meus sonhos só merecem o esquecimento.

– Não está passando de um excesso a outro?

– Atormenta-me um fogo, uma exigência a que não sei dar nome; nem o amor nem a amizade o conseguem afastar.

– Mas que palavras tão definitivas para a sua idade!

– O peso dos anos vão me acalmar?

– Não conte com ninguém, a não ser com você mesmo, e a vida lhe será generosa às vezes.

– O que é este fogo, meu pai?

– Formule melhor a pergunta e encontrará a resposta.

Sethi inclinou-se sobre o papiro que estava sobre a mesa. A entrevista terminara.

Ramsés curvou-se; quando ia retirar-se, a voz grave do pai o imobilizou.

– A sua intervenção aconteceu no momento certo, porque eu contava lhe convocar exatamente hoje. Amanhã, depois dos rituais matinais, partiremos para as minas de turquesas na península do Sinai.

24

Naquele oitavo ano do reinado de Sethi, Ramsés festejou os seus 16 anos no deserto de Este que conduzia às famosas minas de Serabit el-Khadim.* Apesar da vigilância do serviço de segurança, o itinerário continuava a ser perigoso, e ninguém se aventurava de boa vontade naquela zona estéril, povoada de gênios temíveis e beduínos ladrões. Apesar das detenções e condenações, não hesitavam em atacar as caravanas que eram obrigadas a atravessar a península do Sinai.

Embora a expedição não tivesse qualquer caráter belicoso, numerosos soldados garantiam a proteção do

*Foram conservados os nomes modernos, Sinai e Serabit el-Khadim, para facilitar a descrição. Este último local encontra-se ao sul da península do Sinai, a 160 quilômetros do canal de Suez.

Faraó e dos mineiros. A presença do rei conferia um caráter excepcional à viagem; a corte só fora formada na véspera da partida, antes dos rituais da noite. Na ausência do monarca, a rainha Touya tomaria o comando do governo do Estado.

Ramsés obtinha o seu primeiro posto oficial de importância: comandante de infantaria, sob as ordens de Bakhen, promovido a chefe militar da expedição. O encontro, no momento da partida, fora glacial; mas nenhum dos dois podia criar um conflito sob o olhar do rei. Durante a missão um teria de adaptar-se ao caráter do outro. Bakhen traçou imediatamente as distâncias, ordenando a Ramsés que se colocasse na retaguarda, onde, segundo suas palavras, "um novato faria seus subordinados correrem um risco mínimo".

Mais de seiscentos homens formavam o contingente encarregado de trazer turquesas, a pedra da celeste Hathor, que escolhera essa encarnação no seio de uma terra árida e desolada.

A pista, em si, não apresentava muitas dificuldades; bem traçada, mantida com regularidade, demarcada por pequenos fortes e pontos de água, atravessava regiões hostis onde se erguiam montanhas vermelhas e amarelas cuja altura desencorajava os novatos; alguns tinham medo, acreditando que espíritos maus surgissem dos picos para tomarem suas almas. Mas a presença de Sethi e a segurança de Ramsés acabaram por acalmá-los.

Ramsés esperara uma dura prova, no intuito de poder provar ao pai o seu verdadeiro valor, mas lamentou a facilidade da sua tarefa. A sua autoridade impunha-se com facilmente aos trinta homens colocados sob o seu comando. Todos tinham ouvido falar dos seus dons como arqueiro e

 da habilidade com que dominara um cavalo enfurecido,

e todos esperavam que servir sob as suas ordens lhes valesse uma promoção.

Por insistência de Ramsés, Ameni renunciara à aventura; por um lado, a sua frágil estrutura proibia-lhe um esforço físico tão intenso; por outro, acabava de descobrir, numa lixeira situada na parte norte da fábrica suspeita, um fragmento de calcário com uma inscrição bizarra. Era ainda muito cedo para afirmar que se tratava de uma boa pista, mas o jovem escriba não abrandaria esforços. Ramsés suplicou-lhe que fosse prudente; Ameni gozaria da proteção de Vigilante e, em caso de necessidade, faria apelo a Setaou, que começava a ficar rico vendendo veneno aos laboratórios dos templos e expulsando das *villas* abastadas algumas cobras indesejáveis.

O príncipe manteve-se sempre alerta; ele, que tanto amara o deserto, onde, no entanto, quase perdera a vida, não apreciava o do Sinai: muitas rochas silenciosas, muitas sombras inquietantes, muito caos. Apesar das afirmações de Bakhen, Ramsés receava um ataque dos beduínos. É verdade que, tendo em conta o número de egípcios, evitariam um choque frontal; mas não tentariam roubar um atrasado ou, pior ainda, introduzir-se no acampamento durante a noite? Preocupado, o príncipe multiplicou as preocupações e ultrapassou as ordens. Na seqüência, após breve discussão com Bakhen, ficou decidido que este supervisionaria a segurança, levando em consideração as opiniões de Ramsés.

Uma noite, o filho do rei afastou-se da retaguarda e avançou ao longo da coluna, seguindo de acampamento em acampamento, para obter um pouco de vinho para os seus homens que a intendência não facilitava; pediram-lhe que se dirigisse ao responsável que trabalhava na tenda. Ramsés ergueu um pano, abaixou-se e contemplou, estupefato, um homem sentado na posição de escriba, que consultava um mapa à luz dos archotes.

– Moisés! Você aqui?

– Ordem do Faraó. Estou encarregado de dirigir a intendência e traçar um mapa mais preciso da região.

– E eu de comandar a retaguarda.

– Ignorava a sua presença... Ao que parece, Bakhen não gosta de falar de você.

– O nosso entendimento tem tido melhoras.

– Vamos sair, aqui está meio apertado.

Os dois jovens tinham mais ou menos a mesma compleição; tanto a silhueta atlética como a força natural os faziam parecer mais velhos. Neles, o adulto expulsara o adolescente.

– Foi uma ótima surpresa – confessou Moisés. – Aborrecia-me no harém, quando chegou a convocação. Sem esta lufada de ar fresco, acho que teria fugido.

– Mer-Our não é um lugar maravilhoso?

– Para mim, não. As moças me irritam, os artesãos são apegados aos seus segredos, e o lugar de administrador não me convém.

– Ganhou com a troca?

– Mil vezes! Gosto deste lugar, destas montanhas implacáveis, desta paisagem que dissimula uma presença. Aqui, sinto-me em casa.

– Atenua-se o fogo que lhe queima?

– Torna-se menos violento, é um fato; a cura está escondida nestas rochas queimadas e nestas ravinas secretas.

– Não estou convencido disso.

– Não sente um apelo que sobe deste solo esquecido?

– Sinto mais um perigo.

Moisés entusiasmou-se.

 – Um perigo! Está reagindo como militar.

– E como intendente você está negligenciando a retaguarda. Os meus homens não têm vinho.

O hebreu começou a rir.

– Sou responsável por isso, é verdade; nada deve diminuir-lhes a vigilância.

– Uma pequena quantidade levantaria o moral do grupo.

– Eis o nosso outro primeiro confronto – constatou Moisés. – Quem vencerá?

– Nem um nem outro; apenas interessa o que for melhor para os soldados.

– Não é uma forma de fugir de si mesmo, refugiando-se num dever que lhe é imposto de fora?

– Acha-me capaz de semelhante covardia?

Moisés fitou Ramsés bem nos olhos.

– Terá o vinho, embora em pouca quantidade; mas aprenda a amar as montanhas do Sinai.

– Aqui já não é o Egito.

– Eu não sou egípcio.

– É, sim.

– Engana-se.

– Você nasceu no Egito, lá foi educado e lá há de construir o seu futuro.

– São palavras de egípcio, não de hebreu. Os meus antepassados não são os seus. Talvez tenham vivido aqui... Sinto os vestígios da sua passagem, das suas esperanças e fracassos.

– O Sinai está lhe virando a cabeça!

– Você não pode compreender.

– Terei perdido a sua confiança?

– Claro que não.

– Amo o Egito mais do que a mim mesmo, Moisés. Nada é mais precioso para mim do que a minha terra natal.

Se julga ter descoberto a sua, sou capaz de compreender a sua emoção.

O hebreu sentou-se numa pedra.

– Uma pátria... Não, este deserto não é a minha pátria. Amo o Egito tanto quanto você, aprecio as alegrias que ele me proporciona, mas sinto o apelo de algum lugar.

– E o primeiro lugar que encontra o perturba.

– Correto.

– Juntos, haveremos de atravessar outros desertos. E você regressará ao Egito porque ali brilha um luz única.

– Como pode estar tão seguro de si?

– Porque na retaguarda não tenho tempo para me preocupar com o futuro.

Na noite sombria do Sinai, dois risos límpidos subiram até as estrelas.

OS BURROS marcavam o ritmo, e os homens os seguiam; cada um transportava uma carga à medida das suas forças, não faltando a ninguém água nem alimento. Por diversas vezes o rei ordenou que parassem a expedição para que Moisés pudesse traçar um mapa exato da região. Assistido por geômetras, o Hebreu subiu os cursos de rios secos, escalou encostas, escolheu novos pontos de referência e facilitou, assim, o trabalho dos peritos.

Uma inquietação surda não abandonava Ramsés; assim, acompanhado por três soldados experientes, exercia uma vigilância constante, temendo que o seu amigo fosse agredido pelos beduínos em pilhagem. Mesmo sendo ele bem capaz de se defender, arriscava-se a cair numa cilada. Mas nenhum drama se verificou. Moisés realizou o notável trabalho que iria facilitar as deslocações posteriores dos mineiros e das caravanas.

Depois do jantar, os dois amigos conversaram longamente junto da fogueira; habituados aos risos das hienas e aos rugidos dos leopardos, adaptavam-se àquela existência rude, longe do conforto do palácio de Mênfis e do harém de Mer-Our. Com o mesmo entusiasmo, esperavam a madrugada que se aproximava, convencidos de que esta lhes revelaria um novo aspecto do mistério, que não desistiriam nunca de tentar desvendar. Muitas vezes ficavam silenciosos e contentavam-se em escutar a noite. Não lhes murmurava ela que a juventude de ambos venceria todos os obstáculos?

O LONGO cortejo parou.

Assim, logo pela manhã, não era normal. Ramsés deu ordem aos seus homens para arriarem as cargas e se prepararem para o combate.

– Calma! – recomendou um soldado cujo peito era atravessado por uma cicatriz. – Com o devido respeito, meu comandante, seria melhor prepararmos uma oração de paz.

– Por que está tão sereno?

– Porque já chegamos.

Ramsés deu alguns passos para o lado. Sob o sol escaldante, destacava-se um planalto rochoso de aspecto inacessível.

Serabit el-Khadim, o domínio da deusa Hathor, soberana das turquesas.

25

Nada conseguia acalmar a cólera de Chenar.

Pela décima vez a rainha se recusara a associá-lo de forma mais direta à gestão dos assuntos do Estado, sob o pretexto de que Sethi não dera qualquer ordem precisa nesse sentido. A posição de sucessor do Faraó não lhe dava o direito de tomar parte em processos demasiado complicados para ele.

O filho mais velho do rei submeteu-se à vontade da mãe e disfarçou o descontentamento; compreendeu, porém, que a sua rede de amigos e informantes era ainda fraca para contra-atacar Touya de forma eficaz. Em vez de se resignar a esperar, Chenar decidiu trabalhar mais em seu próprio benefício.

Sem ostentação, convidou para jantar diversas personalidades influentes da corte ligadas às tradições e desempenhou o papel de um anfitrião modesto, desejoso de conselhos; pondo de lado toda a arrogância, apresentou-se como um filho modelo cuja única ambição era seguir os passos do pai. O discurso de Chenar agradou muito; seu destino, que já estava traçado, conquistou, assim, numerosos partidários.

Constatou, no entanto, que a política estrangeira lhe escapava, apesar de os contatos comerciais com os outros países, mesmo hostis, continuarem a ser o seu objetivo primordial. Como conseguir tomar conhecimento da situação exata das relações diplomáticas sem ter no seu campo um homem competente e disponível? Receber as informações dos comerciantes não bastava, pois estes raciocinavam a curto prazo e ignoravam as intenções reais dos governantes.

Convencer um diplomata próximo de Sethi a trabalhar para ele... Solução ideal, mas quase utópica. No entanto, Chenar tinha necessidade de informações de primeira mão a fim de desenvolver a sua própria estratégia e estar pronto, no momento oportuno, para modificar radicalmente a política egípcia.

O termo "traição" veio-lhe à mente, mas até o divertiu – quem o trairia, a não ser o passado e a tradição?

DO ALTO do planalto rochoso de Serabit el-Khadim avistava-se uma seqüência de montanhas e vales, cuja desordem perturbava a alma. Naquele caos de hostilidade perceptível, apenas a montanha das turquesas proporcionava uma paz reconfortante.

Ramsés olhava a seus pés, estupefato: a preciosa pedra azul, presente nos veios do planalto, quase aflorava à superfície! Em outros locais mostrava-se menos acessível; gerações após gerações, os mineiros tinham cavado galerias e passagens subterrâneas onde guardavam as suas ferramentas entre duas expedições. O local não tinha qualquer instalação permanente, porque a extração das turquesas não podia ser realizada na estação quente, sob pena de perderem a cor e se decomporem.

Os antigos orientaram os novos e se lançaram rapidamente ao trabalho para poderem permanecer o menor tempo possível naquele lugar perdido. Instalaram-se em cabanas de pedra que resistiam razoavelmente ao frio noturno e as conservaram com cuidado. Antes do início da campanha de trabalho, o Faraó celebrou um ritual no pequeno templo de Hathor, invocando o auxílio e a proteção da deusa do céu. Os egípcios não vinham ferir a montanha, mas apenas recolher o fruto da sua gravidez a fim de oferecerem-no aos templos e fazerem com ele uma jóia que transmitiria a beleza eterna e regeneradora da soberana das estrelas.

Em breve ressoaram buris, malhos e escopros, acompanhando os cantos dos mineiros, divididos em várias equipes. Sethi em pessoa, os encorajava. Quanto a Ramsés, examinou as lápides erguidas no local prestando homenagem às forças misteriosas do céu e da terra e recordando as façanhas daqueles que, séculos antes, haviam descoberto enormes pedras preciosas.

Moisés levava muito a sério o seu papel de intendente e assegurava-se do bem-estar de todos. Nenhum trabalhador sofria de fome ou sede, em nenhum altar faltava incenso. Visto que os homens prestavam homenagem aos deuses, estes ofereciam-lhes maravilhas como aquela turquesa gigante que um jovem mineiro ergueu em suas mãos afortunadas.

Devido à configuração do lugar, a expedição não receava qualquer ataque de surpresa; ninguém poderia escalar as encostas íngremes que conduziam ao planalto sem ser notado pelos vigias, o que facilitava muito a tarefa de Ramsés. Nos primeiros dias exigiu uma disciplina férrea, mas compreendeu que era até ridícula; mantendo as exigências de segurança, permitiu aos soldados descontraírem-se e fazerem longas sestas, que tanto apreciavam.

Incapaz de suportar a ociosidade, tentou auxiliar Moisés, mas o amigo mostrou-se intratável, desejando assumir sozinho a sua função. O príncipe também não teve sorte junto aos mineiros; desaconselharam-no uma longa permanência nas galerias, até que Bakhen, irritado, lhe ordenou que se contentasse com o posto atribuído e não perturbasse o bom andamento do canteiro de obras.

Ramsés passou a ocupar-se dos seus subordinados e apenas deles. Interessou-se por sua carreira, por sua família, ouviu-lhes as queixas, rebateu algumas das suas críticas, aprovou outras. Eles desejavam melhores reformas e maior reconhecimento do Estado em relação aos serviços prestados em condições muitas das vezes difíceis, longe da sua terra natal. Poucos tiveram ocasião de travar qualquer batalha, mas todos tinham sido chamados para as pedreiras, nos grandes canteiros de obras ou em expedições como aquela. Apesar da dureza da tarefa, sentiam-se orgulhosos da sua profissão; e quantas fabulosas recordações para contar, as daqueles que tinham a sorte de viajar em companhia do Faraó!

Ramsés observou.

Aprendeu a conhecer o trabalho cotidiano de um canteiro de obras, apreciou a necessidade de uma verdadeira hierarquia, baseada nas competências e não nos direitos, distinguiu os corajosos dos preguiçosos, os perseverantes dos desmotivados, os silenciosos dos faladores, e o seu olhar regressava sempre às colunas erguidas pelos antepassados, àquela verticalidade exigida dos que construíram o sagrado no coração do deserto.

– São perturbadoras, não é verdade?

O pai surpreendera-o.

Vestido com uma simples tanga idêntica às que usavam os seus distantes antecedentes do Antigo Império, não deixava por isso de ser menos faraó. Ele emanava um poder que fascinava Ramsés em todos os encontros, e não tinha necessidade de nenhuma indumentária distintiva, bastava sua simples presença para impor autoridade. Nenhum outro homem possuía tal magia, pois todos utilizavam artifícios ou falsas atitudes. Sethi aparecia, e a ordem substituía o caos.

– Estão me incitando ao recolhimento – confessou Ramsés.

– São palavras vivas. Ao contrário dos humanos, não mentem nem traem. Os monumentos de um destruidor são destruídos, os atos de um mentiroso continuem efêmeros. Somente a força do Faraó é a lei de Maât.

Ramsés ficou perturbado. Aquelas palavras foram dirigidas a ele? Teria destruído, traído ou mentido? Teve vontade de se levantar, correr até a borda do planalto, descer a encosta e desaparecer no deserto. Mas que falta cometera? Esperou por uma acusação mais precisa, mas esta não veio; o rei contentava-se em olhar a distância.

Chenar... Sim, tinha certeza de que o pai aludia a Chenar sem o nomear! Tomara consciência da sua traição e assim prevenia Ramsés da sua verdadeira posição. O destino mudava de novo! O príncipe estava convencido de que Sethi iria referir-se a ele, e sua decepção foi tão grande como sua esperança.

– Qual é a finalidade desta expedição?

Ramsés hesitou; a simplicidade da pergunta ocultaria uma armadilha?

– Levar turquesas para os deuses.

– São indispensáveis à prosperidade do país?

– Não, mas... Como dispensar a sua beleza?

– O lucro nunca deve estar na origem da nossa riqueza, porque a destruiria no interior; privilegia em todos os seres e em todas as coisas aquilo que constitui o seu prestígio, quer dizer, a sua qualidade, o seu esplendor e gênio. Procura o que é insubstituível.

Ramsés teve a sensação de que uma luz penetrava no seu coração e lhe dava força; as palavras de Sethi gravaram-se nele para sempre.

– Que tanto o pequeno como o grande recebam do Faraó a sua subsistência e a sua justa ração. Não negligencie um em detrimento do outro, aprenda a persuadi-los que a comunidade é mais importante do que o indivíduo. O que é útil à colméia é útil à abelha, e a abelha deve servir à colméia, graças à qual vive.

A abelha, um dos símbolos que serviam para escrever o nome do Faraó! Sethi falava da prática da função suprema, revelando pouco a pouco a Ramsés os segredos da profissão de rei.

A vertigem, novamente.

– Produzir é essencial – continuou Sethi – e redistribuir, ainda mais. Uma abundância de riqueza em benefício de uma casta provoca infelicidade e discórdia; uma pequena quantidade bem partilhada espalha a alegria. A história de um reinado deve ser a de uma festa; para que assim seja, nenhum estômago pode ficar com fome. Observe, meu filho, continue a observar, porque, se não for um vidente, não compreenderá o sentido de minhas palavras.

RAMSÉS PASSOU a noite em claro, com os olhos fixos num filão de pedra azul que aflorava numa das extremidades do planalto. Suplicou a Hathor que dissipasse as trevas em que se debatia, tão leves como pequenas palhas.

O pai seguia um plano determinado, mas qual? Ramsés deixara de acreditar no seu futuro de monarca, mas então por que Sethi, considerado reservado em confidências, o favorecia com tais ensinamentos? Talvez Moisés tivesse compreendido melhor as intenções do soberano, mas o príncipe lutaria sozinho e traçaria o seu próprio caminho.

Pouco antes da madrugada, uma sombra saiu da galeria principal; sem a luz da lua, Ramsés teria acreditado no aparecimento de um demônio com pressa de se meter em outra toca. Mas aquele demônio tinha forma humana e apertava um objeto ao peito.

– Quem é você?

O homem parou um instante, voltou a cabeça na direção do príncipe e depois correu para a parte mais acidentada do planalto, onde os mineiros tinham instalado apenas uma cabana de arrecadação.

Ramsés lançou-se em perseguição do fugitivo.

– Pare!

O homem acelerou, e Ramsés também. Ganhou terreno e alcançou o estranho personagem antes que ele mergulhasse pela encosta escarpada.

O príncipe saltou e agarrou-o pelas pernas; o ladrão esperneou sem largar o fardo, agarrou uma pedra com a mão esquerda e tentou esmagar o crânio do seu agressor. Com um golpe de cotovelo na garganta, Ramsés o fez perder o fôlego. O homem conseguiu levantar-se, mas perdeu o equilíbrio e caiu para trás.

Um grito de dor, mais outro, e depois o barulho de um corpo caindo de rochedo em rochedo, ficando imóvel no fundo da encosta.

Quando Ramsés o alcançou, o fugitivo estava morto, ainda apertando no peito um saco de turquesas.

O ladrão não era um desconhecido. Tratava-se do carreiro que, durante a caçada no deserto, conduzira Ramsés para uma cilada que quase lhe custara a vida.

26

Nenhum mineiro conhecia o ladrão; era a sua primeira expedição, e não se ligara a ninguém. Trabalhava com afinco, passava muitas horas nas partes menos acessíveis da mina e conquistara a estima dos colegas.

Roubar turquesas era um delito passível de pesadas punições, mas há anos nenhum mineiro cometia semelhante crime. Os integrantes da expedição não lamentaram a morte do culpado; a lei do deserto aplicara uma sanção justa. Levando em conta a gravidade do delito, o carreiro foi enterrado sem qualquer ritual; a sua boca e os seus olhos não estariam abertos no outro mundo; não poderia passar pelas fileiras de portas e acabaria por ser destruído pela Devoradora.

– Quem contratou este homem? – perguntou Ramsés a Moisés.

O hebreu consultou suas listas.

– Eu.

– Como, você?

– O diretor do harém propôs-me diversos operários capazes de trabalhar aqui; contentei-me, então, em assinar a ata de contrato.

Ramsés respirou melhor.

– Esse ladrão foi o carreiro encarregado de me levar à morte.

Moisés empalideceu.

– E você não imaginou...

– Nem por um momento, mas você também caiu numa armadilha.

– O diretor do harém? É um fraco, amedrontado diante do menor incidente.

– Por isso, mais fácil de manipular. Tenho pressa de retornar ao Egito, Moisés, e de saber quem se oculta por trás desse criminoso.

– Não abandonou o caminho do poder?

– Pouco importa, eu quero a verdade.

– Mesmo que ela lhe desagrade?

– Terá por acaso informações concretas?

– Não, juro-lhe que não... Mas quem ousaria atacar o filho mais novo do Faraó?

– Talvez mais pessoas do que possa imaginar.

– Se houver conspiração, o mandante ficará sempre fora de alcance.

– É você, Moisés, que está querendo renunciar?

– Essa loucura não nos diz respeito; se você não será o sucessor de Sethi, quem procuraria ainda lhe fazer mal?

Ramsés não confiou ao amigo o teor das conversas com o pai. Não constituíam um segredo que devia preservar enquanto não compreendesse o seu significado?

– Se eu precisar de ajuda, posso contar com você, Moisés?

– Nem precisava fazer essa pergunta.

Apesar do drama, Sethi não alterou o programa da expedição. Quando o rei considerou suficiente o número de turquesas extraídas da montanha, deu o sinal de regresso ao Egito.

O CHEFE da segurança do palácio correu até a sala de audiência da rainha. O mensageiro de Touya não lhe permitira qualquer hipótese de demora quando chamado à presença da grande esposa real.

– Aqui estou, Majestade.

– E a sua investigação?

– Mas... está concluída!

– Tem certeza?

– É impossível saber mais qualquer coisa.

– Falemos desse tal carreiro... Está morto, na sua opinião?

– Sim, o infeliz...

– Então me responda como esse morto arranjou forças para chegar às minas de turquesas e lá roubar pedras?

O chefe da segurança encolheu-se completamente.

– É... é impossível.

– Está me acusando de louca?

– Majestade!

– Há então três conclusões: ou você é totalmente corrupto, ou é incompetente, ou ambas as coisas.

– Majestade...

– Você zombou de mim.

O alto funcionário lançou-se aos pés da rainha.

– Fui enganado, mentiram-me, eu lhe juro...

– Detesto pessoas servis. Então me diga agora: quem lhe pagou para cometer essa traição?

Do discurso desconexo do chefe da segurança sobressaiu uma acentuada incapacidade, cuja gravidade se dissimulara até então sob o manto de uma falsa bondade. Por medo de perder o lugar, não ousara sair do seu domínio privado; convencido de ter agido bem, implorou a piedade da soberana.

– Você será nomeado porteiro da *villa* do meu filho mais velho; procure pelo menos afastar alguns importunos.

Enquanto o funcionário ainda se desfazia em agradecimentos melosos, a grande esposa real já havia abandonado a sala de audiência.

O CARRO em que vinham Ramsés e Moisés entrou como um furacão no pátio do harém de Mer-Our, situado próximo aos gabinetes da administração. Os dois amigos haviam-se alternado na sua condução, testando-se em habilidade e entusiasmo. Mudando diversas vezes de cavalos, tinham devorado a estrada que ia de Mênfis ao harém.

A chegada tonitruante perturbou a calma do estabelecimento e provocou o aparecimento do diretor, arrancado às pressas de sua sesta.

– Enlouqueceram? Este lugar não é uma caserna!

– A grande esposa real confiou-me uma missão – revelou Ramsés.

O diretor do harém colocou as mãos nervosas sobre a enorme barriga.

– Ah... Mas isso não justifica semelhante barulheira!

– Estamos diante de um caso urgente.

– Aqui, neste estabelecimento colocado sob a minha responsabilidade?

– Exatamente, e o caso urgente é você mesmo.

Moisés concordou com um aceno de cabeça. O diretor do harém recuou dois passos.

– Trata-se certamente de um erro.

– Você me fez contratar um criminoso para a expedição às minas de turquesas – confirmou o hebreu.

– Eu? Você está delirando.

– Quem o recomendou?

– Não sei de quem está falando.

– Vamos consultar os seus arquivos – exigiu Ramsés.

– Trazem uma ordem escrita?

– Não basta o selo da rainha?

O diretor não protestou mais. Exaltado, Ramsés estava convencido de que atingiria o alvo. Mais reservado, Moisés também não deixava de sentir uma certa esperança e emoção: ver a verdade triunfar.

O processo do ladrão de turquesas foi uma decepção. O homem não surgira ali como carreiro, mas como mineiro experiente, tendo participado em diversas expedições, estando em Mer-Our para ensinar aos fabricantes de jóias a forma de talhar as turquesas. Assim sendo, o diretor, logo que Moisés fora nomeado, pensara nesse especialista como integrante da equipe dirigida pelo hebreu.

Era evidente que o diretor fora enganado. Mortos o palafreneiro e o carreiro, a pista que levaria ao chefe da conspiração estava cortada.

DURANTE MAIS de duas horas, Ramsés treinara com o arco, perfurando um alvo atrás do outro. Forçava-se a colocar sua cólera a serviço da concentração, a reunir sua energia em vez de a dispersar. Quando os músculos já estavam doloridos, lançou-se numa longa corrida solitária pelos jardins e pomares do harém. Pensamentos confusos atropelavam-se em sua cabeça – quando o macaco louco que existe na mente se agita dessa forma, apenas a atividade pesada do corpo consegue fazê-lo calar.

O príncipe ignorava a fadiga. A ama que o amamentara durante mais de três anos nunca alimentara criança mais robusta; nenhuma doença o afetara; suportava o frio intenso e a canícula com a mesma alegria, dormia bem e comia com apetite voraz. A partir dos dez anos começara a delinear-se um corpo de atleta que os exercícios diários haviam modelado.

Ao atravessar uma alameda de tamargueiras, julgou ouvir um canto que não saía da garganta de um pássaro. Deteve-se e prestou atenção.

Era uma voz feminina encantadora; aproximou-se sem fazer barulho e a viu.

À sombra do salgueiro, Nefertari repetia uma melodia acompanhada por um alaúde importado da Ásia. Sua doce voz aliviava-se à brisa que dançava nas folhas da árvore. À esquerda da jovem, uma prancha de escriba coberta de números e figuras geométricas.

Tinha uma beleza quase irreal; por instantes, Ramsés perguntou a si mesmo se não estaria sonhando.

– Aproxime-se... Tem medo da música?

Afastou os ramos do arbusto por trás do qual se escondia.

– Por que se esconde?

– Porque...

Não conseguiu encontrar nenhuma explicação; seu jeito atrapalhado a fez sorrir.

– Está banhado em suor. Corria?

– Esperava descobrir aqui o nome do homem que tentou me matar.

O sorriso de Nefertari desapareceu, mas sua gravidade emocionou Ramsés.

– Você falhou, então?

– Acho que sim.

– Já não há qualquer esperança?

– Receio que não.

– Você não desistirá.

– Como sabe?

– Porque você nunca desiste.

Ramsés curvou-se para a prancheta.

– Está aprendendo as matemáticas?

– Calculo os volumes.

– Pensa em fazer carreira como geômetra?

– Gosto de me instruir sem me preocupar com o futuro.

– Não sente às vezes vontade de se distrair?

– Prefiro a solidão.

– Não é uma opção demasiado rigorosa?

Os olhos verde-azulados tornaram-se severos.

– Não queria ofendê-la; perdoe-me.

Os lábios discretamente maquilados esboçaram um sorriso indulgente.

– Vai ficar ainda algum tempo no harém?

– Não; parto amanhã para Mênfis.

– Com a firme intenção de descobrir a verdade, não é?

– Censura-me por isso?

– É necessário correr tantos perigos?

– Quero a verdade, Nefertari, e vou querê-la sempre, custe o que custar.

Leu em seu olhar um ar de encorajamento.

– Se vier a Mênfis, gostaria de convidá-la para jantar.

– Devo ficar vários meses no harém para aperfeiçoar os meus conhecimentos; depois, regressarei à minha província.

– Algum noivo a espera lá?

– Você é muito indiscreto!

Ramsés sentiu-se estúpido; aquela moça tão calma, tão segura de si, desconcertava-o.

– Seja feliz, Nefertari.

27

O velho diplomata sentia-se feliz por ter servido ao seu país durante longos anos e por ter auxiliado, com os seus conselhos, três faraós a cometerem um mínimo de erros em política estrangeira; apreciava a prudência de Sethi, mais preocupado com a paz do que com expedições guerreiras prolongadas.

Em breve iniciaria uma reforma feliz em Tebas, não longe do templo de Karnak, no seio de uma família que negligenciara bastante por causa de suas inúmeras viagens. Os últimos dias tinham-lhe trazido uma nova alegria: formar o jovem Acha, detentor de espantosos dons. O rapaz aprendia depressa e acumulava o essencial. De regresso do

Grande Sul, onde desempenhara de maneira notável uma delicada missão de informação, viera espontaneamente solicitar os ensinamentos do diplomata, que, de imediato, passara a considerá-lo como filho. Não se contentando com os dados teóricos, o alto funcionário indicara-lhe as bases mestras e lhe revelara os meandros que apenas a experiência permite adquirir. Às vezes, Acha ultrapassava-lhe o pensamento; sua forma de apreciar a situação internacional aliava um agudo senso de realidade a perspectivas visionárias.

O secretário do diplomata anunciou-lhe a visita de Chenar, que solicitava humildemente uma entrevista. Não havia como recusar receber o filho mais velho do Faraó e seu sucessor designado; assim, apesar de um certo cansaço, o alto funcionário acolheu o personagem de rosto redondo, compenetrado da sua importância e superioridade. Os pequenos olhos castanhos, no entanto, revelavam uma agilidade de espírito bem evidente; considerá-lo um adversário negligenciável podia ser um perigoso erro.

– Sua presença muito me honra.

– Sinto grande admiração por você – declarou Chenar, caloroso. – Todos sabem que você inspira a política asiática do meu pai.

– Isso seria afirmar demais. O Faraó decide por si próprio.

– Graças à qualidade das suas informações.

– A diplomacia é uma difícil arte, por isso dedico-me a ela com o melhor que sei.

– E com grande sucesso.

– Quando os deuses me são favoráveis. Deseja tomar uma cerveja doce?

 – Com prazer.

Os dois homens instalaram-se sob um caramanchão que o vento do norte refrescava. Um gato cinzento saltou para os joelhos do velho diplomata, enroscou-se e adormeceu.

Uma vez cheias as duas taças com cerveja leve e digerível, o servidor afastou-se.

– A minha visita não o surpreende?

– Confesso que sim.

– Desejo que a nossa conversa permaneça confidencial.

– Pode ficar descansado.

Chenar concentrou-se. O velho diplomata estava curioso. Quantas vezes já não enfrentara pessoas que desejavam utilizar seus serviços? De acordo com as circunstâncias, auxiliava-as ou as desencorajava. Lisonjeava-o que um filho do rei lhe manifestasse tal condescendência.

– Segundo me consta, você está com intenção de se reformar.

– Não o escondo. Dentro de um ou dois anos quando o rei me conceder o seu acordo, eu me afastarei dos trabalhos.

– Não irá se lamentar?

– Estou cansado, e a idade começa a tornar-se uma desvantagem.

– A experiência acumulada é um tesouro sem preço.

– É por isso que a transmito a jovens como Acha. Amanhã, serão eles os encarregados do seu corpo diplomático.

– Aprova sem reservas as decisões de Sethi?

O velho diplomata sentiu-se pouco à vontade.

– Não compreendi bem a sua pergunta.

– Será ainda justificável a nossa hostilidade em relação aos hititas?

– Não os conhece bem.

– Não desejam estabelecer comércio conosco?

– Os hititas desejam apoderar-se do Egito e nunca desistirão desse projeto. Não há alternativa para a política de defesa ativa conduzida pelo Faraó.

– E se eu propusesse outra?

– Fale então com seu pai, não comigo.

– É a você e a mais ninguém que desejo falar dela.

– Você me assusta.

– Informe-me de forma exata sobre os principados da Ásia, e não deixarei de lhe manifestar o meu reconhecimento.

– Não tenho direito de fazer isso. As palavras trocadas durante os conselhos devem permanecer secretas.

– São essas palavras que me interessam.

– Não insista.

– Leve em consideração que amanhã eu reinarei.

O velho diplomata enrubesceu.

– Trata-se de uma ameaça?

– Você ainda não está reformado, e a sua experiência me é indispensável. Serei eu que conduzirei a política amanhã. Seja meu aliado oculto e não se lamentará.

O velho diplomata não costumava deixar-se dominar pela cólera, mas dessa vez a indignação foi mais forte.

– Seja você quem for, suas exigências são inaceitáveis! Como pode o filho mais velho do Faraó pensar em trair o próprio pai?

– Acalme-se, por favor.

– Não, não me acalmarei! O seu comportamento é indigno de um futuro monarca, e o seu pai deve ser informado dele.

 – Não está indo longe demais?

– Saia da minha casa!

– Esqueceu com quem fala?

– Com um ser ignóbil!

– Exijo-lhe silêncio.

– Não conte com isso.

– Nesse caso, vou impedi-lo de falar.

– A mim, impedir-me de...

Sem fôlego, o velho diplomata levou as mãos ao coração e caiu por terra. Chenar chamou logo os servidores, que estenderam o alto dignitário num leito e chamaram imediatamente um médico, que logo constatou o óbito provocado por uma crise cardíaca fulminante.

Chenar tivera sorte – seu arriscado empreendimento terminara com um final feliz.

ISET A BELA estava amuada.

Encerrada na *villa* dos pais, recusou-se a receber Ramsés sob o pretexto de uma fadiga que lhe roubava o frescor da pele. Dessa vez, faria Ramsés pagar as partidas precipitadas e longas ausências. Por trás de um cortinado do primeiro andar, ouviu a conversa entre a sua criada e o príncipe.

– Transmita os meus votos de pronto restabelecimento à sua ama – disse Ramsés – e avise-a de que não voltarei.

– Não! – gritou a jovem.

Afastou o cortinado, desceu correndo as escadarias e atirou-se nos braços do amante.

– Parece que já está bem melhor!

– Não parta, senão ficarei realmente doente.

– Exige que eu desobedeça ao rei?

– Essas expedições são tão maçantes... Aborreço-me sem você.

– Por acaso declinou os convites para os banquetes?

– Não, mas tenho de estar permanentemente repelindo os avanços dos jovens nobres. Se você estivesse presente, não me importunariam.

– Às vezes não se viaja em vão.

Ramsés afastou-se e ofereceu um estojo à jovem, que arregalou os olhos de espanto.

– Abra-o.

– É uma ordem?

– Entenda como quiser.

Iset a Bela ergueu a tampa, e o que viu arrancou-lhe um grito de prazer.

– É para mim?

– Com a autorização do chefe da expedição.

Ela o beijou apaixonadamente.

– Ponha-o no meu pescoço.

Ramsés fez sua vontade. O colar de turquesas fez delirar os olhos verdes da moça. Agora, eclipsaria todas as suas rivais.

AMENI CONTINUAVA suas pesquisas nas lixeiras com uma obstinação que nenhum fracasso conseguia abalar. Na véspera, julgara descobrir diversos elementos do quebra-cabeça e relacionar a direção da fabriqueta com o nome de um proprietário, mas teve que desistir: a inscrição estava ilegível e faltavam letras.

Aquela procura do impossível não impedia o jovem escriba de cumprir com perfeição o seu trabalho de secretário particular; Ramsés recebia uma correspondência cada vez mais abundante, que era necessário responder com as fórmulas de delicadeza apropriadas a cada caso. Queria que a reputação do príncipe fosse impecável e dera uma recapitulada no relatório referente à viagem às minas de turquesas.

– Sua notoriedade está se espalhando – observou Ramsés.

– Não me interessam mexericos de corredor.

– Consideram que você merece um posto melhor.

– Fiz voto de lhe servir.

– Pensei na sua carreira, Ameni.

– Já está traçada.

Aquela amizade indefectível enchia de alegria o coração do príncipe; mas, saberia mostrar-se digno dela? Com a sua atitude, Ameni negava-lhe a mediocridade.

– Avançou nas investigações?

– Não, mas não desistirei. E você?

– Apenas da intervenção da rainha, não há nenhuma pista que valha a pena.

– Há um nome que ninguém se atreve a pronunciar – observou Ameni.

– E com razão, não acha? Acusar sem provas seria um grave erro.

– Gosto de ouvi-lo falar assim. Sabe que está cada vez mais parecido com Sethi?

– Sou seu filho.

– Chenar também... No entanto, quase se poderia jurar que pertence a outra linhagem.

RAMSÉS ESTAVA nervoso. Por que Moisés teria sido chamado ao palácio quando se preparava para regressar ao harém de Mer-Our? Durante a expedição o amigo não cometera qualquer falta; pelo contrário, tanto os mineiros como os soldados haviam elogiado a excelência do jovem intendente e desejado que seus colegas o tomassem como exemplo. Mas a maledicência e a calúnia estavam por todo lado.

A popularidade de Moisés talvez tivesse ofuscado algum incompetente colocado em posição mais elevada.

Ameni escrevia, imperturbável.

– Não está inquieto?

– Por Moisés, não. Ele é como você: as provações endurecem-no em vez de o abaterem.

A justificação não acalmou Ramsés; o caráter do hebreu era tão marcante que suscitava mais ciúmes do que estima.

– Em vez de estar aí se consumindo – aconselhou Ameni – leia os últimos decretos reais.

O príncipe dedicou-se à sua tarefa, concentrando-se com dificuldade; várias vezes se levantou e passeou pela varanda.

Pouco antes do meio-dia, viu Moisés sair do edifício administrativo. Incapaz de esperar mais, desceu a escada correndo e se dirigiu a ele.

O hebreu parecia desconcertado.

– Conte-me! – insistiu Ramsés.

– Propõem-me um posto de contramestre nos canteiros de obras reais.

– Acabou-se o harém?

– Participarei da construção dos palácios e dos templos, e terei de andar de cidade em cidade para vigiar os trabalhos, sob a direção de um mestre-de-obras.

– E você aceitou?

– Não é preferível isso à convivência estupidificante do harém?

– Então é uma promoção! Acha está na cidade, Setaou também. Esta noite, vamos festejar.

28

Os antigos alunos do *Kap* passaram uma noite animada: as dançarinas profissionais, o vinho, a carne, as sobremesas... O conjunto aproximava-se da perfeição. Setaou contou algumas histórias de serpentes e revelou a sua forma de seduzir as beldades salvando-as de um réptil que ele próprio introduzia nos seus aposentos privados; conduta esta considerada por ele próprio um tanto imoral, que lhe evitava intermináveis preliminares.

Cada um falou do seu destino: Ramsés estava destinado ao exército, Ameni à carreira de escriba, Acha à de diplomata, enquanto Moisés estaria ocupado com as obras públicas e Setaou com as suas queridas criaturas rastejantes. E uma pergunta ficou no ar: quando voltariam a se ver de novo, felizes e vencedores?

Setaou foi o primeiro a se retirar, em companhia de uma dançarina núbia de olhar terno; Moisés tinha que dormir algumas horas, antes de partir para Karnak, onde Sethi projetava um canteiro de obras gigantesco; Ameni, pouco habituado a beber, adormeceu sobre as almofadas fofas. A noite estava agradavelmente perfumada.

– É estranho – disse Acha a Ramsés. – A noite parece tão calma.

– Por que diz isso? Ela deveria estar de outra maneira?

– As minhas viagens à Ásia e à Núbia tornaram-me menos estúpido. Vivemos numa falsa segurança. Tanto ao norte como ao sul, povos mais ou menos temíveis sonham apenas em se apoderar das nossas riquezas.

– Ao norte, os hititas... E ao sul?

– Esqueceu-se dos núbios?

– Estão dominados há muito tempo!

– Era o que eu também julgava antes de ir lá em uma missão exploratória. As línguas soltaram-se, ouvi discursos menos estúpido oficiais e me aproximei de uma outra realidade, diferente daquela geralmente apresentada na corte.

– Você está muito enigmático.

Acha, elegante e culto, não parecia talhado para longas viagens a países pouco hospitaleiros. Conseguia manter um humor constante, não elevava o tom da voz e arvorava uma tranqüilidade a toda prova. Sua força interior e sua agilidade mental surpreendiam a todos que o subestimavam. Naquele momento, Ramsés teve certeza de que nunca deixaria de prestar atenção num aviso proferido por Acha. Seu requinte era enganador; por trás da aparência de homem público ocultava-se um ser determinado e seguro de si.

– Sabe que estamos falando de segredos de Estado?

– É a sua especialidade – ironizou Ramsés.

– Dessa vez, dizem respeito diretamente a você; e é por isso que, a título de amigo, considero que você merece uma noite de vantagem em relação a Chenar. Amanhã de manhã ele figurará entre os membros do conselho que o Faraó vai reunir.

– Está traindo a sua palavra em meu benefício?

– Não traio o meu país, mas estou convencido de que você deve desempenhar um papel nesse assunto.

– Não pode ser mais explícito?

– Na minha opinião, contra a dos peritos, prepara-se uma revolta numa das nossas províncias da Núbia. Não um simples movimento de protesto, mas uma verdadeira insurreição, que poderá causar numerosas vítimas se o exército egípcio não agir de forma rápida.

 Ramsés estava estupefato.

– Atreveu-se a apresentar uma hipótese de tão pouco crédito?

– Desenvolvi-a por escrito, fundamentando os meus argumentos; não sou adivinho, apenas lúcido.

– O vice-rei da Núbia e os generais vão acusá-lo de delírio!

– Disso eu tenho certeza; mas o Faraó e os seus conselheiros lerão o meu relatório.

– Por que haveriam de aceitar as suas conclusões?

– Porque elas refletem a verdade. E não é a verdade o guia do nosso soberano?

– Sim, mas...

– Não seja incrédulo e se prepare.

– Preparar-me?

– Quando o Faraó decidir reprimir a revolta, fará questão de mandar ao local um dos seus filhos. Deverá ser você e não Chenar. Eis a ocasião sonhada para você se impor como um verdadeiro soldado.

– E se você estiver enganado...

– Isso está fora de questão. Apresente-se cedo no palácio real.

UMA ANIMAÇÃO fora do comum reinava na aléia do palácio onde o Faraó reunira os membros do conselho, composto pelos "nove amigos únicos", generais e alguns ministros. Habitualmente, o rei limitava-se a um encontro com o seu vizir e se detinha nos relatórios que considerava essenciais. Naquela manhã, sem que qualquer indício anunciasse, o grande conselho estava reunido em caráter de urgência.

Ramsés apresentou-se ao assistente do vizir e solicitou audiência com o Faraó; pediram-lhe que esperasse. Como Sethi detestava grandes falatórios, o príncipe julgou que as deliberações seriam de curta duração, mas não foi o que aconteceu. Prolongaram-se de forma anormal, a ponto de ultrapassarem a hora de almoço e entrarem pela tarde. Devia haver graves dissensões opondo os participantes, e o rei não decidiria antes de estar certo de seguir o caminho justo.

Quando o sol já declinava, os "amigos únicos", com rosto grave, saíram da sala do conselho seguidos dos generais. Quinze minutos mais tarde, o assistente do vizir veio buscar Ramsés.

Não foi Sethi quem o recebeu, e sim Chenar.

– Quero ver o Faraó.

– Está ocupado. O que deseja?

– Voltarei em outra ocasião.

– Estou habilitado a lhe responder, Ramsés; se se recusar a falar comigo, farei um relatório. O nosso pai não apreciará o seu comportamento. Já esqueceu que me deve respeito?

A ameaça não impressionou Ramsés, decidido a arriscar tudo.

– Somos irmãos, Chenar. Esqueceu?

– A nossa respectiva posição...

– Amizade e confiança nos são então proibidas?

O argumento perturbou Chenar, cujo tom se tornou mais cortante.

– Não, claro que não... Mas você é muito exagerado, muito empolgado...

– Sigo o meu caminho e você o seu. Terminou o período das ilusões.

– E... qual é o seu caminho?

– O exército.

Chenar coçou o queixo.

– Será brilhante, é verdade... Por que razão queria ver o Faraó?

– Para combater ao seu lado na Núbia.

Chenar sobressaltou-se.

– Quem lhe falou de uma guerra na Núbia?

Ramsés permaneceu imperturbável.

– Sou escriba real e oficial superior, mas falta-me uma nomeação efetiva para um campo de batalha. Conceda-me.

Chenar ergueu-se, andou de um lado para outro e voltou a sentar-se.

– Não conte com ela.

– Por que razão?

– É demasiado perigoso.

– Está preocupado com a minha saúde?

– Um príncipe de sangue não pode correr riscos inúteis.

– O Faraó não estará pessoalmente à frente das suas tropas?

– Não insista. O seu lugar não é lá.

– Pelo contrário!

– A minha decisão é irrevogável.

– Apelarei a meu pai.

– Nada de escândalos, Ramsés. O país tem outras preocupações além de um simples confronto protocolar.

– É melhor deixar de se intrometer no meu caminho, Chenar!

A cara redonda do herdeiro do trono endureceu.

– De que me acusa?

– Terei a minha nomeação?

– Quem deve decidir é o rei.

– Por proposta sua...

– Preciso refletir.

– Não demore muito.

ACHA OLHOU em volta. Compartimento de boas dimensões, duas janelas criteriosamente dispostas para garantir a circulação do ar, paredes e teto decorados com frisos florais e motivos geométricos vermelhos e azuis, diversas cadeiras, uma mesa baixa, esteiras de boa qualidade, arcas para arrecadação, um armário para papiros... O gabinete que acabavam de atribuir-lhe no Ministério dos Negócios Estrangeiros pareceu-lhe bastante conveniente, embora esperasse uma sala melhor. Raros eram os funcionários jovens que se beneficiavam de tanto conforto.

Acha ditou a correspondência ao seu secretário, recebeu colegas desejosos de se encontrarem com aquele que o ministério considerava um fenômeno, e por fim recebeu Chenar, desejoso de conhecer o novo funcionário que parecia destinado a um futuro brilhante.

– Está satisfeito?

– Com menos me satisfaria.

– O Faraó apreciou muito o seu trabalho.

– Que a minha dedicação possa satisfazer sempre Sua Majestade.

Chenar fechou a porta do gabinete e falou em voz baixa.

– Eu também aprecio muito o seu trabalho. Graças a você, Ramsés precipitou-se de cabeça na armadilha. O seu único sonho é lutar na Núbia! Claro que, para deixá-lo entusiasmado, comecei por recusar suas exigências e depois fui cedendo aos poucos.

– A nomeação já foi feita?

– O Faraó concordará em levá-lo à Núbia para fazê-lo travar o seu primeiro confronto. Ramsés ignora que os núbios são guerreiros temíveis e que a revolta em curso corre o perigo de se tornar sangrenta. O passeio às minas de turquesas inflamou-o, e ele já se considera um velho combatente. Por si só não teria tido a idéia de se alistar. Não o manobramos bem, meu caro?

– Espero que sim.

– E se falássemos de você, Acha? Não sou um ingrato, e você exerce com brilho os seus dons de jovem diplomata. Com um pouco de paciência, dois ou três relatórios notáveis e reconhecidos, e as promoções sairão.

– A minha única ambição é servir ao meu país.

– A minha também, claro! Mas uma posição elevada permite ser mais eficaz. Interessa-lhe a Ásia?

– Este não é o campo de ação privilegiado da nossa diplomacia?

– O Egito tem necessidade de profissionais com o seu valor. Forme-se, aprenda, ouça e me seja fiel; você não se arrependerá.

Acha inclinou-se.

EMBORA O povo do Egito não gostasse de conflitos, a partida de Sethi para a Núbia não provocou inquietação. Como poderiam as tribos negras resistir a um exército poderoso e bem organizado? A expedição assemelhava-se mais a uma operação de segurança do que a um verdadeiro confronto. Duramente castigados, os rebeldes não tornariam a levantar tão cedo a cabeça, e a Núbia voltaria a ser uma província calma.

Graças ao relatório alarmista de Acha, Chenar sabia que os egípcios deparariam com uma forte resistência. Ramsés tentaria provar a sua valentia com a inconsciência da juventude. No passado, as flechas e os machados núbios tinham posto fim à existência de soldados imprudentes, bem convencidos de sua superioridade. Com um pouco de sorte, Ramsés teria o mesmo destino.

A vida sorria para Chenar; sobre o tabuleiro do poder, dispunha os peões de forma a vencer o jogo. A intensa atividade do Faraó esgotava-o; num futuro próximo, seria obrigado a nomear o filho mais velho como regente, concedendo-lhe um poder de iniciativa muito maior. Controlar-se, não ser impaciente e agir na sombra: eis as chaves do sucesso.

AMENI CORREU até o cais principal de Mênfis; pouco habituado ao exercício, avançava com lentidão e tinha grande dificuldade em abrir caminho por entre a numerosa multidão que saudava o corpo expedicionário. Ao explorar uma nova lixeira, descobrira um indício importante, talvez decisivo.

Na qualidade de secretário de Ramsés foi-lhe permitido ultrapassar o cordão de segurança; quase sem fôlego, chegou ao cais.

– O barco do príncipe?

– Já partiu – respondeu um oficial.

29

Tendo partido de Mênfis no vigésimo-quarto dia do segundo mês da estação de inverno, no oitavo ano do reinado de Sethi, o exército egípcio avançou muito rapidamente em direção ao sul. Desembarcou em Assuã e a seguir tornou a embarcar para os rochedos da primeira catarata. O nível pluvial no Nilo naquela época poderia ter permitido franquear as passagens perigosas, mas o Faraó preferiu utilizar barcos adaptados à subida do rio em direção à Núbia.

Ramsés estava encantado. Nomeado escriba do exército, dirigia a expedição sob as ordens diretas do pai; por isso, viajava no mesmo barco em forma de lua crescente, cujas extremidades se erguiam bem acima do nível da água; dois lemes, um a bombordo e outro a estibordo, permitiam manobras suaves e rápidas. Uma vela imensa, presa em um único mastro de grande tamanho, inflava com o poderoso vento do norte; a equipe verificava freqüentemente a tensão dos cordames.

No centro, uma enorme cabine dividida em quartos e gabinetes; próximas à proa e à popa, outras cabines, bem menores, reservadas ao capitão e aos dois homens do leme. A bordo do barco real, como nas outras unidades da frota de guerra, reinava grande animação. Marinheiros e soldados tinham a sensação de estar se realizando um passeio sem perigos, e nenhum oficial os desiludia. Todos haviam sido informados das ordens do rei: não ser agressivo com os civis, não alistar ninguém à força, manter uma atitude correta, não determinar qualquer prisão arbitrária. Que a passagem do exército inspirasse receio e provocasse o respeito pela ordem estabelecida era de se esperar; mas, ser sinônimo de terror ou pilhagem, era inaceitável. Os que não respeitassem o código de honra seriam severamente punidos.

A Núbia fascinou Ramsés que, durante a viagem, não abandonou a proa do barco. Colinas desérticas, ilhotas de granito, fino tapete verde resistente ao deserto e o céu azul muito puro constituíam uma paisagem de fogo absoluta que lhe deslumbrava a alma. Vacas descansavam às margens, flamingos e andorinhas sobrevoavam as palmeiras onde brincavam os babuínos. Ramsés simpatizou imediatamente com aquele país selvagem; era da mesma natureza que ele, queimava com o mesmo ardor incontrolável.

De Assuã à segunda catarata, o exército egípcio atravessou uma região tranqüila; deteve-se junto a aldeias tranqüilas, às quais ofereceu alimentos e móveis. A província de Ouaouat,* há muito pacificada, estendia-se ao longo de 350 quilômetros; Ramsés sentia-se como num sonho deslumbrante, feliz, de tal forma aquela terra lhe falava ao coração.

Despertou do pensamento tendo à sua frente um incrível monumento, a enorme fortaleza de Bouhen, com paredes de tijolos de 11 metros de altura por 5 de largura. Das suas torres retangulares, marcando o caminho da ronda com ameias, os vigias egípcios observam a segunda catarata e seus arredores. Nenhuma expedição núbia podia ultrapassar o cordão de praças fortes, das quais Bouhen era a mais importante. Três mil soldados residiam ali permanentemente e se comunicavam com o Egito por um vaivém de correspondência.

Sethi e Ramsés penetraram na fortaleza pela entrada principal, situada de frente para o deserto, sendo barrada por duas portas duplas ligadas por uma ponte de madeira. Se um eventual agressor tentasse ultrapassá-la, sucumbiria sob uma chuva de flechas, dardos e pedras lançados por fundas. As seteiras de três ameias estavam posicionadas de forma a apanhar o adversário sob um tiro cruzado que não lhe daria qualquer chance de escapar.

Parte do contingente fora acolhida no pequeno povoado construído junto à praça forte; uma caserna, casas bem-arranjadas, armazéns e oficinas, um mercado e instalações sanitárias tornavam-na bastante agradável. O corpo expedicionário apreciaria algumas horas de repouso antes de

*Termo que significa "a ardente".

penetrar na segunda província núbia, a região de Koush; até aquele momento, o moral estava ótimo.

O comandante da fortaleza recebeu o rei e o filho na sala principal de Bouhen, onde fazia justiça, depois da aprovação de suas decisões, pelo vizir. Ofereceram cerveja fresca e tâmaras aos importantes visitantes.

– O vice-rei da Núbia está ausente? – perguntou Sethi.

– Não deve tardar, majestade.

– Terá mudado de residência?

– Não, majestade. Ele quis avaliar pessoalmente a situação na região de Irem, ao sul da terceira catarata.

– A situação... Uma revolta, não é o que quer dizer?

O comandante evitou o olhar de Sethi.

– O termo é certamente exagerado.

– O vice-rei se deslocaria a tal distância para prender meia dúzia de ladrões?

– Não, majestade, controlamos perfeitamente a região e...

– Por que razão, já há vários meses, os seus relatórios minimizam o perigo?

– Tentei manter-me objetivo, majestade. É verdade que os núbios da província de Irem estão um pouco agitados, mas...

– Duas caravanas atacadas, um poço de que os revoltosos se apoderaram, um oficial de informações assassinado... e trata-se de uma pequena agitação?

– Já tivemos pior, majestade.

– Verdade, mas foram decretados e infligidos os castigos. Dessa vez, o vice-rei e você foram incapazes de deter os culpados, que se acreditavam inacessíveis e se prepararam para fomentar uma verdadeira rebelião.

– O meu papel é puramente defensivo – protestou o comandante. – Nenhum núbio revoltoso ultrapassará a barreira das nossas fortalezas.

A cólera de Sethi aumentou.

– Admite então que podemos abandonar aos rebeldes a região de Kuosh e a de Irem?

– Nem por um momento, majestade!

– Então diga-me verdade.

A frouxidão do oficial superior desagradou a Ramsés; covardes assim eram indignos de servir ao Egito. No lugar do pai, o rebaixaria e o enviaria para a primeira linha.

– Parece-me inútil atemorizar as tropas, mesmo se algumas perturbações alteraram a nossa serenidade.

– E as nossa perdas?

– São inexistentes, espero. O vice-rei saiu à frente de uma patrulha experiente. Bastará que os vejam para que os núbios deponham as armas.

– Esperarei apenas três dias; em seguida, agirei.

– Não será necessário, majestade, mas terei a honra de vos acolher. Esta noite vou organizar uma pequena festa...

– Não comparecerei a ela; velai, sim, pelo bem-estar dos meus soldados.

HAVERÁ PAISAGEM mais violenta do que a da segunda catarata? Altas falésias ladeavam o Nilo, que abria passagem em estreitos canais, cujos enormes blocos de basalto e granito tentavam obstruir e nos quais embatia uma água cheia de espuma. O rio turbilhonava e batia-se com tal fúria que franqueava os obstáculos e tomava novo rumo. Lá ao longe, torrentes de areia ocre vinham morrer nas margens vermelhas salpicadas de rochedos azuis. Aqui e acolá, palmeiras mediterrâneas de tronco bifurcado davam um toque de verde à navegação.

Ramsés vivia cada um dos sobressaltos do Nilo, acompanhava-o nos seus combates contra os rochedos, triunfava com ele. Entre o rio e ele, a comunhão era total.

A PEQUENA cidade de Bouhen, a mil léguas de uma guerra na qual ninguém acreditava, estava feliz. As treze fortalezas egípcias desencorajariam milhares de agressores; quanto à região de Irem, não abrangia uma vasta zona cultivada, penhor de uma felicidade tranqüila que ninguém pensava em destruir? A exemplo dos seus predecessores, Sethi contentara-se em manifestar suas habilidades militares para impressionar os espíritos e consolidar a paz.

Percorrendo o acampamento, Ramsés percebeu que nenhum dos soldados pensava em combater: dormiam, banqueteavam-se, faziam amor com encantadoras núbias, jogavam dados, falavam do regresso ao Egito, mas não tocavam nas armas.

E, no entanto, o vice-rei da Núbia ainda não regressara da província de Irem.

Ramsés notou a propensão do ser humano em pôr de lado o essencial para melhor se alimentar de ilusões; porém, a realidade parecia-lhes tão pouco comestível que se enchiam de miragens, pois tinham certeza de se livrarem dos obstáculos. O indivíduo era, simultaneamente, desertor e criminoso; o príncipe jurou a si mesmo não recuar diante dos fatos, mesmo que estes não correspondessem às suas esperanças. Tal como o Nilo, enfrentaria os rochedos e os venceria.

No extremo oeste do acampamento, do lado do deserto, um homem estava agachado e escavava a areia, como se enterrasse um tesouro.

Desconfiado, Ramsés aproximou-se, com a espada na mão.

– O que está fazendo?

– Cale-se, não faça barulho! – exigiu uma voz quase inaudível.

– Responda à minha pergunta.

O homem levantou-se.

– Ah, que estupidez! Você a afugentou.

– Setaou! Alistou-se?

– Claro que não... Estou convencido de que uma cobra negra tinha um ninho nesse buraco.

Vestido com o seu estranho capote com bolsos, mal barbeado, a pele morena e os cabelos negros brilhando sob a luz da lua, Setaou não parecia em nada com um soldado.

– Segundo dizem os bons feiticeiros, o veneno das serpentes núbias é de excepcional qualidade, e por isso uma expedição como esta era uma bênção dos deuses!

– E... o perigo? Trata-se de uma guerra!

– Não sinto qualquer aroma sangrento. Os imbecis dos soldados empanturram-se e embebedam-se. Na verdade, é a sua atividade mais perigosa.

– Essa calma não vai durar.

– Certeza ou profecia?

– Acha que o Faraó teria deslocado tantos homens para uma simples parada?

– Pouco me interessa, desde que me deixem apanhar serpentes de tamanhos e cores esplêndidas! Em vez de arriscar estupidamente a vida, devia vir comigo para o deserto. Faríamos belas caçadas.

– Estou às ordens do meu pai.

– Eu sou livre.

Setaou estendeu-se no chão e logo adormeceu; era realmente o único egípcio a não temer os passeios noturnos dos répteis.

RAMSÉS CONTEMPLAVA a catarata e partilhava os esforços incessantes do Nilo. A noite começava a rasgar-se quando sentiu alguém atrás de si.

– Esqueceu de dormir, meu filho?

– Estive velando por Setaou e vi várias serpentes aproximarem-se dele, pararem e depois irem embora. Mesmo durante o sono, ele exerce o seu poder. Não é assim um monarca?

– O vice-rei regressou – disse Sethi.

Ramsés fitou o pai.

– Pacificou Irem?

– Cinco mortos, dez feridos graves e uma retirada precipitada. Eis o essencial da sua ação. As previsões do seu amigo Acha revelam-se corretas. Esse rapaz é um ótimo observador, que soube tirar as conclusões certas dos testemunhos que colheu.

– Às vezes ele me deixa pouco à vontade, mas tem uma inteligência extraordinária.

– Infelizmente, teve razão mesmo contra a opinião de muitos conselheiros.

– É a guerra?

– Sim, Ramsés. Não há nada que eu mais deteste, mas um faraó não pode tolerar nem rebeldes nem causadores de rebeliões. Isto seria o fim do reinado de Maât e a implantação da desordem, que só serve para acarretar infelicidade para todos, grandes e pequenos. Ao norte, o Egito protege-se da invasão controlando Canaã e a Síria; ao sul, a Núbia. O rei que fraquejasse, como Akhenaton, poria o país em perigo.

– Então combateremos?

– Esperemos que os núbios sejam razoáveis. Seu irmão insistiu muito para que eu aceitasse a sua nomeação; parece acreditar nas suas qualidades de soldado. Mas os nossos adversários são temíveis; mesmo bêbados, eles lutarão até a morte, insensíveis aos ferimentos.

– Então me julga incapaz para o combate?

– Você não é obrigado a correr perigos desnecessários.

– Se o senhor me confiar uma responsabilidade, eu a cumprirei.

– A sua vida não é mais preciosa?

– Com certeza não, meu pai. Quem trai a sua palavra não merece viver.

– Então lute, se os revoltosos não se submeterem. Lute como um touro, um leão e um falcão; seja fulgurante como a tempestade. Caso contrário, você será vencido.

30

O exército deixou Bouhen de má vontade para ultrapassar a segunda catarata, a barragem segura das fortalezas, e penetrar na região de Koush, pacificada, é verdade, mas povoada por robustos núbios cuja valentia era lendária. Até a ilha de Saï, na qual estava edificada a praça forte de Shaat, residência secundária do vice-rei, a viagem foi curta. Alguns quilômetros na direção da corrente, Ramsés notara outra ilha, Amara, cuja beleza selvagem o havia conquistado. Se o destino lhe sorrisse, pediria ao pai para ali mandar construir uma capela em homenagem ao esplendor da Núbia.

Em Shaat, os cantares despreocupados extinguiram-se; a cidadela, muito menos importante do que Bouhen, estava cheia de refugiados que haviam escapado da rica planície de Irem, agora nas mãos dos rebeldes. Embriagadas com a vitória e com a ausência de reação do vice-rei, que se contentara em opor-lhes alguns veteranos rapidamente dispersos, duas tribos haviam atravessado a terceira catarata e avançavam para o norte. Renascia o velho sonho: reconquistar a região de Koush, expulsar de lá os egípcios e realizar um assalto decisivo contra as fortalezas.

Shaat era a primeira a ficar exposta.

O Faraó ordenou que fosse dado o alerta. Em cada ameia, um arqueiro; no cimo das torres, atiradores de fundas; abrigada nos fossos e espalhada junto aos altos muros de tijolos, a infantaria.

Depois, o Faraó e o filho, acompanhados pelo vice-rei da Núbia, silencioso e abatido, interrogaram o comandante da fortaleza.

– As notícias são desastrosas – confessou este. – Na última semana, a revolta atingiu proporções imprevisíveis. Geralmente, as tribos guerreiam-se entre si e recusam qualquer aliança. Dessa vez, estão se entendendo! Enviei mensagens a Bouhen, mas...

A presença do vice-rei impediu o comandante de emitir uma crítica demasiado enérgica.

– Continue – exigiu Sethi.

– Poderíamos abafar essa revolta no começo se tivéssemos agido a tempo. Agora eu me pergunto se não seria mais inteligente desistirmos.

Ramsés estava estupefato. Como imaginar que os responsáveis pela segurança do Egito fossem tão covardes e imprevidentes?

– Essas tribos são tão assustadoras assim? – perguntou.

– Verdadeiras feras – respondeu o comandante. – Nem a morte nem o sofrimento as assustam. Sentem prazer em combater e em matar. Não censurarei ninguém que fuja quando elas se lançarem ao ataque, berrando.

– Fugir? Mas é uma traição!

– Quando os virdes, compreendereis; apenas um exército muito superior em número poderá detê-los. E hoje não sabemos se nossos inimigos são centenas ou milhares.

– Siga para Bouhen com os refugiados e leve o vice-rei – ordenou Sethi.

– Devo enviar reforços?

– Veremos depois; os meus mensageiros o manterão informado. Mande fechar a passagem pelo Nilo; e que todas as fortalezas se preparem para repelir um assalto.

O vice-rei saiu rápido, mas aliviado; receara outras sanções. O comandante preparou a retirada; duas horas mais tarde, uma longa coluna dirigia-se para o norte. Em Shaat ficaram apenas o Faraó, Ramsés e mil soldados, cujo moral ficara bruscamente abalado. Murmurava-se que dez mil negros ávidos de sangue cairiam sobre a cidadela e massacrariam os egípcios até o último homem.

Sethi deixou ao filho a tarefa de dizer a verdade às tropas. Ramsés não se contentou apenas em expor os fatos conhecidos e dissipar as falsas notícias: apelou para a coragem de cada um e para o dever de proteger o país, mesmo com risco da própria vida. Suas palavras foram simples, diretas, e seu entusiasmo revelou-se contagiante. Sabendo que o filho do rei lutaria junto com eles, sem privilégios, os soldados readquiriram a esperança. Com a energia de Ramsés e a estratégia de Sethi, estavam salvos do desastre.

O REI decidira avançar para a parte sul em vez de esperar um eventual ataque; parecia-lhe preferível enterrar a espada nas fileiras adversárias, pronto para bater em retirada se estas fossem muito numerosas. Pelo menos ficaria sabendo.

Durante uma longa noite Sethi estudou o mapa da região de Koush em companhia de Ramsés e o ensinou a ler as indicações dos geógrafos. Uma tal confiança por parte do Faraó fez com que o jovem ficasse radiante; aprendeu muito depressa e prometeu a si mesmo guardar todos os pormenores na memória. O que quer que acontecesse, o dia seguinte seria glorioso.

Sethi retirou-se para o quarto da fortaleza que lhe fora reservado, e Ramsés estendeu-se sobre uma cama rudimentar. Seus sonhos de vitória foram perturbados por risos e suspiros provenientes do quarto ao lado. Curioso, levantou-se e empurrou a porta do local suspeito.

Deitado de barriga para baixo, Setaou apreciava de forma barulhenta a massagem de uma jovem núbia nua, de rosto delicado e corpo magnífico. A pele de ébano brilhava, e os traços nada tinham de negróide, fazendo pensar nos de uma nobre de Tebas. Era ela que ria, divertida por ver Setaou tão satisfeito.

– Tem 15 anos e chama-se Lótus – revelou o encantador de serpentes. – Seus dedos descontraem-me as costas com uma perfeição inigualável. Quer aproveitar os seus dons?

– Não me perdoaria por lhe roubar tão bela companhia.

– Além do mais, ela convive com os répteis mais perigosos sem o mínimo receio; juntos, conseguimos recolher uma bela quantidade de veneno. Por todos os deuses, que sorte! Esta expedição agradou-me... Estava certo em não perdê-la.

– Amanhã vocês ficarão de guarda à fortaleza.

– Vai atacar?

– Vamos avançar.

– Está bem. Lótus e eu serviremos de guardas enquanto tentamos capturar uma dezena de cobras.

ERA INVERNO, a madrugada estava fresca, e os combatentes envergavam uma comprida túnica que tirariam logo que os raios do sol núbio lhes aquecessem o sangue. Ramsés conduzia um carro ligeiro e ocupava a cabeça da expedição, logo atrás dos homens encarregados de iluminar o caminho. Sethi estava no meio da tropa, protegido pela guarda especial.

Um bramido perturbou o silêncio da estepe. Ramsés deu ordem para pararem, saltou para o chão e seguiu os homens da iluminação.

Um animal enorme, de longa tromba, berrava de dor; com uma azagaia espetada na extremidade do seu incrível nariz, debatia-se, tentando libertar-se daquele dardo que o enlouquecia de dor. Um elefante... O animal que, em tempos remotos, deu o seu nome à ilha de Elefantina, na fronteira sul do Egito, de onde desaparecera!

Era a primeira vez que o príncipe via um.

– Um macho enorme – comentou um dos iluminadores. – Cada uma das suas presas pesa pelo menos 80 quilos. Não se aproxime dele, príncipe.

– Mas ele está ferido!

– Os núbios tentaram abatê-lo, mas nós os afugentamos.

O confronto aproximava-se.

Enquanto um dos homens corria para avisar o rei, Ramsés dirigiu-se para o elefante. A cerca de 20 metros do paquiderme, parou e procurou o seu olhar. O animal ferido parou de se movimentar e observou a minúscula criatura.

Ramsés mostrou-lhe as mãos vazias; o macho gigante ergueu a tromba como se compreendesse as intenções pacíficas do rapaz. O príncipe avançou muito lentamente.

Um dos iluminadores ia gritar, mas um companheiro fechou-lhe a boca; ao mínimo incidente, o elefante esmagaria o filho do Faraó.

Ramsés não sentia qualquer medo. No olhar atento do quadrúpede captou uma inteligência muito viva, capaz de compreender as suas intenções. Mais alguns passos e ficou a um metro do animal ferido, cuja cauda batia nos flancos.

O príncipe ergueu os braços, e o elefante baixou a tromba.

– Vai doer – disse-lhe – mas é necessário.

Ramsés agarrou no cabo da azagaia.

– Está de acordo?

As enormes orelhas bateram no ar como se o paquiderme desse uma resposta afirmativa.

O príncipe puxou com força, arrancando o ferro de uma só vez; o elefante barriu, liberto. Estupefatos, os iluminadores acreditaram que se passara um milagre, mas que Ramsés não sobreviveria à façanha, pois a extremidade da tromba ensangüentada enrolou-se em torno da cintura do príncipe.

Dentro de poucos segundos estaria morto, depois chegaria a vez deles. A solução seria fugir.

– Olhem, olhem para isto!

A voz alegre do príncipe deteve-os; voltaram-se e o viram sentado sobre a cabeça do elefante, no lugar onde, com infinita delicadeza, a tromba deste o havia colocado.

– Do alto dessa montanha – declarou Ramsés – eu verei o mínimo movimento do inimigo.

A PROEZA do príncipe encantou o exército. Alguns evocaram a força sobrenatural de Ramsés, capaz de submeter à sua vontade o mais poderoso dos animais, cujo ferimento era tratado com tampões embebidos em óleo e mel. Não havia qualquer dificuldade de comunicação entre o elefante e ele: um falava com a língua e as mãos, o outro com a tromba e as orelhas. Sob a proteção do gigante, que seguia uma pista já aberta, os soldados chegaram a uma aldeia formada por cabanas de lama seca, cobertas por um teto de folhas de palmeira.

Por todo lado, cadáveres de velhos, crianças e mulheres, uns com as vísceras à mostra, outros de garganta cortada. Os homens que tinham tentado resistir jaziam um pouco mais longe, todos mutilados. As colheitas tinham sido queimadas, e os animais, abatidos.

Ramsés sentiu o coração vir-lhe à boca.

Então a guerra era aquilo, aquela carnificina, aquela crueldade sem limites que fazia do homem o pior dos predadores!

– Não bebam a água do poço! – gritou um velho soldado.

Dois jovens sedentos haviam matado a sede; morreram dez minutos depois, com o ventre em fogo. Os revoltosos tinham envenenado o poço para castigar os habitantes, seus irmãos de raça, desejosos de permanecer fiéis ao Egito.

– É um caso que não seria capaz de tratar – lamentou Setaou. – No domínio dos venenos vegetais tenho muito o que aprender ainda. Felizmente, Lótus me ensinará.

– O que está fazendo aqui? – espantou-se Ramsés. – Não devia ficar de guarda, na fortaleza?

– Que tarefa entediante... Esta natureza é tão rica, tão abundante.

– Como a aldeia massacrada, por exemplo?

Setaou posou a mão no ombro do amigo.

– Compreende por que prefiro as serpentes? A sua forma de matar é mais nobre, e elas ainda nos fornecem poderosos remédios contra as doenças.

– O homem não pode descer tanto.

– Tem tanta certeza assim?

– Existe Maât e existe o caos. Viemos ao mundo para que Maât reine e o mal seja vencido, mesmo renascendo constantemente.

– Só um faraó pensa assim e você não passa de um comandante de guerra: que se prepara para massacrar os massacradores.

– Ou cair sob seus golpes.

– Não creia em mau-olhado e venha beber uma tisana que Lótus preparou. Ela vai torná-lo invencível.

SETHI ESTAVA carrancudo.

Reunira na sua tenda Ramsés e os oficias superiores.

– O que propõem?

– Vamos avançar mais – sugeriu um veterano. – Vamos transpor a terceira catarata e invadir a região de Irem. A nossa rapidez será a certeza do êxito.

– Podemos cair numa cilada – avisou um jovem oficial. – Os núbios sabem que gostamos de usar essa tática.

– Exato – admitiu o Faraó. – Para evitar uma emboscada é indispensável conhecermos as posições dos inimigos. Preciso de voluntários para agir à noite.

– É muito arriscado – observou o veterano.

– Eu sei disso.

Ramsés levantou-se.

– Ofereço-me como voluntário.

– Eu também – declarou o veterano – e conheço três camaradas que terão a mesma coragem do príncipe.

31

O príncipe tirou o toucado, a cota de couro, a tanga luxuosa e as sandálias; para se aventurar na savana núbia, escureceria o corpo com carvão de madeira e estaria munido apenas de um punhal. Antes de partir, entrou na tenda de Setaou.

O encantador de serpentes fervia um líquido amarelado, e Lótus preparava uma tisana de hibiscos que originava uma beberagem vermelha.

– Uma serpente negro-avermelhada havia-se enfiado sob a minha esteira – explicou Setaou, radiante. – Que sorte! Mais um espécime desconhecido e uma ótima quantidade de veneno. Os deuses estão conosco, Ramsés! Esta Núbia é um paraíso. Quantos espécimes ocultará?

Erguendo os olhos, encarou o príncipe longamente.

– Aonde pensa em ir nesse estado?

– Espionar os acampamentos rebeldes.

– E como vai fazer?

– Vou direto para o sul. Acabarei por descobri-los.

– O essencial é que regresse.

– Acredito na minha sorte.

Setaou balançou a cabeça.

– Beba o *karkadé* conosco, assim apreciará um sabor sublime antes de cair nas mãos dos negros.

O líquido vermelho era refrescante e tinha sabor de fruta. Lótus serviu Ramsés por três vezes.

– Na minha opinião – decretou Setaou – você está cometendo uma estupidez.

– Estou cumprindo o meu dever.

– Deixe de fórmulas vazias! Vai se atirar de cabeça, sem qualquer chance de vencer.

– Pelo contrário, eu...

Ramsés ergueu-se, vacilante.

– Sente-se mal?

– Não, mas...

– Sente-se.

– Tenho de partir.

– Nesse estado?

– Eu estou bem, eu...

Ramsés caiu desmaiado nos braços de Setaou, que o estendeu numa esteira perto do lume e saiu da tenda. Embora esperasse encontrar o Faraó, a estatura de Sethi impressionou-o.

– Obrigado, Setaou.

– Segundo Lótus, é uma droga muito leve. Ramsés acordará de madrugada, refrescado e bem-disposto. No que diz respeito à sua missão, não tema. Lótus e eu ocuparemos o seu lugar. Ela me guiará.

– O que deseja para si próprio?

– Proteger o seu filho dos excessos.

Sethi afastou-se. O catador de serpentes sentia-se orgulhoso: quantas pessoas poderiam vangloriar-se de ter recebido os agradecimentos do Faraó?

UM RAIO de sol, insinuando-se no interior da tenda, acordou Ramsés. Durante alguns instantes, seu espírito permaneceu enevoado. Não sabia onde estava. Depois, a verdade explodiu: Setaou e a núbia tinham-no drogado!

Furioso, correu para fora da tenda e esbarrou com Setaou, sentado na posição de escriba e comendo peixe seco.

– Calma! Por pouco não me fez engolir isto.

– E a mim, o que me fez engolir?

– Uma lição de sabedoria.

– Tinha uma missão a cumprir, e você me impediu de cumpri-la.

– Dê um beijo em Lótus e lhe agradeça, pois graças a ela sabemos onde se situa o principal acampamento inimigo.

– Mas... ela é um deles!

– A sua família foi assassinada durante a destruição da aldeia.

– Será que ela é sincera?

– Você, o entusiasta, está se tornando cético? Claro que é. Foi por isso que decidiu ajudar-nos. Os revoltosos não pertencem à sua tribo e espalham a desgraça na região mais próspera da Núbia. Em vez de se lamentar, lave-se, coma e se vista como um príncipe. Seu pai está à sua espera.

CONFIANDO NAS indicações de Lótus, o exército egípcio pôs-se em marcha, com Ramsés à frente, empoleirado no elefante. Durante as duas primeiras horas, o animal seguiu descontraído, quase descuidado, alimentando-se de ramos à sua passagem.

Depois, sua atitude modificou-se; com o olhar fixo, avançava mais lentamente, sem fazer o mínimo ruído. Leves, como se não pesassem um grama, suas patas pousavam no solo com incrível delicadeza. De repente, a tromba elevou-se até o topo de uma palmeira e agarrou um negro armado com uma funda: o animal atirou-o de encontro ao tronco, partindo-lhe a espinha.

Será que houvera tempo de o vigia prevenir os seus? Ramsés voltou-se, aguardando ordens. O sinal do Faraó foi inconfundível: espalhar-se e atacar.

O elefante avançou.

Mal atravessou a frágil barreira de um palmeiral, Ramsés viu-os: centenas de guerreiros núbios, de pele muito escura, com a parte anterior do crânio raspada, nariz achatado, lábios salientes, argolas de ouro nas orelhas, plumas nos cabelos curtos e encarapinhados, faces cheias de escarificações; os soldados usavam pequenas tangas de pele malhada, e os chefes, túnicas brancas presas por cintos vermelhos.

Era inútil pedir que se rendessem: logo que viram o elefante e a vanguarda do exército egípcio, lançaram-se sobre os arcos e começaram a atirar. A pressa foi-lhes fatal, pois reagiram dispersos, enquanto as ondas de assalto egípcias se sucediam com calma e determinação.

Os arqueiros de Sethi puseram fora de combate os atiradores núbios, que, por precipitação, avançavam e atrapalhavam uns aos outros; depois, os lanceiros alcançaram o acampamento pela retaguarda e massacraram os negros que carregavam as fundas. Graças aos seus escudos, os guerreiros egípcios agüentaram uma carga pesada, manejada com violência, e trespassaram seus adversários com espadas curtas.

Os núbios sobreviventes, em pânico, abandonaram as armas e se ajoelharam, suplicando aos egípcios que os poupassem.

Sethi ergueu o braço direito, e o combate, que apenas durara alguns minutos, cessou; imediatamente, os vencedores ataram as mãos dos vencidos às suas costas.

Para o elefante, porém, o combate ainda não tinha terminado. Arrancou o teto da maior das casas e desfez-lhe as paredes. Surgiram dois núbios, um alto e digno, com uma larga tira de tecido vermelho atravessada, e o outro pequeno e nervoso, escondendo-se atrás de um cesto.

Este último ferira o paquiderme, espetando-lhe uma azagaia na tromba. Com a extremidade desta, o elefante colheu-o como um fruto maduro e, apertando-o pela cintura, manteve-o no ar durante um longo momento. O pequeno negro berrava e gesticulava, tentando em vão libertar-se do abraço. Quando o elefante o colocou no chão, julgou-se salvo; mal esboçou um movimento de fuga, uma enorme pata esmagou-lhe a cabeça. Sem brusquidão, o elefante esmagou quem o fizera sofrer tanto.

Ramsés dirigiu-se ao grande núbio que, imóvel e com os braços cruzados sobre o peito, contentara-se em observar a cena.

– Você é o chefe?

– Sou, realmente, e você é muito jovem para assim nos ter vencido.

– A honra pertence ao Faraó.

– Ah, então, ele veio pessoalmente... Eis a razão por que os feiticeiros afirmavam que não poderíamos vencer. Devia ter-lhes dado ouvidos.

– Onde se escondem as outras tribos revoltosas?

– Vou dizer-lhe e irei ao encontro deles para lhes pedir que se rendam. O Faraó lhes poupará a vida?

– Só ele decidirá.

SETHI NÃO concedeu qualquer trégua aos inimigos. No mesmo dia atacou dois outros acampamentos. Nem um nem outro deram ouvidos aos conselhos de moderação do chefe vencido. Os combates foram de curta duração porque os núbios lutaram sem coordenação. Ao se recordarem das predições dos feiticeiros e vendo aparecer Sethi, cujo olhar brilhava como uma chama, muitos deles não lutaram com o entusiasmo habitual. Para eles, a rebelião estava perdida.

Na madrugada do dia seguinte, as outras tribos depuseram as armas. Não falavam com terror do filho do rei, dono de um elefante macho que já matara dezenas de negros? Ninguém podia se opor ao exército do Faraó.

Sethi fez seiscentos prisioneiros; levariam consigo 54 rapazes, 66 moças e 48 crianças, que seriam educados no Egito e regressariam depois à Núbia, todos com uma cultura complementar egípcia e baseada na paz com o poderoso vizinho.

O rei assegurou-se de que a região de Irem tinha sido totalmente libertada e que os habitantes dessa rica zona agrícola tinham de novo acesso aos poços de que os rebeldes haviam se apoderado. A partir daquele momento, o vice-rei de Koush inspecionaria todos os meses a região para evitar a eclosão de novos focos de rebelião; se os camponeses tivessem reivindicações a fazer, ele os ouviria e tentaria dar-lhes uma satisfação. Em caso de grave litígio, o Faraó decidiria.

RAMSÉS SENTIA-SE nostálgico; entristecia-o deixar a Núbia. Não se atrevera a solicitar ao pai o posto de vice-rei, para o qual se sentia talhado. Quando o abordara com essa idéia na cabeça, o olhar de Sethi dissuadira-o de expressá-la. O monarca expôs-lhe o seu plano: manter no lugar o atual vice-rei, exigindo-lhe uma conduta impecável. À mínima falha, acabaria a carreira como intendente de qualquer fortaleza.

A tromba do elefante afagou a face de Ramsés. Indiferente ao desejo da maior parte dos soldados, que queriam ver o enorme animal desfilar em Mênfis, o príncipe decidira deixá-lo livre e feliz nos lugares onde tinha nascido e crescido.

Ramsés acariciou a tromba cuja ferida estava quase cicatrizada; o elefante indicou-lhe a direção da savana, como se o convidasse a segui-lo. Mas os caminhos do elefante e do príncipe separavam-se ali.

Durante longos minutos, Ramsés permaneceu imóvel; a ausência do seu surpreendente aliado apertava-lhe o coração. Como teria gostado de partir com ele, descobrir caminhos desconhecidos, captar os seus ensinamentos... Mas o sonho estava desfeito; era necessário embarcar de novo e regressar ao norte. O príncipe jurou a si mesmo voltar à Núbia.

Os egípcios desmontaram o acampamento entoando cantos. Os soldados não poupavam elogios a Sethi e a Ramsés, que tinham transformado em triunfo uma expedição perigosa. Não apagaram as brasas, pois os indígenas as aproveitariam.

Ao passar perto de um maciço, o príncipe ouviu um lamento. Como puderam abandonar um ferido?

Afastou as folhagens e descobriu uma cria de leão amedrontada, respirando com dificuldade. O animal estendeu a pata direita, inchada; gemia e tinha os olhos febris. Ramsés pegou-o no colo e constatou que o coração batia de forma irregular. Se não fosse tratado, o filhote morreria.

Felizmente, Setaou ainda não havia embarcado; Ramsés levou-lhe o doente. O exame do ferimento não deixou qualquer dúvida.

– Uma picada de serpente – concluiu Setaou.

– O seu diagnóstico?

– Muito pessimista... Olhe bem: vêem-se três orifícios correspondentes aos dois dentes venenosos principais e ao de substituição, e a marca dos 26 dentes. Uma cobra, portanto. Se esse leãozinho não fosse excepcional, já estaria morto.

– Excepcional?

– Observe-lhe as patas: para um animal tão jovem, são enormes. Se essa fera sobrevivesse, teria atingido um tamanho monstruoso.

– Tente salvá-lo.

– A sua única chance é a estação: o inverno. Nesta época o veneno da cobra é menos ativo.

Setaou esmagou em vinho uma raiz de pau-de-serpente, originária do deserto oriental, e fez o leãozinho beber o líquido; depois, esmagou cuidadosamente as folhas do arbusto em óleo e untou o corpo do animal para estimular o coração e aumentar a capacidade respiratória.

Durante a viagem, Ramsés não abandonou o filhote, envolto num emplastro feito com areia do deserto mantida úmida e folhas de rícino. O animal mexia-se cada vez menos; alimentado a leite, enfraquecia. Notava-se, porém, que apreciava as carícias do príncipe e dedicava-lhe olhares reconhecidos.

– Você há de viver – prometeu ele – e seremos amigos.

32

Vigilante a princípio recuou, mas depois se aproximou. O cão amarelo, receoso, arranjou coragem para farejar o leãozinho cujos olhos espantados descobriam um animal bizarro. A pequena fera, ainda enfraquecida, sentiu vontade de brincar. Saltou sobre Vigilante e abafou-o sob o seu peso. O cão deu um latido, conseguiu libertar-se, mas não evitou um arranhão no traseiro.

Ramsés agarrou o filhote e ralhou com ele demoradamente; com as orelhas espetadas, ele ouvia. O príncipe tratou o cão, cuja ferida era superficial, e preparou um novo confronto entre seus dois companheiros. Vigilante, vingativo, deu uma espécie de sapatada no leãozinho que Setaou batizara de "Matador". Pois não havia ele vencido o veneno de uma serpente e a sombra de uma morte certa? Aquele nome havia de dar-lhe sorte e correspondia à sua extraordinária força. Setaou refletira em voz alta: um elefante gigantesco, um leão monstruoso... Não estava Ramsés revelando tendência para o grandioso e o excepcional, incapaz de se interessar pelo que era pequeno e miserável?

Rapidamente, o leãozinho e o cão tomaram consciência da respectiva força: Matador aprendeu a se conter, Vigilante a ser menos provocador. Uma amizade inabalável nasceu entre eles; brincadeiras e correrias loucas ligaram-nos na mesma alegria de viver. Depois das refeições, o cão adormecia encostado ao flanco do leãozinho.

As proezas de Ramsés causaram grande alarido na corte. Um homem capaz de domesticar um elefante e um leão era dotado de um poder mágico que ninguém podia ignorar. Iset a Bela sentiu grande orgulho e Chenar profunda amargura. Como podiam os notáveis mostrar-se tão ingênuos? Ramsés tivera sorte, era tudo; ninguém se comunicava com animais ferozes. Num dia próximo, o leão voltaria a ser selvagem e o deixaria em pedaços.

No entanto, o filho mais velho do rei considerou recomendável manter excelentes relações oficiais com o irmão. Depois de ter entoado os elogios a Sethi, como todo o Egito, Chenar salientou o papel que Ramsés desempenhara na luta contra os núbios revoltados. Elogiou as suas qualidades militares e desejou que fossem reconhecidas de forma mais oficial.

Por ocasião de uma entrega de recompensas a veteranos da Ásia, que Chenar oficiava por ordem do rei, manifestou a intenção de ver o irmão em particular. Ramsés esperou pelo fim da cerimônia, e os dois retiraram-se para o gabinete de Chenar, cuja decoração acabava de ser restaurada. O pintor, um verdadeiro gênio, representara canteiros de flores onde voavam borboletas multicores.

– Não está uma maravilha? Gosto de trabalhar rodeado de luxo; as tarefas parecem-me mais leves. Quer beber vinho novo?

– Não, obrigado; estas celebrações mundanas me aborrecem.

– A mim também, mas são indispensáveis. Os nossos valentes gostam de ser honrados. Não arriscam a vida, como você, para preservar a nossa segurança? O seu comportamento na Núbia foi exemplar; no entanto, o caso estava mal encaminhado.

Chenar havia engordado; apreciador da boa mesa, sem fazer exercício, assemelhava-se a um daqueles notáveis de volumosa corpulência.

– Nosso pai conduziu essa campanha com mão de mestre. Bastou a sua presença para assustar o inimigo.

– Claro, claro... Mas a sua aparição no dorso de um elefante teve importância para nosso êxito. Diz-se que a Núbia o impressionou muito.

– É verdade, adoro aquela terra.

– Como considera o comportamento do vice-rei da Núbia?

– Indigno e condenável.

– No entanto, o Faraó manteve-o no lugar...

– Sethi sabe governar.

– Essa situação não pode continuar; o vice-rei não tardará a cometer outro erro grave.

– Não terá extraído uma lição dos seus erros?

– Os homens não mudam assim tão rapidamente, meu querido irmão. Todos têm tendência a tornar a cair nos mesmos erros. O vice-rei não será exceção à regra, pode acreditar.

– Cada um tem o seu destino.

– A sua queda pode influenciar o seu...

– Como?

– Não se faça de ingênuo. Se você se apaixonou pela Núbia, o único cargo que pode desejar é o de vice-rei. Posso ajudar a consegui-lo.

Ramsés não pensara sob aquela perspectiva; Chenar notou a sua perturbação.

– Considero a sua pretensão perfeitamente legítima – continuou. – Se ocupasse esse posto, nenhuma tentativa de revolta se verificaria. Prestaria um serviço ao país e seria feliz.

Um sonho... Um sonho que Ramsés expulsara do seu espírito. Viver lá, com o seu leão e o seu cão, percorrer todos os dias as imensas e desertas vastidões, comunicar-se com o Nilo, as rochas e a areia dourada... Não, seria demasiado sublime.

– Está caçoando de mim, Chenar.

– Provarei ao rei que você foi feito para aquele posto. Sethi viu-o em ação. Inúmeras vozes se unirão à minha, e você conseguirá o que pretende.

– Faça como quiser.

Chenar despediu-se do irmão.

Na Núbia, Ramsés deixaria de incomodá-lo.

ACHA ESTAVA aborrecido.

Em poucas semanas esgotara as alegrias do trabalho administrativo que a hierarquia lhe confiara. A burocracia

 e os arquivos não lhe interessavam mais; o que lhe interessava agora era a aventura em campo. Estabelecer contatos, fazer falar as pessoas de qualquer condição social, detectar a mentira, descobrir os pequenos e grandes segredos, revelar o que tentavam esconder-lhe, eis o que o divertia.

Tinha que fazer do tempo o seu aliado; fazendo reverências enquanto esperava o posto que lhe permitiria viajar pela Ásia e compreender os mecanismos do pensamento dos inimigos do Egito, seguiu a única estratégia que um diplomata podia utilizar: circular pelos corredores.

Encontrou, assim, homens experientes, de poucas palavras e apegados a seus segredos, e soube lisonjeá-los. Sem exigir nada, delicado, culto, conquistou a confiança e travou inúmeros diálogos sem nunca importunar seus interlocutores. Pouco a pouco, ficou sabendo do conteúdo de processos confidenciais sem precisar consultá-los. Algumas lisonjas, cumprimentos bem calculados, perguntas pertinentes e uma linguagem escolhida conquistaram a estima dos altos funcionários do Ministério dos Negócios Estrangeiros.

Chenar apenas recebia ecos favoráveis em relação ao desempenho do jovem Acha; ter feito dele um aliado era uma grande conquista. Nos encontros que tinham, freqüentes e secretos, Acha mantinha-o informado daquilo que se tramava nos corredores do poder. Chenar verificava e complementava as suas próprias informações; dia a dia preparava-se de forma metódica para o encargo de rei.

Depois do regresso da Núbia, Sethi parecia muito cansado. Diversos conselheiros preconizavam a nomeação de Chenar como regente para aliviar o soberano do peso de certas responsabilidades. Visto que a decisão já fora tomada e não havia nenhuma oposição, por que demorar mais?

Habilmente, Chenar segurava o jogo; afirmava que a pouca idade e a sua inexperiência ainda traziam desvantagens. Era necessário confiar na sabedoria do Faraó.

AMENI VOLTOU ao trabalho. Curado de um ataque de gripe que o prendera ao leito, fazia questão de provar a Ramsés que as suas investigações não tinham sido em vão. Um trabalho excessivo minara a saúde do jovem escriba, mas ele retornava ao trabalho com a mesma dedicação, desolado pelo serviço atrasado. Embora Ramsés não esboçasse qualquer censura, Ameni sentia-se culpado. Um dia de repouso parecia-lhe uma falta imperdoável.

– Vasculhei todas as lixeiras e consegui uma prova – afirmou a Ramsés.

– "Prova" não será um termo exagerado?

– Dois fragmentos de calcário que se ligam de forma indiscutível: em um, a referência à fábrica suspeita; no outro, o nome do proprietário, infelizmente quebrado, mas que termina com a letra R. Este indício não acusará Chenar?

Ramsés quase esquecera a série de dramas que precedera a sua viagem à Núbia. O palafreneiro, o carreiro, os blocos de tinta falsificados... tudo isso lhe parecia muito distante e pouco digno de interesse.

– Merece felicitações, Ameni, mas nenhum juiz consentirá em abrir um processo com tão pouca coisa.

O jovem escriba baixou os olhos.

– Receava essa resposta... Não podemos pelo menos tentar?

– Seria um fracasso garantido.

– Descobrirei mais coisas.

– Será possível?

– Não se deixe enganar por Chenar. Se ele conseguir nomeá-lo vice-rei da Núbia, é para se livrar de você. Suas perversidades serão esquecidas, e ele ficará com o terreno livre no Egito.

– Tenho consciência disso, Ameni, mas adoro a Núbia. Você virá comigo e descobrirá uma região sublime, longe das intrigas e da mesquinhez da corte.

O secretário particular do príncipe não respondeu, convencido de que a benevolência de Chenar ocultava uma nova armadilha; enquanto permanecesse em Mênfis, não desistiria de perseguir a verdade.

DOLENTE, A IRMÃ mais velha de Ramsés, estava deitada à beira do lago onde se banhava nas horas de maior calor, antes de se fazer untar com óleo e massagear. Desde a promoção do marido, repousava durante todo o dia, e se sentia cada vez mais cansada. A cabeleireira, a manicure, a pedicure, o intendente, o cozinheiro... todos a cansavam.

Apesar das pomadas prescritas pelo médico, a pele continuava gordurosa. É verdade que deveria tratar-se de forma mais conscienciosa, mas as suas obrigações mundanas devoravam a maior parte do seu tempo. Manter-se informada dos mil e um pequenos segredos da corte impunha a sua presença em quase todas as recepções e cerimônias que marcavam a existência da alta sociedade egípcia.

Já há semanas Dolente se sentia inquieta; os que estavam próximos de Chenar faziam-lhe menos confidências, como se desconfiassem dela. Considerara, portanto, indispensável falar com Ramsés.

– Desde que vocês fizeram as pazes – insinuou – as suas intervenções já não são de muita importância.

– O que espera de mim?

– Quando Chenar for regente, disporá de consideráveis poderes, e receio que me esqueça. Começam a pôr-me de lado; dentro em pouco serei menos do que uma burguesa da província.

– E o que eu tenho a ver com isso?

– Lembre a Chenar de minha existência e da importância da minha rede de relações, que poderá vir a ser-lhe útil no futuro.

– Ele rirá na minha cara. Para o meu irmão mais velho, eu já sou vice-rei da Núbia e estou longe do Egito.

– Então a sua reconciliação é apenas aparente.

– Chenar distribuiu as responsabilidades.

– E você aceita um exílio no meio dos negros?

– Adoro a Núbia.

Dolente animou-se, saindo do torpor.

– Suplico-lhe que se revolte! A sua atitude é inadmissível. Aliemo-nos para contra-atacar Chenar. Esse monstro deve se lembrar de que tem uma família e não deve enviá-lo para as trevas.

– Lamento, minha querida irmã, mas detesto conspirações.

Dolente ergueu-se, furiosa.

– Não me abandone.

– Eu a considero bem capaz de se defender sozinha.

NO SILÊNCIO do templo de Hathor, depois de ter celebrado os rituais da tarde e ouvido os cânticos das sacerdotisas, a rainha Touya meditava. Servir à divindade permitia-lhe afastar-se das baixezas humanas e encarar o futuro do país com maior lucidez.

Em longas conversas com o marido, a rainha manifestara dúvidas sobre a capacidade de Chenar para governar; como sempre, Sethi ouvira-a com atenção. Não ignorava que tinham atentado contra a vida de Ramsés e que o verdadeiro culpado, depois do carreiro morto nas minas de turquesas, continuava desconhecido e sem castigo. Embora a animosidade de Chenar para com o irmão parecesse ter desaparecido, poderia ser considerado inocente? Na ausência de provas, aquelas suspeitas pareciam monstruosas, mas o gosto pelo poder não transformava os seres humanos em animais ferozes?

Sethi não descuidava de nenhum pormenor. As opiniões da esposa tinham mais peso do que as de cortesãos muito ligados à causa de Chenar ou habituados a lisonjear o soberano. Juntos, Sethi e Touya examinaram o comportamento dos dois filhos e fizeram uma avaliação.

É verdade que a razão fazia a triagem e a análise, mas era impotente para decidir. Seria *Sia*, a intuição fulgurante, o conhecimento direto transmitido de coração em coração dos faraós, que traçaria o caminho.

AO ABRIR a porta que dava para o jardim reservado ao príncipe Ramsés, Ameni esbarrou em um estranho objeto: um leito magnífico em madeira de acácia! A maior parte dos egípcios dormia em esteiras; um móvel como aquele valia uma pequena fortuna.

Atônito, o jovem escriba correu para despertar Ramsés.

– Uma cama? É impossível!

– Venha ver com os seus próprios olhos: uma obra-prima!

O príncipe concordou com o seu secretário particular: o marceneiro era um artesão excepcional.

– Devemos levá-la para dentro de casa? – perguntou Ameni.

– De maneira nenhuma! Cuide dela.

Saltando para o dorso do cavalo, Ramsés galopou até a *villa* dos pais de Iset a Bela; teve que esperar até que a jovem terminasse a sua toalete de forma a apresentar-se bem-vestida, maquiada e perfumada.

A sua beleza perturbou Ramsés.

– Estou pronta – disse ela, sorrindo.

– Iset... Foi você que mandou aquela cama?

Radiante, ela o abraçou.

– Quem mais teria tal atrevimento?

Realizando o "dom da cama", Iset a Bela obrigava o príncipe a fazer-lhe outro ainda mais suntuoso: o de se tornarem futuros esposos, unidos para toda a vida.

– Aceitou o meu presente?

– Não, ficou do lado de fora.

– É uma grave injúria – murmurou ela, mimada. – Por que temos de adiar o inevitável?

– Preciso continuar sendo livre.

– Não acredito em você.

– Gostaria de viver na Núbia?

– Na Núbia? Que horror!

– É esse, no entanto, o meu destino.

– Recuse-o!

– Impossível.

A jovem afastou-se de Ramsés e fugiu correndo.

RAMSÉS FORA convocado, com muitos outros notáveis, para ouvir a leitura das novas nomeações decretadas pelo Faraó. A sala de audiências estava cheia, os mais velhos demonstravam uma calma por vezes enganadora, e os mais novos ocultavam mal o nervosismo. Muitos receavam o julgamento de Sethi, que não admitia o mínimo atraso na execução das tarefas que distribuía e se mostrava muito pouco amável às justificativas empoladas dos incompetentes.

Durante as semanas que haviam precedido a cerimônia, a agitação atingira o auge, cada notável apresentando-se como um servidor zeloso e incondicional da política de Sethi, a fim de preservar os seus interesses e os dos seus protegidos...

Quando o escriba encarregado da missão começou a leitura do decreto em nome do rei, estabeleceu-se um silêncio absoluto. Ramsés, que tinha jantado na véspera com o irmão mais velho, não sentia a menor angústia. Como o seu caso estava resolvido, interessou-se pelo dos outros. Alguns rostos iluminaram-se, outros endureceram, outros ainda mostraram uma expressão desaprovadora; mas era a decisão do Faraó, e todos a respeitariam.

Chegou finalmente a vez da Núbia, que suscitava apenas um pequeno interesse; depois dos recentes acontecimentos e das repetidas intervenções de Chenar, o príncipe Ramsés era o indicado para se tornar vice-rei.

A surpresa foi enorme: o titular do posto era confirmado nas suas funções.

33

Iset a Bela ria de contentamento: apesar das manobras ocultas de Chenar, Ramsés não fora nomeado vice-rei da Núbia! O príncipe permaneceria em Mênfis, onde continuaria a ocupar um posto honorífico. A jovem saberia tirar partido daquela sorte inesperada e prender Ramsés nas redes da paixão; quanto mais ele se rebelava, mais a atraía.

Apesar da insistência dos pais, que gostariam de responder favoravelmente às solicitações de Chenar, Iset a

Bela tinha olhos apenas para o irmão Ramsés. Desde o seu regresso da Núbia, o jovem estava ainda mais belo e viril; seu corpo esplêndido e robusto adquirira maior desenvolvimento, sua nobreza natural impunha-se com mais intensidade. Sendo mais alto que a maior parte dos seus compatriotas, parecia invencível.

Partilhar a sua existência, suas emoções e seus desejos... Que futuro deslumbrante! Nada nem ninguém impediria Iset a Bela de se casar com Ramsés.

Alguns dias depois da leitura das nomeações, foi à casa do príncipe, pois uma visita muito antecipada teria sido inoportuna. Agora, passada a decepção inicial, Iset saberia consolá-lo com eficácia.

Ameni, de quem ela não gostava, recebeu-a com atenção. Como podia o príncipe depositar a sua confiança num garoto doentio e enfezado, sempre debruçado sobre uma prancheta de escriba, incapaz de gozar as alegrias da vida? Mais cedo ou mais tarde convenceria o futuro marido a se livrar dele e se rodear de pessoas mais brilhantes. Um Ramsés não podia satisfazer-se com indivíduos tão medíocres.

– Anuncie-me ao seu senhor.

– Lamento, mas ele não está.

– Por quanto tempo?

– Não sei.

– Está caçoando de mim?

– Nunca faria isso.

– Nesse caso, explique-se! Quando ele partiu?

– O rei veio buscá-lo ontem de manhã. Ramsés subiu no seu carro, e tomaram a direção do porto.

O Vale dos Reis, que os sábios denominavam "a grande planície", paraíso onde ressuscitava a alma luminosa dos faraós, estava mergulhado num silêncio sepulcral. Desde o desembarcadouro da margem ocidental de Tebas até aquele local sagrado, cujo acesso era guardado dia e noite, o Faraó e o filho haviam seguido por um caminho sinuoso, ladeado por altas falésias. Dominando o Vale, erguia-se o Cume, de terminação piramidal, que abrigava a deusa do silêncio.

Ramsés estava assombrado.

Por que o pai o levaria àquele lugar misterioso, onde apenas ao faraó reinante e aos artesãos encarregados de escavar a sua morada para a eternidade era autorizada a entrada? Devido aos tesouros acumulados nos túmulos, os arqueiros da guarda tinham ordem para atirar de imediato, sem intimação, sobre qualquer pessoa não identificada. A menor tentativa de roubo, considerada como um crime que punha em perigo a salvaguarda de todo o país, era passível de pena de morte. Mas falava-se também da presença de gênios armados com facas, que cortavam a cabeça dos incapazes de responder às suas perguntas.

É claro que a presença de Sethi lhe dava segurança, mas Ramsés teria preferido dez combates contra os núbios àquela viagem num mundo sombrio e assustador. A sua força e a sua valentia não lhe serviriam de nada; sentia-se desarmado, presa fácil de forças desconhecidas contra as quais não sabia lutar.

Nem uma erva, nem um pássaro, nem um inseto... o Vale parecia ter expulso todas as formas de vida em benefício da pedra, a única capaz de testemunhar para sempre a vitória sobre a morte. Quanto mais o carro conduzido por Sethi avançava, mais as muralhas ameaçadoras se aproximavam; o calor tornava-se sufocante, e a sensação de abandonar o mundo dos humanos apertava a garganta.

Surgiu uma passagem estreita, uma espécie de porta aberta na rocha; de um lado e outro, soldados armados. O carro parou, Sethi e Ramsés desceram. Os guardas inclinaram-se; conheciam o soberano que, a intervalos regulares, vinha verificar o andamento dos trabalhos no seu próprio túmulo, ditando ele próprio aos escultores os textos hieroglíficos que queria ver gravados nas paredes da sua última morada.

Passada a porta, Ramsés ficou sem fôlego.

A "grande planície" era um santuário sobreaquecido, sem outro horizonte além do cume das falésias ocres cobertas por um céu azul. O cume impunha um silêncio quase absoluto, que garantia o repouso e a paz às almas dos faraós. O receio cedera lugar ao deslumbramento. O príncipe, absorvido pela luz do Vale, sentiu-se simultaneamente esmagado e elevado. Pequeno homem ridículo perante o mistério e a grandeza do local, pressentiu no entanto a presença de um Além que alimentava em vez de destruir.

Sethi levou o filho até um portal de pedra; empurrou a porta de cedro dourado e avançou por uma rampa inclinada, onde chegou a um pequeno compartimento, no meio do qual se encontrava um sarcófago. O rei acendeu tochas que não faziam fumaça; o esplendor e a perfeição da decoração do mural deslumbraram Ramsés. O dourado, o vermelho, o azul e o negro brilhavam intensamente. O príncipe deteve-se na representação da imensa serpente Apophis, monstro das trevas e devorador da luz, que o criador, representado sob forma humana, neutralizava com um bastão branco sem destruir. Admirou a barca do sol guiada pelo deus *Sia*, a intuição das causas, o único capaz de discernir o caminho correto nas regiões obscuras; extasiou-se perante o faraó que Hórus, com cabeça de falcão, e Anúbis, com cabeça de chacal, magnetizavam, e que a deusa Maât, a Regra universal, acolhia no paraíso dos justos. O rei era representado jovem, deslumbrante de beleza, com o toucado tradicional, um longo colar de ouro e uma tanga dourada; diante de Osíris ou Nefertoum, o deus coroado com um lótus para representar a vida regenerada, o soberano aparecia sereno, com os olhos erguidos para a eternidade. Centenas de outros pormenores atraíram a atenção do príncipe, particularmente um texto enigmático evocando as portas do outro mundo. Sethi, porém, não lhe permitiu satisfizer a curiosidade e ordenou-lhe que se prostrasse diante do sarcófago.

– O rei que aqui repousa tinha o mesmo nome que o seu, Ramsés. Foi o fundador da nossa dinastia. Foi Horemheb que o designou como seu sucessor quando Ramsés, antigo vizir, já se tinha reformado, após uma existência laboriosa a serviço do país. O idoso homem foi arrancado do seu repouso e consagrou as últimas forças a governar o Egito. Esgotado, reinou menos de dois anos, mas justificara os seus nomes de coroação: "O que confirma Maât através das Duas Terras; a Luz divina o pôr no mundo; Estável é o poder da Luz divina; o Eleito do princípio criador". Assim era esse homem sábio e humilde, o nosso antepassado, aquele que devemos venerar para que abra os nossos olhos. Preste-lhe culto, honre o seu nome e a sua memória, porque os antepassados estão à nossa frente, e devemos colocar os nossos passos nos seus passos.

O príncipe sentiu a presença espiritual do fundador da dinastia; do sarcófago, que os hieróglifos denominavam "o fornecedor de vida", emanava uma energia palpável, semelhante a um suave raio de sol.

– Erga-se, Ramsés. A sua primeira viagem terminou.

AO LONGE, muitas pirâmides. A mais impressionante era a do faraó Djeser, com os seus imensos degraus em forma de escada que subia para o céu. Em companhia do pai, Ramsés descobria uma outra necrópole, a imensa Sakkarah, onde tinham sido edificadas as moradas eternas dos faraós do Antigo Império e dos seus fiéis servidores.

Sethi dirigia-se para a orla do planalto desértico, de onde se contemplavam os palmares e os campos cultivados do Nilo. Ali, ao longo de mais de um quilômetro, sucediam-se grandes túmulos de tijolos crus, com quase 50 metros de comprimento e mais de 5 metros de altura, cujos lados se assemelhavam a fachadas de palácios, e todos pintados com cores vivas e alegres.

Um deles espantou Ramsés devido à presença de trezentas cabeças de touro em terracota, dispostas de forma saliente em toda a volta; dotados de chifres verdadeiros, transformavam a sepultura num exército invencível do qual nenhuma força negativa conseguiria aproximar-se.

– O faraó aqui sepultado tem o nome de Djet – revelou Sethi – que significa a eternidade. Perto dele estão os outros reis da primeira dinastia, os nossos antepassados mais longínquos. Pela primeira vez nessa terra puseram em prática a lei de Maât e imprimiram ordem ao caos. Todo o reinado deve ter raízes no jardim que eles plantaram. Recorda-se do touro selvagem que você enfrentou? Foi aqui que nasceu, é aqui que a força se regenera desde a origem da nossa civilização.

Ramsés deteve-se em frente de cada cabeça de touro; nenhuma delas tinha a mesma expressão. Ali estavam expressas todas as facetas da arte de comandar, desde a mais severa autoridade até a mais pura benevolência. Quando terminou a volta ao estranho monumento, Sethi voltou a subir no carro.

– Assim se realizou a sua segunda viagem.

TINHAM NAVEGADO para o norte e depois galopado por estreitos atalhos entre os campos verdejantes até uma pequena aldeia onde o Faraó e o filho foram recebidos com entusiasmo. Naquele recanto perdido do Delta, tal esmola chegava a ser um milagre; no entanto, os habitantes pareciam conhecer bem o rei. O serviço de ordem interveio de forma serena, enquanto Sethi e Ramsés penetravam no interior de um pequeno santuário, mergulhado na obscuridade. Sentaram-se frente a frente, em bancos de pedra.

– Conhece o nome Avaris?

– Quem não o conhece? É o da cidade maldita que serviu de capital aos ocupantes *hyksôs*.

– Você está em Avaris.

Ramsés ficou atordoado.

– Mas... ela não foi destruída?

– Que homem poderia destruir uma divindade? Aqui reina Seth, o poder do raio e da tempestade, a quem devo o meu nome.

Ramsés ficou aterrado. Sentiu que Sethi era capaz de o aniquilar com um simples gesto ou com um só olhar. Qual a outra razão para trazê-lo àquele lugar maldito?

– Está com medo, e com razão. Só os vaidosos e imbecis ignoram o medo. Desse receio deve nascer uma força capaz de o vencer: é esse o segredo de Seth. Quem o negou, como Akhenaton, cometeu um erro e fragilizou o Egito. Um faraó encarna também a tempestade, o furor do cosmo, o caráter implacável do raio. É o braço que age e, por vezes, bate e castiga. Acreditar na bondade dos humanos é um erro que um rei não deve cometer. Conduziria o seu país à ruína e o seu povo à miséria. E você, Ramsés, será capaz de enfrentar Seth?

Um raio de luz, proveniente do teto do santuário, iluminou a estátua de um homem em pé, com uma cabeça estranha de longo focinho e duas grandes orelhas: Seth, cujo rosto aterrador saía das trevas!

Ramsés ergueu-se e avançou para ele.

Esbarrou em uma parede invisível e foi obrigado a parar; uma segunda tentativa também fracassou, mas a terceira permitiu-lhe franquear o obstáculo. Os olhos vermelhos da estátua brilhavam como duas chamas; Ramsés sustentou-lhe o olhar, embora sentisse uma queimadura, como se uma língua de fogo lhe percorresse o corpo. A dor foi intensa, mas ele suportou. Não, não recuaria perante Seth, mesmo que acabasse por ser aniquilado.

Era o momento decisivo, o momento de um duelo desigual que não tinha o direito de perder. Os olhos vermelhos saíram das órbitas, uma chama envolveu Ramsés, a sua cabeça foi consumida, o coração estourou. Mas permaneceu de pé, desafiou Seth e o repeliu, para longe de si, para as profundezas de sua capela.

A tempestade irrompeu, e uma chuva diluviana abateu-se sobre Avaris, o granizo fazendo vibrar as paredes do santuário. A claridade vermelha esmaeceu, e Seth regressou às trevas. Era o único deus que não tinha filhos, mas o faraó Sethi, o seu herdeiro na terra, reconhecia o filho Ramsés como um homem de poder.

– Terminou a sua terceira viagem – murmurou.

34

Toda a corte se deslocara para Tebas naqueles meados de setembro para participar da grandiosa festa de Opet, durante a qual o Faraó se comunicaria com Amon, o deus oculto, que regeneraria o *ka* do seu filho, encarregado de o representar na terra. Nenhum nobre podia estar ausente da grande cidade do Sul durante esses 15 dias de regozijo; se as cerimônias religiosas eram reservadas a alguns iniciados, o povo divertia-se, e os ricos recebiam-se uns aos outros em suntuosas *villas*.

Para Ameni, a viagem fora um calvário. Por ser obrigado a levar consigo diversos papiros e o seu material de escriba, detestava esse tipo de deslocamento, pois perturbava seus hábitos de trabalho. Apesar do mau humor, preparara aquela migração com o maior cuidado para que Ramsés ficasse satisfeito.

O príncipe mudara desde o seu regresso. O temperamento tornara-se mais sombrio, e ele se retirava muitas vezes para meditar. Ameni não o importunava, limitandose a fazer-lhe um relatório diário sobre as suas atividades. Como escriba real e oficial superior, o príncipe tinha que resolver uma série de pequenos problemas administrativos, dos quais o secretário particular o aliviava.

Pelo menos no barco que navegava para Tebas, Ameni estava livre de Iset a Bela! Todos os dias, durante a ausência de Ramsés, ela tentara extorquir informações que ele não possuía. Como o encanto da jovem não o impressionava, as trocas de pontos de vista eram bastante agressivas; quando Iset pedira a Ramsés a cabeça do seu secretário, o príncipe mandara-a calar-se sem muita cerimônia e a zanga durara vários dias. A bela nobre tinha que se convencer de que ele nunca trairia seus amigos.

Na sua diminuta cabine, Ameni redigia cartas nas quais Ramsés colocava o seu selo. O príncipe veio sentar-se numa esteira ao lado do escriba.

– Como pode suportar um sol tão quente? – espantou-se Ameni. – Se estivesse no seu lugar, cairia fulminado em menos de uma hora.

– Ele e eu nos compreendemos. Eu o venero, e ele me alimenta. Não vai parar de trabalhar para contemplar a paisagem?

– A ociosidade põe-me doente. A sua última viagem não parece ter-lhe feito muito bem.

– É uma crítica?

– Tornou-se muito solitário.

– A sua atitude me influencia.

– Não caçoe de mim e guarde seu segredo.

– Um segredo... Sim, tem razão.

– Então já não tem confiança em mim.

– Pelo contrário, você é o único ser que pode compreender o inexplicável.

– Seu pai o iniciou nos mistérios de Osíris? – perguntou Ameni, com um olhar ávido.

– Não, mas levou-me ao encontro dos seus antepassados... Todos os seus antepassados.

Ramsés pronunciara estas últimas palavras com tal gravidade que o jovem escriba ficou perturbado. O que o príncipe vivera representava, sem dúvida, uma das etapas essenciais da sua existência. Ameni fez então a pergunta que lhe queimava os lábios:

– O Faraó modificou o seu destino?

– Abriu-me os olhos para uma outra realidade. Encontrei o deus Seth.

Ameni estremeceu.

– E... está vivo?

– Pode tocar-me.

– Se qualquer outro tivesse tentado enfrentar Seth, não acreditaria! Você é diferente.

Não sem alguma apreensão, a mão de Ameni apertou a de Ramsés. O jovem escriba deu um suspiro de alívio.

– Não se transformou num gênio mau...

– Nunca se sabe!

– Eu saberia. Já não se parece com Iset a Bela!

– Não seja severo demais com ela.

– Não tentou interromper a sua carreira?

– Hei de mostrar-lhe o seu erro.

– Não conte comigo para me mostrar amável.

– A propósito... Você anda muito solitário e um tanto rabugento.

– As mulheres são perigosas; prefiro o meu trabalho. E você devia se interessar pelo papel que vai desempenhar durante a festa de Opet. Você ficará no primeiro terço do cortejo e usará uma túnica de linho nova, com mangas plissadas. Chamo a sua atenção para a fragilidade da peça. Deve manter-se reto e não fazer movimentos bruscos.

– Está me impondo provas difíceis.

– Quando se está animado com a energia do deus Seth, tudo não passa de uma brincadeira.

CANAÃ E A Sírio-Palestina pacificadas, a Galiléia e o Líbano dominados, os beduínos e núbios vencidos, os hititas mantidos a distância para além de Oronte, agora o Egito e Tebas podiam realizar a festa sem qualquer receio. Tanto ao norte como ao sul, o país mais poderoso da terra tinha controlado os demônios que apenas sonhavam apoderar-se das suas riquezas. Em oito anos de reinado, Sethi impusera-se como um grande faraó que as gerações futuras haviam de venerar.

Segundo algumas indiscrições, a morada eterna de Sethi, no Vale dos Reis, seria a maior e a mais bela jamais construída. Em Karnak, onde trabalhavam diversos arquitetos, o faraó em pessoa dirigia um grande canteiro de obras, e ninguém poupava elogios ao templo da margem oeste, em Gournah, destinado a celebrar o culto do *ka* de Sethi, a sua força espiritual, para a eternidade.

Os mais conservadores admitiam, então, que o soberano tivera razão em não se lançar numa guerra incerta contra os hititas e em canalizar as energias do país para a construção de santuários de pedra, receptáculos da presença divina. No entanto, como explicava Chenar a notáveis interessados, essa trégua não fora aproveitada para desenvolver as trocas comerciais, única alternativa para apagar rivalidades.

Um grande número de notáveis esperava com impaciência a chegada do filho mais velho do Faraó, porque era semelhante a eles. A austeridade de Sethi e o seu gosto pelo segredo atraíam-lhe sólidas inimizades, entre as quais alguns consideravam-se muito pouco consultados. Com Chenar, a discussão era mais fácil. Encantador, agradável, sabia conquistar as boas graças de uns sem contrariar os outros, prometendo a cada um aquilo que desejava ouvir. Para ele, a festa de Opet seria uma nova ocasião para ampliar a sua influência, conquistando a amizade do grande sacerdote de Amon e da sua hierarquia.

É verdade que a presença de Ramsés o incomodava; mas aquilo que receara, depois da recusa incompreensível de Sethi em nomeá-lo vice-rei da Núbia, não tinha acontecido. O Faraó não concedera qualquer privilégio ao filho mais novo, que se satisfazia, como tantos outros descendentes reais, com uma existência luxuosa e indolente.

Com efeito, Chenar não tivera motivo de temer Ramsés e de considerá-lo temer um rival; a sua vitalidade e o seu físico eram meras ilusões, pois não tinha qualquer envergadura. Sequer seria necessário nomeá-lo vice-rei da Núbia, uma função que lhe era demasiado pesada. Chenar pensava num posto honorífico, tal como lugar-tenente dos carreiros. Ramsés disporia dos melhores animais de montaria e reinaria entre uma pequena equipe de brutamontes, enquanto Iset a Bela admiraria a musculatura do seu rico marido.

O perigo vinha, porém, de outro lado: como convencer Sethi a permanecer mais tempo nos templos e a se imiscuir cada vez menos nos negócios do país? O rei podia mostrar-se cioso das suas prerrogativas e atrapalhar os empreendimentos do regente. Competia a Chenar saber mentir com habilidade e orientá-lo sem choques para a meditação sobre o Além. Multiplicando os contatos com os negociantes egípcios e estrangeiros, cujo discurso pouco interesse tinha aos olhos do monarca, iria ocupando um espaço crescente e rapidamente se tornaria indispensável. Era preciso, sobretudo, não o atacar de frente, mas estrangulá-lo progressivamente, numa rede de influências da qual não tomaria consciência tão depressa.

Chenar tinha também que neutralizar sua irmã Dolente. Faladora, inútil e curiosa, não lhe seria de qualquer utilidade no quadro da sua política futura; por outro lado, despeitada por não ocupar uma posição de primeiro plano, aliaria contra ele diversos nobres ricos e, portanto, indispensáveis. Chenar chegara a pensar em oferecer a Dolente uma enorme *villa*, rebanhos e um exército de criados, mas ela nunca se satisfaria, porque, tal como ele, tinha gosto pelas intrigas e conspirações. Ora, dois crocodilos não podiam coabitar no mesmo pântano, mas a irmã não tinha estrutura para resistir a ele.

ISET A BELA experimentou um quinto vestido, não lhe agradando assim como os quatro anteriores: muito comprido, muito largo, pouco plissado... Irritada, ordenou à criada que arranjasse outra oficina de tecelãs. Pela importância do grande banquete que encerraria a festa, devia ser a mais bela, desprezar Chenar e seduzir Ramsés.

A cabeleireira chegou, apressada.

– Depressa, depressa... sente-se para que eu a penteie e coloque uma peruca de cerimônia.

– Qual a razão de tanta precipitação?

– Uma cerimônia no templo de Gournah, na margem oeste.

– Mas não estava prevista! Os rituais só começam amanhã.

– No entanto, é assim. Toda a cidade está em ebulição. Temos de nos apressar.

Contrariada, Iset a Bela contentou-se com um vestido clássico e uma discreta peruca, que não evidenciava a sua juventude e graciosidade, mas ela não perderia por nada aquele encontro inesperado.

O TEMPLO de Gournah, uma vez terminado, seria consagrado ao culto do espírito imortal de Sethi, quando este tivesse regressado ao oceano de energia depois de ter encarnado, no período de uma existência, no corpo de um homem. A parte secreta do edifício, onde o rei estava representado no cumprimento dos rituais tradicionais, encontrava-se ainda nas mãos dos escultores. Nobres e altos funcionários amontoaram-se em frente da fachada do santuário, num grande pátio a céu aberto que em breve seria aterrado com um pilão. Receando a inclemência do sol, apesar da hora matinal, a maior parte abrigava-se sob portáteis guarda-sóis retangulares. Ramsés, divertido, observava aqueles grandes personagens enfeitados com extremo requinte: vestidos compridos, túnicas de mangas estufadas e perucas negras davam-lhes um ar imponente. Compenetrados da sua importância, mostrar-se-iam servis assim que Sethi aparecesse e farejariam o chão para não lhe desagradar.

Os cortesãos melhor informados afirmavam que o rei, depois de ter celebrado os rituais da manhã em Karnak, faria uma oferenda especial ao deus Amon na sala da barca do templo de Gournah para que seu *ka* fosse exaltado e o seu poder vital não diminuísse; e era aquela a razão do seu atraso, que impunha uma penosa provação física aos notáveis mais idosos. Sethi revelava por vezes falta de humanidade. Chenar prometeu a si mesmo evitar esse tipo de erro e explorar da melhor forma possível as fraquezas de uns e de outros.

Um sacerdote de crânio raspado, usando uma veste branca simples e correta, saiu do templo coberto. Empunhando um longo bastão, abriu caminho. Espantados, os convidados para aquele cerimonial desconhecido afastaramse à sua passagem.

O sacerdote parou em frente a Ramsés.

– Acompanhe-me, príncipe.

Muitas mulheres murmuraram, observando a beleza e elegância de Ramsés. Iset a Bela enlevou-se em admiração. Chenar sorriu. Afinal, tinha conseguido: o irmão seria proclamado vice-rei da Núbia antes da festa de Opet e enviado imediatamente para essa longínqua região de que ele tanto gostava.

Perplexo, Ramsés transpôs o limiar do templo coberto, seguindo o indicador de caminhos que se dirigia para a parte esquerda do edifício.

A porta de cedro fechou-se atrás deles, o indicador de caminhos colocou o príncipe entre duas colunas, em frente a três capelas mergulhadas na obscuridade. Da capela do centro veio uma voz grave, a de Sethi.

– Quem é você?

– O meu nome é Ramsés, filho do faraó Sethi.

– Neste lugar secreto, inacessível aos profanos, celebramos a presença eterna de Ramsés, nosso antepassado e fundador da nossa dinastia. A sua figura, gravada nestas paredes, viverá para sempre. Compromete-se a prestar-lhe culto e a venerá-lo?

– Comprometo-me.

– Neste instante sou Amon, o deus oculto; venha até mim, meu filho.

A capela iluminou-se.

Sentados em dois tronos, o faraó Sethi e a rainha Touya. Ele tinha a coroa de Amon, identificável pelas suas duas altas plumas, e ela a coroa branca da deusa Mout. O par real e o par divino confundiam-se. Ramsés era identificado com o deus filho, completando, assim, a trindade sagrada.

Perturbado, o jovem não imaginava que o mito, cujo significado somente era revelado no segredo dos templos, fosse assim encarnado. Ajoelhou-se perante os dois, descobrindo que eram bem mais do que seu pai e sua mãe.

– Meu filho bem-amado – declarou Sethi – recebe de mim a luz.

O Faraó pôs as suas mãos sobre a cabeça de Ramsés, e a grande esposa real agiu da mesma forma.

O príncipe sentiu imediatamente o prazer de um calor muito doce. Nervosismo e tensão desapareceram, dando lugar a uma energia desconhecida que penetrou em cada fibra do seu ser. A partir de agora, viveria pelo espírito do par real.

FEZ-SE SILÊNCIO quando Sethi apareceu no limiar do templo, com Ramsés à sua direita. O Faraó trazia a coroa dupla, simbolizando a união do Alto e do Baixo Egito – um diadema cingia a fronte de Ramsés.

Chenar sobressaltou-se.

O vice-rei da Núbia não tinha direito àquele diadema... Era um erro, uma loucura!

– Associo o meu filho Ramsés ao trono – declarou Sethi com a sua voz grave e potente – para que possa ver seu desempenho enquanto estou vivo. Eu o nomeio regente do reino e, a partir de agora, participará de todas as decisões que eu tomar. Aprenderá a governar este país, a velar pela sua unidade e pelo seu bem-estar, estará à frente deste povo cuja felicidade será mais importante do que a sua própria. Lutará contra os inimigos do exterior e do interior, e fará respeitar a lei de Maât, protegendo o fraco do forte. E assim será porque grande é o amor que dedico a Ramsés, o Filho da Luz.

Chenar mordeu os lábios, esperando aquele pesadelo dissipar-se: Sethi retratando-se, e Ramsés desfalecendo e renunciando a uma função demasiado pesada para os seus 16 anos... Mas o ritualista, por ordem do Faraó, prendeu ao diadema um *uraeus** de ouro, representação da cobra cujo sopro inflamado destruiria os adversários visíveis e invisíveis do regente, do futuro faraó do Egito.

---

*Adorno em forma de serpente ostentado em coroas dos deuses e faraós do Egito Antigo. (*N. do E.*)

Terminada a breve cerimônia, as aclamações elevaram-se no céu luminoso de Tebas.

35

Ameni verificava as prioridades do protocolo; na procissão de Karnak para Luxor, Ramsés seria colocado entre dois velhos dignitários e não devia andar muito depressa. Manter um ritmo lento e solene exigia do príncipe um certo esforço.

Ramsés entrou no seu gabinete, mas se esqueceu de fechar a porta. Atingido por uma corrente de ar, Ameni espirrou.

– Feche a porta – exigiu, rabugento. – Para você que nunca está doente...

– Desculpe... Mas isso são maneiras de falar com o regente do reino do Egito?

O jovem escriba ergueu os olhos espantados para o amigo.

– Que regente?

– Se não sonhei, o meu pai associou-me ao trono perante toda a corte, em peso!

– É uma brincadeira de mau gosto!

– A sua falta de entusiasmo aquece-me o coração.

– Regente, regente... Imagine o trabalho...

– A lista das suas responsabilidades aumenta, Ameni. A minha primeira decisão consiste em nomeá-lo porta-sandálias. Assim, nunca mais me abandonará e aconselhará utilmente.

Consternado, o jovem escriba deixou-se cair sobre as costas da sua cadeira baixa com a cabeça curvada.

– Porta-sandálias e secretário particular... Que divindade pode ser tão cruel para se encarniçar assim sobre um jovem escriba?

– Volte a examinar o protocolo, já não fico no meio do cortejo.

– QUERO VÊ-LO imediatamente! – exigiu Iset a Bela, irritada.

– É totalmente impossível – respondeu Ameni, que fazia reluzir um par de magníficas sandálias de couro branco, que Ramsés usaria nas grandes cerimônias.

– Desta vez sabe onde ele está?

– Sim.

– Então, fale!

– É inútil.

– Então deixe que eu decido!

– Está perdendo o seu tempo.

– Não será um escribazinho qualquer que vai decidir isso!

Ameni colocou as sandálias sobre uma esteira.

– Escribazinho qualquer, eu, o secretário particular e porta-sandálias do regente do reino? Deveria modificar a sua linguagem, bela dama. O desdém é uma atitude que Ramsés não aprecia.

Iset a Bela esteve a ponto de esbofetear Ameni, mas se controlou; o descarado rapaz tinha razão. A estima que o regente lhe dedicava fazia dele um personagem oficial que ela não podia continuar a tratar com desprezo. De má vontade, mudou de tom:

– Posso saber onde encontrar o regente?

– Como já lhe disse, ele não se encontra disponível. O rei levou-o a Karnak. Passarão a noite lá em meditação antes de encabeçarem a procissão a caminho de Luxor, amanhã de manhã.

Iset a Bela retirou-se, mortificada; logo agora, quando se verificava um milagre, Ramsés ia escapar-lhe? Não, ela o amava, e ele também a amava. O instinto a mantivera no bom caminho, longe de Chenar e perto do novo regente – amanhã seria a grande esposa real e a rainha do Egito!

De repente, esta perspectiva assustou-a. Pensando em Touya, teve consciência do peso dessa função e das sobrecargas que implicava. Não era a ambição que a dominava, mas sim a paixão; era louca por Ramsés, o homem, e não pelo regente.

Ramsés destinado ao supremo poder... Tal milagre não se assemelhava a uma desgraça?

NO ALEGRE alvoroço que se seguira à nomeação de Ramsés, Chenar vira a irmã Dolente e o marido Sary se acotovelando e abrindo caminho entre a multidão para serem os primeiros a felicitar o novo regente. Ainda sob surpresa, os partidários de Chenar não tinham demonstrado a sua adesão a Ramsés de forma ostensiva, mas o filho mais velho do rei não tinha dúvidas sobre a traição mais ou menos próxima.

Era evidente que ele estava vencido, deixado de lado, e deveria pôr-se a serviço do regente; o que poderia esperar de Ramsés, a não ser um posto honorífico desprovido de poder real?

Chenar iria se curvar para retribuir, mas não renunciaria; talvez o futuro não se mostrasse ávido de surpresas. Ramsés ainda não era faraó; no decurso da história do Egito, muitos regentes tinham morrido antes do rei que os escolhera. A robustez de Sethi ainda lhe permitiria viver longos anos, durante os quais não delegaria senão uma ínfima parte dos seus poderes, mantendo o regente em suspenso. Competia a Chenar empurrá-lo para o nada, fazê-lo cometer erros irreparáveis.

Na realidade, nada estava perdido.

– MOISÉS! – exclamou Ramsés, vendo o amigo no vasto canteiro de obras que Sethi tinha aberto em Karnak. O hebreu abandonou a equipe de talhadores de pedra colocada sob sua direção e se inclinou perante o regente.

– As minhas homenagens...

– Levante-se, Moisés.

Congratularam-se, alegres por se reencontrarem.

– É o seu primeiro posto?

– O segundo. Aprendi a confecção de tijolos e o talhar da pedra na margem oeste e depois fui escalado para cá. Sethi quer construir uma imensa sala de colunas com capitéis em forma de flores de papiros, alternando com botões de lótus. As paredes serão iguais aos flancos das montanhas, nelas serão gravadas todas as riquezas da terra, e a beleza da obra atingirá a altura do céu.

– O projeto o seduziu!

– Não é o templo um recipiente de ouro que contém todas as maravilhas da criação? Sim, essa profissão de arquiteto me fascina. Creio que encontrei o meu caminho.

Sethi veio juntar-se aos dois jovens e confirmou suas intenções. A aléia coberta, construída por Amenhotep III com colunas de vinte metros de altura, já não convinha à grandeza de Karnak; concebera, portanto, uma verdadeira floresta de pilares, com muito pouco espaço entre eles, e uma sábia distribuição dos jogos de luz a partir de janelas a *claustra*. Quando a sala estivesse acabada, os rituais seriam perpetuamente celebrados, graças à presença dos deuses e do Faraó nos fustes das colunas; as pedras conservariam a luz original e de que o Egito se alimentava. Moisés levantou problemas de orientação e de resistência dos materiais; o rei o tranqüilizou, colocando-o sob a autoridade de um mestre-de-obras da confraria do "lugar da verdade", a aldeia de Deir el-Médineh, situada na margem ocidental, onde os artesãos iniciados transmitiam uns aos outros os segredos da profissão.

CAÍA A noite sobre Karnak. Os operários tinham arrumado as ferramentas, e o canteiro de obras estava vazio. Dali a menos de uma hora, astrônomos e astrólogos subiriam para o teto do templo a fim de estudarem a mensagem das estrelas.

– O que é um faraó? – perguntou Sethi a Ramsés.

– Aquele que torna o seu povo feliz.

– Para consegui-lo, não procure fazer a felicidade dos humanos contra a sua vontade, mas realize ações benéficas para os deuses e o Princípio que cria constantemente. Construa templos semelhantes ao céu e os ofereça ao seu senhor divino. Procure o essencial e o complemento será harmonioso.

– O essencial não é Maât?

– Maât indica a direção correta, é o leme da barca comunitária, a base do trono, o côvado perfeito e a retidão do ser. Sem ela, nada de justo pode ser realizado.

– Meu pai...

– Que inquietação lhe consome?

– Estarei à altura da minha tarefa?

– Se não for capaz de se elevar, será esmagado. O mundo não pode manter-se em equilíbrio sem a ação do Faraó, sem o seu verbo e os rituais que ele celebra. Se a instituição faraônica desaparecer um dia por causa da estupidez e da cobiça dos homens, o reino de Maât terminará e as trevas recobrirão a Terra. O homem destruirá tudo ao seu redor, incluindo os seus semelhantes; o forte aniquilará o fraco, a injustiça triunfará, a violência e a fealdade serão impostas por todo o lado. O sol não se erguerá mais, mesmo que seu círculo permaneça no céu. O indivíduo dirige-se para o mal por si mesmo; o papel do Faraó é endireitar o tronco torcido, pôr constantemente ordem no caos. Qualquer outra forma de governar está fadada ao fracasso.

Insaciável, Ramsés fez mil perguntas ao pai; o rei não se esquivou de nenhuma. A suave noite de verão já ia bastante avançada quando o regente, com o coração em júbilo, se estendeu sobre um banco de pedra, com o olhar perdido nas milhares de estrelas.

POR ORDEM de Sethi, o ritual da festa de Opet iniciou-se. Os sacerdotes fizeram sair das suas capelas as barcas da trindade tebana: Amon, o deus oculto, Mout, a mãe cósmica, e o seu filho Khonsou, o atravessador do céu e dos espaços, de quem Ramsés era a encarnação. Antes de entrar no templo, Sethi e o filho ofereceram ramos de flores às barcas divinas e fizeram uma libação em sua honra, cobrindo-as depois com um véu para que os profanos vissem sem ver.

No décimo-nono dia do segundo mês da estação da cheia, uma grande multidão amontoara-se em torno do templo de Karnak. Quando a grande porta de madeira dourada se abriu, dando passagem à procissão conduzida pelo rei e pelo filho, houve uma explosão de alegria. Visto que os deuses estavam presentes sobre a terra, o ano seria feliz.

Organizaram-se duas procissões: uma tomaria a estrada de terra, seguindo pela alameda da esfinge que ia de

Karnak a Luxor, e a outra utilizaria o Nilo, do cais do primeiro templo até o do segundo. No rio, a barca real atraía todos os olhares; recoberta com o ouro dos desertos e pedras preciosas, resplandecia ao sol. O próprio Sethi conduzia a frota, enquanto Ramsés seguia pelo caminho ladeado de esfinges protetoras.

Trompetes, flautas, tamborins, sistros e alaúdes acompanhavam acrobatas e dançarinas. Nas margens do Nilo, mercadores vendiam apetitosos víveres e cerveja fresca, que acompanharia os pedaços de aves grelhadas, bolos e frutos.

Ramsés tentou abstrair o ruído e se concentrar em seu papel no ritual: conduzir os deuses até Luxor, o templo de regeneração do *ka* real. A procissão deteve-se diante de um certo número de capelas para depositar oferendas e, com uma sábia lentidão, chegou à frente das portas de Luxor ao mesmo tempo que Sethi.

As barcas das divindades penetraram no interior do edifício onde a multidão não podia entrar; enquanto a festa continuava do lado de fora, dentro preparava-se o renascimento das forças escondidas, das quais dependiam todas as formas de fecundidade. Durante 11 dias, no segredo do Santo dos Santos, as três barcas alimentavam-se de uma nova força.

As sacerdotisas de Amon dançaram, cantaram e tocaram música; as dançarinas, de cabeleira abundante e seios firmes untados com láudano e perfumados com lótus, cabeça cingida por juncos odoríferos,* executaram lentas figuras de um encanto fascinante.

Entre as tocadoras de alaúde, encontrava-se Nefertari; mantendo-se um pouco atrás de suas colegas, concentrava-se no seu instrumento e parecia desinteressar-se do resto

*Juncos muito vulgares no Egito Antigo.

do mundo. Como podia uma donzela tão jovem ser tão séria? Tentando passar despercebida, acabava por denunciar-se; Ramsés procurou o seu olhar, mas os olhos verde-azulados permaneceram fixos nas cordas do alaúde. Qualquer que fosse a sua atitude, Nefertari não conseguia dissimular a sua beleza, que eclipsava a das outras sacerdotisas de Amon, também bastante interessantes.

Chegou o momento do silêncio. As jovens retiraram-se, umas satisfeitas com a sua apresentação, outras apressadas para poderem trocar impressões. Nefertari permaneceu contrita, como se desejasse conservar no mais profundo de si mesma o eco da cerimônia.

O regente seguiu-a com os olhos, até que a frágil silhueta vestida de um branco imaculado sumiu na luz ofuscante do verão.

36

Iset a Bela aninhou-se no corpo nu de Ramsés e murmurou ao seu ouvido uma canção de amor que todas as jovens egípcias sabiam:

– "Por que não sou eu a sua serva, ligada aos seus passos? Poderia vesti-lo e despi-lo, ser a mão que o penteia e o massageia. Por que não sou eu a lavar a sua roupa e o perfumar? Por que não sou eu as suas pulseiras e as jóias que tocam a sua pele e conhecem o seu odor?"

– É o amante que canta esses versos e não a sua amada.

– Não interessa... Quero que os ouça novamente.

Iset a Bela fazia amor com violência e ternura ao mesmo tempo; flexível, ardente, estava constantemente criando fantasias surpreendentes para deslumbrar o amante.

– Não quero saber se você é regente ou camponês! É você que amo, a sua força, a sua beleza.

A sinceridade e a paixão de Iset comoviam Ramsés; no seu olhar não havia sinais de mentira. Correspondeu ao seu abandono com o entusiasmo dos seus 16 anos, e os dois saborearam o prazer em uníssono.

– Renuncie – propôs ela.

– A quê?

– A esse papel de regente, ao futuro de Faraó... Renuncie, Ramsés, e vivamos felizes.

– Quando era mais novo, desejava ser rei, e esse pensamento entusiasmava-me, não me deixando dormir. Depois, meu pai fez-me compreender que essa ambição não era razoável; então, renunciei, esqueci aquela loucura. E eis que Sethi me associa ao trono... Uma torrente de fogo atravessou a minha vida, e não lhe conheço o destino.

– Não mergulhe nela, fique à margem.

– Terei liberdade para decidir?

– Dê-me sua confiança e ajudarei.

– Sejam quais forem os seus esforços, estou só.

Escorreram lágrimas pelas faces de Iset.

– Recuso essa fatalidade! Se formarmos um casal unido, resistiremos melhor às provações.

– Não trairei o meu pai.

– Pelo menos não me abandone.

Iset a Bela já não se atrevia a falar de casamento; se necessário, permaneceria à sombra.

CIRCUNSPECTO, Setaou mexia no diadema e no *uraeus* do regente, sob o olhar divertido de Ramsés.

 – Receia essa serpente?

– Não conheço qualquer processo para controlar sua mordida; não existe remédio contra o seu veneno.

– Você também vai me aconselhar a não assumir a função de regente?

– Também eu... Então não sou o único a ter essa opinião?

– Iset a Bela deseja uma vida mais tranqüila.

– Quem pode lhe censurar?

– Você, o aventureiro, sonha com uma vida reclusa e calma?

– O caminho no qual você vai se lançar é perigoso.

– Não fizemos a promessa de descobrir a verdadeira força? Você arrisca a sua vida todos os dias; por que eu hei de ser o medroso?

– Apenas enfrento os répteis; você vai enfrentar homens, uma espécie muito mais temível.

– Aceitaria trabalhar a meu lado?

– O regente forma o seu clã.

– Confio em Ameni e em você.

– Em Moisés não?

– Ele descobriu o seu próprio caminho, mas estou persuadido a reencontrá-lo como mestre-de-obras. Juntos, construiremos templos esplêndidos.

– E Acha?

– Falarei com ele.

– Estou honrado com a sua oferta, mas não vou aceitá-la. Já lhe falei que vou casar com Lótus? Devemos desconfiar das mulheres, estou de acordo, mas ela é uma assistente preciosa. Boa sorte, Ramsés.

EM MENOS de um mês, Chenar perdera apenas metade dos seus amigos. A situação não era, portanto, desesperadora; contava ficar quase só, mas grande número de notáveis, apesar da escolha de Sethi, não acreditava no futuro de Ramsés. Com a morte do Faraó, talvez o regente, sobrecarregado e incompetente, se demitisse em favor do irmão com mais experiência.

Chenar não fora vítima de uma injustiça? Ele, o sucessor designado, fora afastado de forma brutal, sem receber a mínima explicação. O que fizera Ramsés para seduzir o pai, a não ser caluniar o irmão mais velho?

Com certa satisfação, Chenar começava a se passar por vítima! Competia-lhe agora, com paciência, utilizar essa vantagem inesperada, espalhar boatos cada vez mais insistentes e surgir como um recurso face aos excessos de Ramsés. A manobra levaria tempo, muito tempo; seu êxito dependia do conhecimento dos planos do adversário. Chenar pediu uma audiência ao novo regente, instalado numa ala do edifício do palácio real de Mênfis, próximo do Faraó.

Teve primeiro que ultrapassar o obstáculo Ameni, a alma danada de Ramsés. Como havia de suborná-lo se ele não apreciava as mulheres, os prazeres da mesa, trabalhava permanentemente encerrado no seu gabinete e não parecia ter outra ambição a não ser servir Ramsés? No entanto, toda couraça tem um ponto fraco, e Chenar acabaria por descobrir o dele.

Dirigiu-se ao porta-sandálias do regente com respeito e o felicitou pelo aspecto impecável das suas novas instalações, onde trabalhavam vinte escribas sob as suas ordens. Insensível à lisonja, Ameni não dirigiu qualquer cumprimento a Chenar e se contentou em conduzi-lo à sala de audiência do regente.

Sentado nos degraus que conduziam ao estrado com o trono, Ramsés brincava com o cão e o leãozinho, que estava cada vez mais forte. Os dois animais entendiam-se às maravilhas; o leãozinho controlava a sua força, e o cão as suas diabruras. Vigilante tinha mesmo ensinado a pequena fera a roubar carne nas cozinhas sem se deixar agarrar, e Matador protegia o cão amarelo, do qual ninguém podia se aproximar sem o seu consentimento.

Chenar ficou aterrado.

Então aquele era o regente, o segundo personagem do Estado depois do Faraó? Um garoto num corpo de atleta, tratando de se distrair? Sethi cometera uma loucura da qual se arrependeria. Fervendo de indignação, Chenar conseguiu conter-se.

– Poderá o regente dar-me a honra de me ouvir?

– Deixe de cerimônia entre nós! Venha e sente-se.

O cão amarelo deitara-se de costas, de patas para o ar, demonstrando sua submissão a Matador. Observá-los ensinava muito ao regente, pois não simbolizavam a aliança da inteligência com a força?

Hesitante, Chenar sentou-se num degrau a pouca distância do irmão. O leãozinho deu um pequeno rugido.

– Não tenha medo; não atacará sem minha ordem.

– Essa fera vai tornar-se perigosa; se ferir um visitante importante...

– Não há perigo.

Vigilante e Matador pararam de brincar e observaram Chenar; a sua presença os irritava.

– Vim colocar-me a seu serviço.

– Fico-lhe muito grato.

– Que tarefa deseja confiar-me?

– Não tenho qualquer experiência da vida pública e do funcionamento do Estado; como posso, então, dar-lhe uma função sem cometer erro?

– Mas você é o regente!

– Sethi é o único senhor do Egito; é ele quem toma as decisões mais importantes e mais ninguém. Não precisa das minhas opiniões para nada.

– Mas...

– Sou o primeiro a estar consciente da minha inexperiência e não tenho a mínima intenção de brincar com os governantes. A minha atitude não se modificará: a de servir o rei e lhe obedecer.

– Terá de tomar iniciativas!

– Isso seria trair o Faraó. Vou me contentar com as tarefas que ele me confiar e realizá-las da melhor maneira possível. Se falhar, ele me demitirá e nomeará outro regente.

Chenar estava desconcertado. Esperava o comportamento arrogante de um predador e tinha à sua frente um cordeirinho servil e inofensivo! Teria Ramsés aprendido a ser manhoso e a compor um personagem para confundir o adversário? Havia uma forma simples de saber.

– Suponho que tomou conhecimento da hierarquia.

– Eu precisaria de meses, de anos mesmo, para se conhecer as sutilezas. Isso é realmente indispensável? Graças ao trabalho de Ameni, posso escapar a muitas chatices administrativas e terei tempo para me ocupar do meu cão e do meu leão.

Não havia qualquer ironia no tom de Ramsés; parecia incapaz de avaliar a dimensão do seu poder. Ameni, por muito hábil e trabalhador que fosse, não passava de um jovem escriba de 17 anos que não perceberia de imediato os segredos da corte. Recusando rodear-se de homens de peso, Ramsés se tornaria mais fraco e surgiria como um desmiolado.

Em vez de travar um combate renhido, Chenar avançava em terreno conquistado.

– Supunha que o Faraó lhe tivesse dado diretrizes a meu respeito.

– Tem razão.

Chenar retraiu-se: finalmente, o momento da verdade! Até agora, o irmão estivera representando e se preparava para desferir o golpe decisivo que o excluiria da vida pública.

– Que deseja o Faraó?

– Que seu filho mais velho assuma seus deveres como anteriormente e seja o chefe do protocolo.

Chefe do protocolo... A função era importante. Chenar se ocuparia da organização das cerimônias oficiais, velaria pela aplicação dos decretos e estaria permanentemente ligado à política do rei. Em vez de ser afastado, ocuparia uma posição central, mesmo não tendo a importância do regente. Manobrando com habilidade, teceria uma rede sólida e duradoura.

– Terei de prestar contas das minhas atividades?

– Ao faraó, não a mim; como poderia avaliar aquilo que ignoro?

Portanto, Ramsés era apenas um regente de fachada! Sethi mantinha todos os poderes e continuava a confiar no filho mais velho.

NO CENTRO da cidade santa de Heliópolis erguia-se o imenso templo de Ra, o deus da luz divina que criara a vida. Naquele mês de novembro, em que as noites iam se tornando frescas, os sacerdotes preparavam as festas de Osíris, o rosto oculto de Ra.

– Você conhece Mênfis e Tebas – disse Sethi a Ramsés. – Hoje descobre Heliópolis. Foi aqui que o pensamento dos nossos antepassados ganhou forma. Não se esqueça de honrar esse lugar santo; Tebas assume por vezes demasiada importância. Ramsés, o fundador da nossa dinastia, preconizava o equilíbrio e a justa distribuição dos poderes entre os sacerdotes de Heliópolis, Mênfis e Tebas. Respeitei a sua visão; respeite-a também. Não se submeta a nenhum dignitário, mas seja o laço que os une e os domina.

– Sonho muitas vezes com Avaris, a cidade de Seth – confessou Ramsés.

– Se o destino fizer de você um faraó, voltará lá e se comunicará com o poder secreto quando eu morrer.

– Nunca haverá de morrer!

A exclamação brotara do coração do jovem regente; os lábios de Sethi esboçaram um sorriso.

– Se meu sucessor mantiver o meu *ka*, talvez tenha essa sorte.

Sethi fez Ramsés entrar no santuário do grande templo de Ra, onde, no centro do pátio a céu aberto, havia um poderoso obelisco cuja extremidade coberta de ouro atravessava o céu para dissipar as influências nocivas.

– Assim é simbolizada a pedra primordial, surgida do oceano das origens na alvorada dos tempos; a criação é mantida pela sua presença nesta terra.

Ainda sob efeito do choque, Ramsés foi conduzido até uma acácia gigante venerada por duas sacerdotisas representando os papéis de Isis e de Nephtys.

– Nesta árvore – explicou Sethi – o invisível faz nascer o Faraó, alimenta-o do leite das estrelas e lhe dá o seu nome.

O regente não chegara ainda ao fim das surpresas. Numa ampla capela, encontrava-se uma balança de ouro e prata fixa sobre uma base de madeira coberta de estuque, com uma envergadura de 2 metros e uma altura de 2,30 metros! Na parte de cima, um babuíno de ouro, encarnação do deus Thot, o senhor dos hieróglifos e dos côvados.

– A balança de Heliópolis pesa a alma e o coração de todos os seres e de todas as coisas. Que Maât, de quem ela é um dos símbolos, não deixe de inspirar o seu pensamento e atos.

No fim da tarde passada na cidade da luz, Sethi levou Ramsés a um canteiro de obras de onde tinham saído os operários.

– Aqui será erigida uma nova capela, porque a obra nunca se interrompe. Construir o templo é o primeiro dever do Faraó; pois é por intermédio dele que construirá o seu povo. Ajoelhe-se, Ramsés, e execute a sua primeira obra.

Sethi estendeu a Ramsés um malho e um escopro, e sob a proteção do obelisco único e do olhar do pai, o regente talhou a primeira pedra do futuro edifício.

37

Ameni sentia uma admiração sem limites por Ramsés, mas não o considerava isento de defeitos; por exemplo, esquecia rapidamente as coisas más que lhe faziam e negligenciava a investigação de certos casos misteriosos, como o dos blocos de tinta falsificados. O jovem porta-sandálias do regente, por sua parte, tinha boa memória; como seu novo cargo lhe concedia vantagens, tratou de se aproveitar delas.

Sem esquecer qualquer pormenor, recordou os fatos aos seus vinte subordinados, sentados na posição de escriba sobre esteiras e muito atentos. Embora fosse um fraco orador, Ameni arrebatou o auditório.

– O que temos de fazer? – perguntou um dos funcionários.

– Explorar os serviços dos arquivos que antes me eram inacessíveis; existe com certeza uma cópia do documento original com o nome completo do proprietário daquela oficina. Aquele que o descobrir deve trazê-lo imediatamente para mim e não falar nada a ninguém. O regente saberá recompensá-lo.

Lançadas numa escala tão vasta, as investigações tinham que chegar a um resultado; quando tivesse a prova nas mãos, Ameni iria mostrá-la a Ramsés. Uma vez resolvido o assunto, trataria de convencê-lo novamente a se ocupar de quem tinha contratado o carreiro e o palafreneiro; nenhum criminoso devia escapar ao castigo.

Como regente, Ramsés era alvo de múltiplas solicitações e recebia uma abundante correspondência. Ameni dispensava os importunos e redigia as respostas nas quais o filho de Sethi colocava o seu selo. O secretário particular lia todas as missivas e acompanhava todos os assuntos. Nenhuma crítica afetaria o regente, mesmo que Ameni tivesse que perder a pouca saúde de que dispunha.

EMBORA COM apenas 18 anos, Acha parecia um daqueles homens maduros, carregados de longa experiência e desiludidos de tudo. De elegância requintada, mudava de túnica e de tanga todos os dias, seguia a moda menfita e cuidava muito bem do corpo. Perfumado, barbeado com frescor, ocultava por vezes os cabelos ondulados sob uma luxuosa peruca; os pêlos do fino bigode estavam alinhados de forma impecável, e seu rosto esguio refletia a nobreza de uma longa linhagem de notáveis à qual se sentia orgulhoso de pertencer.

O jovem congregava a unanimidade das opiniões; os diplomatas de carreira não poupavam elogios a seu respeito e admiravam-se com o fato de que o Faraó ainda não lhe tivesse confiado um posto importante numa embaixada. Acha, de humor inalterável, não fizera ainda qualquer protesto; conhecedor de todos os segredos do Ministério dos Negócios Estrangeiros, sabia que sua hora haveria de chegar.

Contudo, a visita do regente surpreendeu-o; sentiu-se imediatamente em falta, por não ter-se deslocado e ido inclinar-se perante Ramsés.

– Aceite as minhas desculpas, regente do Egito.

– Elas não são necessárias entre amigos.

– Faltei aos meus deveres.

– Está satisfeito com o seu trabalho?

– Não muito, a vida sedentária não me seduz.

– Para onde gostaria de ir?

– Para a Ásia. Será lá, amanhã, que se jogará a sorte do mundo; se o Egito estiver mal informado, arrisca-se a graves fracassos.

– Considera a nossa diplomacia inadequada?

– Não há dúvida de que considero.

– O que propõe então?

– Estar mais em campo, compreender melhor a maneira de pensar dos nossos aliados e adversários, fazer o inventário de suas forças e suas fraquezas, deixando-os cientes de que somos imbatíveis.

– Receia os hititas?

– Circulam muitas informações contraditórias a respeito deles... Mas quem conhece realmente os seus efetivos militares e a eficácia do seu exército? Até agora, tem sido evitado um conflito direto.

– Lamenta isso?

– Claro que não, mas você há de constatar comigo que pairamos na ignorância.

– Não se sente feliz em Mênfis?

– Uma família rica, uma *villa* agradável, uma carreira já traçada, duas ou três amantes... É isso a felicidade? Falo diversas línguas, entre as quais o hitita; por que então não utilizar a minha capacidade?

– Eu posso ajudá-lo.

– Como?

– Proporei ao rei, como regente, a sua nomeação para uma das nossas embaixadas na Ásia.

– Seria maravilhoso, Ramsés!

– Não se entusiasme muito depressa; a decisão pertence a Sethi.

– Que seja recompensado pelo seu gesto!

– Esperemos que seja eficaz.

O ANIVERSÁRIO de Dolente era o pretexto para uma recepção à qual eram convidados os notáveis do reino; há muito que Sethi, desde a sua coroação, não comparecia a uma. Deixando a Chenar o cuidado de organizar as festividades, Ramsés desejava evitar mais essa noitada mundana, mas, a conselho de Ameni, aceitara comparecer antes do jantar.

Barrigudo e jovial, Sary afastou os bajuladores que desejavam cobrir de elogios o regente e, sobretudo, solicitar favores.

– A sua presença nos honra muito... Como me sinto orgulhoso do meu aluno! Orgulhoso e desencorajado.

– Desencorajado?

– Nunca mais educarei um futuro regente! A seu lado, os garotos do *Kap* vão me parecer muito aborrecidos.

 – Gostaria de mudar de atividade?

– Confesso que a gestão dos celeiros me interessaria mais e me daria mais tempo para Dolente. Não veja nisso uma das inúmeras súplicas que todos os dias lhe são dirigidas! Mas caso se lembrasse do seu antigo professor...

Ramsés concordou com a cabeça. A irmã correu para ele; muito maquiada, parecia quase dez anos mais velha. Sary afastou-se.

– O meu marido falou com você?

– Falou.

– Sinto-me tão feliz por ter vencido Chenar! É um indivíduo mau e pérfido, que desejava a nossa derrota.

– Que mal ele lhe causou?

Nenhum mal; o importante é que você é o regente, não ele. Favoreça os seus verdadeiros aliados.

– Tanto Sary quanto você estão muito enganados acerca das minhas possibilidades.

Dolente pestanejou.

– Isso quer dizer...

– Não posso dispor dos postos administrativos, mas tento perceber o pensamento do nosso pai e compreender a forma como ele governa este país, para me inspirar um dia no seu modelo, se os deuses o permitirem.

– Deixe de belas idéias! Você, tão próximo do poder supremo como está, apenas deseje aumentar o seu domínio sobre os outros e formar seu próprio clã. O meu marido e eu queremos fazer parte dele, porque o merecemos. As nossas qualidades lhe serão indispensáveis.

– Você me conhece muito mal, minha querida irmã, e conhece muito mal o nosso pai. Saiba que não é assim que o Egito é governado. Ser regente permite-me observar de dentro o seu trabalho e extrair lições.

– Suas palavras de consolação não me interessam, porque aqui embaixo conta apenas a ambição. Você é igual aos outros, Ramsés; se não aceitar as leis da existência, será trucidado.

SOB A COLUNATA da frente da sua *villa*, Chenar, sozinho, tirava conclusões do pacote de informações que acabara de receber. Por sorte, a sua rede de amizades não se desagregara, e o número de inimigos de Ramsés não diminuíra. Observavam os seus atos e gestos, relatando-os a Chenar que, era evidente, viria a ser Faraó com a morte de Sethi; o comportamento quase passivo do regente, a sua fidelidade incondicional a Sethi e a sua cega obediência fariam dele, em breve, uma sombra sem consistência.

Chenar não partilhava esse otimismo devido a um acontecimento catastrófico para ele: a breve estada de Ramsés em Heliópolis. Era ali, com efeito, que um faraó era definitivamente reconhecido como tal por aclamação; assim tinham sido coroados os primeiros reis do Egito.

Sethi ressaltava, portanto, a sua vontade de forma bem evidente, ainda mais que Ramsés fora confrontado com a balança de Heliópolis, segundo dissera um sacerdote. O faraó reinante reconhecia a capacidade de retidão do regente e sua aptidão para respeitar a regra de Maât. Esse importante ato tinha sido realizado em segredo e possuía apenas um valor mágico; mas a vontade de Sethi tinha sido expressa e não se modificaria.

Chefe do protocolo... Uma mera ilusão! Sethi e Ramsés queriam acomodá-lo naquela função confortável para que esquecesse os sonhos de grandeza, enquanto o regente pouco a pouco tomava as rédeas do poder.

Ramsés era mais manhoso do que parecia; a sua humildade disfarçada ocultava uma ambição feroz. Desconfiando do irmão mais velho, tentara iludi-lo, mas o episódio de Heliópolis revelava o seu verdadeiro plano. Chenar tinha que mudar de estratégia; deixar o tempo agir seria um erro que o condenaria ao fracasso. Tinha, portanto, que passar à ofensiva e considerar Ramsés como um temível concorrente; não bastaria atacá-lo no interior do palácio. Estranhos pensamentos atravessaram o pensamento de Chenar; tão estranhos que o assustaram.

O seu desejo de vingança foi mais forte, porque não suportaria viver como súdito de Ramsés. Fossem quais fossem as conseqüências do combate oculto que iria empreender, não recuaria.

O BARCO de vela branca vogava no Nilo com uma elegância altaneira. O capitão conhecia os mínimos caprichos do rio e os explorava com destreza. Chenar estava sentado na sua cabine, abrigado dos raios de sol. Não só receava as queimaduras, como fazia questão de manter a pele branca para se distinguir bem dos camponeses de pele tostada.

À sua frente, bebendo um sumo de alfarroba, estava Acha.

– Espero que ninguém o tenha visto subir a bordo.

– Tomei as minhas precauções.

– É um homem prudente.

– Sobretudo curioso... Por que me impôs semelhantes precauções?

– Durante os seus estudos no *Kap,* você era amigo de Ramsés.

– Seu condiscípulo.

– Depois da sua nomeação como regente, permaneceu em contato com ele?

– Ele apoiou o meu pedido de um posto numa embaixada da Ásia.

– Eu contribuí, acredite-me, para consolidar a sua reputação, mesmo se a minha desgraça me impediu de obter para você aquilo que desejava.

– Desgraça... Não será um termo exagerado?

– Ramsés me odeia e não se preocupa nada com a felicidade do Egito; o seu único objetivo é o poder absoluto. Se ninguém tentar impedi-lo, entraremos numa era de infelicidade. Tenho a obrigação de evitá-lo, e muitas pessoas razoáveis irão me auxiliar.

Acha permaneceu impassível.

– Conheci bem Ramsés – objetou – e ele não me parece de forma alguma com o futuro tirano que você descreve.

– Ele faz um jogo muito bem-feito, apresentando-se como bom filho e discípulo obediente de Sethi; nada pode agradar mais à corte e ao povo. Eu próprio me deixei enganar por algum tempo; na realidade, apenas sonha em se tornar o senhor das Duas Terras. Sabia que ele foi a Heliópolis para receber a aprovação do grande sacerdote?

O argumento perturbou Acha.

– Com efeito, essa atitude parece prematura.

– Ramsés exerce uma influência negativa sobre Sethi. Na minha opinião, tenta persuadir o rei a se retirar o mais depressa possível e a lhe oferecer o poder.

– Será Sethi assim tão maleável?

– Se não fosse, por que teria escolhido Ramsés como regente? Comigo, seu filho mais velho, teria tido a seu lado um fiel servidor do Estado.

– Parece disposto a alterar os costumes.

– Porque são caducos! O grande Horemheb não agiu com sabedoria ao redigir um novo código de leis? As antigas tinham se tornado injustas.

– Não está decidido a abrir o Egito ao mundo exterior?

– Era a minha intenção, com efeito, pois apenas o comércio internacional garante a prosperidade.

– Terá mudado de opinião?

Chenar ficou sombrio.

– O futuro reinado de Ramsés obriga-me a modificar os meus planos; foi por isso que fiz questão de que o nosso encontro fosse secreto. Desejo lhe falar sobre um assunto de excepcional gravidade: visto que quero salvar o meu país, devo empreender uma guerra oculta contra Ramsés. Se aceitar ser meu aliado, o seu papel será determinante; uma vez conseguida a vitória, você colherá os frutos.

Acha, enigmático, refletiu longamente.

Caso se recusasse a colaborar, Chenar seria obrigado a eliminá-lo: tinha falado demais. Mas não existia outro meio para recrutar os homens de que precisava. E Acha, se aceitasse, seria um dos mais ativos.

– Você é bastante convincente – considerou Acha.

– As relações comerciais com a Ásia não bastarão para derrubar Ramsés; dadas as circunstâncias, é necessário ir muito mais longe.

– Está considerando... uma outra espécie de entendimento com o estrangeiro?

– Quando os *hyksôs* invadiram e governaram o país, há muitos séculos, beneficiaram-se da cumplicidade de vários governadores de província do Delta, que preferiram colaborar a morrer. Antecipemo-nos à história, Acha; utilizemos os hititas para expulsar Ramsés, formemos um grupo de responsáveis que manterá o nosso país no bom caminho.

– O perigo é considerável.

– Se não tentarmos nada, Ramsés nos esmagará sob suas sandálias.

– Qual é realmente a sua proposta?

– A sua nomeação para a Ásia será o primeiro passo. Conheço o seu dom excepcional para estabelecer contatos.

Você tem de conquistar a amizade do inimigo e convencê-lo a nos auxiliar.

– Ninguém está informado das reais intenções dos hititas.

– Nós estaremos, graças a você. Assim, adaptaremos a nossa estratégia e manipularemos Ramsés para levá-lo a cometer erros fatais dos quais tiraremos proveito.

Muito calmo, Acha cruzou os dedos.

– Surpreendente projeto, mas, na verdade, muito arriscado.

– Os medrosos estão destinados ao fracasso.

– Suponhamos que os hititas tenham apenas um desejo: entrar em guerra.

– Nesse caso, arranjaremos uma forma de Ramsés perdê-la e apareceremos como salvadores.

– Serão necessários vários anos de preparação.

– Tem razão. A luta começa hoje; primeiro, tentar tudo para impedir Ramsés de subir ao trono; se falharmos, derrubá-lo por meio de um ataque simultaneamente surgido do interior e do exterior. Considero-o um adversário de envergadura, cuja força irá crescendo, e por isso temos que banir toda a improvisação.

– O que me oferece em troca do meu auxílio? – perguntou Acha.

– O posto de Ministro dos Negócios Estrangeiros lhe interessaria?

O leve sorriso do diplomata provou que Chenar tinha tocado no ponto certo.

– Estando fechado num gabinete de Mênfis, a minha ação será muito limitada.

– A sua reputação é excelente, e Ramsés nos ajudará sem saber. Estou convencido de que a sua nomeação é apenas uma questão de tempo. Enquanto você permanecer no

Egito, não voltaremos a nos ver; mais tarde, os nossos encontros serão secretos.

O barco atracou longe do porto de Mênfis; na margem, um carro conduzido por um aliado de Chenar levou Acha até a cidade.

O filho mais velho viu o diplomata afastar-se. Vários homens seriam encarregados de o vigiar; se tentasse informar Ramsés, não sobreviveria muito tempo a essa traição.

38

O homem que tentara eliminar Ramsés utilizando os serviços do palafreneiro e do carreiro não se enganara: o filho mais novo do rei nascera para lhe suceder. Muitos traços do seu caráter se assemelhavam aos do pai: a sua energia parecia inesgotável, o seu entusiasmo e inteligência pareciam capazes de derrubar qualquer obstáculo; o fogo que brilhava nele predestinava-o ao poder supremo.

Apesar dos seus repetidos avisos, ninguém quisera lhe dar ouvidos. A escolha de Ramsés como regente abrira finalmente os olhos dos que lhe estavam mais próximos, e lamentava-se o fracasso da sua iniciativa. Felizmente, o palafreneiro e o carreiro estavam mortos; como nunca se encontrara com eles e o seu intermediário nunca mais falaria, a investigação tinha se perdido. Não havia possibilidade alguma de se chegar até ele e se provar sua cumplicidade.

Levando em consideração seus projetos, sobre os quais guardava-se segredo, não podia cometer a menor imprudência. Atacar com força e no momento exato era a única solução, mesmo se a posição de Ramsés tornasse a ação mais difícil. O regente estava permanentemente acompanhado: Ameni afastava os importunos, sendo o leão e o cão excelentes guarda-costas. Atuar no interior do palácio parecia impossível.

Em contrapartida, por ocasião de uma saída ou de uma viagem, não haveria grandes dificuldades em se armar um acidente, desde que o enquadramento fosse bem escolhido. Uma idéia brilhante excitava-o. Se Sethi caísse na armadilha e aceitasse levar o filho a Assuã, Ramsés não regressaria.

NAQUELE NONO ano do reinado de Sethi, Ramsés festejava os seus 17 anos em companhia de Ameni, de Setaou e de Lótus, a esposa núbia do amigo. Lamentava a ausência de Moisés e Acha, mas o primeiro estava retido no canteiro de obras de Karnak, e o segundo acabava de partir para o Líbano, encarregado de uma missão de informação pelo Ministério dos Negócios Estrangeiros. Reunir os antigos alunos do *Kap* no futuro apresentaria cada vez mais dificuldades, a menos que o regente conseguisse fazer dos seus amigos colaboradores próximos; mas a sua independência de espírito tendia a dissociar os caminhos. Apenas Ameni recusava afastar-se de Ramsés, sob o pretexto de que, sem ele, o regente seria incapaz de gerir a sua administração e de manter os processos em dia.

Lótus, recusando os serviços do cozinheiro do palácio preparara com suas mãos um cabrito assado acompanhado com uvas e grão-de-bico.

– Suculento – reconheceu o regente.

– Vamos saboreá-lo sem nos empanturrarmos – recomendou Ameni.– Eu tenho trabalho.

– Ramsés, como suporta este escriba chato e desmancha-prazeres?– perguntou Setaou, que ia dando de comer ao cão e ao leão, cujo tamanho se tornava cada vez mais impressionante.

– Nem todo mundo tem tempo para andar correndo atrás de serpentes – retorquiu Ameni. – Se eu não perdesse tempo em tomar nota dos remédios que prescreve as suas pesquisas seriam em vão.

– Onde estão instalados os recém-casados?

– Na fronteira do deserto – respondeu Setaou, com os olhos brilhando. – Logo que cai a noite, os répteis saem; então Lótus e eu vamos à caça. Pergunto a mim mesmo se viveremos tempo suficiente para conhecer todas as espécies e seus hábitos.

– A sua casa não é um pardieiro – afirmou Ameni – parece-se mais com um laboratório. E vai sempre aumentando... Com a pequena fortuna que consegue vendendo os seus venenos aos hospitais, não é de espantar.

O encantador de serpentes observou o jovem escriba com curiosidade.

– Quem lhe informou? Você nunca sai do seu gabinete!

– Isolada ou não, a sua casa está registrada no cadastro e no serviço de higiene; quanto a mim, tenho obrigação de obter informações fidedignas para o regente.

– Então você anda me espionando! Esta aberração é mais perigosa do que um escorpião.

O cão amarelo ladrou, divertido, não se deixando convencer pela cólera de Setaou, que continuou a fazer comentários agridoces sobre Ameni até a entrada inesperada de um mensageiro do Faraó. Ramsés estava sendo chamado imediatamente ao palácio, largando tudo o que estivesse por fazer.

SETHI E RAMSÉS avançaram em passo lento pelo estreito caminho que serpenteava entre enormes blocos de granito rosa. Tendo chegado naquela mesma manhã a Assuã, o soberano e o filho tinham se dirigido imediatamente às pedreiras. O Faraó desejava verificar pessoalmente o conteúdo do relatório alarmante que lhe fora enviado e fazia questão de que o filho conhecesse aquele universo mineral de onde eram provenientes os obeliscos, os colossos, os portais e degraus dos templos, e muitas das obras-primas talhadas em pedra bruta de incomparável fulgor.

A missiva evocava um grave conflito entre contramestres, operários e soldados encarregados de transportar os monolitos de várias toneladas para enormes barcos presos uns aos outros e construídos para essa finalidade. A essas perturbações vinha juntar-se uma outra, ainda mais grave: os especialistas consideravam a pedreira principal esgotada. Segundo eles, apenas subsistiam alguns filões reduzidos e veios demasiado curtos para daí se obterem obeliscos de bom tamanho ou estátuas gigantes.

A mensagem estava assinada por um tal Aper, chefe dos carreiros, e não seguira as vias hierárquicas; com receio de ser castigado pelos seus superiores por ter revelado a verdade, o técnico dirigira-se, portanto, diretamente ao rei. O seu secretário, considerando o tom ponderado e realista, transmitira a mensagem a Sethi.

Ramsés sentiu-se à vontade no meio das rochas desgastadas pelo sol; percebeu a força do material eterno que os escultores transformavam em pedras falantes. A imensa pedreira de Assuã era uma das bases sobre as quais se edificava o país, desde a primeira dinastia; encarnava a estabilidade da obra que atravessava gerações e ia vencendo o tempo.

Uma rigorosa organização presidia a exploração do granito; divididos em equipes, os talhadores de pedra detectavam os melhores blocos, testavam-nos e abordavam-nos com respeito. Da perfeição do seu trabalho dependia a sobrevivência do Egito; das suas mãos nasciam os templos onde residiam as forças da criação e as estátuas onde viviam as almas dos ressuscitados.

Todos os faraós se preocupavam com as pedreiras e com as condições de vida dos que ali trabalhavam; os chefes de equipe ficaram contentes por rever Sethi e saudar o regente, cuja semelhança com o pai era cada vez mais acentuada. Aqui, o nome de Chenar era desconhecido.

Sethi mandou chamar o chefe dos carreiros.

Atarracado, de ombros largos, cabeça quadrada, dedos fortes, Aper prostrou-se perante o rei – seria alvo de censuras ou elogios?

– A pedreira parece-me calma.

– Está tudo em ordem, majestade.

– A sua carta diz o contrário.

– A minha carta?

– Nega tê-la escrito?

– Escrever... não é o meu forte. Quando é preciso, utilizo os serviços de um escriba.

– Não me alertou sobre um conflito entre operários e soldados?

– Ah, isso não, majestade... Há pequenos atritos, mas todos são resolvidos.

– E os seus contramestres?

– Nós os respeitamos, e eles nos respeitam. Não são pessoas da cidade, mas operários que se destacaram. Trabalharam com as próprias mãos e conhecem a profissão. Se um deles se toma por uma função que não exerce, resolvemos o caso.

Aper esfregou as mãos com força, demonstrando o que aconteceria àquele que manifestasse qualquer abuso de autoridade.

– A pedreira principal não está ameaçada de esgotamento?

O chefe dos carreiros ficou de boca aberta.

– Ah, isso... Quem o avisou, majestade?

– É verdade?

– Mais ou menos... Começa a ficar mais difícil, é preciso escavar mais fundo; daqui a dois ou três anos será necessário explorar outra jazida. Estar avisado... é vidência!

– Mostre-me o local que o preocupa.

Aper conduziu Sethi e Ramsés ao topo de uma pequena colina de onde se podia ver a maior parte do setor explorado.

– Aqui, à sua esquerda – indicou o homem, estendendo a mão – foi que hesitamos em talhar um obelisco.

– Calemo-nos – exigiu Sethi.

Ramsés viu o olhar do pai transformar-se; fixava as pedras com uma intensidade extraordinária, como se penetrasse em seu interior, como se a carne se transformasse em granito. Perto de Sethi o calor tornou-se quase insuportável. Estupefato, o chefe dos carreiros afastou-se; Ramsés permaneceu junto do soberano. Tentou também ver para além da aparência, mas o seu pensamento esbarrou nos blocos compactos, e ele sentiu uma dor ao nível do plexo solar. Teimoso, não desistiu; apesar do sofrimento, acabou por distinguir nitidamente os filões rochosos uns dos outros. Pareciam sair das profundezas da terra, abrir-se ao sol e ao ar, adotar uma forma específica, depois solidificar-se e transformar-se em granito rosa, salpicado de estrelas cintilantes.

– Abandonem o local habitual – ordenou Sethi – e escavem para a direita, em largura; o granito se mostrará generoso durante dezenas de anos.

O chefe dos carreiros desceu a colina correndo e, com uma picareta, partiu uma ganga escura que não pressagiava nada de bom. No entanto, o Faraó não se enganara: surgiu um granito de fascinante beleza.

– Você também viu, Ramsés. Continue assim, penetre sempre mais no coração da pedra e saberá.

Em menos de 15 minutos, o milagre do Faraó foi espalhado pelos carreiros nos cais e na cidade. Significava que a era dos grandes trabalhos continuaria e que a prosperidade de Assuã não seria desmentida.

– Não foi Aper quem escreveu a carta – concluiu Ramsés. – Quem tentou lhe enganar?

– Não me fizeram vir aqui para abrir uma nova pedreira – considerou Sethi. – Quem enviou a carta não contava com esse resultado.

– Que esperava ele?

Perplexos, o rei e o filho desceram a colina pelo estreito caminho traçado no seu flanco. Sethi seguia à frente, com passo firme.

Um estrondo chamou a atenção de Ramsés.

No momento em que se voltou, duas pedras, saltando assustadoramente, rasparam-lhe a perna; formavam a vanguarda de cascalho agressivo precedendo um enorme bloco de granito que descia a encosta a grande velocidade.

Cego por uma nuvem de pó, Ramsés gritou:

– Pai, afaste-sei!

Ao recuar, o rapaz caiu.

A mão forte de Sethi ergueu-o e afastou-o da trajetória do bloco de granito, que continuou a sua louca corrida. Ouviram-se gritos. Carreiros e talhadores de pedra tinham descoberto um homem que fugia.

– Foi aquele lá! Foi ele quem empurrou o bloco! – gritou Aper.

Começou a perseguição.

Aper foi o primeiro a alcançar o fugitivo, aplicando-lhe um violento soco na nuca para obrigá-lo a parar. O chefe dos carreiros avaliara mal a sua força: foi um cadáver o que ele apresentou ao Faraó.

– Quem é? – perguntou Sethi.

– Não sei – respondeu Aper. – Não trabalhava aqui.

A guarda de segurança de Assuã chegou a um resultado rápido: o homem era um barqueiro, viúvo e sem filhos, cujo trabalho consistia em transportar objetos de barro.

– Era você o visado – afirmou Sethi. – Mas a sua morte não estava gravada naquele bloco.

– Concede-me o direito de procurar eu mesmo a verdade?

– Eu o exijo.

– Sei a quem confiar a investigação.

39

Ameni tremia e rejubilava.

Tremia, depois de ter escutado o relato de Ramsés, que acabara escapando de uma morte atroz, e rejubilava porque o regente lhe trazia um indício importante: a carta enviada a Sethi para provocar a sua ida a Assuã.

– A escrita é bonita – constatou. – Uma pessoa da alta sociedade, culta, habituada a redigir missivas.

– Portanto, o Faraó sabia que não vinha de um chefe de carreiros e que haviam lhe preparado uma armadilha.

– Na minha opinião, os dois foram visados; os acidentes nas pedreiras não são raros.

– Concorda em se encarregar da investigação?

– Claro! No entanto...

– 'No entanto...

– Devo fazer-lhe uma confissão: continuei as minhas investigações sobre o proprietário da oficina suspeita. Teria gostado de lhe provar que se tratava de Chenar, mas falhei. Oferece-me muito mais.

– Esperemos que sim.

– Souberam mais alguma coisa sobre o barqueiro?

– Não. Quem o mandou fazer aquilo parece estar fora de alcance.

– Uma verdadeira serpente... Precisamos pedir ajuda a Setaou.

– E por que não?

– Tranqüilize-se que já o fiz.

– O que ele respondeu?

– Como se trata da sua segurança, aceitou ajudar-me.

CHENAR NÃO gostava do sul; o calor era muito intenso, e a sensibilidade das pessoas à evolução do mundo exterior muito menor que da população do norte. O imenso templo de Karnak, no entanto, constituía uma entidade econômica tão rica e influente que nenhum candidato ao poder supremo podia prescindir do apoio do grande sacerdote. Assim, fez uma visita de cortesia ao pontífice, no decorrer da qual apenas falaram de banalidades; Chenar teve a satisfação de não sentir qualquer hostilidade por parte do importante personagem, que observava de longe as lutas políticas de Mênfis e, no momento necessário, tomaria o partido do mais forte. A omissão de elogios a Ramsés era um sinal encorajador.

Chenar solicitou a possibilidade de passar alguns dias no templo para meditar, longe da agitação da vida pública. A autorização foi concedida. Apesar de o filho mais velho de Sethi dar-se bastante mal com o conforto reduzido da cela de sacerdote onde foi alojado, conseguiu o seu objetivo: encontrar Moisés.

Durante um breve momento, o hebreu examinava a coluna sobre a qual os escultores tinham gravado uma cena de oferenda do olho divino, contendo a totalidade das medidas que permitiam apreender o mundo.

– Uma obra esplêndida! Você é um arquiteto notável.

Moisés, cuja constituição robusta tinha se acentuado, observou o seu interlocutor, com um desdém indisfarçável por suas carnes muito flácidas e sua exagerada obesidade.

– Estou ainda aprimorando a minha profissão; é o mestre-de-obras o responsável por este bom resultado.

– Não seja tão modesto.

– Não gosto de bajuladores.

– Parece-me que não me aprecia muito.

– Espero que seja recíproco.

– Vim aqui para me recolher e encontrar serenidade. A nomeação de Ramsés foi um choque muito rude, confesso, mas é preciso aceitar a realidade. A calma deste templo me ajudará nisso.

– Tanto melhor para você.

– A sua amizade por Ramsés não deveria cegá-lo; o meu irmão não tem boas intenções. Se você ama a ordem e a justiça, não devia fechar os olhos.

– Critica a decisão de Sethi?

– Meu pai é um homem excepcional, mas quem não comete erros? Para mim, a estrada do poder está definitivamente cortada, e não o lamento. Basta-me ocupar do protocolo; mas qual será o futuro do Egito se cair nas mãos de um incapaz, apenas preocupado com sua ambição?

– Quais são precisamente as suas intenções, Chenar?

– Esclarecer você. Estou convencido de que tem à sua frente um grande destino, e apostar em Ramsés seria um erro desastroso. Amanhã, quando subir ao trono, já não terá amigos, e você será esquecido.

– Qual é a sua proposta?

– Deixemos de nos submeter e preparemos um outro futuro.

– O seu, suponho.

– A minha própria pessoa interessa pouco.

– Não é essa a minha impressão.

– Engana-se a meu respeito; servir ao meu país é o meu único objetivo.

– Que os deuses o ouçam, Chenar. Você sabe que eles detestam mentira?

– São os homens que fazem a política do Egito e não os deuses. Desejo a sua amizade; juntos, venceremos.

– Pare de se enganar, e agora saia daqui.

– Está agindo mal.

– Não desejo elevar a voz nem cometer violência num local como este; se você quiser, continuaremos a discussão lá fora.

– Não será necessário, mas não se esqueça dos meus avisos. Um dia você vai me agradecer.

O olhar enfurecido de Moisés dissuadiu Chenar de insistir; tal como previra, havia falhado. O hebreu não seria tão fácil de se conquistar como Acha. Mas também devia ter fraquezas que, com a ajuda do tempo, haveriam de se revelar.

DOLENTE AFASTOU Ameni, que não pôde se opor à força da mulher enfurecida; a irmã de Ramsés empurrou a porta do gabinete do regente e entrou na sala como um furacão.

Ramsés, sentado na posição de escriba, sobre uma esteira, recopiava um decreto de Sethi relativo à proteção das árvores.

– Finalmente você vai se decidir!

– Qual o motivo desta invasão, minha querida irmã?

– Como se não soubesse!

– Refresque-me a memória.

– Meu marido espera a sua promoção.

– Dirija-se ao Faraó.

– Ele se recusa a conceder aos integrantes da sua família privilégios que considera... injustificados!

– Que quer que eu diga mais?

A cólera de Dolente redobrou.

– É essa decisão que é injustificável! Sary merece uma promoção e você, o regente, deve nomeá-lo supervisor dos celeiros!

– Deve um regente ir contra a vontade do Faraó?

– Não se comporte como um covarde!

– Nunca cometerei um crime de lesa-majestade.

– De quem você está fazendo troça?

– Acalme-se, por favor.

– Dê-me o que me é devido.

– Impossível.

– Não me venha com essa de que é incorruptível! Você é como os outros... Alie-se aos seus!

– Você geralmente é tão calma...

– Não escapei à tirania de Chenar para me submeter à sua. Então, ainda teima em recusar?

– Contente-se com a sua fortuna, Dolente; a cobiça é um defeito moral.

– Guarde para você a sua moral ultrapassada.

E desapareceu, furiosa.

NO JARDIM da *villa* de Iset a Bela cresciam sicômoros majestosos, de cuja sombra agradável a jovem aproveitava-se para se refrescar, enquanto Ramsés transplantava pequenas mudas numa terra leve e bem preparada. Por cima do regente, a folhagem estremecia, sob ação de uma suave brisa do norte. A árvore em que a deusa Hathor gostava de encarnar não estendia os ramos verdes no Além para dar aos justos de comer e de beber, abrir-lhes o nariz e a boca, envolvê-los no perfume divino que encantava o senhor da eternidade?

Iset a Bela colheu um lótus e enfeitou os cabelos.

– Quer um cacho de uvas?

– Daqui a vinte anos, um magnífico sicômoro tornará este jardim ainda mais agradável.

– Daqui a vinte anos serei velha.

Ramsés olhou-a com atenção

– Se continuar a usar os cremes e ungüentos com tanta habilidade como agora, será ainda mais encantadora.

– E estarei finalmente casada com o homem que amo?

– Não sou adivinho.

A jovem bateu-lhe no peito com uma flor de lótus.

– Fala-se de um acidente evitado a tempo nas pedreiras de Assuã.

– Sob a proteção de Sethi, sou invulnerável.

– Portanto, os ataques contra você não terminaram.

– Fique tranqüila, em breve o culpado será identificado.

Ela tirou a peruca, desatou os longos cabelos e os espalhou sobre o torso de Ramsés. Com os lábios quentes, cobriu-o de beijos.

– Será assim tão complicada a felicidade?

– Se a encontrou, segure-a.

– Estar com você é quanto me basta; quando você vai compreender isso?

– Já.

Enlaçados, rolaram no chão; Iset a Bela acolheu então o desejo do seu amante com a embriaguez de uma mulher feliz.

A FABRICAÇÃO dos papiros era uma das atividades principais dos artesãos egípcios. O preço variava em função da qualidade e do comprimento dos rolos; alguns, contendo passagens do *Livro de sair para a luz*,* eram destinados aos túmulos, outros às escolas e às universidades, a maior parte à administração. Sem papiros seria impossível gerir corretamente o país.

Sethi confiara ao regente o cuidado de examinar, a intervalos regulares, a produção de papiros e de velar pela sua distribuição justa. Todos os setores se queixavam de não receber uma quantidade suficiente e criticavam o egoísmo do vizinho.

Ramsés acabava precisamente de descobrir um abuso cometido pelos escribas que trabalhavam para Chenar e convocara, portanto, o irmão mais velho com a intenção de exigir-lhe explicações.

Chenar parecia com excelente humor.

– Set precisa de mim, Ramsés, estou à sua disposição.

– Controla a atuação dos seus escribas?

– Não detalhadamente.

– As compras de papiros, por exemplo?

– Alguma irregularidade?

---

*Erroneamente intitulado *Livro dos mortos*.

– Com efeito, os seus escribas requisitam de forma arbitrária uma grande quantidade de papiros de primeira qualidade.

– Gosto de escrever em bom material, mas admito que essa prática é inadmissível; os culpados serão castigados com severidade.

A reação de Chenar surpreendeu o regente; não só não protestava, como até reconhecia o erro.

– Aprecio a sua forma de atuar – declarou Chenar. – É necessário reformar e sanear. Nenhuma corrupção, por mínima que seja, deve ser tolerada. Nesse domínio, posso auxiliá-lo de forma eficaz, pois tratar do protocolo permite conhecer bem os hábitos da corte e detectar as práticas anormais. Não basta denunciar, o indispensável é consertar.

Ramsés perguntou a si mesmo se tinha realmente à sua frente o irmão mais velho; que deus benfeitor transformara o cortesão astuto em justiceiro?

– Aceito com prazer a sua proposta.

– Nada me poderia tornar mais feliz do que esta franca colaboração! Vou começar por limpar as minhas próprias estrebarias, e depois trataremos das outras do reino.

– Estarão assim tão conspurcadas?

– Sethi é um grande monarca, seu nome ficará na História, mas não pode ocupar-se de tudo e de todos! Quando uma pessoa faz parte dos notáveis, filho e neto de notáveis, adquire maus hábitos e se arroga direitos em detrimento dos outros. Como regente, é possível você pôr fim a semelhante laxismo. Eu próprio me beneficiei dele no passado, mas esse período acabou. Somos irmãos, o Faraó atribuiu-nos justo lugar: esta é a verdade com a qual devemos viver.

– Trata-se de uma trégua ou da paz?

– Paz, definitiva e sem desvios – afirmou Chenar. – Confrontamo-nos muitas vezes, cada um tem a sua parte de responsabilidades; essa rixa fratricida deixou de ter significado. Você é o regente, eu sou o chefe do protocolo: unamo-nos, então, pelo bem-estar do país.

Quando Chenar partiu, Ramsés, perturbado, perguntou-se: estaria o irmão preparando-lhe uma cilada, mudando de estratégia, ou estaria sendo sincero?

40

O grande conselho do Faraó reuniu-se imediatamente após a celebração dos rituais da manhã. O sol dardejava raios, e todos procuravam a sombra. Alguns cortesãos, demasiado gordos, transpiravam em espessas gotas de suor e se abanavam com leques sempre que se movimentavam.

Felizmente, a sala de audiência do soberano era arejada; a hábil disposição das janelas altas garantia uma circulação de ar que tornava o local agradável. Indiferente aos ditames da moda, o Faraó envergava apenas uma simples túnica branca, enquanto diversos ministros alardeavam elegância. O vizir, os grandes sacerdotes de Mênfis e Heliópolis e o chefe da guarda do deserto participavam daquele conselho de emergência.

Ramsés, sentado à direita do pai, observava-os. Receosos, inquietos, vaidosos, ponderados... Muitos tipos de homens estavam ali reunidos, sob a autoridade suprema do Faraó que, por si só, mantinha a coerência e o controle. Sem isso, seriam capazes de se destruir uns aos outros.

– O chefe da guarda do deserto é portador de más notícias – revelou Sethi. – Que fale.

O alto funcionário, com cerca de 60 anos, já ultrapassara todos os escalões da sua hierarquia até atingir o topo. Calmo, competente, conhecia a menor das pistas dos desertos do oeste e do leste, e mantinha a segurança nesses vastos espaços atravessados por caravanas e expedições de mineiros. Não ambicionava quaisquer honrarias e se preparava para uma reforma tranqüila nos domínios de Assuã; as suas declarações foram, portanto, ouvidas com muita atenção, tanto que raramente era convidado a se manifestar num quadro tão solene.

– A equipe de garimpeiros, que partiu há cerca de um mês para o deserto do leste, desapareceu.

Um longo silêncio se seguiu a esta perturbadora declaração; o raio do deus Seth não teria provocado mais efeito. O grande sacerdote de Ptah pediu a palavra ao rei, que a concedeu; de acordo com o ritual do grande conselho, ninguém podia intervir sem o consentimento do soberano, e todos ouviam o interventor sem o interromper. Qualquer que fosse a gravidade do tema, não era permitido nenhum burburinho. A procura de uma solução justa começava pelo respeito ao pensamento dos outros.

– Tem certeza dessa informação?

– Infelizmente, sim. Regra geral, uma cadeia de mensagens mantém-me informado permanentemente dos avanços desse tipo de expedição, das suas dificuldades, e mesmo do seu fracasso. Já há vários dias estou sem notícias.

– Isto nunca aconteceu?

– Sim, em períodos agitados.

– Um ataque dos beduínos?

– Naquele setor, é muito improvável; a guarda do deserto exerce um controle severo.

– Improvável ou impossível?

– Nenhuma tribo registrada pode perturbar esta expedição a ponto de reduzi-la ao silêncio; um esquadrão de guardas experientes protegia os garimpeiros.

– Qual é a sua idéia?

– Não tenho nenhuma, mas estou muito inquieto.

O ouro dos desertos era entregue aos templos: "carne dos deuses", material incorruptível e símbolo da vida eterna, dava um esplendor inigualável às obras dos artesãos. Quanto ao Estado, utilizava-o como forma de pagamento para certas importações, ou como presente diplomático a soberanos estrangeiros a fim de manter a paz. Não podia ser tolerada qualquer perturbação na extração do precioso metal.

– O que sugere? – perguntou o Faraó ao guarda.

– Não demorar mais e enviar o exército.

– Eu o comandarei – anunciou Sethi – e o regente me acompanhará.

O grande conselho aprovou a decisão. Chenar, que nada fizera para intervir, encorajou o irmão e prometeu-lhe preparar processos que ele estudaria quando regressasse.

NO NONO ano do reinado de Sethi, no vigésimo dia do terceiro mês do ano, o corpo expedicionário, formado por quatrocentos soldados comandados pelo Faraó em pessoa e pelo seu regente, avançava em um deserto tórrido, ao norte da cidade de Edfu e a uma centena de quilômetros ao sul da pista que conduzia à pedreira do Ued Hammamat. Aproximava-se do Ued Mia, o último local de onde fora expedida uma mensagem para Mênfis.

O texto, banal, não continha qualquer elemento alarmista; o moral dos garimpeiros parecia excelente, tal como o estado de saúde do conjunto dos viajantes. O escriba não assinalara qualquer incidente.

Sethi mantinha a tropa em estado de alerta dia e noite; apesar das certezas do chefe da guarda do deserto, presente com os seus melhores elementos, receava um ataque de surpresa dos beduínos vindos da península do Sinai. A pilhagem e o assassinato eram as suas leis; atacados por súbita loucura, os seus chefes revelavam-se culpados pelos mais bárbaros atos.

– O que pressente, Ramsés?

– O deserto é magnífico, mas estou preocupado.

– O que vê além destas dunas?

O regente concentrou-se; Sethi estava animado pelo mesmo olhar estranho, quase sobrenatural, que exibira em Assuã para descobrir uma nova pedreira.

– A minha vista está bloqueada... Para além destas elevações, está o vazio.

– Sim, o vazio. O vazio de uma morte terrível.

Ramsés estremeceu.

– Os beduínos?

– Não, um agressor mais insidioso e mais implacável.

– Devemos preparar-nos para o combate?

– É inútil.

Ramsés controlou o seu pavor, embora este lhe apertasse a garganta. De que adversário tinham sido vítimas os garimpeiros? Já que se tratavam de monstros do deserto, como acreditava a maior parte dos soldados, nenhum exército humano conseguiria vencê-los; essas feras aladas, providas de garras gigantescas, destruiriam suas vítimas sem dar tempo para defesa.

Antes de escalarem a duna, cavalos, burros e homens acalmaram-se; a canícula obrigava a freqüentes paragens, e as reservas de água em breve estariam esgotadas. A menos de três quilômetros, um dos grandes poços da região permitiria tornar a encher os odres.

Três horas antes do pôr-do-sol retomaram o caminho e ultrapassaram a duna sem grande dificuldade. Em breve o poço ficou à vista. A construção de pedra talhada estava encostada ao flanco de uma montanha em cujas entranhas se encontrava o ouro.

Os pesquisadores de ouro e os soldados encarregados de sua proteção não haviam desaparecido. Estavam todos ali, em volta do poço, estendidos na areia escaldante, deitados de bruços ou com os rostos expostos ao sol. Das bocas entreabertas saía uma língua negra, ensangüentada.

Nenhum sobrevivera.

Sem a presença do Faraó, a maior parte dos soldados, dominados pelo estupor, teria fugido. Sethi deu ordem para erguerem as tendas e montarem guarda, como se o acampamento se encontrasse sob a ameaça de um assalto iminente; depois mandou escavar túmulos onde os cadáveres seriam enterrados. A sua esteira de viagem lhes serviria de mortalha, e o rei em pessoa pronunciaria as fórmulas de passagem e ressurreição.

A celebração fúnebre, na paz do sol que se punha sobre o deserto, acalmou os soldados. O médico da expedição aproximou-se de Sethi.

– Causa da morte? – interrogou o rei.

– A sede, majestade.

O rei dirigiu-se imediatamente ao poço que os homens da sua guarda pessoal vigiavam; no acampamento, todos esperavam saborear uma água fresca e revigorente.

O grande poço estava cheio de pedras até o parapeito.

– Vamos esvaziá-lo – propôs Ramsés.

Sethi concordou.

A guarda pessoal do Faraó pôs-se ao trabalho com entusiasmo; o importante era não assustar o grosso da tropa. A cadeia humana revelou-se de notável eficácia. Ramsés marcou o ritmo e manteve o entusiasmo, por vezes prestes a esmorecer.

Quando a lua cheia iluminou o fundo do poço, os soldados de elite, esgotados, viram o regente descer um pesado jarro com o auxílio de uma corda. Apesar da impaciência, a manobrava com lentidão, de forma a não parti-la.

O jarro subiu cheio de água; o regente apresentou-a ao rei. Este cheirou-a, mas não a bebeu.

– Que um homem desça ao fundo do poço.

Ramsés passou uma corda por baixo das axilas, deu um nó sólido e pediu a quatro soldados para segurarem firmemente a extremidade; depois, passou por cima do parapeito do poço e, segurando-se nas saliências das pedras, iniciou a descida. A aventura não apresentou dificuldades; a 2 metros acima do nível da água, a luz lunar permitiu-lhe ver flutuando vários cadáveres de burros. Desesperado, subiu.

– A água do poço está contaminada – murmurou.

Sethi despejou a água na areia.

– Nossos compatriotas foram envenenados ao beberem a água deste poço; depois, o pequeno grupo de assassinos, com certeza beduínos, encheram-no com pedras.

O rei, o regente e todos os integrantes da expedição estavam condenados; mesmo que partissem de imediato para o Vale, morreriam de sede antes de terem alcançado terras cultivadas.

Desta vez, a armadilha fechava-se.

– Vamos dormir – exigiu Sethi. – Rezarei à nossa mãe, o céu estrelado.

A NOTÍCIA da catástrofe espalhou-se de madrugada: nenhum soldado estava autorizado a encher o seu odre, completamente vazio.

Um mais exaltado tentou amotinar os companheiros; Ramsés barrou-lhe o caminho. Transtornado, o soldado ergueu o punho contra o regente, que o agarrou pelo pulso e o obrigou a se ajoelhar.

– Perder o sangue-frio apressará a sua morte.

– Já não há água...

– O Faraó está presente entre nós; conserve a esperança.

Não se verificou mais nenhum movimento de revolta; Ramsés dirigiu-se às tropas:

– Temos um mapa da região relacionado com segredos militares; indica as pistas secundárias que conduzem a antigos poços, alguns dos quais ainda são exploráveis. Enquanto o Faraó ficar com vocês, vou explorar essas pistas e lhes trarei água suficiente para atravessarem metade do deserto. A nossa resistência e coragem farão o resto; enquanto esperam, abriguem-se do sol e não façam qualquer esforço inútil.

Ramsés partiu com uma dezena de homens e seis burros, levando nos lombos odres vazios. Um veterano, prudente, não tinha esgotado a sua ração; depois de terem umedecido os lábios com o orvalho da manhã, o pequeno grupo disporia ainda de mais alguns goles.

Cada breve passo se transformou num sofrimento; o calor e a poeira queimavam os pulmões. Mas Ramsés seguia depressa, com medo de ver os companheiros tombarem. Não podiam pensar em nada, a não ser num poço com água fresca.

A primeira pista já não existia, as tempestades de areia tinham-na apagado. Continuar nessa direção, ao acaso, seria suicídio. A segunda ia dar num beco sem saída, no fundo de um curso de água seco; o cartógrafo fizera mal o seu trabalho! No fim da terceira pista, um círculo de pedras secas! Os homens correram e se debruçaram para cair no peitoril do poço, cheio de areia já há muito tempo.

O famoso mapa qualificado de "segredo militar" não passava de um logro. Talvez tivesse sido elaborado dez anos antes; um escriba preguiçoso limitara-se a recopiá-lo, sem exigir uma verificação. E seu sucessor o imitara.

Perante Sethi, Ramsés não se estendeu em explicações; o seu rosto derrotado falava por ele.

Há seis horas que os soldados não bebiam nada; o rei dirigiu-se aos oficiais.

– O sol está no zênite – constatou. – Parto com Ramsés à procura de água. Quando as sombras da noite se alongarem, estarei de regresso.

Sethi subiu a colina; apesar da juventude, Ramsés teve uma certa dificuldade em acompanhá-lo, mas acabou acertando o passo com o do pai. Como um cabrito-montês, símbolo da nobreza em linguagem hieroglífica, o rei não realizava um único gesto inútil nem desperdiçava um pingo de energia. Levara consigo apenas um único objeto, composto por duas hastes de acácia descascadas, polidas e ligadas numa das extremidades por um fio de linho muito apertado.

As rochas rolavam sob seus pés, levantando uma poeira quente; Ramsés, no limite da asfixia, alcançou o rei no cume de uma elevação. A vista sobre o deserto era esplêndida; o regente saboreou durante alguns instantes o espetáculo, mas depois a sede, obsidiante, recordou-lhe que aquela imensidão assumia a forma de um túmulo.

Sethi brandiu à sua frente as duas hastes de acácia, afastando-as; ambas curvaram-se, flexíveis. Passeou-as sobre a paisagem, muito lentamente; de repente, a varinha de feiticeiro escapou-lhe das mãos e, com um estalo, saltou a alguns metros dele.

Ramsés foi buscá-la, febril, e a devolveu ao pai. Juntos, desceram a encosta; Sethi deteve-se junto de um amontoado de pedras chatas entre as quais nasciam algumas plantas espinhosas. A varinha estremeceu.

– Vá chamar os carreiros e que cavem aqui.

A fadiga desapareceu; Ramsés correu até quase ficar sem fôlego, saltando por cima das pedras, e trouxe consigo cerca de quarenta homens, que se puseram de imediato ao trabalho.

O solo era movediço. A uma profundidade de três metros, brotou água fresca.

Um dos operários ajoelhou-se.

– Foi Ra quem guiou o espírito do rei... A água é abundante como a cheia.

– A minha oração foi ouvida – disse Sethi. – Este poço se chamará "Que seja estável a verdade da luz divina". Quando cada um tiver matado a sede, ergueremos uma cidade para os garimpeiros e um templo onde residirão as divindades. Permanecerão presentes neste poço e abrirão o caminho daqueles que procuram o metal luminoso para glorificar o sagrado.

Sob a direção de Sethi, o bom pastor, o pai e a mãe de todos os homens, o confidente dos deuses, os soldados, satisfeitos, transformaram-se em construtores.

41

Touya, a grande esposa real, presidia a cerimônia de seleção das jovens músicas autorizadas a participar do culto à deusa Hathor, no seu grande templo de Mênfis. As jovens, vindas de todas as províncias do país, tinham passado por severo exame, quer fossem cantoras, dançarinas ou instrumentistas.

Grandes olhos severos e atentos, maçãs do rosto acentuadas, nariz fino e reto, queixo pequeno e quase quadrado, com uma peruca em forma de asas de abutre, símbolo da função maternal, Touya impressionara de tal forma as candidatas, que muitas delas tinham perdido suas potencialidades. A rainha, que passara pela mesma prova na juventude, não defendia a indulgência; se existe o desejo de servir à divindade, o controle de si própria é a primeira das qualidades.

A técnica das executantes pareceu-lhe bastante fraca, e ela prometeu a si mesma repreender os professores dos haréns que, nos últimos meses, davam mostras de certo relaxamento. A única jovem que se destacava daquele conjunto tinha um rosto grave e compenetrado, de surpreendente beleza; quando tocava alaúde, concentrava-se de forma tão intensa que o mundo exterior se desvanecia.

Nos jardins do templo foram atribuídos títulos às candidatas, aprovadas ou não; algumas choramingavam, outras riam com nervosismo. Muito jovens, pareciam ainda próximas da infância. Apenas Nefertari, a quem o colégio das antigas sacerdotisas decidira confiar a direção da orquestra feminina do santuário, estava serena, como se o fato não lhe dissesse respeito.

A rainha aproximou-se dela.

– Você foi brilhante.

A jovem tocadora de alaúde curvou-se.

– Qual é o seu nome?

– Nefertari.

– De onde vem?

– Nasci em Tebas e fiz os meus estudos no harém de Mer-Our.

– Este êxito não parece alegrá-la.

– Não desejava residir em Mênfis, mas sim regressar a Tebas e fazer parte do pessoal do templo de Amon.

– E ficar reclusa?

– A iniciação nos mistérios é o meu maior desejo, mas sou ainda muito jovem.

– Na sua idade, não é uma preocupação muito comum. Está desiludida com a vida, Nefertari?

– Não, majestade, mas os rituais me atraem.

– Não deseja se casar e ter filhos?

– Nunca pensei nisso.

– A vida no templo é austera.

– Gosto das pedras da eternidade, dos seus segredos e do recolhimento a que convidam.

– Aceitaria, no entanto, se afastar delas durante algum tempo?

Nefertari atreveu-se a contemplar a grande esposa real; Touya apreciou o seu olhar claro e direto.

– A direção da orquestra feminina deste templo é um posto importante, mas elaborei outro projeto para você. Aceitaria ser a intendente da minha casa?

Intendente da casa da grande esposa real! Quantas nobres damas sonhavam com essa função, cuja titular era uma confidente da rainha?

– A velha amiga que assumia essa tarefa morreu no

 mês passado – revelou Touya. – As pretendentes são numerosas na corte e caluniam-se umas às outras, para eliminar as concorrentes.

– Falta-me experiência, eu...

– Não pertence à nobreza, imbuída dos seus privilégios; sua família não se refere permanentemente a um outro passado para justificar sua preguiça atual.

– Essa desvantagem não pesará muito?

– Apenas o valor das pessoas me interessa, e não existe desvantagem que uma pessoa de valor não possa ultrapassar. Qual é a sua decisão?

– Tenho permissão para refletir?

A rainha divertiu-se com a pergunta; nenhuma nobre dama da corte teria se atrevido a colocar semelhante questão.

– Receio que não. Se respirar muito os perfumes do templo, vai me esquecer.

Com as mãos juntas em frente do peito, Nefertari inclinou-se.

– Estou à disposição de Vossa Majestade.

LEVANTANDO-SE no final da madrugada, a rainha Touya apreciava o amanhecer. O instante de um raio de luz atravessando as trevas era para ela a criação cotidiana do mistério da vida. Para sua grande satisfação, Nefertari partilhava o seu gosto pelo trabalho matinal; dava-lhe, portanto, as diretrizes para o dia durante o café-da-manhã que tomavam juntas.

Três dias depois de tomar a decisão, Touya teve a certeza de que não se enganara; à beleza de Nefertari aliava-se uma inteligência viva, apoiada numa surpreendente capacidade para distinguir o essencial do secundário. Entre a rainha e a intendente estabelecera-se desde a primeira sessão de trabalho uma profunda cumplicidade. Comunicavam-se por meias palavras, por vezes mesmo apenas por pensamento. Terminadas as reuniões matinais, Touya iniciava seu ritual de toalete.

Quando a cabeleireira acabava de perfumar a peruca da rainha, Chenar apresentou-se perante a mãe.

– Mande sair a sua serva – exigiu. – Nenhum ouvido indiscreto deve nos escutar.

– É assim tão grave?

– Receio que sim.

A cabeleireira saiu; Chenar parecia dominado por uma angústia real.

– Fale, meu filho.

– Hesitei muito tempo.

– Já que tomou a decisão, por que me faz esperar?

– É que... devo causar-lhe um terrível desgosto.

Desta vez Touya ficou inquieta.

– Aconteceu alguma desgraça?

– Sethi, Ramsés e o exército de socorro desapareceram.

– Tem notícias concretas?

– Há muito tempo que se aventuravam no deserto, em busca dos garimpeiros, e estão circulando inúmeros rumores pessimistas.

– Não lhes dê ouvidos; se Sethi estivesse morto, eu o saberia.

– Como...

– Entre mim e o seu pai existem laços invisíveis; mesmo quando estamos afastados um do outro, permanecemos unidos. Pode ficar tranqüilo.

– Você tem de se render à evidência: há muito tempo que o rei e a sua expedição deviam estar de regresso. Não podemos deixar o país no abandono.

– O vizir e eu mesma gerimos os assuntos correntes.

– Deseja a minha ajuda?

– Cumpra a sua função e aproveite-a; não há maior felicidade neste mundo. Se ainda tem alguma inquietação, por que não se coloca à frente de uma expedição, seguindo os traços do seu pai e do seu irmão?

– Verifica-se um fenômeno estranho que não compreendemos: os demônios do deserto devoram aqueles que tentam arrancar-lhes o seu ouro. O meu dever não é o de permanecer aqui?

– Dê ouvidos à voz de sua consciência.

OS DOIS mensageiros de Sethi, que haviam partido com quatro dias de intervalo, não chegaram ao Egito, nem um nem outro. No caminho que conduzia ao Vale, esperavam-nos vagabundos das areias; mataram-nos, roubaram as suas indumentárias e quebraram as pranchas de madeira que Ramsés redigira, comunicando à rainha que a expedição estava recolhendo ouro e lançando os alicerces do templo e da cidade dos mineiros.

O emissário dos vagabundos das areias informou Chenar que o Faraó e o regente estavam vivos e que o rei, graças a uma intervenção divina, encontrara uma abundante nascente no coração do deserto. Os beduínos, encarregados de envenenar o poço principal, tinham, portanto, falhado.

Na corte, muitos pensavam que Sethi e Ramsés haviam sido vítimas de um sortilégio; mas como poderiam aproveitar-se da ausência do soberano? Touya segurava firmemente as rédeas do poder. Apenas o desaparecimento concreto do marido e do filho mais novo a obrigariam a nomear Chenar regente.

Dentro de poucas semanas, o mais tardar, a expedição regressaria, e Chenar teria perdido uma bela ocasião para se aproximar do poder supremo. Havia, no entanto, um pensamento sombrio: que o calor insuportável, as serpentes ou os escorpiões desempenhassem a missão que os beduínos tinham sido incapazes de realizar.

AMENI NÃO conseguia dormir.

Os boatos cresciam: a expedição conduzida por Sethi e Ramsés desaparecera também. Primeiro, o jovem escriba não acreditou naqueles rumores; depois, informou-se no posto central dos mensageiros reais e soube da angustiante verdade.

Estavam sem notícias do Faraó e do regente, e ninguém tomava a mínima iniciativa!

Uma única pessoa podia desbloquear a situação e enviar um exército de socorro para o deserto do oeste; portanto, Ameni dirigiu-se ao palácio da grande esposa real, onde foi recebido por uma jovem de surpreendente beleza. Embora desconfiasse do sexo oposto e dos seus malefícios, o jovem escriba apreciou o rosto perfeito de Nefertari, o encanto do seu olhar profundo e a doçura da sua voz.

– Desejaria ver Sua Majestade.

– Na ausência do Faraó, está muito ocupada; poderia conhecer o motivo de sua visita?

– Perdoe, mas...

– O meu nome é Nefertari; a rainha nomeou-me intendente de sua casa. Prometo que lhe transmitirei fielmente as suas palavras.

Embora fosse uma mulher, parecia sincera. Descontente com a sua própria fraqueza, Ameni deixou-se seduzir.

– Como secretário particular e porta-sandálias do regente, considero indispensável enviar imediatamente um corpo de elite à sua procura.

 Nefertari sorriu.

– Dissipe os seus temores, a rainha já está informada.

– Informada... Mas isso não basta!

– O Faraó não está em perigo.

– Nesse caso, chegariam mensagens à corte!

– Sou incapaz de lhe dar mais explicações, mas tenha confiança.

– Insista com a rainha, eu lhe suplico.

– Ela se preocupa tanto quanto você com a sorte do marido e do filho, pode ter certeza. Se corressem qualquer perigo, ela interviria.

O PERCURSO, efetuado num jumento vigoroso e rápido, foi um suplício, mas Ameni, embora detestasse viajar, precisava ir à casa de Setaou. O encantador de serpentes vivia à beira do deserto, longe do centro de Mênfis. O caminho de terra, ao longo de um canal de irrigação, não acabava nunca; felizmente, alguns habitantes ribeirinhos tinham ouvido falar de Setaou e da sua esposa núbia e conheciam a localização da casa.

Quando chegou a seu destino, Ameni tinha os rins partidos; sacudido por uma crise de espirros por causa da poeira, esfregou os olhos avermelhados e doloridos.

Lótus, que preparava no pátio uma mistura cujo odor abominável agrediu as narinas do jovem escriba, pediu-lhe que entrasse. Preparando-se para ultrapassar a entrada da ampla casa branca, recuou.

Uma cobra real ameaçava-o.

– É um velho animal inofensivo – disse Lótus.

Acariciou a cabeça do réptil, que se contorceu, parecendo apreciar aquela demonstração de afeto; Ameni aproveitou para se esgueirar para dentro da casa.

O compartimento de entrada estava cheio de frascos de diversos tamanhos e de objetos com formas bizarras que serviam para tratar o veneno; acocorado, Setaou transvasava um líquido espesso e avermelhado.

– Está perdido, Ameni? Ver você fora do seu gabinete é um verdadeiro milagre.

– Diga antes um cataclismo.

– Que feiticeiro o fez sair do seu antro?

– Ramsés é vítima de uma conspiração.

– A sua imaginação está brincando com você.

– Ele se perdeu no deserto do leste, no caminho das minas de ouro, em companhia de Sethi.

– Ramsés perder-se?

– Não há nenhuma mensagem há mais de dez dias.

– Atrasos administrativos.

– Não, eu próprio verifiquei... E não é tudo.

– O que há mais?

– A instigadora da conspiração é a rainha Touya.

Setaou quase deixou cair o líquido transvasado. Voltou-se para o jovem escriba.

– Você ficou louco?

– Solicitei uma entrevista que me foi recusada.

– Até aí nada de extraordinário.

– Soube que a rainha considerava a situação perfeitamente normal, que não tinha qualquer receio nem intenção de enviar uma expedição de socorro.

– Um boato...

– Recebi esta informação de Nefertari, a nova intendente da casa da rainha.

Setaou estava com ar contrito.

– Acredita então que Touya tentou desembaraçar-se do marido para tomar o poder... Inacreditável!

– Fatos são fatos.

 – Sethi e Touya formam um casal muito unido.

– Então por que se recusa a socorrê-lo? Aceite a evidência: ela o enviou para a morte certa a fim de subir ao trono.

– Mesmo que tenha razão, o que podemos fazer?

– Sair à procura de Ramsés.

– Com que exército?

– Você e eu bastaremos.

Setaou ergueu-se.

– Você, caminhar durante horas no deserto? Realmente perdeu a cabeça, meu pobre Ameni!

– Aceita?

– Claro que não!

– Abandona Ramsés?

– Se sua hipótese estiver correta, ele já está morto; para que arriscarmos as nossas vidas?

– Já tenho um burro e água; dê-me um remédio contra cobras.

– Não saberia utilizá-lo.

– Obrigado por tudo.

– Espere... A sua idéia é uma loucura!

– Estou a serviço de Ramsés; não se volta atrás com a palavra dada.

Ameni tornou a montar o jumento e tomou a direção do deserto do Leste. Em breve foi obrigado a parar e estender-se de costas, com as pernas dobradas, para aliviar os rins; o jumento, à sombra de um arbusto, mastigava tufos de ervas secas.

Numa semi-sonolência, o jovem escriba pensou em munir-se de um bastão, pois talvez tivesse que lutar.

– Desistiu?

Ameni abriu os olhos e se levantou.

Setaou estava à frente de cinco jumentos carregados com odres e com material necessário para enfrentar o deserto.

42

Iset a Bela forçou a porta de Chenar, que almoçava com alguns notáveis, deliciados por saborearem as costeletas de vaca grelhadas, temperadas com molho condimentado.

– Como pode empanturrar-se de comida quando o Egito está em perigo!

Os notáveis ficaram chocados. O filho mais velho do rei ergueu-se, pediu desculpas e arrastou a jovem para fora da sala de refeições.

– O que significa essa intromissão?

– Largue o meu braço!

– Está arruinando a sua reputação. Por acaso não sabe que os meus convidados são personalidades importantes?

– E o que me importa isso?

– Por que esta histeria?

– E você, por acaso, também não sabe que Sethi e Ramsés desapareceram no vento do deserto?

– Não é essa a opinião da rainha...

Iset a Bela ficou desarmada.

– A opinião da rainha...

– A minha mãe está convencida de que o Faraó não está em perigo.

– Mas ninguém tem a mínima notícia!

– Não está me dizendo nada de novo.

– Deve formar uma expedição e partir à procura deles.

– Agir contra a opinião da minha mãe seria uma falta imperdoável.

– De que informações dispõe ela?

– Da sua intuição.

A moça arregalou os olhos, espantada.

– Isso é uma brincadeira de mau gosto?

– É a verdade, minha querida; apenas a verdade.

– O que significa essa atitude inverossímil?

– Na ausência do Faraó, a rainha governa, e nós obedecemos.

Chenar não estava descontente; Iset a Bela, exaltada e inquieta, não deixaria de espalhar os piores boatos sobre Touya. O grande conselho seria obrigado a lhe pedir explicações, a sua reputação seria afetada, e fariam apelo a ele, Chenar, para gerir os assuntos do Estado.

RAMSÉS AVANÇAVA à frente da expedição que regressava do deserto do leste depois de ter construído uma capela e casas onde os garimpeiros teriam condições de trabalho aceitáveis; o veio de água descoberto pelo rei alimentaria o poço durante muitos anos. E os burros estavam carregados com sacos de ouro de primeira qualidade.

Nem um só homem morrera; o Faraó e o regente sentiam-se orgulhosos por trazerem o contingente completo. Alguns doentes arrastavam os pés, ansiando pelas semanas de repouso que teriam após o seu regresso; um carreiro, picado por um escorpião negro, vinha transportado numa padiola. Febre alta e dores no peito inquietavam o médico militar.

Ramsés chegou ao topo de uma colina e, ao longe, distinguiu uma minúscula mancha verde.

As primeiras culturas, as mais próximas do deserto! O regente voltou-se e anunciou a boa notícia; gritos de alegria ergueram-se nos céus.

Um guarda de olhar penetrante apontou para um montículo rochoso.

– Uma pequena caravana está vindo em nossa direção.

Ramsés concentrou-se; primeiro, apenas distinguiu os blocos inertes, mas depois distinguiu alguns burros e dois cavaleiros.

– Estranho – considerou o guarda. – Eu diria que são ladrões fugindo para o deserto. Vamos interceptá-los.

Parte da tropa avançou.

Pouco depois, os dois prisioneiros eram trazidos à presença do regente. Setaou estrebuchava, Ameni estava quase desfalecendo.

– Eu sabia que havia de encontrá-lo – murmurou ao ouvido de Ramsés, enquanto Setaou se ocupava do carreiro mordido pelo escorpião.

CHENAR FOI o primeiro a felicitar o pai e o irmão; tinham realizado uma autêntica façanha, que ficaria relatada nos anais. O filho mais velho propunha-se a ser o redator, mas Sethi confiou essa tarefa a Ramsés, que a realizaria com o auxílio de Ameni, minucioso na escolha dos termos e na elegância do estilo. Os membros da expedição não se cansavam de contar o milagre do Faraó, que os salvara de uma morte terrível.

Apenas Ameni não partilhava da alegria geral. Ramsés supôs que a sua saúde debilitada fosse a causa da sua tristeza, mas quis confirmar.

– Que mal lhe rói interiormente?

O jovem escriba estava preparado para a prova, e apenas a verdade o purificaria.

– Duvidei da sua mãe e julguei que ela queria apoderar-se do poder supremo.

Ramsés deu uma gargalhada.

– O seu excesso de trabalho está prejudicando você, meu amigo; vou obrigá-lo a passear e a fazer um pouco de exercício.

– Como ela se recusava a enviar uma expedição de socorro...

– Ignora que existem laços invisíveis que ligam o Faraó e a grande esposa real?

– Hei de me recordar disso, pode ter certeza.

– Há um pormenor insólito que me surpreende: por que demora tanto a meiga Iset a vir prodigalizar-me o seu afeto?

Ameni baixou a cabeça.

– Ela é... tão culpada quanto eu.

– Que falta cometeu Iset?

– Acreditou também que a sua mãe conspirava e multiplicou-se em críticas severas e acusações pérfidas.

– Mande chamá-la.

– As aparências enganaram-nos, nós...

– Mande chamá-la.

ISET A BELA, que se esquecera de se maquiar, lançou-se aos pés de Ramsés.

– Perdoe-me, eu suplico!

Com os cabelos soltos, envolvia com os braços nervosos os tornozelos do regente.

– Estava tão inquieta, tão atormentada...

– Era essa a razão para supor que minha mãe fosse capaz de tais torpezas, a ponto de macular o seu nome?

– Perdoe-me...

Iset chorava.

Ramsés levantou-a; abraçando-se a ele, continuava a chorar sobre o seu ombro.

– A quem falou? – perguntou ele, severo.

– A muita gente, não sei... Estava louca de angústia, queria que partissem à sua procura.

– Acusações infundadas poderão conduzi-la ao tribunal do vizir; se o crime de lesa-majestade for provado, serão os trabalhos forçados ou o exílio.

Iset a Bela explodiu em soluços; agarrou-se a Ramsés com a força do desespero.

– Deporei em seu favor, porque seu arrependimento é sincero.

DESDE O seu regresso, o Faraó retomara o governo que Touya conduzira tão bem na sua ausência. A alta administração confiava na rainha, que privilegiava o trabalho diário em detrimento dos jogos políticos em que se perdiam muitos cortesãos. Quando Sethi era obrigado a abandonar a cadeira do governo, partia com a alma em paz, sabendo que a esposa não o trairia e que o país seria dirigido com sabedoria e lucidez.

É verdade que poderia confiar uma regência definitiva a Ramsés, mas o rei preferia agir por osmose, transmitir-lhe a sua experiência de forma mágica em vez de abandonar o filho no campo fechado do poder, onde o espreitavam tantas ciladas.

Ramsés era uma criatura forte, uma personalidade de envergadura. Possuía aptidões para reinar e enfrentar a adversidade com todas as suas forças, mas estaria apto para suportar a solidão esmagadora de um faraó? Para o preparar, Sethi fazia-o viajar em espírito e da forma mais concreta, faltando ainda percorrer muitas etapas.

Touya apresentou Nefertari ao soberano; tensa, a jovem foi incapaz de pronunciar uma palavra e se contentou em fazer uma reverência. Sethi observou-a durante alguns instantes e lhe recomendou maior rigor no exercício das suas funções. Dirigir a casa da grande esposa real exigia firmeza e discrição.

 Nefertari retirou-se sem ter ousado olhar para o rei.

– Mostrou-se severo – observou Touya.

– Ela é muito jovem.

– Terei contratado uma incapaz?

– É dotada de notáveis qualidades.

– A sua vontade era entrar no templo e não sair mais de lá.

– Como a compreendo! Está então submetendo-a a uma terrível provação.

– É verdade.

– Com que intenção?

– Eu própria não sei. Desde que vi Nefertari, pressenti nela uma personalidade excepcional; teria sido feliz no interior do templo fechado, mas o meu instinto diz-me que ela tem outra missão a cumprir. Se eu não estiver enganada, seguirá o seu caminho.

RAMSÉS APRESENTOU Vigilante à sua mãe, e também Matador, o leão núbio, cujo tamanho começava a assustar. Os dois companheiros do regente, sensíveis à honra que lhes era concedida, comportaram-se de forma correta; alimentados pelo cozinheiro pessoal da rainha, saborearam, deitados lado a lado e com grande prazer, a sesta à sombra de uma palmeira.

– A entrevista foi agradável – admitiu Touya – mas qual é o seu verdadeiro motivo?

– Iset a Bela.

– Terminaram o noivado?

– Ela cometeu uma falta grave.

– Tanto assim?

– Caluniou a rainha do Egito.

– De que forma?

– Acusando-a de ter maquinado o desaparecimento do rei para ocupar o seu lugar.

Para estupefação de Ramsés, a rainha pareceu divertir-se.

– A quase totalidade dos cortesãos e das nobres damas era da mesma opinião; censuraram-me por não ter enviado um exército de socorro, quando eu sabia que você e Sethi estavam salvos. Apesar dos nossos templos e rituais, poucos sabem que é possível se comunicar pelo espírito, para além do tempo e do espaço.

– Será... acusada?

– Reagiu de forma... normal.

– Não sofre com tanta ingratidão e injustiça?

– É assim a lei dos homens; o essencial é que não governe o país.

Uma jovem depositou as missivas sobre uma mesa baixa, à esquerda da rainha, e saiu rapidamente, silenciosa e furtiva. A sua breve presença fora semelhante ao brilho de um raio de sol por entre as folhagens de uma árvore.

– Quem é ela? – perguntou Ramsés.

– Nefertari, a minha nova intendente.

– Já a tinha encontrado antes; como conseguiu posto tão importante?

– Uma simples conjugação de circunstâncias; fora chamada a Mênfis para se tornar sacerdotisa do templo de Hathor, e eu reparei nela.

– Mas... Você lhe propõe o oposto da sua vocação!

– Os haréns formam as nossas jovens para as mais diversas tarefas.

– São grandes responsabilidades para uma pessoa tão jovem!

– Você também tem apenas 17 anos; tanto aos olhos do rei como aos meus, apenas interessa a qualidade do coração e da ação.

Ramsés ficou perturbado; a beleza de Nefertari parecia vir de um outro mundo. A sua breve aparição gravara-se nele como um momento miraculoso.

– Acalma Iset a Bela – recomendou Touya. – Não apresentarei queixa. Mas que aprenda a distinguir a verdade do erro; se não for capaz disso, que tenha pelo menos freio na língua.

43

Com vestes de cerimônia, Ramsés andava de um lado para outro no cais principal do porto de "Boa viagem". À sua volta, o presidente da câmara de Mênfis, o supervisor da navegação, o Ministro dos Negócios Estrangeiros e um imponente serviço de ordem. Em menos de 15 minutos, atracariam os dez barcos gregos.

A princípio, os guardas costeiros tinham pensado num ataque; uma parte da frota de combate egípcia mobilizara-se imediatamente, preparada para rechaçar o inimigo. Mas os estrangeiros tinham manifestado intenções pacíficas e expresso o desejo de se dirigirem a Mênfis para se encontrarem com o Faraó.

COM UMA boa escolta, subiram o Nilo e atingiram a capital no final da manhã. Intrigados, centenas de populares comprimiam-se nas margens; não era a época da apresentação dos tributos, quando se sucediam embaixadores estrangeiros e seus séquitos. No entanto, os imponentes navios alardeavam uma riqueza evidente; viriam os recém-chegados oferecer presentes suntuosos a Sethi?

A paciência não era o forte de Ramsés, que receava serem seus dons para a diplomacia demasiado fracos. Custava-lhe muito acolher aqueles estrangeiros; Ameni tinha preparado uma espécie de discurso oficial, meloso e aborrecido, do qual o regente já esquecera as primeiras palavras. Lamentava a ausência de Acha, que teria sido o homem da situação.

Os navios gregos tinham sofrido muito; seriam necessárias importantes reparos antes de tornarem a partir para o mar alto. Alguns apresentavam vestígios evidentes de um começo de incêndio; a travessia do Mediterrâneo não devia ter-se efetuado sem alguns choques com os piratas. O navio da frente manobrou com habilidade, embora parte do seu velame estivesse danificado; foi lançada uma passarela, e fez-se silêncio.

Quem iria desembarcar e pôr o pé no solo do Egito?

Surgiu um homem de estatura média, ombros largos, cabeleira loura e rosto desagradável, com cerca de 50 anos; envergava couraça e grevas, mas segurava o capacete de bronze encostado ao peito, em sinal de paz.

Atrás dele, uma alta e bela mulher de braços muito brancos, envergando um manto de púrpura e com um diadema que indicava a sua elevada linhagem.

O casal desceu a prancha de desembarque e se deteve diante do regente.

– Sou Ramsés, regente do reino do Egito; em nome do Faraó, desejo-lhes as boas-vindas.

– Sou Menelau, filho de Atréia, rei da Lacedemônia, e esta é a minha esposa Helena; viemos da maldita cidade de Tróia, que vencemos e destruímos, após dez anos de rudes combates. Muitos dos meus amigos morreram, e a vitória tem um gosto amargo; como vê, o que resta dos meus navios está em mau estado e os meus soldados e marinheiros, esgotados. Permitirá o Egito refazermos nossas forças antes de regressarmos a casa?

– A resposta compete ao Faraó.

– Trata-se de uma recusa disfarçada?

– Tenho o costume de ser franco.

– Tanto melhor. Eu sou um guerreiro e já matei muitos homens, o que não é com certeza o seu caso.

– Por que fazer afirmações sem saber?

Os pequenos olhos negros de Menelau brilharam, encolerizados.

– Se fosse um dos meus súditos, já lhe teria dobrado a espinha.

– Felizmente sou egípcio.

Menelau e Ramsés desafiaram-se com o olhar; o rei da Lacedemônia cedeu primeiro.

– Aguardarei a resposta no meu barco.

POR OCASIÃO da reunião do conselho restrito, a atitude do regente foi apreciada de diversas maneiras; é verdade que Menelau e o que restou da sua armada não constituíam um perigo imediato ou a curto prazo para o Egito, mas possuía, no entanto, o título de rei e merecia respeito. Ramsés ouviu as críticas e as rebateu; não se encontrara de frente com um soldado da velha guarda, um desses guerreiros atridas sedentos de sangue e de combates, e cuja distração favorita era a pilhagem das cidades incendiadas? Conceder hospitalidade a um bandido de tal espécie não lhe parecia adequado.

O ministro dos Negócios Estrangeiros, Meba, pôs de lado a sua habitual reserva.

– A tomada de posição do regente parece-me perigosa. Menelau não pode ser tratado com desprezo. A nossa política estrangeira preconiza um bom entendimento com múltiplos países, quer sejam grandes ou pequenos, a fim de evitar alianças contra nós.

– Esse grego é um velhaco – declarou Ramsés. – Tem um olhar falso.

Meba, sexagenário de belo porte, com um rosto largo que inspirava confiança e voz doce, esboçou um sorriso indulgente.

– Não se faz diplomacia com sentimentos; somos obrigados a negociar com personagens que, por vezes, nos desagradam.

– Menelau nos trairá – continuou Ramsés. – Para ele, a palavra dada não tem qualquer valor.

– Isto é um processo de intenção – lamentou-se Meba. – A juventude do regente incita-o a formular julgamentos precipitados. Melenau é um grego, e os gregos são malandros; talvez ele não tenha dito toda a verdade. Compete a nós agir com cautela e descobrir as razões desta visita.

– Convidemos Menelau e a esposa para jantar – declarou Sethi. – O seu comportamento ditará a nossa decisão.

MENELAU PRESENTEOU o Faraó com vasos de metal de bela execução e arcos compostos, fabricados com diferentes qualidades de madeira; essas armas tinham provado a sua eficácia nos combates contra os troianos. Os oficiais do rei da Lacedemônia usavam saias coloridas com motivos geométricos e sandálias de tiras; as madeixas onduladas do seu penteado caíam até o umbigo.

Brotavam eflúvios de néctar do vestido verde de Helena, que dissimulava o rosto sob um véu branco; sentou-se à esquerda de Touya, enquanto Menelau tomava lugar à direita de Sethi. O grego ficou impressionado com o rosto severo do Faraó; foi Meba que se encarregou da conversação. O vinho dos oásis descontraiu o rei da Lacedemônia; expandiu-se em lamentações, relatando os longos anos passados em frente das muralhas de Tróia, as suas proezas, evocou o amigo Ulisses, deplorou a crueldade dos deuses e elogiou os encantos do seu país a que tinha pressa de regressar. O ministro dos Negócios Estrangeiros, que falava um grego perfeito, pareceu conquistado pelas lamúrias do hóspede.

– Por que esconde o seu rosto? – perguntou Touya a Helena, na sua língua.

– Porque sou uma cadela perversa que todos detestam; por minha causa, morreram numerosos heróis. Quando Páris, o troiano, me raptou, não imaginava que o seu ato insensato se traduziria em dez anos de massacre; cem vezes desejei ser levada pelo vento ou afogada por uma onda furiosa. Demasiadas desgraças... Provoquei demasiadas desgraças.

– Não está livre, atualmente?

Sob o véu branco, esboçou um leve sorriso.

– Menelau não me perdoou.

– O tempo apagará os seus sofrimentos, dado que estão agora reunidos.

– Há uma coisa mais grave...

Touya respeitou o silêncio doloroso de Helena; falaria se quisesse.

– Odeio o meu marido – confessou a bela mulher de braços brancos.

– Um ressentimento passageiro?

– Não, nunca o amei; cheguei mesmo a desejar a vitória de Tróia. Majestade...

– Sim, Helena?

– Permita-me permanecer aqui o máximo de tempo possível; apavora-me regressar à Lacedemônia.

Por prudência, Chenar, chefe do protocolo, tinha afastado Ramsés de Menelau. O regente jantava junto de um homem de idade, de rosto curtido e enrugado, com uma longa barba branca; comia lentamente e espalhava azeite sobre todos os alimentos.

– É a chave da saúde, meu príncipe!

– O meu nome é Ramsés.

– O meu, Homero.

– É general?

– Não, sou poeta; a minha vista é má, mas a minha memória excelente.

– Um poeta, com aquele bruto do Menelau?

– Os ventos tinham-me indicado que os seus navios seguiriam para o Egito, a terra da sabedoria e dos escritores; depois de muito viajar, desejo instalar-me aqui para poder trabalhar em paz.

– Sou desfavorável a uma longa estada de Menelau.

– A que título?

– O de regente.

– Você é muito jovem... E detesta os gregos.

– Falei de Menelau, não de você. Onde pensa residir?

– Num lugar mais agradável do que um barco! Ali estou apertado, as minhas coisas estão amontoadas num porão, e detesto a companhia dos marinheiros. A ondulação, as ondas e tempestades não são favoráveis à inspiração.

– Aceitaria a minha ajuda?

– Você fala um grego correto.

– Um dos meus amigos é um diplomata poliglota; em contato com ele, aprender foi uma brincadeira.

– Gosta de poesia?

– Há de apreciar os nossos grandes autores.

– Se tivermos gostos comuns, talvez possamos nos entender.

CHENAR SOUBE da decisão do Faraó por intermédio do ministro dos Negócios Estrangeiros: Menelau fora autorizado a residir no Egito. Seus barcos seriam reparados, ficaria alojado numa ampla *villa* do centro de Mênfis, os seus soldados seriam colocados sob o comando egípcio e deveriam observar uma disciplina rigorosa.

O filho mais velho do Faraó foi encarregado de mostrar a capital a Menelau; durante longos dias, às vezes cansativos, Chenar tentou ensinar ao grego os rudimentos da cultura egípcia, mas esbarrou em uma indiferença que beirava a indelicadeza.

Os monumentos, pelo contrário, impressionaram Menelau; diante dos templos, não conteve o espanto.

– Os famosos castelos fortes! Tomá-los de assalto não deve ser fácil!

– São as moradas das divindades – explicou Chenar.

– Deuses guerreiros?

– Não, Ptah é o senhor dos artesãos, o que modela o mundo com o verbo, e Hathor, a deusa da alegria e da música.

– Por que necessitam de fortalezas com muralhas tão grossas?

– A energia divina está confiada a especialistas que a recolhem ao abrigo do profano; para entrar no templo coberto é necessário ser iniciado em determinados mistérios.

– Em outras palavras, eu, o rei da Lacedemônia, filho de Zeus e vencedor de Tróia, não tenho o direito de passar por aquelas portas douradas!

– Assim é... Por acasião de algumas festas, e com o aval do Faraó, talvez seja admitido no grande pátio a céu aberto.

– E que mistério contemplarei?

– A grande oferenda à divindade que reside no templo e espalha a sua energia sobre a terra.

– Bobagem!

Chenar revelou-se de uma paciência infinita; embora as maneiras e conversas de Menelau fossem pouco requintadas, sentiu afinidade com aquele estrangeiro de olhos astutos. O seu instinto incitou-o a conceder-lhe uma acentuada consideração para penetrar nas suas defesas.

Menelau retomava sem parar os dez anos de guerra que tinham terminado com a derrota de Tróia: deplorava a sorte cruel dos seus aliados que tinham caído sob os golpes do inimigo, criticava a atitude de Helena e desejava que Homero, ao relatar os altos feitos dos vencedores, lhe atribuísse o papel principal.

Chenar tentou saber de que forma Tróia sucumbira; Menelau relembrou furiosos combates corpo a corpo, a bravura de Aquiles e dos outros heróis, a sua vontade inflexível de recuperar Helena.

– Numa guerra tão longa – insinuou Chenar – a astúcia não desempenhou nenhum papel?

A princípio reticente, Menelau acabou por responder.

– Ulisses teve a idéia de mandar construir um grande cavalo de madeira, no interior do qual se ocultaram soldados; os troianos cometeram a imprudência de fazê-lo entrar pela cidade. Assim, nós os surpreendemos do interior.

– Você certamente não estranha essa idéia – sugeriu Chenar, admirado.

– Falei disso com Ulisses, mas...

– Ele apenas traduziu o seu pensamento, tenho certeza.

Menelau empertigou-se.

– Bem. Afinal é quase possível.

Chenar consagrava o essencial do seu tempo a conquistar a amizade do grego. Atualmente, dispunha de uma nova estratégia para eliminar Ramsés e voltar a ser o único candidato ao trono do Egito.

44

No seu jardim, sob a parreira, Chenar ofereceu a Menelau verdadeiros banquetes. O grego admirava as parras verde-escuras das quais pendiam pesados cachos; como aperitivo, empanturrava-se com seus grandes frutos de um azul profundo. Um ensopado de pombo, carne de vaca assada, codornas com mel, rins e costeletas de porco temperadas com ervas aromáticas deliciavam o seu paladar. Não se cansava de contemplar as jovens, muito pouco vestidas, que encantavam os seus ouvidos tocando flauta e harpa portátil.

– O Egito é um belo país – admitiu. – Prefiro-o aos campos de batalha.

– O que está achando da sua *villa*?

– É um verdadeiro palácio! Quando voltar para casa, ordenarei aos meus arquitetos que me construam uma idêntica.

– E os serviçais?

– Muitíssimo cuidadosos.

Tal como desejava, Menelau conseguira que lhe arranjassem uma tina de granito que enchiam de água quente e na qual tomava intermináveis banhos. O seu intendente egípcio considerava o procedimento pouco higiênico e emoliente; tal como os seus compatriotas, preferia as duchas. Mas curvava-se às instruções dadas por Chenar;

todos os dias uma massagista esfregava com óleo o corpo coberto de cicatrizes do grande herói.

– As suas massagistas não são dóceis! Na minha terra, as escravas não complicam tanto. Depois do banho, dão-me prazer de acordo com as minhas fantasias.

– Não há escravos no Egito – explicou Chenar. – Trata-se de profissionais que recebem um salário.

– Não há escravos? Eis um progresso que faz falta no seu grande país!

– Precisávamos de homens com sua têmpera.

Menelau afastou a codorna com mel servida num prato de alabastro; as últimas palavras de Chenar tinham-lhe tirado o apetite.

– O que insinua?

– O Egito é um país rico e poderoso, é verdade, mas não poderia ser governado com mais perspicácia?

– Não é o filho mais velho do Faraó?

– Essa filiação vai me condenar a ser cego?

– Sethi é um personagem assustador; nem Agamenon tinha tanta autoridade como ele. Se pensa em conspirar contra seu pai, é melhor desistir, o fracasso é certo. Este rei está animado por uma força sobrenatural; não sou um covarde, mas assusta-me enfrentar o seu olhar.

– Quem fala em conspirar contra Sethi? Todo o povo o venera. Mas o Faraó também é um homem, e murmura-se que sua saúde está em declínio.

– Se bem compreendi os seus costumes, o regente subirá ao trono depois da sua morte; será evitada qualquer guerra de sucessão.

– O reinado de Ramsés arruinaria o Egito; meu irmão é incapaz de governar.

– Opondo-se a ele, está indo contra a vontade de seu pai.

– Ramsés iludiu o Faraó. Caso se torne meu aliado, o futuro lhe sorrirá.

– O futuro? Mas o meu é o de voltar para casa o mais depressa possível! Mesmo que o Egito me aloje, alimente-me melhor do que eu imaginava, aqui não passo de um hóspede sem qualquer poder. Esqueça os seus sonhos insensatos.

NEFERTARI LEVARA Helena a visitar o harém de Mer-Our. A linda mulher loura, de braços muito brancos, maravilhava-se com os esplendores da terra dos faraós. Martirizada, cansada, conseguia saborear alguns momentos de alegria passeando nos jardins ou ouvindo música; o requinte da boa vida que lhe era proporcionada nas últimas semanas pela rainha Touya atuava como um bálsamo. Mas uma notícia inesperada mergulhara Helena na angústia: dois dos barcos gregos já tinham sido reparados. Aproximava-se a partida.

Sentada na borda de um lago coberto de lótus azuis, não conseguiu conter as lágrimas.

– Perdoe-me, Nefertari.

– No seu país não será honrada como uma rainha?

– Menelau salvará as aparências; provará que ele, o guerreiro, arrasou uma cidade e massacrou uma população para trazer a sua mulher novamente para debaixo do seu teto e lavar a afronta. Mas lá a minha vida será um inferno; a morte seria bem mais doce.

Nefertari não pronunciou palavras inúteis; revelou a Helena os segredos da arte da tecelagem. Entusiasmada, esta passava todos os dias nos ateliês, interrogando as operárias mais experientes, e iniciou a fabricação de vestidos luxuosos. Suas mãos revelaram-se hábeis e conquistou a estima das melhores profissionais; aqueles trabalhos fizeram-lhe esquecer Tróia, Menelau e o inevitável caminho de regresso, até o dia, na parte da tarde, em que a liteira da rainha Touya adentrou a sala do harém.

Helena correu para os seus aposentos e se atirou na cama aos soluços; a presença da grande esposa real significava o fim de um período de felicidade que jamais voltaria a experimentar. Lamentou não ter coragem de se suicidar.

Com doçura, Nefertari pediu-lhe que a seguisse.

– A rainha deseja vê-la.

– Não sairei daqui.

– Touya não gosta de esperar.

Helena resignou-se; mais uma vez não era senhora do seu destino.

A HABILIDADE dos carpinteiros egípcios surpreendeu Menelau; os rumores de que os navios do Faraó eram capazes de navegar durante meses pareciam fundamentados, visto que o estaleiro naval de Mênfis reparara e consolidara os barcos gregos com uma extraordinária rapidez. O rei da Lacedemônia vira enormes barcos à vela, capazes de transportar obeliscos inteiros, veleiros rápidos e navios de guerra que não gostaria de ter de enfrentar. A força de dissuasão egípcia não era um logro.

Afastou os pensamentos tristes para se entregar à alegria de organizar finalmente a viagem de regresso. Aquela escala no Egito permitira-lhe recuperar a habitual energia; os seus soldados tinham sido bem tratados e alimentados, e as equipagens estavam prontas para partir.

Com passo marcial, Menelau dirigiu-se ao palácio da grande esposa real onde Helena residia desde o seu regresso do harém de Mer-Our; foi recebido por Nefertari, que o conduziu à presença da esposa.

Helena, vestida à egípcia, com um vestido de linho com alças, pareceu-lhe quase indecente; por sorte, nenhum outro Páris pensaria em raptá-la! A moral dos faraós proibia esse gênero de práticas ainda mais que as mulheres se revelavam muito mais independentes do que na Grécia. Não permaneciam encerradas em gineceus, circulavam livremente com o rosto descoberto, faziam frente aos homens e ocupavam elevadas funções: costumes deploráveis que Menelau não tinha qualquer intenção de importar.

Quando o marido se aproximou, Helena não fez menção de se levantar e continuou concentrada no seu trabalho de tecelã.

– Sou eu, Helena.

– Eu sei.

– Não deveria saudar-me?

– Com que propósito?

– Mas... Sou o seu marido e o seu senhor!

– O único senhor aqui é o Faraó.

– Partiremos para a Lacedemônia.

– Estou longe de ter terminado o meu trabalho.

– Erga-se e venha comigo.

– Partirá só, Menelau.

O rei atirou-se à mulher e tentou agarrá-la pelo pulso; o punhal que ela empunhou o fez recuar.

– Não me agrida, ou grito por socorro; no Egito, a violação é punida com morte.

– Mas... Você é minha mulher, pertence-me!

– A rainha Touya confiou-me a direção de um ateliê de tecelagem; é uma honra da qual pretendo mostrar-me digna. Farei vestidos para as damas da corte e, quando me aborrecer desta tarefa, então partiremos. Se está demasiado impaciente, vá que eu não vou retê-lo.

MENELAU TINHA quebrado duas espadas e três lanças na mó utilizada pelo padeiro da sua *villa*. Sua fúria assustara os serviçais; sem a intervenção de Chenar, a guarda teria detido o insensato. O filho mais velho do Faraó manteve-se a prudente distância enquanto o furor do herói grego não se acalmou; quando o braço de Menelau finalmente se cansou, Chenar trouxe-lhe uma taça de cerveja forte.

O rei da Lacedemônia bebeu avidamente e sentou-se na mó.

– Aquela desgraçada... Que peça me pregou outra vez!

– Compreendo a sua cólera, mas é inútil: Helena é livre para fazer a sua escolha.

– Livre, livre! Uma civilização que concede tantas liberdades às mulheres merece desaparecer!

– Permanecerá em Mênfis?

– E tenho escolha? Se regressar à Lacedemônia sem Helena, serei levado ao ridículo; o meu povo troçará de mim, e um dos meus fiéis lugares-tenentes me cortará a goela durante o sono. Preciso daquela mulher!

– A tarefa que Touya lhe confiou não é imaginária; a rainha aprecia muito a sua esposa.

Menelau bateu com o punho sobre a mó.

– Que Helena seja maldita!

– Lamentar-se não é a solução; agora, os nossos interesses são comuns.

O grego apurou o ouvido.

– Se eu vier a ser Faraó, colocarei Helena nas suas mãos.

– Que devo fazer?

– Preparar comigo a eliminação de Ramsés.

– Sethi pode viver cem anos!

– Nove anos de reinado desgastaram meu pai; dedicando-se sem restrição ao Egito, desperdiça as suas forças.

E repito que temos necessidade de tempo; quando for proclamado que o poder está vago, durante o período de luto, deveremos atacar depressa e com força. E tal estratégia não se improvisa.

Abatido, Menelau inclinou-se para frente.

– Quanto tempo será preciso esperar...

– A sorte vai mudar, acredite em mim; temos ainda muitas tarefas delicadas para executar.

APOIANDO-SE NO braço de Ramsés, Homero explorou os seus novos domínios, uma *villa* com duzentos metros quadrados habitáveis, no meio de um jardim, a trezentos metros da ala do palácio reservada ao regente. Um cozinheiro, uma criada e um jardineiro comporiam a equipe de serviçais do poeta, que exigia, acima de tudo, uma abundante reserva de recipientes contendo azeite, anis e coriandro para perfumar o seu vinho, que queria embriagante.

Devido à sua falta de visão, Homero debruçava-se em cada árvore e flor; a sua variedade não parecia satisfazê-lo. Ramsés receou que o filósofo considerasse aquela bela casa, recentemente construída, indigna dele. De repente, o poeta entusiasmou-se:

– Finalmente, um limoeiro! Longe dele é impossível escrever belos versos; é a obra-prima da criação. Depressa, um banco...

Ramsés trouxe-lhe um tamborete com três pés que pareceu agradar a Homero.

– Mande que me tragam folhas de sálvia secas.

– Para se tratar?

– Você verá. O que sabe da guerra de Tróia?

– Que foi longa e mortífera.

– Eis um resumo bem pouco poético! Comporei um

longo episódio que falará das proezas de Aquiles e Heitor, e o chamarei *Ilíada*. Os meus cantos atravessarão os séculos e não desaparecerão da memória dos homens.

O regente considerou Homero um tanto pretensioso, mas apreciou o seu entusiasmo.

Um gato preto e branco saiu da casa e parou a um metro do poeta; depois de uma ligeira hesitação, saltou para seus joelhos e ronronou.

– Um gato, um limoeiro e vinho perfumado! Não me enganei no caminho. A *Ilíada* será uma obra-prima.

CHENAR ESTAVA orgulhoso de Menelau; o herói grego, fazendo das tripas coração, aceitara fazer seu jogo. Para conquistar as boas graças do rei e da casta dos sacerdotes, oferecera ao templo de Gournah, consagrado ao *ka* do Faraó, ânforas gregas decoradas com tiras pintadas de amarelo e frisos de botões de lótus na parte inferior. Esses esplêndidos objetos tinham sido depositados no tesouro do templo.

Marinheiros e soldados gregos, sabendo que a sua estada arriscava-se a ser prolongada, se não definitiva, instalaram-se nos arredores de Mênfis e começaram a negociar, trocando ungüentos, perfumes e peças de ourivesaria por produtos alimentares. A administração autorizou-os a abrir tendas e pequenas oficinas onde demonstrariam aquilo que sabiam fazer.

Oficiais e soldados de elite foram incorporados ao exército egípcio; seriam utilizados em trabalhos de utilidade pública, como a manutenção dos canais ou a reparação dos diques. A maior parte deles se casaria, teria filhos e construiria a sua própria casa; assim se integrariam à sociedade egípcia. Nem Sethi nem Ramsés se inquietariam com a sua presença; um novo "cavalo de Tróia", muito mais sutil e perigoso do que o primeiro, acabava de ser instalado.

Menelau tinha voltado a ver Helena, na presença da rainha Touya, e comportara-se com o respeito que um marido deve à esposa; a partir de agora, deixaria que ela tomasse a iniciativa dos encontros e não a importunaria de maneira nenhuma. Embora Helena não acreditasse na sua sinceridade, constatou que Menelau, preso na rede, deixara de se debater.

O rei da Lacedemônia lançou-se numa outra manobra, ainda mais delicada: diminuir a animosidade de Ramsés. A entrevista assumiu caráter oficial e não provocou nenhuma explosão, nem de uma parte nem da outra; hóspede de qualidade, Menelau se curvaria às exigências da corte e tentaria manter melhores relações com o regente. Apesar da frieza de Ramsés, era assim evitado o perigo de um conflito aberto; Chenar e seu amigo grego teceriam a sua teia com toda tranqüilidade.

O ROSTO cuidado, o bigodinho perfeitamente aparado, os olhos brilhantes de inteligência, Acha apreciava a qualidade da cerveja que lhe era servida na cabine do barco de Chenar. De acordo com as suas convenções, esses encontros deviam permanecer secretos.

O filho mais velho do rei evocou a chegada de Menelau e Helena, mas, desconfiando do jovem diplomata, não revelou os seus planos.

– Como está a situação na Ásia?

– Torna-se cada vez mais complicada; os pequenos principados digladiam-se, e cada reizinho sonha com uma confederação desde que seja ele a dominá-la. Esta divisão nos é favorável, mas não pode durar; contrariamente aos meus colegas, estou convencido de que os hititas conseguirão manipular os ambiciosos e descontentes, reunindo-os sob a sua bandeira. Nesse dia, o Egito ficará em grande perigo.

– Será um processo longo?

– De alguns anos; implica debates e negociações.

– O Faraó será informado?

– Não de forma correta; os nossos embaixadores são homens do passado, incapazes de compreender o futuro.

– Está bem colocado para obter informações capitais?

– Ainda não, mas estabeleci sólidas amizades com eminências pardas; encontramo-nos sempre fora dos contatos oficiais e tenho acesso a certas confidências.

– O ministro dos Negócios Estrangeiros, Meba, aproximou-se muito de mim; somos quase amigos. Se a nossa colaboração continuar, intervirei a seu favor para acelerar a promoção.

– A sua fama mantém-se intacta na Ásia; a pessoa de Ramsés é desconhecida ali.

– Quando se verificar qualquer acontecimento importante, previna-me.

45

Naquele décimo ano de reinado, Sethi decidira levar Ramsés a dar um passo decisivo; embora tivesse apenas 18 anos, o regente seria incapaz de reinar enquanto não tivesse sido iniciado nos mistérios de Osíris. O Faraó teria preferido esperar ver o filho amadurecer mais, mas o destino talvez não lhe concedesse muito tempo. Assim, apesar dos perigos que encerrava essa iniciativa para o equilíbrio do jovem, Sethi decidira levá-lo a Abido.

Ele, Sethi, o homem do deus Seth, o assassino do seu irmão Osíris, construíra para este último um templo imenso, o maior dos santuários egípcios. Assumindo pelo seu nome uma terrível força de destruição, o Faraó transformava-a em força de ressurreição; na eternidade, Seth, o assassino, transportava às costas o corpo de luz de Osíris, vencedor da morte.

Caminhando atrás do pai, Ramsés transpôs a porta monumental do primeiro pilão; dois sacerdotes purificaram-lhe as mãos e os pés numa bacia de pedra. Depois de ter passado diante de um poço, descobriu a fachada do templo coberto. Em frente de cada estátua do rei em Osíris havia ramos de flores e cestos cheios de víveres.

– Eis a região da luz – revelou Sethi.

As portas de cedro do Líbano, recobertas de uma liga natural de prata e ouro, pareciam impossíveis de se abrir.

– Deseja ir mais longe?

Ramsés aquiesceu.

As portas entreabriram-se.

Um sacerdote com veste branca, crânio raspado, obrigou Ramsés a se curvar. Logo que avançou sobre o solo de prata, sentiu-se transportado para um mundo diferente, onde imperava o odor do incenso.

Em frente de cada uma das sete capelas, Sethi ergueu uma estatueta da deusa Maât; por si só, ela simbolizava a totalidade das oferendas; depois, conduziu o filho pelo corredor dos antepassados. Ali estavam gravados os nomes dos faraós que tinham reinado no Egito, desde Mena, o unificador das Duas Terras.

– Estão mortos – disse Sethi – mas o seu *ka* permanece; será ele que alimentará o seu pensamento e guiará as suas ações. Enquanto existir céu, este templo existirá; aqui você se comunicará com os deuses e conhecerá os seus segredos. Preocupe-se com a sua morada, faça viver a luz que eles criam.

Pai e filho leram as colunas de hieróglifos; ordenavam ao Faraó que estabelecesse os planos dos templos e mantivesse firme a função real, nascida na origem dos tempos. Adornando os altares dos deuses, tornava-os felizes, e a sua felicidade iluminaria a terra.

– O nome dos seus antepassados está escrito para sempre no céu estrelado – revelou Sethi. – Os seus anais são os milhões de anos. Governe de acordo com a Regra, coloque-a no seu coração, porque ela torna coerentes todas as formas de vida.

Uma cena espantou Ramsés: via-se um adolescente capturar um touro selvagem com o auxílio do Faraó. Os escultores tinham imortalizado o momento em que a sua existência estivera em risco, esse momento que tinham vivido todos os futuros reis sem terem consciência de serem absorvidos por um destino imenso.

Sethi e Ramsés saíram do templo e se dirigiram para uma colina repleta de árvores.

– O túmulo de Osíris; poucos seres o contemplaram.

Desceram para uma entrada subterrânea, assinalada por uma série de degraus, e percorreram um corredor abobadado ao longo de uma centena de metros, com as paredes cobertas de escritos que revelavam os nomes das portas do outro mundo. Uma curva em ângulo reto, para a esquerda, conduzia a um monumento extraordinário: dez pilares maciços, erguidos sobre uma espécie de ilha rodeada de água e sustentando o teto de um santuário.

– Osíris ressuscita todos os anos nesse sarcófago gigantesco, durante a celebração dos seus mistérios; é idêntico à primeira saliência que brotou do oceano de energia quando o Um se tornou Dois e criou os milhares de formas sem deixar de ser Um. Desse oceano invisível provêm o Nilo, a cheia, o orvalho, a chuva, a água das nascentes; a barca do sol navega nele, rodeia o nosso mundo, envolve o universo. Que o seu espírito mergulhe nele, franqueie as fronteiras do visível e beba a sua força naquilo que não tem começo nem fim.

NA NOITE seguinte, Ramsés foi iniciado nos mistérios de Osíris.

Bebeu água fresca proveniente do oceano invisível e comeu trigo nascido do corpo de Osíris ressuscitado; depois, foi vestido de linho fino antes de entrar na procissão dos fiéis do deus, guiada por um sacerdote com máscara de chacal. Os seguidores de Seth barraram-lhes o caminho, decididos a exterminá-los e a aniquilar Osíris; travou-se uma luta ritual, ritmada por uma música angustiante. Ramsés, chamado para desempenhar o papel de Hórus, filho e sucessor de Osíris, permitiu aos filhos da luz que triunfassem sobre os filhos das trevas. Infelizmente, no decurso do combate seu pai foi mortalmente atingido.

Os seus fiéis transportaram-no imediatamente para a colina sagrada e começaram uma sessão fúnebre da qual participaram as sacerdotisas, entre as quais a rainha Touya, que encarnava Ísis, a grande feiticeira; graças à eficácia dos seus encantamentos, reuniu as partes dispersas do corpo de Osíris e ressuscitou o deus morto.

Ramsés conservaria no coração cada uma das palavras pronunciadas durante aquela noite fora do tempo; não era a sua mãe que oficiava, mas sim uma deusa. A iniciação transportou o espírito de Ramsés ao coração dos mistérios da ressurreição; por diversas vezes vacilou, julgou perder todo o contato com o mundo dos homens e se dissolver no Além. Mas saiu vencedor daquele estranho combate, e seu corpo permaneceu ligado à sua alma.

Ramsés passou várias semanas em Abido; meditou perto do lago sagrado, rodeado de árvores imensas. Ali navegava, à mercê dos mistérios, a barca de Osíris que fora construída pela luz e não por mão humana. O regente passou inúmeras horas perto da "escada do grande deus", junto da qual se encontravam depostas as estelas dos mortos cuja alma fora declarada justa perante o tribunal de Osíris; sob a forma de uma ave com cabeça humana, ia em peregrinação a Abido, para se beneficiar das oferendas cotidianas trazidas pelos sacerdotes.

Para ele foi aberto o tesouro do templo, contendo prata, linho real, estátuas, santos óleos, incenso, vinho, mel, mirra, ungüentos e vasos. Ramsés interessou-se pelos entrepostos que recebiam os alimentos provenientes dos domínios de Abido e celebrou o ritual de sacralização antes de serem distribuídos à população. Bois, vacas gordas, vitelas, cabras e aves recebiam também uma bênção; alguns animais eram levados para os estábulos do templo, mas a maior parte regressava às aldeias dos arredores.

De acordo com um decreto proclamado no quarto ano do reinado de Sethi, todos os homens que trabalhassem para o templo deviam conhecer o seu dever e nunca se afastar dele; era por isso que todas as pessoas empregadas no domínio de Abido seriam protegidas dos abusos de poder, das tarefas pesadas e do recrutamento. O vizir, os juízes, os ministros, os presidentes das câmaras e os notáveis tinham recebido ordem para respeitar esse decreto e fazê-lo aplicar; quer se tratassem de barcos, burros ou terrenos, os bens de Abido eram inalienáveis. Os camponeses, agricultores, vinicultores e alguns jardineiros viviam assim em paz, sob a dupla proteção do Faraó e de Osíris. A fim de que ninguém o ignorasse, Sethi mandara gravar o seu decreto até o coração da Núbia, em Nauri, onde a inscrição com cerca de 3 metros de largura soltaria os olhos. Quem quer que pretendesse modificar as terras do templo ou deslocar um dos seus servidores contra sua vontade receberia duzentas pancadas com um pau e teria o nariz ou as orelhas cortados.

Participando da vida cotidiana do templo, Ramsés constatou que o sagrado e o econômico não estavam separados, mesmo que fossem nitidamente distintos um do outro. Quando o Faraó se comunicava com a presença divina no Santo dos Santos, o mundo material deixava de existir, mas fora necessário o gênio dos arquitetos e dos escultores para construir o santuário e tornar as suas pedras falantes. E o rei, graças ao trabalho dos camponeses, oferecia ao invisível os mais delicados alimentos.

Nenhuma verdade absoluta era ensinada no templo, nenhum dogma encerrava o pensamento em fanatismo; local de encarnação da energia espiritual, vaso de pedra cuja imobilidade era apenas aparente, o templo purificava, transformava e sacralizava. Coração da sociedade egípcia, vivia do amor que ligava a divindade ao Faraó, e fazia com que os homens vivessem por intermédio desse amor.

Ramsés voltou diversas vezes ao corredor dos antepassados e decifrou o nome dos reis que tinham construído o país seguindo a regra de Maât. Perto do templo encontravam-se as sepulturas dos monarcas das primeiras dinastias; ali repousavam não as suas múmias, dispostas nas moradas da eternidade de Sakkarah, mas seus corpos invisíveis e imortais, sem os quais o Faraó não tinha qualquer existência.

De repente, a sua tarefa pareceu-lhe esmagadora: era apenas um rapaz de dezoito anos, apaixonado pela vida, animado por um fogo poderoso, mas incapaz de suceder àqueles gigantes! Como podia ter o despudor e a vaidade de subir ao trono que Sethi ocupava?

Ramsés tinha se aturdido no seu sonho, Abido colocava-o perante a realidade; era a principal razão pela qual o pai o conduzira ali. Quem, melhor do que aquele santuário, teria lhe revelado a sua pequenez?

O regente saiu do recinto e avançou em direção ao rio. Chegara o momento de regressar a Mênfis, casar com Iset a Bela, divertir-se com os amigos e anunciar ao pai que renunciava à função de regente. Visto que o seu irmão mais velho desejava tanto reinar, por que havia de impedi-lo?

Envolto em seus pensamentos, Ramsés perdeu-se no campo e foi até as terras baixas, na orla do Nilo. Incomodado pelos juncos, afastou-os, e o viu.

Com as longas orelhas pendentes, as patas grossas como pilares, a pelagem negro-castanha, a barbicha espetada, os chifres formando uma espécie de capacete terminado por pontas afiadas, o touro selvagem olhava-o com a mesma intensidade de quatro anos antes.

Ramsés não recuou.

Competia ao touro, detentor da força suprema da natureza, ditar o seu destino. Se o animal avançasse sobre ele, rasgasse-o com os chifres e o pisoteasse, a corte do Egito contaria com um príncipe a menos e o substituiria facilmente. Se lhe concedesse a vida salva, esta já não lhe pertenceria e se mostraria digno daquela oferenda.

46

Menelau era o convidado de honra da maior parte dos banquetes e festas; Helena aceitava aparecer a seu lado e congregava a aprovação de todos. Quanto aos gregos, misturavam-se com a população, respeitavam as leis do país e não davam o que falar.

Esse êxito foi considerado obra de Chenar, apreciando a corte os seus dons para a diplomacia; disfarçadamente, criticavam a atitude do regente, cuja hostilidade em relação ao rei da Lacedemônia fora manifestada ostensivamente. Ramsés tinha pouca flexibilidade e feria as conveniências; não seria isso uma prova da sua falta de aptidão para reinar?

Ao longo das semanas, Chenar ia reconquistando o terreno perdido; a longa ausência do irmão, que estava em Abido, deixava-lhe o campo livre. É verdade que ele não possuía o título de regente, mas não tinha envergadura para isso?

Embora não se atrevessem a contestar a decisão de Sethi, alguns cortesãos perguntavam a si mesmos se este não se enganara. Ramsés tinha muito melhor aspecto do que Chenar, mas seria o suficiente para ficar à frente do Estado?

Ainda não havia oposição constituída, mas uma contestação surda crescendo e, chegado o momento, serviria a Chenar de ponto de apoio entre eles. O filho mais velho do rei aprendera a lição: Ramsés seria um adversário temível. Para vencê-lo, seria necessário atacá-lo por todos os lados ao mesmo tempo, sem lhe dar chance de se recuperar. Chenar dedicava-se à sombria e obscura tarefa, com afinco e perseverança.

Acabava de ser ultrapassada uma etapa essencial do seu plano: dois oficiais gregos tinham sido admitidos nas forças de segurança encarregadas de proteger o palácio real. Outros mercenários, já colocados, tornar-se-iam seus amigos e formariam pouco a pouco uma facção a ser utilizada no dia decisivo; talvez algum deles fosse mesmo alistado na guarda pessoal do regente! Com o apoio de Menelau, Chenar se empenharia nisso.

Desde a chegada do rei da Lacedemônia, o futuro mostrava-se promissor. Faltava subornar um dos médicos do rei para conseguir informações corretas sobre o seu estado de saúde; era um fato que Sethi não parecia estar na sua melhor forma, mas avaliar pela aparência podia levar a um sério erro de cálculo.

Chenar não desejava um desaparecimento brutal do pai, porque o seu plano de batalha ainda não estava pronto. Contrariamente ao que julgava o impetuoso Ramsés, o tempo não trabalhava a seu favor; se o destino autorizasse Chenar a envolvê-lo na rede que ia fabricando mês após mês, o regente morreria sufocado.

– É BELO – reconheceu Ameni, relendo o primeiro canto da *Ilíada*, que escrevera ditado por Homero, sentado ao pé do limoeiro.

O poeta, de abundante cabeleira branca, percebeu uma ligeira restrição no tom do seu interlocutor.

– O que lhe critica?

– As suas divindades assemelham-se muito aos humanos.

– Não é assim no Egito?

– Nos relatos dos contadores, às vezes, mas são apenas imagens para distrair; o ensino no templo é diferente.

– E o que sabe disso, você, um jovem escriba?

– Na realidade, pouca coisa; mas sei que as divindades são forças da criação, e a sua energia deve ser manipulada com cuidado por especialistas.

– Estou para contar uma epopéia! Essas suas divindades não dariam bons personagens; que herói ultrapassaria um Aquiles ou um Pátrocle? Quando tomar conhecimento das suas façanhas, não lerá mais nada!

Ameni guardou os pensamentos para si; a exaltação de Homero correspondia à reputação dos poetas gregos. Os velhos autores egípcios preferiam falar de sabedoria do que de massacres, por mais grandiosos que fossem, mas não lhe competia educar um hóspede mais velho.

– Já há muito tempo o regente não vem me visitar – queixou-se Homero.

– Está em Abido.

– O templo de Osíris? Diz-se que lá são ensinados grandes mistérios.

– É verdade.

– Quando voltará?

– Não sei.

Homero encolheu os ombros e bebeu um copo de vinho embriagador, perfumado com anis e coriandro.

– Exílio definitivo.

Ameni sobressaltou-se.

– Que quer dizer?

– Que o Faraó, desiludido com a falta de capacidade do filho para reinar, fez dele um sacerdote, recluso para toda a vida no templo de Abido. Para um povo tão religioso como o seu, não é o melhor método para se desembaraçar de quem incomoda?

AMENI ESTAVA deprimido.

Se Homero estivesse certo, nunca mais reveria Ramsés. Gostaria de ter consultado os amigos, mas Moisés estava em Karnak, Acha na Ásia e Setaou no deserto. Sozinho, angustiado, tentou recuperar a calma trabalhando.

Seus colaboradores tinham amontoado uma impressionante quantidade de relatórios negativos sobre as prateleiras do seu gabinete: apesar das investigações aprofundadas, não havia qualquer indício sobre o proprietário da fábrica de tinta de má qualidade; nada também sobre o autor da carta que havia atraído o rei e o filho a Assuã.

A cólera apoderou-se do jovem escriba; por que tantos esforços para dar um resultado decepcionante? O culpado tinha deixado pistas, e ninguém era capaz de descobrir! Ameni sentou-se como escriba e retomou o volume do processo, desde as suas primeiras buscas nas lixeiras.

Ao pegar, porém, outra vez na ata com a letra R, a última do nome de Chenar, levantou-se uma hipótese sobre a forma como o homem das sombras agira, uma hipótese que se transformou em certeza quando Ameni identificou a escrita da carta.

Agora, tudo estava claro, mas Ramsés, enclausurado para sempre, não tomaria conhecimento da verdade, e o culpado não seria castigado.

Tal injustiça revoltou o jovem escriba, mas os amigos ajudariam a levar o ignóbil personagem perate um tribunal.

ISET A BELA insistiu com Nefertari para ser imediatamente recebida pela rainha; como Touya estava com a superiora das sacerdotisas de Hathor a fim de preparar uma festa religiosa, a jovem foi obrigada a ter paciência e esperar. Muito nervosa, não parava de torcer a ponta de uma das mangas compridas do seu vestido de linho, acabando por rasgá-la.

Por fim, Nefertari abriu a porta da sala de audiências Iset a Bela adiantou-se e foi prostrar-se aos pés da grande esposa real.

– Majestade, suplico a sua intervenção!

– Que problema a aflige?

– Ramsés não deseja ficar enclausurado, tenho certeza! Que falta cometeu para ser assim tão duramente castigado?

Touya fez Iset a Bela erguer-se e a convidou para se sentar numa cadeira de encosto baixo.

– Viver no templo recluso parece-lhe assim tão horrível?

– Ramsés tem 18 anos! Só um velho poderá apreciar semelhante sorte. Ser isolado em Abido, na sua idade...

– Quem lhe disse isso?

– Seu secretário particular, Ameni.

– Meu filho reside em Abido, mas não está prisioneiro; um futuro Faraó deve ser iniciado nos mistérios de Osíris e conhecer em detalhes o funcionamento de um templo. Voltará assim que os ensinamentos estiverem terminados.

Iset a Bela sentiu-se a um tempo ridícula e aliviada.

COM UM pequeno manto sobre os ombros, Nefertari fora a primeira a levantar-se, como todas as manhãs. Rememorava as diversas tarefas do dia, os encontros da rainha e não se preocupava consigo própria; a casa da grande esposa real exigia um trabalho considerável e uma atenção constante. Bem longe da vida ritualizada de sacerdotisa que tinha sonhado, Nefertari rapidamente se adaptara às exigências de Touya porque sentia profunda admiração pela rainha. Tão severa consigo própria como com os outros, inteiramente dedicada à grandeza do Egito, ligada aos valores tradicionais, Touya encarnava na Terra a deusa Maât e devia recordar permanentemente a necessidade da retidão. Percebendo o papel esmagador da grande esposa real, Nefertari compreendera que a sua própria função não se limitava apenas a atividades profanas; a casa que dirigia possuía um caráter exemplar. Qualquer passo em falso, e ela perderia a função.

A cozinha estava vazia; concluiu que as criadas ainda dormitavam nos quartos, então bateu em todas as portas, mas não obteve qualquer resposta. Intrigada, abriu.

Ninguém.

Que mosca teria picado aquelas mulheres geralmente disciplinadas e conscienciosas? Não era dia de festa, nem feriado; mesmo nessas circunstâncias excepcionais, substitutas garantiam o serviço. No lugar habitual, nem pão fresco, nem bolos, nem leite. E, em menos de 15 minutos, a rainha tomaria o seu desjejum!

Nefertari sentiu-se desnorteada; abatera-se um cataclismo sobre o palácio.

Correu para a mó, onde talvez as fugitivas tivessem deixado alguns alimentos. Mas lá só havia grãos de cereais, e moer, preparar o pão, assá-lo no forno demoraria muito tempo. Com razão Touya acusaria a sua intendente de incúria e imprevidência – seria despedida imediatamente.

À humilhação juntar-se-ia a tristeza de deixar a rainha; aquela situação fez Nefertari compreender a profundidade do afeto que sentia pela grande esposa real. Deixar de servi-la seria um desgosto.

– O dia vai estar magnífico – profetizou uma voz grave.

Nefertari voltou-se lentamente.

– Você, o regente do reino, aqui...

Ramsés estava encostado numa parede, com os braços cruzados.

– A minha presença lhe é inconveniente?

– Não, eu...

– No que se refere ao café-da-manhã de minha mãe, pode ficar descansada; as suas servas o levarão à hora habitual.

– Mas... não vi ninguém!

– A sua máxima preferida não é: "Uma palavra perfeita está mais oculta do que a pedra verde; pode, no entanto, encontrar-se junto das servas que trabalham na mó?"

– Devo compreender que afastou o pessoal da casa para me atrair até aqui?

– Previ a sua reação.

– Quer que moa trigo para satisfazê-lo?

– Não, Nefertari; é a palavra perfeita que eu desejo.

– Lamento desiludi-lo, mas não a possuo.

– Estou convencido do contrário.

Era bela, deslumbrante; o seu olhar tinha a profundidade das águas celestes.

– Talvez lamente a minha sinceridade, mas considero a sua brincadeira de extremo mau gosto.

O regente pareceu menos seguro de si.

– Essa palavra, Nefertari...

– Todos estão convencidos de que está residindo em Abido.

– Regressei ontem.

– E a sua primeira ocupação consistiu em aliciar as servas da rainha para perturbar o meu trabalho!

– Perto do Nilo, encontrei um touro selvagem; estávamos frente a frente, ele tinha a minha vida na ponta dos chifres. Enquanto me observava, tomei drásticas decisões; como não me matou, sou de novo senhor do meu destino.

– Fico feliz por haver sobrevivido e desejo que se torne rei.

– É a opinião da minha mãe ou a sua?

– Não tenho o hábito de mentir; posso ir embora?

– Possui realmente essa palavra mais preciosa do que a pedra verde, Nefertari! Quer dar-me a felicidade de pronunciá-la?

A jovem inclinou-se.

– Sou a sua humilde serva, regente do Egito.

– Nefertari!

Ela ergueu-se, com o olhar orgulhoso; a sua nobreza era deslumbrante.

– A rainha espera-me para a nossa conversa matinal; chegar atrasada seria falta grave.

Ramsés tomou-a nos braços.

– Que devo fazer para que aceite casar-se comigo?

– Pedir-me – respondeu ela com voz meiga.

47

Sethi iniciou o seu décimo-primeiro ano de reinado fazendo uma oferenda à esfinge gigante de Gizé, o guardião do planalto sobre o qual tinham sido construídas as pirâmides dos faraós Quéops, Quéfrens e Miquerinos. Graças à sua vigilância, nenhum profano podia penetrar nessa área sagrada, fonte de energia de todo o país.

Como regente, Ramsés acompanhou o pai ao pequeno templo erguido na frente da colossal estátua representando um leão deitado, com cabeça de rei e olhos erguidos para o céu. Os escultores tinham também erguido uma estela na qual se via Sethi abater o órix, animal do deus Seth; assim, lutando contra as forças obscuras simbolizadas pelo animal do deserto, o Faraó cumpria seu dever primordial, simbolizado por aquela caçada: colocar a ordem no lugar da desordem.

O local impressionou Ramsés; a força que dele se desprendia penetrava em cada fibra do seu ser. Depois da intimidade e do recolhimento de Abido, Gizé era a mais espantosa afirmação da presença do *ka*, dessa força invisível presente por todo lado e que, no mundo animal, escolhera como encarnação o touro selvagem. Aqui, tudo permanecia imutável; as pirâmides gastariam o tempo.

– Tornei a encontrá-lo perto do Nilo – confessou Ramsés. – Ficamos frente a frente, e ele me observou como na primeira vez.

– Desejava renunciar à regência e à realeza – disse Sethi –, e ele o impediu de fazer.

O pai lia seus pensamentos. Talvez Sethi tivesse se metamorfoseado em touro selvagem para colocar o filho perante suas responsabilidades.

– Não penetrei em todos os segredos de Abido, mas este longo retiro ensinou-me que o mistério se encontrava no coração da vida.

– Regresse lá com freqüência e vele por aquele templo. A celebração dos mistérios de Osíris é uma das chaves essenciais para o equilíbrio do país.

– Tomei ainda outra decisão.

– Sua mãe a aprova e eu também.

O jovem sentiu desejo de saltar de alegria, mas a solenidade do local dissuadiu-o de o fazer; seria capaz de algum dia ler, como Sethi, no coração das pessoas?

RAMSÉS NUNCA vira Ameni em semelhante estado de exaltação.

– Sei de tudo e o identifiquei! É incrível, e não há mais qualquer dúvida... Olhe, olhe bem!

O jovem escriba, geralmente tão meticuloso, emergia de uma enorme confusão formada por papiros, pranchetas de madeira e pedaços de calcário. Tinha verificado e tornado a verificar a totalidade da documentação acumulada durante vários meses antes de tirar suas conclusões.

– É ele – afirmou – e é a sua escrita! E consegui mesmo relacioná-lo com o carreiro, que foi seu empregado, bem como com o palefreneiro! Está compreendendo, Ramsés? Um ladrão e um criminoso, é o que ele é! Por que agiu assim?

A princípio incrédulo, o regente teve de se render à evidência. Ameni tinha realizado um trabalho notável, realmente não existiam mais quaisquer dúvidas.

– Vou perguntar-lhe.

DOLENTE, A IRMÃ mais velha de Ramsés, e o marido Sary, cuja gordura se acentuava, alimentavam os peixes exóticos que viviam no lago da sua *villa*. Dolente estava de mau humor; o calor a cansava, e ela não conseguia reduzir as secreções da sua pele gordurosa. Tinha de mudar de médico e de ungüentos.

Um serviçal anunciou a visita de Ramsés.

– Até que enfim; quem é vivo sempre aparece! – exclamou Dolente, beijando o irmão. – Sabe que a corte o julgava recluso em Abido?

– A corte engana-se muitas vezes, mas não é ela que governa o país.

A gravidade do tom surpreendeu o casal; o jovem príncipe havia mudado. Já não era um adolescente que se exprimia, mas o regente do Egito.

– Vem conceder ao meu marido a direção dos celeiros?

– Devia se afastar, minha querida irmã.

Dolente ficou irritada.

– O meu marido não tem segredos para mim.

– Tem certeza?

– Absoluta!

A habitual jovialidade de Sary havia desaparecido; o ex-professor de Ramsés estava tenso e inquieto.

– Reconhece esta escrita?

Ramsés mostrou-lhes a carta que provocara a sua partida e a de Sethi para as pedreiras de Assuã.

Nem Sary nem a esposa responderam.

– Esta carta tem uma assinatura falsa, mas a escrita é perfeitamente identificável: a sua, Sary. A comparação com outros documentos não deixa dúvidas.

– Uma falsificação, uma imitação...

– Como a sua posição de professor já não lhe bastava, imaginou montar um negócio de blocos de tinta medíocres, vendidos com certificado de qualidade superior. Quando se sentiu em perigo, tentou destruir todos os vestígios que permitissem chegar até você. Levando em consideração o seu conhecimento dos arquivos e da profissão de escriba, nada mais fácil; mas restava uma cópia da ata em pedaços que o meu secretário particular, que quase pagou com a vida na busca da verdade, encontrou numa lixeira. Durante muito tempo, tanto ele como eu julgamos que Chenar era o culpado; depois, Ameni percebeu o seu erro. Do nome do proprietário da oficina apenas restava um R; não era o R final de Chenar, mas uma letra do seu nome, Sary. Além disso, você empregou durante mais de um ano o carreiro que me conduziu para uma cilada. O meu irmão está inocente, você é o único culpado.

O ex-professor de Ramsés, com os maxilares contraídos, evitou o olhar do regente; Dolente não parecia perturbada nem surpreendida.

– Você não tem qualquer prova consistente – considerou Sary. – Um tribunal não me condenará com tão fracos indícios.

– Por que me odeia?

– Porque você é um obstáculo no nosso caminho! – gritou a irmã de Ramsés, desnorteada. – Não passa de um brutamontes pretensioso, demasiado seguro da sua força; meu marido é um homem notável, culto, inteligente e diplomata; não lhe falta nenhum talento para governar o Egito. Graças a mim, filha do rei, possui legitimidade para tal!

Dolente agarrou a mão do marido e o puxou para frente.

– A ambição enlouqueceu-os – constatou Ramsés. – Para evitar a meus pais um cruel desgosto, não apresentarei queixa. Mas ordeno que abandonem Mênfis. Vou instalá-los numa pequena cidade da província, da qual não sairão. A mínima falha os levará ao exílio.

– Sou sua irmã, Ramsés.

– É essa justamente a razão da minha indulgência e fraqueza.

APESAR DAS agressões que sofrera, Ameni aceitou não apresentar queixa; para Ramsés, esta prova de amizade teve o efeito de um bálsamo sobre a ferida que a irmã e o ex-professor acabavam de lhe infligir. Se Ameni tivesse exigido uma justa vingança, não teria se oposto; mas

 o jovem escriba apenas pensava em reunir os amigos

mais próximos do regente por ocasião do seu casamento com Nefertari.

– Setaou regressou ao laboratório com grande quantidade de veneno; Moisés chegará a Mênfis depois de amanhã. Falta Acha... Está viajando, mas a duração do trajeto é incerta.

– Esperaremos por ele.

– Sinto-me feliz por você... Diz-se que Nefertari é bela entre as mais belas.

– Não é essa a sua opinião?

– Sou capaz de avaliar a beleza de um papiro ou de um poema, mas a de uma mulher... Não me peça demais.

– Como vai Homero?

– Está impaciente para revê-lo.

– Vamos convidá-lo.

Ameni parecia nervoso.

– Está preocupado?

– Estou, por você... Tenho impedido, mas não vou conseguir agüentar por mais tempo. Iset a Bela exige encontrar-se com você.

ISET A BELA planejara deixar explodir a sua ira e cobrir o amante de injúrias e censuras, mas, quando ele avançou na sua direção, sentiu-se subjugada. Ramsés tinha mudado, tinha mudado muito; já não era apenas o adolescente apaixonado por quem ela estava enamorada, mas um autêntico regente, cuja função se tornava cada vez mais evidente.

A jovem teve a sensação de se encontrar diante de alguém que não conhecia e sobre quem não exercia qualquer poder. Sua raiva dissipou-se, dando lugar a um receio respeitoso.

– A sua visita... A sua visita honra-me muito.

– A minha mãe falou-me da sua iniciativa.

– Estava inquieta, é verdade, mas desejava tanto o seu regresso!

– Está desiludida?

– Soube que...

– Caso amanhã com Nefertari.

– É muito bela... E eu estou grávida.

Ramsés segurou-lhe ternamente a mão.

– Julgava que iria abandoná-la? Essa criança será nossa. Amanhã, se o destino me fizer reinar, escolherei Nefertari como grande esposa real, mas se você quiser e ela aceitar, viverá no palácio.

Iset o abraçou.

– Você me ama, Ramsés?

– Abido e o touro selvagem revelaram-me a minha verdadeira natureza; na realidade, não sou um homem como os outros, Iset. Meu pai me colocou sobre os ombros uma carga que talvez me esmague, mas aceito o desafio. Você é a paixão e o desejo, a loucura da juventude; Nefertari é uma rainha.

– Envelhecerei e você me esquecerá.

– Sou um chefe de clã, e um chefe de clã nunca esquece os seus; quer fazer parte dele?

Ela lhe ofereceu os lábios.

O CASAMENTO era um assunto particular que não motivava qualquer cerimônia religiosa. Nefertari desejara uma simples festa no campo, num palmeiral, entre os campos de trigo e de favas em flor, perto de um canal de margens lodosas onde o gado vinha beber.

Envergando um vestido curto de linho, enfeitada com pulseiras de lápis-lazúli e um colar de cornalinas, a jovem usava a mesma indumentária da rainha Touya. O mais elegante era Acha, que chegara na mesma manhã da Ásia e se surpreendera por se encontrar num ambiente tão rústico, na companhia da grande esposa real, de Moisés, de Setaou, de um afamado poeta grego, de um leão de patas gigantescas e de um cão travesso. O diplomata teria preferido os faustos da corte, mas evitou fazer qualquer crítica e partilhou a refeição campestre sob o olhar divertido de Setaou.

– Você não parece nada à vontade – observou o encantador de serpentes.

– Este lugar é encantador.

– Mas a erva pode manchar o seu lindo traje! A existência é rude por vezes... Sobretudo quando não há nenhum réptil nas proximidades.

Apesar da debilitada visão, Homero estava fascinado por Nefertari; mesmo a contragosto, tinha de admitir que a sua beleza ultrapassava a de Helena.

– Graças a você – disse Moisés a Ramsés – gozo de um verdadeiro dia de descanso.

– Karnak é assim tão exigente?

– A obra empreendida é tão colossal que o menor erro poderia conduzir ao fracasso; não paro de verificar cada pormenor a fim de que o canteiro de obras trabalhe sem problemas.

Sethi não estava presente; embora aprovasse o casamento, o rei não pudera tirar um dia livre. O Egito não permitia.

Foi um dia simples e feliz. De regresso à capital, Ramsés tomou Nefertari nos braços e a carregou para o interior da sua habitação. Aos olhos da lei, eram marido e mulher.

48

Chenar desenvolvia uma atividade frenética; corria de um notável para outro, multiplicava convites, almoços, jantares, recepções e conversas particulares. Não estava levando a sério o seu papel de chefe do protocolo, e, sim, preocupado em garantir as melhores relações entre as personalidades do reino.

Na realidade, Chenar explorava o monumental erro do irmão: ter casado com uma plebéia, oriunda de uma família modesta, para fazer dela a grande esposa real! É verdade que o caso já ocorrera antes, e não existia qualquer regra nesse domínio; mas o filho mais velho de Sethi obstinava-se em fazer com que a escolha de Ramsés surgisse como um desafio à nobreza e à corte, conseguindo franco sucesso. A independência de espírito do regente, num futuro próximo, ameaçaria as regalias adquiridas. E como se comportaria Nefertari? Embriagada por um poder que não deveria nunca possuir, formaria a sua própria corte, em detrimento das famílias antigas e influentes.

A reputação de Ramsés deteriorava-se cada vez mais.

– QUE ROSTO desfigurado! – espantou-se Chenar, olhando Dolente. – Está infeliz?

– Mais do que possa imaginar.

– Minha bem-amada irmã... Quer desabafar comigo?

– O meu marido e eu fomos expulsos de Mênfis.

– Está brincando comigo?

– Ramsés ameaçou-nos.

– Ramsés? Mas a que pretexto?

– Com a ajuda do seu maldito Ameni, acusou Sary das piores atrocidades. Se não lhe obedecermos, nos levará ao tribunal.

– Ele possui provas?

Dolente ficou atrapalhada.

– Não... apenas alguns indícios sem valor; mas você conhece a justiça: poderia nos ser desfavorável.

– Isso significa que você e o seu marido conspiraram realmente contra Ramsés?

A princesa hesitou.

– Eu não sou juiz; diga-me a verdade, irmãzinha.

– É verdade que conspiramos um bocadinho... mas não me envergonho de tê-lo feito! Ramsés nos eliminará a todos, um a um!

– Não grite, Dolente; também estou convencido disso.

Ela tornou-se dengosa.

– Então... Não está zangado comigo?

– Pelo contrário, lamento que a sua tentativa tenha falhado.

– Ramsés julgou que você era o culpado.

– Ele sabe que o desmascarei, mas supõe que perdi o desejo de lutar.

– Aceita Sary e eu como aliados?

– Ia propor-lhe isso mesmo.

– Infelizmente, na província, ficaremos reduzidos à impotência!

– Não obrigatoriamente. Irá residir numa *villa* que possuo perto de Tebas e estabelecerá contatos com as autoridades civis e religiosas de lá. Diversos dignitários não são favoráveis a Ramsés; é preciso convencê-los de que a sua ascensão não é inevitável.

– Você é prestativo e bom.

O olhar de Chenar tornou-se desconfiado.

– Essa conspiração que vocês articularam... Quem teria se beneficiado com ela?

– Apenas queríamos... afastar Ramsés.

– Não é verdade; desejava fazer o seu marido subir ao trono, com o argumento de que também é filha do Faraó? Bem, se quiser ser minha aliada, esqueça essa fantasia e sirva apenas aos meus interesses. Serei eu o rei do Egito; e nesse dia, os que me tiverem sido fiéis serão recompensados.

ACHA NÃO voltou a partir para a Ásia sem antes assistir a uma das brilhantes recepções oferecidas por Chenar; ali se saboreavam iguarias deliciosas, ouvia-se excelente música, faziam-se confidências e criticavam-se o regente e a sua jovem esposa, sem se deixar de tecer elogios a Sethi. Ninguém se admirou ao ver o filho mais velho do rei conversar com o jovem diplomata a quem os superiores continuavam a tecer louvores.

– Sua promoção está garantida – revelou Chenar. – Em menos de um mês você será chefe dos intérpretes encarregado dos negócios asiáticos. Na sua idade, é uma façanha.

– Como posso demonstrar a minha gratidão?

– Continuando a manter-me informado. Esteve presente no casamento de Ramsés?

– Estive, e juntamente com os seus mais fiéis amigos.

– Algumas perguntas embaraçosas?

– Nenhuma.

– Mantém então a sua confiança?

– Sem dúvida nenhuma.

– Ele o interrogou a respeito da Ásia?

– Não; não se atreve a penetrar nos domínios do pai e prefere consagrar-se à jovem esposa.

– Fez progressos?

– De forma significativa; diversos pequenos principados estarão dispostos a dar-lhe apoio se você se mostrar generoso.

– Ouro?

– Seria bem apreciado.

– Apenas o Faraó pode dispor dele.

– Não é proibido você fazer fabulosas promessas por meu intermédio, isto é, de forma secreta.

– Excelente idéia.

– Até a sua tomada do poder, a astúcia será uma arma imprescindível. Farei a sua descrição como o único governante capaz de satisfazer os desejos de todos. Quando chegar o momento, escolherá os seus ministros.

PARA GRANDE surpresa da corte, nem Ramsés nem Nefertari modificaram o seu modo de vida. O regente continuou a trabalhar à sombra do pai, e a sua esposa a servir Touya. Chenar explicou que aquela atitude, aparentemente tão humilde, era de uma suprema habilidade: assim, nem o rei nem a rainha suspeitariam que alimentavam víboras em seu seio.

Os elementos da estratégia começavam a encaixar-se para uns e outros; é verdade que não conseguira a adesão de Moisés, mas haveria de surgir uma ocasião favorável.

Uma outra pessoa talvez também viesse para o campo dos seus aliados; valia a pena tentar a delicada manobra.

Por ocasião da inauguração de um grande lago no harém de Mer-Our, onde as donzelas tomariam banho à vontade e apreciariam os prazeres da canoagem, Chenar cumprimentou Iset a Bela, uma das convidadas de honra; a sua gravidez era evidente.

– Como tem passado?

– A minha saúde está excelente; darei à luz um filho que será a honra de Ramsés.

– Já encontrou Nefertari?

– É uma mulher maravilhosa; somos amigas.

– A sua posição...

– Ramsés terá duas esposas; desde que seja amada por ele, aceito não ser rainha.

– Essa nobre atitude é comovente, mas muito pouco confortável.

– Não pode compreender nem Ramsés nem aqueles e aquelas que o amam.

– Invejo a sorte do meu irmão, mas duvido da sua felicidade.

– Dar-lhe um filho que lhe sucederá não é o mais belo título de glória?

– Está indo muito depressa; Ramsés ainda não é o Faraó.

– Está pondo em dúvida a escolha de Sethi?

– Claro que não... Mas o futuro está cheio de imprevistos. Estimo-a muito, minha querida, bem o sabe; Ramsés mostrou-se de uma crueldade indesculpável em relação a você. A sua graça, inteligência e nobre linhagem a destinavam a ser a grande esposa real.

– Esse sonho desfez-se, prefiro a realidade.

– Eu sou um sonho? Aquilo que Ramsés lhe tirou, eu lhe ofereço.

– Como se atreve, sabendo que trago em mim um filho dele?

– Reflita, Iset, reflita bem.

APESAR DE discretas manobras de abordagem e de aliciantes propostas feitas por intermediários, Chenar não conseguira subornar nenhum dos médicos de Sethi. Incorruptíveis? Não, prudentes. Receavam mais Sethi do que seu filho mais velho. A saúde do Faraó era um segredo de Estado; quem o traísse ficaria exposto a severo castigo.

Já que os terapeutas eram inacessíveis, Chenar mudou de tática. Como eles prescreviam os remédios, o seu fabrico era confiado ao laboratório de um templo. Faltava saber qual.

A investigação exigiu muita habilidade, mas obteve êxito: era no santuário de Sekhmet que se preparavam as poções e as pílulas destinadas a Sethi. Subornar o chefe do laboratório, um homem idoso, viúvo e rico, apresentava inúmeros riscos; em contrapartida, a investigação feita sobre seus assistentes mostrou-se produtiva. Um deles, um quarentão casado com uma mulher mais nova, queixava-se da mediocridade do seu salário que não lhe permitia comprar vestidos, jóias e ungüentos em quantidade suficiente.

A presa parecia fácil, e foi.

De acordo com os remédios prescritos ao pai, Chenar deduziu que Sethi sofria de uma grave doença de evolução lenta; dentro de três, quatro anos no máximo, o trono estaria vago.

PRÓXIMO À época das colheitas, Sethi fez a oferenda do vinho à sua deusa protetora, uma cobra benéfica cuja estátua em basalto protegia os campos. Os camponeses reuniram-se em volta do rei, cuja presença era sentida como uma bênção. O soberano gostava de encontrar-se com aquelas pessoas simples, que preferia à maior parte dos cortesãos.

Terminada a cerimônia, prestaram homenagem à deusa da abundância, ao deus dos cereais e ao Faraó que, por si só, lhes permitia manifestarem-se. Ramsés tomou consciência da profunda popularidade do pai; os notáveis receavam-no, o povo amava-o.

Sethi e Ramsés sentaram-se num palmeiral, perto de um poço; uma mulher trouxe-lhes uvas, tâmaras e cerveja fresca. O regente teve a sensação de que o rei repousava durante alguns instantes longe da corte e dos assuntos do Estado. Enquanto fechava os olhos, o rosto banhava-se com uma doce claridade!

– Quando reinar, Ramsés, perscrute a alma dos homens, procure dignitários de caráter firme e reto, capazes de formular um julgamento imparcial sem traírem o seu juramento de obediência; nomeie-os para o lugar certo e faça com que respeitem a regra sagrada de Maât. Seja impiedoso com os corruptos e com os corruptores.

– Reine durante muito tempo, meu pai; ainda não festejamos o seu jubileu.

– Seriam necessários trinta anos no trono do Egito... Não chegarei até lá.

– Mas o senhor não é tão sólido como um bloco de granito?

– Não, Ramsés; a pedra é eterna, o nome do Faraó atravessará os tempos, mas o meu corpo mortal desaparecerá. E esse momento aproxima-se.

O regente sentiu uma violenta dor dentro do peito.

– O país precisa muito do senhor.

– Você venceu muitas provas e amadureceu depressa, mas está apenas no início da sua existência. Lembre-se, ao longo dos anos, do olhar do touro selvagem. Que ele lhe inspire e dê a força de que vai necessitar.

– A seu lado, é tudo tão simples... Por que não haveria o destino de lhe conceder muitos anos de reinado?

– O essencial é você se preparar.

– Acredita que a corte me aceitará?

– Depois da minha morte, muitos invejosos vão impedir seu caminho e abrirão armadilhas sob seus pés; então, sozinho, travará o seu primeiro grande combate.

 – Não terei nenhum aliado?

– Não confie em ninguém; não terá irmão nem irmã. Será aquele a quem muito ajudou que o trairá, será o pobre que enriqueceu que o ferirá pelas costas, será aquele a quem estendeu a mão que fomentará a rebelião contra você. Desconfie dos seus subordinados e dos que lhe estão próximos, não conte senão com você mesmo. No dia da desgraça, ninguém o ajudará.

49

Iset a Bela, que estava instalada no palácio real de Tebas, deu à luz um soberbo menino chamado Kha.* Depois de receber a visita de Ramsés, a jovem mãe confiou a criança a uma ama e recebeu os cuidados necessários para que seu corpo magnífico não fosse afetado pelas conseqüências do parto. Ramsés estava orgulhoso do seu primogênito; feliz com a sua felicidade, Iset a Bela prometeu dar-lhe outros filhos se ele continuasse a amá-la.

No entanto, depois da sua partida, sentiu-se muito só e se lembrou das palavras venenosas de Chenar. Ramsés a deixava para se encontrar com Nefertari, exasperante justamente por ser discreta e atenciosa; seria tão fácil detestá-la! Mas a esposa principal de Ramsés começava a conquistar corações e espíritos mesmo sem querer, pelo seu simples esplendor; Iset a Bela fora conquistada a ponto de aceitar o comportamento de Ramsés.

*Mais exatamente, Kha-em-Quaset, "aquele que aparece em Tebas".

Mas aquela solidão pesava-lhe; sentia falta da pompa da corte de Mênfis, das intermináveis conversas com as amigas de infância, dos passeios no Nilo, dos banhos nos lagos das suntuosas *villas*. Tebas era rica e brilhante, mas Iset não nascera lá.

Talvez Chenar tivesse razão; talvez não devesse perdoar Ramsés por tê-la relegado à categoria de esposa secundária.

HOMERO ESMAGOU as folhas secas de sálvia, reduziu-as a pó e deitou este numa grande concha de caracol; espetou-lhe uma cana, acendeu a mistura e fumou, deliciado.

– Estranho hábito – comentou Ramsés.

– Ajuda-me a escrever; como vai a sua maravilhosa esposa?

– Nefertari continua a dirigir a casa da rainha.

– No Egito, as mulheres exibem-se muito; na Grécia, são muito mais discretas.

– Isto é uma queixa?

Homero aspirou uma baforada.

– A bem dizer... Não. Nesse ponto você tem toda razão; mas tenho numerosas críticas a formular, se me permitir.

– Ficarei feliz em ouvi-las.

O convite de Ramsés surpreendeu o poeta.

– Deseja ser fustigado?

– Se suas censuras permitirem aumentar a felicidade de cada dia, serão bem-vindas.

– Estranho país... Na Grécia, passamos inúmeras horas a falar, os oradores inflamam-se, e as pessoas digladiam-se em guerra aberta. Aqui, quem critica as palavras do Faraó?

– O seu papel é pôr em ação a regra de Maât; se falhar na sua tarefa, surgem a desordem e a infelicidade, que os homens tanto apreciam.

– Você não tem nenhuma confiança no indivíduo?

– De minha parte, nenhuma; abandone-o a si mesmo, e será o reinado da traição e da covardia. Endireitar o pau torcido, eis a exigência permanente dos sábios.

Homero aspirou uma nova baforada.

– Na minha *Ilíada* intervém um adivinho que conheci bem; conhecia o presente, o passado e o futuro. No presente, sinto uma certa serenidade, pois o seu pai é digno dos sábios que você evoca. Mas no futuro...

– Será você também adivinho?

– Qual o poeta que não é? Escute estes versos do meu primeiro canto: "Dos cumes do Olimpo, Apolo desceu, irritado, com o arco ao ombro e o carcás bem fechado: está cheio de cólera e, nas costas, quando salta, as flechas entrechocam-se. Semelhante à noite, avança e atira sobre os homens... Inúmeras fogueiras foram acesas para queimar os cadáveres."

– No Egito, apenas alguns criminosos são queimados; para sofrer pena tão severa, é preciso ter cometido atos abomináveis.

Homero pareceu irritado.

– O Egito está em paz... Por quanto tempo? Tive um sonho, príncipe Ramsés, e vi inúmeras flechas saírem das nuvens e trespassarem o corpo de jovens. A guerra aproxima-se, príncipe, uma guerra que não poderá evitar.

SARY E SUA ESPOSA Dolente cumpriram zelosamente a tarefa confiada por Chenar. Depois de discutir a questão, a filha do rei e o marido tinham decidido obedecer-lhe e tornar-se seus fiéis servidores; não só se vingariam de Ramsés como ocupariam uma posição eminente no coração de Chenar. Aliados na conquista, assim continuariam na vitória.

Dolente não teve qualquer dificuldade em fazer-se aceitar nas melhores famílias tebanas, encantadas por acolher uma personalidade de tão elevada linhagem. A filha de Sethi justificou a sua estada no Sul pelo desejo de conhecer melhor aquela maravilhosa província, saborear os encantos do campo e se aproximar do imenso templo de Amon de Karnak, onde contava fazer vários retiros na companhia do marido.

Nas recepções e nos encontros privados, Dolente foi destilando confidências a respeito de Ramsés; quem, melhor do que ela, poderia conhecer os seus segredos? Sethi era um grande rei, um soberano irrepreensível, Ramsés seria um tirano; a boa sociedade tebana nunca mais teria qualquer importância nas questões de Estado, o templo de Amon receberia menos subsídios, e plebeus como Ameni ocupariam o lugar dos nobres. De detalhe em detalhe, ia compondo um retrato repulsivo e estabelecia laços cada vez mais apertados entre os oponentes de Ramsés.

Por sua vez, Sary desempenhou o papel de homem piedoso. Ele, que dirigira a ilustre instituição do *Kap*, aceitou um modesto lugar de professor numa das escolas de escribas de Karnak e integrou-se numa equipe de ritualistas encarregados de enfeitar os altares de flores. A sua humildade foi muito apreciada; membros influentes da hierarquia religiosa sentiram prazer em conversar com ele e o convidaram para sua mesa. À semelhança da esposa, Sary espalhou o seu fel.

Quando foi convidado a visitar o grande canteiro de obras onde trabalhava Moisés, Sary felicitou o antigo aluno pela obra realizada; nenhuma sala de colunas se igualaria à de Karnak, cujas dimensões estavam à altura dos deuses.

Moisés havia engordado; barbudo, com o rosto queimado pelo sol, meditava à sombra de um gigantesco capitel.

– Como estou contente por revê-lo! Mais um dos meus alunos cujo sucesso é esplendoroso...

– Não fale tão apressadamente; enquanto a última coluna não tiver sido erigida, não me sentirei tranqüilo.

– Ninguém poupa elogios à sua capacidade de trabalho.

– Limito-me a verificar o trabalho dos outros.

– Suas virtudes são muito mais importantes, Moisés, e me felicito por isso.

– Está de passagem por Tebas?

– Não, Dolente e eu estamos instalados numa *villa* dos arredores; ensino numa escola de Karnak.

– Isso assemelha-se muito a uma antipromoção.

– Assim é.

– Qual a causa?

– Deseja saber a verdade?

– Como quiser.

– Não é fácil de dizer...

– Não tenho intenção de obrigá-lo a falar.

– A culpa é de Ramsés. Lançou terríveis acusações contra a sua própria irmã e contra mim.

– Sem provas?

– Sem qualquer prova: caso contrário, não nos teria levado a tribunal?

O argumento abalou Moisés.

– Ramsés embriaga-se com seu poder – continuou Sary. – A irmã cometeu o erro de exigir mais moderação. De fato, ele não mudou; seu caráter intransigente e excessivo adapta-se mal às responsabilidades que lhe foram atribuídas. Acredita que sou o primeiro a lamentar que assim seja; também eu tentei chamá-lo à razão. Sem resultado.

– Este exílio não lhe pesa?

– Exílio é uma palavra muito pesada! Esta região é magnífica, o templo proporciona o repouso da alma, e me sinto satisfeito por dispensar o meu saber a essas crianças. Para mim, passou a hora das ambições.

– Considera-se vítima de uma injustiça?

– Ramsés é o regente.

– Os abusos de poder são condenáveis.

– É melhor assim, acredite; mas desconfie de Ramsés.

– Por quê?

– Tenho certeza de que se desembaraçará de todos os seus antigos amigos, um a um, não importa sob que pretexto. A sua simples presença o incomoda, assim como a Nefertari; desde o casamento, apenas o casal tem importância. Aquela mulher destrói-lhe o coração e o espírito. Desconfie, Moisés! Para mim, já é tarde demais, mas a sua vez chegará.

O hebreu ficou meditando um pouco mais do que o habitual. Sentia respeito pelo antigo professor, cujo discurso era desprovido de agressividade – estaria Ramsés enveredando por mau caminho?

O LEÃO e o cão amarelo tinham aceitado Nefertari; com exceção de Ramsés, apenas ela podia acariciar a fera sem se arriscar a uma arranhadela ou dentada. De dez em dez dias, o jovem casal e seus animais tiravam um dia de repouso e vagueavam pelo campo; Matador corria ao lado do carro, Vigilante aninhava-se aos pés do dono. Almoçavam à beira de um bosque, admiravam o vôo dos íbis e pelicanos, cumprimentavam os camponeses, encantados com a beleza de Nefertari; a jovem sabia adaptar-se à linguagem de cada um e encontrar as palavras certas. Por diversas vezes interveio de forma discreta para melhorar as condições de vida de um camponês afetado pela velhice ou pela doença.

Tanto em frente de Touya como de uma serva, Nefertari permanecia sempre a mesma, atenta e calma; possuía tudo aquilo que faltava a Ramsés: a paciência, a contenção e a doçura. Cada um dos seus atos trazia o selo de uma rainha. Ele soubera, desde o primeiro instante, que ela seria insubstituível.

Crescia neles um amor muito diferente do que o regente sentia por Iset a Bela; tal como ela, Nefertari sabia abandonar-se ao prazer e gozar a paixão do marido e amante, mas, mesmo durante a união dos corpos, uma outra luz brilhava no seu olhar. Nefertari, ao contrário de Iset a Bela, partilhava os mais secretos pensamentos de Ramsés.

Quando veio o inverno do décimo-segundo ano do reinado de seu pai, Ramsés pediu-lhe autorização para levar Nefertari a Abido para fazê-la viver os mistérios de Osíris e Ísis. O casal real, o regente e a esposa, partiram para a cidade santa onde Nefertari fora iniciada.

No dia seguinte ao da cerimônia, a rainha Touya deu-lhe uma pulseira de ouro que ela usaria a partir daquele momento durante a celebração dos rituais, como assistente da grande esposa real. A jovem comoveu-se até as lágrimas; contrariamente ao que receara, o seu caminho não a afastara do templo.

– NÃO GOSTO disso – queixou-se Ameni.

Conhecendo o caráter mal-humorado do secretário particular, Ramsés por vezes ouvia-o sem prestar muita atenção.

– Não gosto mesmo nada disso – repetiu ele.

– Entregaram-lhe papiros de má qualidade?

– Não se preocupe que eu não os teria aceito. Mas não está notando nada ao seu redor?

– A saúde do Faraó não vai mal, minha mãe e minha esposa são as melhores amigas do mundo, o país está em paz, Homero escreve... Que mais desejar? Ah, sim! Você continua a não ter uma noiva!

– Não tenho tempo para me ocupar com essas frivolidades; não notou mais nada?

– Sinceramente, não.

– Afogou-se nos olhos de Nefertari. Mas quem pode censurá-lo? Felizmente, eu vigio e escuto.

– E o que ouve?

– Rumores inquietantes; estão tentando arruinar a sua reputação.

– Chenar?

– O seu irmão mais velho tem sido de uma notável discrição nestes últimos meses; em contrapartida, as críticas da corte não param de aumentar.

– Não têm importância.

– Não sou da mesma opinião.

– Afastarei todos esses imbecis do meu caminho!

– Eles sabem disso – observou Ameni. – É por isso que vão combatê-lo.

– Saindo dos corredores do palácio ou das salas de recepção das suas suntuosas *villas*, eles não têm coragem.

– Em teoria, tem razão; mas receio uma oposição organizada.

– Sethi escolheu o seu sucessor; o resto não passa de mexericos.

– Acredita que Chenar tenha renunciado?

– Você próprio constatou a sua docilidade.

– É a docilidade que me inquieta; não corresponde à sua maneira de ser!

– Preocupa-se à toa, meu amigo; Sethi protege-nos.

"Enquanto viver", pensou Ameni, decidido a alertar Ramsés contra o clima venenoso que ia se acentuando.

50

A filha de Ramsés e Nefertari vivera apenas dois meses; fraca, sem apetite, regressara ao reino das sombras. Muito afetada, a jovem mãe causara grande inquietação aos médicos; durante três semanas, Sethi a magnetizara todos os dias, devolvendo-lhe, assim, a energia necessária para vencer o seu desgosto.

O regente manteve-se sempre presente junto à esposa; Nefertari não esboçou uma única queixa. A morte raptora atacava muitas vezes os recém-nascidos, sem se preocupar com a sua origem. Do amor que dedicava a Ramsés nasceria outro filho.

O pequeno Kha desenvolvia-se bem; uma ama tratava dele, enquanto Iset a Bela ocupava um lugar cada vez mais destacado na sociedade tebana. Prestou paciente atenção às queixas de Dolente e do marido, admirando-se com a injustiça cometida por Ramsés; na grande cidade do Sul era temida a subida do regente ao trono, considerado um futuro déspota, pouco preocupado com a lei de Maât. Iset a Bela ainda tentou protestar, mas, diante de tantos argumentos, ficou sem palavras; amaria um tirano ávido de poder, um monstro desprovido de sensibilidade?

Uma vez mais as palavras de Chenar voltaram-lhe à mente.

SETHI NÃO concedia repouso a si próprio; logo que surgia uma brecha na ocupação do tempo, chamava Ramsés. No jardim do palácio, pai e filho conversavam. Sethi, que não tinha qualquer gosto pela escrita, legava seus ensinamentos pela fala. Outros reis haviam redigido máximas a fim de prepararem o seu sucessor para reinar; ele preferia transmiti-las pela velha boca ao jovem ouvido.

– Este saber não lhe bastará – preveniu-o – mas equivale ao escudo e à espada de um soldado; permitir-lhe-á defender-se e atacar. Durante os períodos de paz e felicidade, cada um as atribuirá a si próprio; quando o conflito e a infelicidade surgirem, você será o único culpado. Se cometer um erro, não acuse ninguém, senão a si mesmo, e o retifique. É este o justo exercício do poder: uma permanente retificação do pensamento e da ação. Chegou a hora de lhe confiar uma missão no decurso da qual você me representará.

Essa revelação não agradou muito a Ramsés; de boa vontade ficaria ouvindo o pai durante longos anos.

– Uma pequena aldeia núbia protesta contra a administração do vice-rei; os relatórios que me chegaram às mãos são pouco esclarecedores. Vá lá e tome uma decisão em nome do Faraó.

A NÚBIA continuava tão encantadora como sempre, a ponto de fazer Ramsés esquecer que não estava em viagem de lazer. Já não sentia qualquer peso sobre os ombros; o ar tépido, o vento a bater nas palmeiras mediterrâneas, o ocre do deserto e o vermelho das rochas davam leveza à sua alma. Teve a tentação de mandar os soldados voltarem para o Egito e de se perder, sozinho, naquelas paisagens sublimes.

Mas o vice-rei da Núbia já se curvava à sua frente, prolixo e servil.

– Os meus relatórios foram esclarecedores?

– Sethi considerou-os confusos.

– No entanto, a situação é clara! Essa aldeia revoltou-se, deve ser aniquilada.

– Sofreu alguma perda?

– Não, devido à minha prudência; esperava a sua vinda.

– Por que não fez uma intervenção imediata?

O vice-rei titubeou.

– Como havia de saber... Se são numerosos, se...

– Conduza-me ao local.

– Preparei uma colação e...

– Partamos agora.

– Com este calor? Tinha pensado que no fim do dia seria mais propício...

O carro de Ramsés pôs-se em marcha.

A PEQUENA aldeia núbia dormitava na margem do Nilo, à sombra de um palmar; os homens ordenhavam as vacas, as mulheres preparavam a refeição, crianças nuas tomavam banho no rio. Cães magros dormiam junto às casas.

Os soldados egípcios tinham-se espalhado pelas colinas ao redor; sua superioridade numérica parecia esmagadora.

– Onde estão os revoltosos? – perguntou Ramsés ao vice-rei.

– São essas pessoas... Não confie no seu aspecto pacífico.

Os batedores foram unânimes: não havia qualquer guerreiro núbio escondido nos arredores.

– O chefe desta aldeia contestou a minha autoridade – afirmou o vice-rei. – A resposta deve ser fulminante. Caso contrário, o motim se espalhará para outras tribos. Vamos apanhá-los de surpresa e exterminá-los; isto servirá de exemplo para todos os núbios.

Uma mulher acabava de ver os soldados egípcios; gritou, as crianças saíram da água e correram para as cabanas, juntando-se às mães. Os homens muniram-se de arcos, flechas e lanças, e se agruparam no centro da aldeia.

– Veja! – exclamou o vice-rei. – Não tinha razão?

O chefe avançou; tinha um ar orgulhoso, com duas longas plumas de avestruz espetadas nos cabelos encarapinhados e um boldrié vermelho sobre o peito. Na mão direita empunhava um pique de dois metros, enfeitado com fitas.

– É melhor dar a ordem de ataque – preveniu o vice-rei. – Nossos arqueiros deviam pregá-lo no chão!

– Sou eu quem dá as ordens – recordou Ramsés. – Que ninguém faça o mínimo gesto agressivo.

– Mas... O que pensa fazer?

Ramsés tirou o capacete, a couraça e as grevas; colocou a espada e o punhal no chão, e desceu a encosta rochosa.

– Majestade! – berrou o vice-rei. – Volte, ele vai matá-lo!

O regente avançou com passos medidos, fixando o núbio; o homem, com cerca de 60 anos, era magro, quase ossudo.

Quando brandiu a lança, Ramsés pensou que correra um risco mal calculado; mas seria um chefe de tribo núbia mais perigoso do que um touro selvagem?

– Quem é você?

– Ramsés, filho de Sethi e regente do Egito.

O núbio baixou a arma.

– Aqui, sou eu o chefe.

– Será enquanto respeitar a lei de Maât.

– Foi o vice-rei, nosso protetor, quem a traiu.

– É uma grave acusação.

– Respeitei os meus compromissos; o vice-rei não manteve a sua palavra.

– Faça-me suas queixas.

– Prometera-nos trigo em troca dos nossos tributos; onde está ele?

– Onde estão os tributos?

– Venha.

Seguindo o chefe, Ramsés foi obrigado a passar pelo meio dos seus guerreiros. O vice-rei, convencido de que o matariam ou o fariam refém, tapou o rosto com as mãos. Mas nenhum incidente ocorreu.

O chefe mostrou ao regente os sacos cheios de poeira de ouro, as peles de pantera, as plumas e os ovos de avestruz, tão apreciados pelas famílias nobres.

– Se a palavra não for respeitada, lutaremos, mesmo se tivermos que morrer; ninguém pode viver num mundo sem palavra.

– Não haverá combate – afirmou Ramsés. – Tal como prometido, você receberá o trigo.

CHENAR TEVE vontade de acusar Ramsés de fraqueza em relação aos revoltosos núbios, mas o vice-rei desaconselhou-o de utilizar esse argumento. Durante uma longa entrevista secreta entre os dois homens, o vice-rei falou da popularidade crescente de Ramsés entre os militares: os soldados admiravam a sua bravura, o entusiasmo e a capacidade de tomar decisões rápidas. Com um chefe assim, não temiam qualquer inimigo; acusar Ramsés de covardia seria o mesmo que Chenar condenar-se.

O filho mais velho do Faraó rendeu-se aos argumentos do seu interlocutor; não controlar o exército seria, certamente, uma desvantagem, mas este acabaria por obedecer às ordens do novo senhor das Duas Terras. No Egito, a força brutal não bastava para governar; a concordância da corte e dos grandes sacerdotes, em contrapartida, não podia faltar.

Ramsés surgia cada vez mais como um guerreiro intrépido e perigoso; enquanto Sethi detivesse as rédeas, o jovem não tomaria iniciativas. Mas, depois... No desejo de se bater com o inimigo, não se meteria em loucas aventuras em que o Egito teria tudo a perder?

Como sublinhou Chenar, o próprio Sethi preferira estabelecer uma trégua com os hititas em vez de se lançar ao ataque do seu território e da sua famosa fortaleza de Kadesh; Ramsés teria a mesma sabedoria? Os notáveis detestavam a guerra; vivendo no seio do conforto e da calma, desconfiavam dos generais exaltados.

O país não tinha necessidade de um herói capaz de desencadear grandes batalhas e pôr o Oriente Próximo a ferro e fogo; de acordo com os relatórios dos embaixadores e mensageiros encarregados de missões no estrangeiro, os hititas tinham optado pela via da paz e renunciado a conquistar o Egito. Dessa forma, um soberano como Ramsés tornava-se inútil, mesmo prejudicial. Caso se mostrasse obstinado nas suas atitudes de conquistador, não seria necessário eliminá-lo?

As teses de Chenar foram abrindo caminho aos espíritos mais compassivos; consideraram-no ponderado e realista. Os fatos não lhe davam razão?

Por ocasião de uma viagem ao Delta, em que convenceu dois governadores de província a apoiarem-no depois da morte de Sethi, recebeu Acha na luxuosa cabine do seu barco. Seu cozinheiro preparara uma refeição requintada, e o *sommelier* escolhera um vinho branco com um frutado excelente.

Como sempre, o jovem diplomata mantinha a elegância um tanto altiva; a vivacidade do seu olhar era por vezes perturbadora, mas a maciez da sua voz e a sua calma imperturbável serenavam os espíritos. Se lhe permanecesse fiel depois de ter traído Ramsés, Chenar faria dele um excelente Ministro dos Negócios Estrangeiros.

Acha comeu com a ponta dos dedos e bebeu com a borda dos lábios.

– O almoço não está agradando?

– Desculpe, mas estou preocupado.

– Aborrecimentos pessoais?

– Não.

– Estão lhe criando problemas?

– Pelo contrário.

– Ramsés... É Ramsés! Descobriu a nossa aliança!

– Acalme-se, o nosso segredo mantém-se inviolável

– Então qual é o motivo da sua preocupação?

– Os hititas.

– Os relatórios que chegam à corte são bastante tranqüilizadores; suas tendências belicosas desapareceram.

– Com efeito, essa é a versão oficial.

– O que lhes censura, então?

– A sua ingenuidade; a menos que os meus superiores não pretendam tranqüilizar Sethi e não o incomodem com previsões pessimistas.

– Há indícios precisos?

– Os hititas não são estúpidos nem idiotas; visto que o confronto armado não lhes foi favorável, utilizam a astúcia.

– Comprarão a complacência de alguns tiranos locais e fomentarão intrigas miseráveis.

– É essa a opinião dos especialistas, certamente.

– Não é a sua?

– Cada vez menos.

– O que receia?

– Que os hititas teçam a sua teia nos nossos protetorados e sejamos apanhados na armadilha.

– Não é verdade; à mínima deserção séria, Sethi intervirá.

– Sethi não está informado.

Chenar não deixou de levar em consideração os avisos do jovem diplomata, demonstrando, até aquele momento, notável lucidez.

– O perigo é iminente?

– Os hititas adotaram uma estratégia lenta e progressiva; dentro de quatro ou cinco anos estarão preparados.

– Continue a observar a sua atuação, mas não fale dela a ninguém, a não ser a mim.

– Está me pedindo muito.

– E muito ganhará.

51

A aldeia de pescadores vivia sem ameaças. À beira-mar, beneficiava-se da proteção de um esquadrão de guardas, reduzido a uma dezena de homens encarregados de observar a circulação dos navios. A tarefa não era pesada; de vez em quando, um barco egípcio tomava a direção norte. O chefe do esquadrão, um sexagenário barrigudo, anotava o nome e a data da sua rota numa prancheta. Quanto aos marinheiros que regressavam do estrangeiro, optavam em geral por uma outra embocadura do Nilo.

Os guardas ajudavam os pescadores a puxar as redes e a atracar os barcos; empanturravam-se de peixe e, nos dias de festa, o chefe do esquadrão concordava em partilhar as rações de vinho fornecidas todas as quinzenas pela administração.

As brincadeiras dos golfinhos eram a distração favorita da pequena comunidade; não se cansavam de observar seus saltos harmoniosos e loucas correrias. À noite, um velho pescador contava lendas: não longe dali, nos pântanos, a deusa Ísis escondera-se com o seu recém-nascido Hórus para o livrar da ira de Seth.

– Chefe, um barco.

Estendido na sua esteira, à hora da sesta, o guarda não tinha qualquer desejo de se levantar.

– Faça sinal e anote-lhe o nome.

– Vem na nossa direção.

– Deve ter visto mal... Vá ver melhor.

– Vem na nossa direção, tenho certeza.

O chefe levantou-se, intrigado; não era dia de vinho, e o consumo de cerveja doce não podia provocar uma alucinação assim.

Da praia distinguia-se nitidamente um barco de bom tamanho que se dirigia diretamente para a aldeia.

– Não é egípcio...

Nenhum barco grego acostava ali; as ordens eram formais: repelir o intruso e lhe ordenar que se dirigisse para oeste, onde a marinha do Faraó se encarregaria dele.

– Preparem-se! – ordenou o chefe aos seus homens, que já não sabiam mais manejar a lança, a espada, o arco ou o escudo.

A bordo da estranha embarcação havia homens de pele trigueira, com bigodes frisados, capacetes ornados com dois chifres, peitos protegidos por couraças metálicas, armados com espadas pontiagudas e escudos redondos.

À proa, um gigante.

Era tão aterrador que os guardas egípcios recuaram.

– Um demônio – murmurou um deles.

– É apenas um homem – corrigiu o chefe. – Derrubem-no.

Dois arqueiros atiraram ao mesmo tempo; a primeira flecha perdeu-se nos ares, e a segunda pareceu cravar-se no busto do gigante, que a quebrou com um golpe de espada antes que o atingisse.

– Lá longe! – berrou um guarda. – Outro barco!

– É uma invasão – constatou o chefe. – Recuemos.

RAMSÉS CONHECIA a felicidade.

Uma felicidade cotidiana, forte como o vento do sul, doce como o vento do norte. Nefertari transformava cada instante em plenitude, desfazia as preocupações, orientava os pensamentos para a luz; junto dela, os dias iluminavam-se de uma suave claridade. A jovem sabia acalmá-lo sem aniquilar o fogo que o animava; mas não era portadora de um futuro estranho, quase inquietante, o futuro de um reinado que se anunciava?

Nefertari surpreendia-o; poderia contentar-se com uma existência tranqüila e faustosa, mas possuía a soberana elegância de uma rainha. De que destino seria ela soberana ou servidora? Nefertari era um mistério. Um mistério de sorriso encantador, muito próximo ao da deusa Hathor, tal como Ramsés vira no túmulo do primeiro Ramsés seu antepassado.

Iset a Bela era a terra, Nefertari, o céu; Ramsés tinha necessidade de uma e de outra, mas pela primeira sentia apenas paixão e desejo.

Nefertari era o amor.

SETHI CONTEMPLAVA o pôr-do-sol; quando Ramsés o saudou, o crepúsculo já invadira o palácio. O rei não acendera nenhuma luz.

– Um relatório alarmante da guarda do Delta – revelou ao filho. – Meus conselheiros acreditam que se trata de um incidente menor, mas estou convencido de que estão enganados.

– O que houve?

– Piratas atacaram uma aldeia de pescadores à beira do Mediterrâneo; os guardas encarregados da vigilância costeira bateram em retirada, mas afirmam controlar a situação.

– Estarão mentindo?

– Vá verificá-lo.

– Por que essa suspeita?

– Esses piratas são terríveis ladrões; se tentarem uma incursão no interior das terras, espalharão o terror.

Ramsés revoltou-se.

– Será que a guarda costeira é incapaz de garantir a nossa segurança?

– Talvez os responsáveis tenham subestimado o perigo.

– Partirei imediatamente.

O rei contemplou de novo o poente; teria gostado de acompanhar o filho, rever as paisagens aquáticas do Delta, encarnar a autoridade do Estado à frente do exército. Mas após 14 anos de reinado, a doença o corroía; por felicidade, a força que pouco a pouco o abandonava passava para o sangue de Ramsés.

OS GUARDAS se haviam reagrupado a cerca de 30 quilômetros da costa, num pequeno burgo na margem de um dos braços do Nilo; tinham edificado às pressas fortificações de madeira enquanto esperavam reforços. À chegada das tropas comandadas pelo regente, saíram dos seus abrigos e correram em sua direção, com o chefe do esquadrão à frente.

Este prostrou-se perante o carro de Ramsés.

– Estamos incólumes, majestade! Nem um único ferido.

– Levante-se.

À alegria espontânea sucedeu-se um ambiente gelado.

– Nós... nós não éramos suficientemente numerosos para resistir. Os piratas nos teriam massacrado.

– O que sabe quanto ao seu avanço?

– Não abandonaram a costa e se apoderaram de outra aldeia.

– Por causa da sua covardia!

– Majestade... o combate seria desigual.

– Afaste-se do meu caminho.

O chefe do esquadrão mal teve tempo de saltar para o lado; com o nariz na poeira, nem viu o carro do regente dirigir-se para o barco almirante de uma imponente frota vinda de Mênfis. Logo que chegou a bordo, Ramsés deu ordem de navegarem para o norte.

Dominado por um verdadeiro furor contra os piratas e os guardas incompetentes, o regente exigiu dos remadores uma sobrecarga de energia. Não só a intensidade não diminuiu, como acabou por transmitir-se ao conjunto da expedição, desejosa de restabelecer a ordem na fronteira marítima do Egito.

Ramsés avançou na direção das aldeias.

Os piratas, instalados nas duas aldeias de que se tinham apoderado, hesitavam sobre a conduta a seguir: prolongar a vitória ampliando o seu domínio sobre a costa, ou tornar a embarcar com o seu saque e atacar de novo num futuro próximo.

O ataque de Ramsés surpreendeu-os à hora do almoço, quando grelhavam peixe. Apesar da enorme superioridade numérica do adversário, os piratas defenderam-se com incrível ferocidade; só o gigante repeliu uns vinte soldados, mas acabou por sucumbir ao número do contingente egípcio.

Mais da metade dos piratas estava morta, os barcos em chamas, mas o chefe pirata recusava-se a baixar a cabeça perante Ramsés.

– O seu nome?

– Serramanna.

– De onde vem?

– Da Sardenha. Você me venceu, mas outros barcos pardos hão de vingar-me. Aparecerão às dezenas e não poderá detê-los. Queremos as riquezas do Egito e havemos de tê-las.

– Por que não se contentam com o seu próprio país?

– A conquista é a nossa razão de ser; seus miseráveis soldados não resistirão por muito tempo.

Chocado pela insolência do pirata, um soldado ergueu a sua acha para lhe fender o crânio.

– Recue! – ordenou Ramsés, e se voltou para seus soldados. – Qual de vocês aceita bater-se em combate singular com este homem?

Não se apresentou nenhum voluntário.

Serramanna zombou:

– Vocês não são guerreiros!

– O que procura?

A pergunta surpreendeu o gigante.

– Riqueza, claro! E, além disso, mulheres, o melhor vinho, uma *villa* com terras...

– Se lhe oferecer tudo isso, aceita tornar-se chefe da minha guarda pessoal?

Os olhos do gigante arregalaram-se como se lhe quisessem saltar do rosto.

– Mate-me, mas não caçoe de mim!

– Um verdadeiro guerreiro sabe tomar uma decisão sem hesitar: quer servir-me ou morrer?

– Libertem-me!

Receosos, dois soldados libertaram-lhe os pulsos. Ramsés era grande, mas Serramanna ultrapassava-o em mais de uma cabeça. Deu dois passos na direção do regente e os arqueiros egípcios apontaram suas flechas para ele. Caso se lançasse sobre Ramsés e provocasse um corpo a corpo para o estrangular com suas enormes mãos, teriam possibilidade de atirar sem ferir o filho de Sethi?

Ramsés leu nos olhos do sardo o desejo de matar, mas permaneceu de braços cruzados, como se não se preocupasse com isso. O seu adversário não conseguiu captar no regente o mínimo indício de medo.

Serramanna pôs um joelho em terra e baixou a cabeça.

– Ordene, e eu lhe obedecerei.

52

A fina sociedade de Mênfis ficou escandalizada. Não oferecia suficientes filhos valorosos ao exército, não seriam dignos de garantir a segurança do regente? Ver semelhante bárbaro à frente da sua guarda pessoal era um insulto para a nobreza mesmo se, na opinião geral, a presença de Serramanna, que mantivera a sua indumentária sarda, fosse imediatamente dissuasiva. É verdade que os outros piratas, acusados de pilhagem, tinham sido enviados para as minas, onde cumpririam pena, mas não ocupava o seu chefe, atualmente, uma posição invejável? Se atacasse Ramsés pelas costas, ninguém lamentaria pelo regente.

Chenar felicitou-se por esse novo passo em falso; aquela decisão revoltante provava que apenas a força brutal fascinava o irmão. Todos não estavam cientes de que trocava os banquetes e recepções por intermináveis passeios a cavalo no deserto, treinos intensivos de arco e flecha e do manejo da espada, bem como perigosos combates com o seu leão?

Serramanna tornou-se o seu companheiro privilegiado; transmitiram um ao outro a respectiva ciência do combate de mãos nuas ou de arma em punho e acabaram por aliar poder e destreza. Os egípcios colocados sob o comando do gigante não esboçaram qualquer queixa; também eles receberam uma formação intensiva que lhes fez soldados de elite, alojados e alimentados em excelentes condições.

Ramsés manteve suas promessas: Serramanna tornou-se proprietário de uma *villa* de oito divisões, com um poço e um jardim cheio de árvores. Sua cave foi recheada com ânforas de vinho velho, e o seu leito acolheu líbias e núbias sedutoras e interesseiras, fascinadas pela estatura do estrangeiro.

Embora permanecesse fiel ao seu capacete, à couraça, à espada e ao escudo redondo, o sardo esqueceu a sua terra natal. Lá, era pobre e desprezado; no Egito, rico e considerado! Dedicou a Ramsés um infinito reconhecimento; não só lhe salvara a vida como, mais ainda, concedera-lhe aquilo com que sempre sonhara. Quem quer que ameaçasse o regente teria de haver-se com ele.

A CHEIA do décimo-quarto ano do reinado de Sethi anunciava-se má; a fraca subida das águas podia provocar um grave problema de fome. Logo que o rei recebeu uma confirmação dos especialistas de Assuã, que perscrutavam o rio e consultavam seus documentos ricos de observações anteriores, chamou Ramsés. Apesar da fadiga que não o abandonava, o Faraó levou o filho de Gebel Silsileh ao ponto em que as margens se aproximavam; de acordo com antigas tradições, Hapy, a energia da cheia, saía daquele ponto, de duas cavernas, criando uma água pura e boa para beber.

A fim de restabelecer a harmonia, Sethi ofereceu ao rio 54 jarras de leite, 300 pães brancos, 70 bolos, 28 potes de mel, 28 cestos de uvas, 24 de figos, 28 de tâmaras, romãs, frutos do zízifo, pepinos, feijões, figurinhas de faiança, 48 jarras de incenso, ouro, prata, cobre, alabastro, bolos em forma de vitela, de prato, de crocodilo e hipopótamo.

Três dias mais tarde, o nível da água tinha subido, mas ainda de forma insuficiente; apenas restava uma tênue esperança.

A CASA de Vida de Heliópolis era a mais antiga do Egito; ali eram conservados os livros que encerravam os mistérios do céu e da terra, os rituais secretos, os mapas do céu, os anais reais, as profecias, os textos mitológicos, as obras de medicina e de cirurgia, os tratados de matemática e de geometria, as chaves de interpretação dos sonhos, os dicionários de hieróglifos, os manuais de arquitetura, escultura e pintura, os inventários de objetos rituais que os templos deviam possuir, os calendários das festas, as composições de fórmulas mágicas, as *Sabedorias* redigidas pelos antigos e os textos de "transformação em luz", permitindo viajar para o outro mundo.

– Para um faraó – declarou Sethi – não há lugar mais importante. Quando as dúvidas o assaltarem, venha aqui e consulte os arquivos. A Casa de Vida é o passado, o presente e o futuro do Egito; procure os seus ensinamentos e verá, como eu vi.

Sethi pediu ao superior da Casa de Vida um sacerdote idoso, que não tinha qualquer contato com o mundo exterior, para lhe trazer o *Livro do Nilo*. Um ritualista encarregou-se da tarefa; Ramsés reconheceu-o.

– Não é Bakhen, o controlador das estrebarias do reino?

– Era, e ao mesmo tempo desempenhava uma função de servidor do templo; quando fiz 21 anos, abandonei as minhas funções profanas.

Robusto, com o rosto quadrado e sem graça, uma curta barba que lhe endurecia as feições, braços grossos, voz grave e rouca, Bakhen não se assemelhava em nada a um erudito preocupado com a sabedoria dos antigos.

Desenrolou os papiros sobre uma mesa de pedra e se retirou.

– Não negligencie este homem – recomendou Sethi. – Dentro de poucas semanas partirá para Tebas e entrará no serviço de Amon de Karnak. O seu destino irá cruzar-se de novo com o dele.

O rei leu o venerável documento, redigido por um dos seus predecessores da terceira dinastia, mais de trezentos anos antes. Em contato com o espírito do Nilo, indicava os procedimentos a seguir para satisfazê-lo quando as cheias eram muito fracas.

Sethi encontrou a solução; a oferenda feita a Gebel Silsileh deveria ser repetida em Assuã, Tebas e Mênfis.

SETHI REGRESSOU esgotado da longa viagem; quando os mensageiros informaram-no de que a cheia seria quase normal, deu ordem aos governadores de província para velarem, com particular cuidado, pela qualidade dos diques e das bacias de retenção. Evitada a catástrofe, era necessário não perder a mínima gota de água.

Todas as manhãs, o rei, cujo rosto ia definhando, recebeu Ramsés e lhe falou de Maât, a deusa da justiça simbolizada por uma mulher de aparência frágil ou por uma pluma, a rectriz, que orienta o vôo dos pássaros. Ela apenas devia reinar para manter a coesão entre os seres; graças ao respeito da regra divina, o sol aceitaria brilhar, o trigo a crescer, o fraco seria protegido pelo forte, reciprocidade e solidariedade seriam as leis cotidianas do Egito. Ao Faraó competia dizer e fazer Maât praticar a retidão, mais importante do que mil ações de ostentação.

Suas palavras alimentavam a alma de Ramsés, que não se atrevia a interrogar o pai sobre a sua saúde, consciente de que ele se ia desapegando do cotidiano e contemplava um outro universo cuja energia transmitia ao filho. Este sentiu que não devia desperdiçar um único minuto destes ensinamentos e esqueceu Nefertari, Ameni e os seus próximos para assimilar a voz do Faraó.

A esposa de Ramsés encorajou-o a agir dessa forma; com o auxílio de Ameni, libertou-o de mil e uma obrigações para que ele fosse o servidor de Sethi e o herdeiro do seu poder.

DE ACORDO com as informações obtidas, já não era possível qualquer dúvida: a doença de Sethi estava assumindo proporções inquietantes. Chenar, com lágrimas nos olhos, espalhou a terrível notícia na corte, transmitindo-a ao grande sacerdote de Amon e aos governadores da província. Os médicos mantinham a esperança de prolongar a vida do soberano, mas receavam um desenlace fatal; a esse drama aliar-se-ia uma catástrofe, ou seja, a coroação de Ramsés.

Aqueles que desejavam evitar isso e apoiavam Chenar deviam estar atentos; é evidente que este tentaria convencer o irmão de que era incapaz de assumir a função suprema, mas seria ouvida a voz da razão? Se a salvaguarda do país assim o exigisse, talvez fosse necessário recorrer a outros métodos, aparentemente condenáveis, mas que seriam o único meio de impedir um exaltado pela guerra de arruinar o Egito.

O discurso moderado e realista de Chenar foi bem acolhido; todos desejavam que o reinado de Sethi se prolongasse ainda por longo tempo, mas se preparavam para o pior.

Os soldados gregos de Menelau, transformados em comerciantes, limparam as armas; sob as ordens do seu rei, formariam uma milícia tão mais eficaz que ninguém esperaria um golpe de força da parte de pacatos estrangeiros bem integrados na população. Com a proximidade da insurreição, o soberano da Lacedemônia tinha pressa de lutar; manejaria a sua pesada espada, rasgaria ventres e peitos, cortaria membros e abriria cabeças com o mesmo entusiasmo que nos campos de batalha de Tróia. Depois, regressaria para casa com Helena e a faria pagar por seus erros e infidelidades.

Chenar estava otimista; a diversidade e a qualidade dos seus aliados pareciam promissoras. Contudo, havia um personagem que o incomodava: o sardo Serramanna. Contratando-o como chefe da sua guarda pessoal, Ramsés havia contrariado, sem saber, uma das iniciativas do irmão, que alistara um oficial grego na segurança do regente. O mercenário, infelizmente, não poderia aproximar-se de Ramsés sem o consentimento do gigante. A conclusão impunha-se por si própria: Menelau devia assassinar o sardo, cuja morte não provocaria qualquer agitação.

Todo o dispositivo armado por Chenar estava pronto; só restava esperar a morte de Sethi para dar o sinal de ação.

– SEU PAI não vai recebê-lo esta manhã – lamentou Touya.

– O seu estado agravou-se? – perguntou Ramsés.

– O cirurgião desistiu de operá-lo; para diminuir as dores, administrou-lhe um poderoso sonífero à base de mandrágora.

Touya permanecia com uma dignidade notável, mas a tristeza transparecia de suas palavras.

– Diga-me a verdade: há alguma esperança?

– Não acredito; o organismo dele está muito debilitado. Apesar da robusta compleição, seu pai deveria ter tido mais repouso; mas como convencer um faraó a não se preocupar com a felicidade do seu povo?

Ramsés viu lágrimas nos olhos da mãe e a apertou nos braços.

– Sethi não teme a morte; ele dançou a eternidade e está pronto a comparecer perante Osíris e os juízes do outro mundo. Quando seus atos forem expostos, não terá nada a recear diante do monstro que devora os que traíram Maât: é este o julgamento que apresentarei nessa terra.

– Como posso ajudá-lo?

– Prepare-se, meu filho; prepare-se para fazer viver eternamente o nome do seu pai, a fim de colocar os seus passos nos passos dos antepassados, para fazer frente aos rostos desconhecidos do destino.

SETAOU E LÓTUS saíram ao cair da noite. A água se retirara das terras baixas, e os campos readquiriam o aspecto habitual; embora de fraca intensidade, a cheia purificara o país, libertando-o de grande quantidade de roedores e répteis, afogados nas suas tocas. Os que tinham sobrevivido eram os mais resistentes e astutos; mas o veneno do fim do verão tinha características notáveis.

O caçador de serpentes escolhera um setor do deserto do Leste que conhecia bem; viviam ali soberbas cobras de mordedura fatal. Setaou dirigiu-se para o esconderijo da maior de todas, de hábitos imperturbáveis. Descalça, Lótus seguia atrás dele; apesar da sua experiência e do seu sangue-frio, recusava-se a deixá-la correr o mínimo perigo. A linda núbia segurava um pedaço de pau em forma de forquilha, um saco de pano e um frasco de gargalo estreito; prender o réptil ao chão e fazê-lo cuspir parte do seu veneno eram tarefas banais.

A lua cheia iluminava o deserto, irritando as serpentes e as incitando a se aventurarem para fora do seu território. Setaou cantarolava em voz baixa, insistindo nas notas graves que agradavam às cobras. No local que escolhera, uma cavidade entre duas pedras achatadas, ondulações na areia revelavam a passagem de um enorme réptil.

Setaou sentou-se, continuando a cantarolar; a cobra estava atrasada.

Lótus atirou-se no chão como uma nadadora que mergulha num lago; estupefato, Setaou viu-a em luta com a cobra negra que esperava apanhar de surpresa. O combate foi breve; a núbia enfiou-a no saco.

– Ela ia atacá-lo pelas costas – explicou.

– Isto é completamente fora do normal – considerou Setaou. – Se as serpentes perdem a cabeça é porque se aproxima um cataclismo.

53

“Porque não teremos repouso”, declarou Homero, “por curto que seja, até o momento em que a noite virá separar-nos e acalmar o nosso fogo. Sob o pesado escudo que protege todo o corpo, o peito estará encharcado de suor; a mão permanecerá no punho da espada.”

– Esses versos da sua *Ilíada* anunciavam uma volta à guerra? – perguntou Ramsés.

– Falo apenas do passado.

– E este não prefigura o futuro?

– O Egito começa a seduzir-me; não gostaria de vê-lo mergulhar no caos.

– Por que esse receio?

– Mantenho-me atento aos meus compatriotas; a sua recente excitação me inquieta. Seria capaz de jurar que o sangue lhes ferve nas veias como em frente das muralhas de Tróia.

– Sabe de mais alguma coisa?

– Sou apenas um poeta, e a minha vista está cada vez pior.

HELENA AGRADECEU à rainha Touya por ter-lhe concedido uma visita no momento em que atravessava período tão doloroso. No rosto da grande esposa real, cuidadosamente maquiado, não havia qualquer sinal de sofrimento.

– Não sei como...

– As palavras são inúteis, Helena.

– O meu desgosto é sincero e suplico aos deuses que o rei se cure.

– Que eles lhe agradeçam; também eu invoco o invisível.

– Estou inquieta, tão inquieta...

– O que receia?

– Menelau está alegre, muito alegre; ele, que geralmente é tão carrancudo, parece triunfante. Isto quer dizer que está convencido de que em breve me levará para a Grécia!

– Mesmo que Sethi desapareça, estará protegida.

– Receio que não, majestade.

– Menelau é meu hóspede; não terá qualquer poder e decisão.

– Quero permanecer aqui, neste palácio, majestade!

– Acalme-se, Helena; não há qualquer perigo.

Apesar das afirmações apaziguadoras da rainha, Helena receava a maldade de Menelau; sua atitude provava que ele tramava uma conspiração para fazer a mulher sair do Egito. A morte próxima de Sethi não seria a ocasião sonhada? Helena decidiu investigar a atividade do marido; talvez a vida de Touya estivesse em perigo. Quando Menelau não conseguia o que queria, tornava-se violento; e o estranho é que já há muito tempo, muito tempo mesmo, que essa violência não se manifestava.

AMENI LEU a carta que Dolente havia escrito a Ramsés:

Meu irmão bem-amado,

O meu marido e eu estamos preocupados com a sua saúde e mais ainda com a do nosso venerado pai, o faraó Sethi; correm boatos de que está gravemente doente. Não chegou ainda o tempo do perdão? O meu lugar é em Mênfis. Confiante na sua bondade, estou convencida de que esquecerá a falta do meu marido e lhe permitirá, a meu lado, testemunhar o seu afeto a Sethi e a Touya. Nestes momentos dolorosos, daremos uns aos outros o conforto de que necessitamos; o essencial não será reconstituir uma família unida, sem sermos escravos do passado?

Confiantes na sua clemência, Sary e eu esperamos impacientemente a sua resposta.

– Releia lentamente – exigiu o regente.

Ameni obedeceu, nervoso.

– Eu – resmungou – sequer lhe responderia.

– Apanhe um papiro novo.

– Vamos ceder?

– Dolente é minha irmã, Ameni.

– O meu desaparecimento não a teria feito chorar, mas eu não pertenço à família real.

– Está muito amargo!

– A clemência nem sempre é boa conselheira; a sua irmã e o marido só pensarão em traí-lo.

– Escreva, Ameni.

– Meu pulso está doendo; não quer você mesmo enviar o perdão à sua irmã?

– Peço-lhe que escreva.

Zangado, Ameni agarrou o cálamo.

– O texto será curto: "Não pensem em regressar a Mênfis, sob pena de terem de comparecer perante o tribunal do vizir, e permaneçam afastados do Faraó."

O cálamo de Ameni voou alegremente para o papiro.

DOLENTE PASSOU longas horas em companhia de Iset a Bela, depois de lhe ter mostrado a resposta insultuosa de Ramsés; a intransigência do regente, a sua violência, a secura do seu coração não pressagiavam um futuro sombrio para a segunda esposa e para o filho?

Era forçoso admitir que Chenar tivera razão ao analisar os defeitos do irmão: apenas o poder absoluto lhe interessava. Isso apenas faria com que espalhasse destruição e infelicidade. Apesar do afeto que lhe dedicara, Iset não tinha outra hipótese senão iniciar uma luta sem perdão contra Ramsés; até Dolente, a sua própria irmã, se via obrigada a agir desse modo.

O futuro do Egito era Chenar. Iset a Bela deveria esquecer Ramsés, casar com o novo senhor do país e formar uma verdadeira família.

Sary acrescentou que o grande sacerdote de Amon e inúmeros outros notáveis partilhavam a opinião de Chenar e o apoiariam quando fizesse valer os seus direitos de sucessão ao trono, depois da morte de Sethi. Devidamente esclarecida, Iset a Bela podia decidir o seu destino.

QUANDO MOISÉS entrou no canteiro de obras, pouco depois da madrugada, nenhum talhador de pedra ainda estava trabalhando. Tratava-se, no entanto, de um dia vulgar, e a consciência profissional daqueles trabalhadores de elite não podia ser posta em dúvida; na sua confraria, qualquer ausência tinha que ser justificada.

Mas a sala de colunas de Karnak, que seria a maior do Egito quando terminada, estava deserta; pela primeira vez, o hebreu saboreou um silêncio que o canto dos malhos e cinzéis não perturbava. Contemplou as figuras divinas gravadas nas colunas e admirou as cenas de oferendas que ligavam o Faraó às divindades; o sagrado exprimia-se ali com uma extraordinária força que transcendia a alma humana.

Moisés permaneceu sozinho durante um bom tempo, como se possuísse aquele local mágico onde, amanhã, habitariam as forças da criação necessárias à sobrevivência do Egito. Mas seriam a melhor expressão do divino? Por fim, descobriu um contramestre que viera buscar as suas ferramentas, esquecidas junto a uma coluna.

– Por que foi interrompido o trabalho?

– Não lhe avisaram?

– Estou voltando da pedreira de Gebel Silsileh.

– O chefe do canteiro de obras anunciou-nos hoje de manhã a interrupção da obra.

– Por quê?

– O Faraó devia dar-nos pessoalmente o plano completo do canteiro de obras, mas está retido em Mênfis. Quando vier a Tebas, poderemos continuar.

Aquela explicação não satisfez Moisés; a não ser uma grave doença, que motivo poderia ter impedido Sethi de vir a Tebas para tratar de obra tão importante?

A morte de Sethi... Quem pensaria nisso? Ramsés devia estar desesperado.

Moisés tomaria o primeiro barco que partisse para Mênfis.

– APROXIME-SE, Ramsés.

Sethi estava deitado no seu leito de madeira dourada, colocado perto da janela pela qual penetrava o sol poente que lhe iluminava o rosto, cuja serenidade espantou o filho.

A esperança renascia! Sethi tinha força novamente para receber Ramsés, os estigmas do sofrimento atenuavam-se. Não travava uma batalha contra a morte?

– O Faraó é a imagem do criador que criou a si mesmo – declarou Sethi. – Atue para que Maât ocupe o seu justo lugar. Realize atos benéficos para os deuses, Ramsés, seja o pastor do seu povo, dê a vida aos seres humanos, grandes e pequenos, mantenha-se vigilante tanto de noite como de dia, procure toda a ocasião para agir com utilidade.

– Este é o seu papel, meu pai, e haverá de cumpri-lo ainda durante muito tempo.

– Vi a minha morte: está próxima; seu rosto é o da deusa do Ocidente, jovem e sorridente. Não é uma derrota, Ramsés, mas uma viagem. Uma viagem na imensidão do universo para a qual me preparei e para a qual voce deverá preparar-se desde o primeiro dia do seu reinado.

– Fique, eu lhe suplico!

– Você nasceu para comandar, não para suplicar. Para mim, chegou a hora de viver a morte e de passar pela prova das transformações no invisível. Se a minha existência foi justa, o céu desposará o meu ser.

– O Egito precisa de você.

– Desde o tempo dos deuses, o Egito é a filha única da luz, e o filho do Egito está sentado num trono da luz. Compete-lhe suceder-me, Ramsés, continuar a minha obra e ir mais além, você cujo nome é "Filho da Luz".

– Tenho tantas perguntas a lhe fazer, tantos ensinamentos a descobrir...

– Eu lhe preparei o primeiro encontro com o touro selvagem, porque ninguém conhece o instante em que o destino desfere os seus golpes decisivos; você, no entanto, deverá descobrir os seus segredos, porque terá que guiar todo um povo.

– Não estou ainda pronto.

– Nunca ninguém está; quando o seu antepassado, o primeiro Ramsés, abandonou esta terra para voar em direção ao sol, eu estava tão angustiado e perdido como você estar hoje. Quem deseja reinar é um insensato ou um incapaz; apenas a mão do criador, Ra, se apodera de um homem para fazer dele um ser de sacrifício. Como Faraó, será o primeiro servidor do seu povo, um servidor que nunca mais terá direito ao repouso e às alegrias serenas dos outros homens. Estará só, não desesperadamente só como alguem que esteja perdido, mas como o capitão de um navio que deve escolher a rota procurando compreender a verdade das forças misteriosas que o rodeiam. Ame o Egito mais do que a você mesmo, e o caminho se abrirá.

O ouro do poente iluminou o rosto sereno de Sethi; do corpo do Faraó emanava uma estranha claridade, como se ele próprio fosse uma fonte de luz.

– O seu caminho será semeado de ciladas – previu o rei – e você precisará enfrentar terríveis inimigos porque a humanidade prefere o mal à harmonia; mas a força da vitória existirá no seu coração se souber torná-lo grande. A magia de Nefertari o protegerá, porque o seu coração é o de uma grande esposa real. Seja o falcão que voa alto no céu, meu filho, olhe o mundo e os seres com o seu olhar penetrante.

A voz de Sethi extinguiu-se, os olhos ergueram-se para além do sol, para um outro universo que só ele era capaz de ver.

CHENAR HESITAVA ainda em desencadear a ofensiva dos seus aliados. Ninguém duvidava de que Sethi já estivesse condenado, mas era necessário esperar pelo anúncio oficial da sua morte. Qualquer precipitação iria contra os seus objetivos, enquanto o Faraó vivesse, nenhuma rebelião seria perdoável. Depois, durante o vazio do poder supremo que duraria setenta dias, o tempo da mumificação, Chenar não teria de enfrentar o rei, mas sim Ramsés. E Sethi já não estaria ali para o impor como seu sucessor.

Menelau e os gregos ferviam de impaciência; Dolente e Sary, que haviam conseguido a adesão de Iset a Bela, tinham-se assegurado da neutralidade benevolente do grande sacerdote de Amon e da amizade ativa de numerosos notáveis tebanos; Meba, o ministro dos Negócios Estrangeiros, tinha manobrado bem na corte em favor do reinado de Chenar.

Abrir-se-ia um precipício sob os pés de Ramsés; o jovem regente de 23 anos cometera o erro de acreditar que a simples palavra do seu pai bastaria para lhe oferecer o trono.

Que sorte deveria Chenar reservar-lhe? Caso se mostrasse razoável, um posto honorífico nos oásis ou na Núbia; mas não iria ele procurar aliados, por muito miseráveis que fossem, para se revoltar contra o poder instituído? Sua impetuosidade não se adaptaria bem a um exílio definitivo. Não, era necessário aniquilá-lo para sempre; a morte era a melhor solução, mas repugnava a Chenar eliminar o próprio irmão.

O mais inteligente seria confiá-lo a Menelau, que o levaria para a Grécia sob o pretexto de que o antigo regente, renunciando a tornar-se Faraó, tinha vontade de viajar; o rei da Lacedemônia o manteria prisioneiro naquele país longínquo, onde Ramsés definharia, esquecido de todos. Quanto a Nefertari, de acordo com a sua vocação inicial, ficaria reclusa num templo de província.

Chenar mandou vir o cabeleireiro, a manicure e o pedicuro; o futuro senhor do Egito devia apresentar-se como uma distinção real sem falha.

FOI A ESPOSA real quem anunciou à corte o falecimento de Sethi. No décimo-quinto ano do seu reinado, o Faraó voltara o rosto para o Além, para a sua mãe celeste que o conceberia todas as noites para fazê-lo renascer ao clarear da madrugada como um novo sol; seus irmãos, os deuses, o acolheriam no paraíso onde, curado da morte, viveria de Maât.

O período de luto iniciou-se de imediato.

Os templos foram fechados, e a atividade ritual interrompida, com exceção dos cânticos fúnebres, de manhã e à noite. Durante setenta dias, os homens não se barbeariam, as mulheres soltariam os cabelos, e ninguém consumiria carne ou vinho; os gabinetes dos escribas permaneceriam vazios, e a administração estaria inativa.

Com o Faraó morto e o trono vazio, o Egito entrava no desconhecido. Cada um receava esse período de todos os perigos, durante o qual Maât podia afastar-se para sempre; apesar da presença da rainha e do regente, o poder supremo estava vago. Atraídas por essa situação, as potências das trevas manifestar-se-iam de mil e uma maneiras a fim de privar o Egito do sopro vital e capturá-lo em seu colo.

O exército foi posto em estado de alerta nas fronteiras; a notícia da morte de Sethi espalhar-se-ia rapidamente no estrangeiro e provocaria cobiças. Os hititas e outros povos guerreiros atacariam as franjas do Delta ou preparariam uma invasão em massa, com a qual sonhavam igualmente os piratas e beduínos? Sethi, apenas com a sua estatura, reduzia-os à impotência; uma vez desaparecido, saberia o Egito defender-se?

NO DIA da morte, o cadáver de Sethi foi transportado para a sala de purificação, na margem oeste do Nilo. A grande esposa real presidiu o tribunal, reunido para julgar o rei morto; ela própria, os filhos, o vizir, os membros do conselho dos sábios, os principais dignitários, os servidores da sua casa declararam, depois de terem prestado juramento e de se comprometerem a dizer a verdade, que Sethi tinha sido um rei justo e que não tinham qualquer queixa a apresentar contra ele.

Os vivos tinham dado o seu veredicto; a alma de Sethi podia pegar o barco, atravessar o rio do outro mundo e navegar para a margem das estrelas. Era ainda necessário transformar o seu corpo mortal em Osíris e mumificá-lo segundo os rituais reais.

Logo que os mumificadores tivessem realizado a extração das vísceras e a desidratação da carne graças ao natrão e à exposição ao sol, os ritualistas envolveriam o rei morto em faixas, e Sethi partiria para o Vale dos Reis onde tinha sido aberta a sua morada de eternidade.

AMENI, SETAOU e Moisés estavam inquietos; Ramsés fechava-se no silêncio. Depois de ter agradecido aos amigos a sua presença, isolara-se nos seus aposentos. Apenas Nefertari conseguia trocar algumas palavras com ele, sem, no entanto, arrancá-lo do seu desespero.

Ameni estava muito mais angustiado do que Chenar, que, depois de ter manifestado o seu desgosto com a necessária ostentação, desenvolvia uma surpreendente atividade, fazendo contatos com os responsáveis pelos diversos ministérios e tomando a seu cargo a administração do país; perante o vizir, tinha insistido no seu desinteresse e preocupação em preservar a prosperidade do reino, apesar do período de luto.

Touya deveria censurar o filho mais velho, mas a rainha não abandonava o marido. Encarnação da deusa Ísis, desempenhava um papel mágico, indispensável à ressurreição. Até o momento em que o Osíris Sethi fosse depositado no seu sarcófago, "o senhor da vida", a grande esposa real não se preocuparia com os assuntos deste mundo.

Chenar tinha o campo livre.

O LEÃO e o cão amarelo-dourado permaneciam junto do dono, como se tentassem atenuar o seu sofrimento.

Com Sethi, o futuro era risonho; bastava ouvir os seus conselhos, obedecer-lhe e seguir o seu exemplo. Sob as suas ordens, teria sido tão simples e tão agradável reinar! Nem por um instante Ramsés imaginara que ficaria só, sem aquele pai cujo olhar dissipava as trevas.

Quinze anos de reinado. Como tinham sido breves, demasiado breves! Abido, Karnak, Mênfis, Heliópolis, Gournah, outros tantos templos que cantariam para sempre a glória desse construtor, digno dos faraós do Antigo Império. Mas ele já não estava ali, e os 23 anos de Ramsés pareciam-lhe simultaneamente demasiado curtos para reinar e pesados para suportar.

Mereceria ele realmente esse nome determinante de Filho da Luz?

fim do volume 1

EDIÇÕES BESTBOLSO

Alguns títulos publicados

1. *Baudolino*, Umberto Eco
2. *Doutor Jivago*, Boris Pasternak
3. *O diário de Anne Frank*, Otto H. Frank e Mirjam Pressler
4. *O jogo das contas de vidro*, Hermann Hesse
5. *O poderoso chefão*, Mario Puzo
6. *O diário de Bridget Jones*, Helen Fielding
7. *A casa das sete mulheres*, Leticia Wierzchowski
8. *Ramsés – O filho da luz*, Christian Jacq
9. *Ramsés – O templo de milhões de anos*, Christian Jacq
10. *Ramsés – A batalha de Kadesh*, Christian Jacq
11. *Ramsés – A dama de Abu-Simbel*, Christian Jacq
12. *A pérola*, John Steinbeck
13. *Getúlio*, Juremir Machado da Silva
14. *Os carbonários*, Alfredo Sirkis
15. *A queda*, Albert Camus
16. *O dia da tempestade*, Rosamunde Pilcher
17. *Carne e pedra*, Richard Sennett
18. *O amante de Lady Chatterley*, D. H. Lawrence
19. *Viagem à luta armada*, Carlos Eugênio Paz
20. *Contágio*, Robin Cook
21. *Paula*, Isabel Allende
22. *O grande Gatsby*, F. Scott Fitzgerald
23. *Encrenca é o meu negócio*, Raymond Chandler
24. *Pérolas dão azar*, Raymond Chandler
25. *Entre dois palácios*, Nagib Mahfuz
26. *O palácio do desejo*, Nagib Mahfuz
27. *Prelúdio de sangue*, Jean Plaidy
28. *O crepúsculo da águia*, Jean Plaidy
29. *Fera de Macabu*, Carlos Marchi
30. *Uma história íntima da humanidade*, Theodore Zeldin

ATENDIMENTO AO LEITOR E VENDAS DIRETAS

Você pode adquirir os títulos da BestBolso através do Marketing Direto do Grupo Editorial Record.

- Telefone: (21) 2585-2002
  (de segunda a sexta-feira, das 9h às 18h)
- E-mail: sac@record.com.br
- Fax: (21) 2585-2010

Entre em contato conosco caso tenha alguma dúvida, precise de informações ou queira se cadastrar para receber nossos informativos de lançamentos e promoções.

Nossos sites:
www.edicoesbestbolso.com.br
www.record.com.br

EDIÇÕES
BestBolso

Este livro foi composto na tipologia Minion, em corpo 10,5/13, e impresso em papel Off-set 56g/m² no Sistema Cameron da Divisão Gráfica da Distribuidora Record.